DIOGENES TASCHENBUCH 23221

DIE MENSCHLICHE KOMÖDIE

HONORÉ DE BALZAC

DAS BANKHAUS
NUCINGEN

ERZÄHLUNGEN
DEUTSCH VON ELSE VON HOLLANDER

DIOGENES

MIT FREUNDLICHER GENEHMIGUNG DER
ROWOHLT VERLAG GMBH, REINBEK BEI HAMBURG
VERÖFFENTLICHT ALS DIOGENES TASCHENBUCH, 1998
ALLE RECHTE AN DIESER AUSGABE WERDEN
VERTRETEN VOM DIOGENES VERLAG, ZÜRICH
60/98/8/1
ISBN 3 257 23221 7

INHALT

Das Bankhaus Nucingen 7
La Maison Nucingen

Gobseck 99
Gobseck

Melmoth 177
Melmoth reconcilié

Der berühmte Gaudissart 243
L'Illustre Gaudissart

Skizze eines Geschäftsmannes 299
Un Homme d'Affaires

DAS BANKHAUS NUCINGEN

☆

SIE WISSEN, WIE DÜNN DIE WÄNDE ZWISCHEN den Separatzimmern der elegantesten Pariser Restaurants sind. Bei Véry z. B. ist der größte Salon in zwei Teile geteilt durch eine Wand, die man nach Belieben aufstellen und wieder entfernen kann. Nicht dort ist der Schauplatz, sondern an einem Ort, den ich nicht nennen will. Wir waren zu zweien, ich werde also wie der Biedermann Henri Monniers sagen: „Ich möchte sie nicht kompromittieren." Wir ergötzten uns an den Leckerbissen eines erlesenen Diners in einem kleinen Salon, wo wir mit leiser Stimme plauderten, nachdem wir die geringe Dicke der Wände festgestellt hatten. Wir waren beim Braten angekommen, ohne in dem Nebenzimmer, aus dem wir nur das Knistern des Feuers hörten, Nachbarn gehabt zu haben. Da schlug es acht Uhr, wir hörten laute Schritte und ein lebhaftes Gespräch, die Kellner brachten Kerzen, und wir merkten, daß das Nebenzimmer jetzt besetzt war. Da ich die Stimmen erkannte, wußte ich, mit wem wir zu tun hatten.

Es waren vier der kecksten Vögel, die auf den sich ständig erneuernden Wogen der gegenwärtigen Generation sich wiegten, liebenswürdige junge Leute, deren Existenz rätselhaft ist, von deren Zinsen und Besitzungen niemand etwas weiß, und die doch gut leben. Diese geistvollen Condottieri der modernen Industrie, dieses grausamsten aller Kriege, überlassen alle Sorgen ihren Gläubigern, behalten die Freuden für sich und kümmern sich nur um ihren Anzug. Sie bringen es fertig, wie Jean Bart ihre Zigarre auf einem Pulverfaß zu rauchen, vielleicht um ihrer Rolle treu zu bleiben, sie sind spottsüchtiger als die Zeitungen und machen sich über sich selber lustig; mißtrauisch und skeptisch sind sie, auf Geschäfte erpicht, gierig und verschwenderisch, neidisch auf andere, aber mit sich selbst zufrieden, zeitweise auch große Politiker.

Sie analysieren alles, erraten alles, haben es aber noch nicht fertiggebracht, sich in der Welt durchzusetzen, in der sie bekannt werden möchten. Ein einziger von den vieren ist vorwärts gekommen, aber auch nur bis an den Fuß der Leiter. Sein Erfolg besteht nur darin, daß er Geld hat, und erst nach sechs Monaten des Umschmeicheltseins weiß er, was ihm fehlt. Dieser erfolgreiche Mann, Andoche Finot, schweigsam, kühl, pedantisch, geistlos, hat die Klugheit besessen, sich vor denen auf den Bauch zu werfen, die ihm nützlich sein konnten, und diejenigen, die er nicht mehr brauchte, unverschämt zu behandeln. Von hinten ist er Marquis und von vorn ein Lump, ganz wie die grotesken Figuren aus dem Ballett Gustavo. Dieser industrielle Prälat unterhält einen Schleppenträger, einen Redakteur, Emile Blondet, einen sehr geistvollen, aber zersplitterten Menschen, der ebenso bestechend und talentvoll wie faul ist und sich ausgenutzt sieht, was er sich, halb aus Tücke, halb aus Gutmütigkeit, gefallen läßt, einer von den

Menschen, die man liebt und nicht achtet. Schlau wie eine Soubrette, nicht imstande, seine Feder jemandem zu verweigern, der sie in seinen Dienst stellen will, ist Emile der verführerischste von jenen mädchenhaften Männern, von denen ein phantasievoller Schriftsteller gesagt hat: „Mir gefallen sie besser in Atlasschuhen als mit Stiefeln." Der dritte, namens Couture, lebt von Spekulation. Er pfropft ein Geschäft auf das andere, der Erfolg des einen verdeckt den Mißerfolg des andern. Er hält sich an der Oberfläche durch die nervöse Kraft seiner Spekulation, durch seine raschen, verwegenen Schachzüge. Er schwimmt bald hierhin, bald dorthin und sucht auf dem ungeheuren Meer der Pariser Interessen eine kleine Insel, auf der er sich ansiedeln könnte. Er ist unverkennbar nicht an seinem Platz. Was den letzten betrifft, den boshaftesten der vier, so genügt sein Name: Bixiou! Es ist freilich nicht mehr der Bixiou von 1825, sondern der von 1836, der menschenfeindliche Spaßmacher, dessen beißender Witz bekannt ist; jeder bekam einen Fußtritt von ihm als einem echten Zirkusklown, er kannte seine Zeit und alle Skandalgeschichten, die er mit drolligen Erfindungen ausschmückte, allen tanzte er wie ein Hanswurst auf dem Kopf herum und versuchte sie zu brandmarken wie ein Henker.

Nachdem unsere Nachbarn sich an den ersten Gängen gütlich getan hatten, kamen sie da an, wo auch wir uns befanden: beim Dessert, und glaubten sich, dank unserer Zurückhaltung, allein. Beim Rauch der Zigarren wurde jetzt mit Hilfe des Champagners bei den Leckerbissen des Nachtisches eine intime Unterhaltung angeknüpft. Diese Plauderei trug das Gepräge des eisigen Geistes, der die biegsamsten Gefühle erstarren läßt, die großmütigsten Eingebungen hemmt und dem Lachen etwas Schrilles gibt, sie war voll einer bittern Ironie, die jede Heiterkeit in Spott verwandelt, und verriet die Erschöpfung der Seelen, die ganz sich selber hingegeben sind und nur die eine Befriedigung des Egoismus kennen, — eine Frucht des Friedens, in dem wir leben. Die Flugschrift gegen den Menschen, die Diderot nicht zu veröffentlichen wagte: „Der Neffe Rameaus", — dies Buch, das sehr kraß ist, um die Schäden zu zeigen, ist nur einer andern Flugschrift zu vergleichen, die ohne jeden Hintergedanken geschrieben wurde, wo das Wort nicht einmal das schonte, was der Denker noch erwägt, wo man nur mit Ruinen baute, alles leugnete und nur bewunderte, was der Skeptizismus guthieß: „Allmacht, Allwissenschaft und Allgültigkeit des Geldes." Nachdem die Klatschsucht verschiedene Bekannte in den Kreis hineingezogen hatte, begann man die intimen Freunde durchzuhecheln. Ich brauchte nur durch ein Zeichen den Wunsch auszudrücken, daß ich dableiben und darauf warten wolle, daß Bixiou das Wort nahm, wie es dann auch geschah. Wir hörten nun eine der erschreckenden Improvisationen mit an, die diesem Künstler bei einigen blasierten Geistern seinen Ruf verschafft haben, und obwohl diese Rede häufig unterbrochen wurde, hat mein Gedächtnis sie doch festgehalten. Es war etwas wie ein Potpourri der unheimlichen Geschehnisse unserer Zeit, von der man viele solche Geschichten erzählen könnte; im übrigen überlasse ich die Verantwortung dafür dem Haupterzähler. Mienenspiel,

Gesten und der häufige Stimmenwechsel, wodurch Bixiou die auftretenden Personen charakterisierte, mußten vollendet sein, denn die drei Zuhörer äußerten ihre Zufriedenheit in anerkennenden Ausrufen.

„Und Rastignac hat es dir abgeschlagen?" fragte Blondet Finot.

„Rundweg."

„Hast du ihm mit der Presse gedroht?" fragte Bixiou.

„Er hat darüber gelacht", erwiderte Finot.

„Rastignac ist der direkte Erbe des verstorbenen De Marsay; er wird seinen Weg in der Politik wie in der Welt machen", sagte Blondet.

„Aber wie ist er zu seinem Vermögen gekommen?" fragte Couture. „1819 wohnte er mit dem berühmten Bianchon in einer elenden Pension im Quartier latin; seine Familie aß gebratene Maikäfer und trank Gänsewein, um ihm hundert Franken monatlich schicken zu können; das Besitztum seines Vaters war keine tausend Taler wert, er hatte zwei Schwestern und einen Bruder auf dem Halse, und jetzt..."

„Jetzt hat er eine Rente von vierzigtausend Franken", nahm Finot wieder das Wort. „Seine beiden Schwestern haben eine reiche Mitgift bekommen und glänzende Partien gemacht, und er hat seiner Mutter die Nutznießung der elterlichen Besitzung überlassen."

„1827", warf Blondet ein, „hatte er noch keinen Sou."

„Ja, 1827!" sagte Bixiou.

„Und jetzt", begann Finot wieder, „ist er Minister geworden, Pair von Frankreich und alles mögliche! Vor drei Jahren hat er auf höchst anständige Weise mit Delphine Schluß gemacht, nun kann er ein vornehmes Mädchen heiraten! Der Junge hat den guten Einfall gehabt, sich an eine reiche Frau zu hängen."

„Liebe Freunde, ihr müßt auch die Begleitumstände bedenken," warf Blondet ein, „er ist einem sehr geschickten Mann in die Hände gefallen, als er den Klauen des Elends entkam."

„Du kennst doch Nucingen", sagte Bixiou. „In der ersten Zeit waren Delphine und Rastignac mit ihm zufrieden; in seinem Hause schien eine Frau das Kleinod, der Schmuck zu sein, und darin sehe ich das Format dieses Mannes: Nucingen macht kein Hehl daraus, daß seine Frau die Verkörperung seines Vermögens ist, eine unerläßliche, aber sekundäre Sache in dem unter Hochdruck stehenden Leben der Politiker und großen Finanzleute. Er hat zu mir selber gesagt, Bonaparte sei bei seiner ersten Beziehung zu Josephine dumm wie ein Spießbürger gewesen, und nachdem er den Mut gehabt habe, sie als Steigbügel zu benutzen, sei er lächerlich geworden, da er sie zu seiner Gefährtin habe machen wollen."

„Jeder hochstehende Mann muß über die Frauen die Ansicht des Orients haben", sagte Blondet.

„Der Baron hat die morgenländischen und abendländischen Anschauungen zu einem entzückenden Pariser Grundsatz verschmolzen. Er hatte einen Abscheu vor De Marsay gehabt, der nicht sehr lenkbar war, Rastignac aber gefiel ihm sehr, und er nutzte ihn aus, ohne daß dieser es merkte: er überließ ihm alle Sorge für sein Heim. Rastignac ertrug alle Launen Delphines, fuhr mit ihr in das

Bois, begleitete sie ins Theater. Der große Politiker von heute hat in seinem Leben viel Zeit damit verbracht, reizende Briefchen zu lesen und zu schreiben. Anfangs wurde Eugène um jede Kleinigkeit gescholten; er war fröhlich mit Delphine, wenn sie fröhlich war; traurig, wenn sie sich betrübte, er ertrug die Last ihrer Migräne, ihrer Geständnisse, er widmete ihr seine ganze Zeit, alle Stunden, seine kostbare Jugend, um die Leere des Müßiggangs dieser Pariserin zu füllen. Delphine und er hielten Rat über den Schmuck, der ihr am besten stand, er nahm das Feuer ihres Zorns und die Flut ihrer Grillen hin, während sie sich, zum Ausgleich, für den Baron schön machte. Der Baron lachte sich ins Fäustchen, aber als er dann Rastignac unter der Last seiner Pflichten zusammenbrechen sah, stellte er sich, als argwöhne er etwas, und band die beiden Liebenden durch gemeinsame Furcht enger aneinander."

„Ich begreife, daß eine reiche Frau Rastignac die Mittel zum Leben und zu einem anständigen Leben gegeben hat; aber wo hat er sein Vermögen her?" fragte Couture. „Ein so beträchtliches Vermögen, wie das seine heute ist, muß irgendeinen Ursprung haben, und kein Mensch hat jemals von ihm gesagt, daß er irgendwie ein gutes Geschäft gemacht hat."

„Er hat geerbt", sagte Finot.

„Von wem?" fragte Blondet.

„Von irgendwelchen Dummköpfen, die ihm begegnet sind", erwiderte Couture.

„Liebe Kinder," rief Bixiou,
    „macht euch den Kopf nicht allzu heiß,
    heut schwindelt jeder, wie man weiß!

Ich will euch erzählen, wo sein Vermögen herstammt. Zunächst: Hut ab vor dem Talent! Unser Freund ist ein Gentleman, der sich auf das Spiel versteht, der die Karten kennt, und den die Galerie respektiert. Rastignac besitzt soviel Geist, wie man im gegebenen Augenblick haben muß. Er mag wankelmütig, unvernünftig, inkonsequent, unbeständig in seinen Plänen, ohne feststehende Anschauungen erscheinen, aber wenn etwas Ernstes vorliegt, wenn er irgendeine Möglichkeit verfolgen muß, dann wird er sich nicht verzetteln, wie zum Beispiel Blondet, der dann erst ins Diskutieren kommt; Rastignac konzentriert sich, nimmt sich zusammen, studiert den Punkt, an dem er angreifen kann, und packt mit fester Hand zu. Mutig wie Murat stürmt er die feindlichen Stellungen, schiebt die Aktionäre, die Gründer und die ganze Kiste beiseite und kehrt, wenn er seine Aufgabe erfüllt hat, in sein behagliches, sorgloses Leben zurück, wird wieder der Südländer, der Schlemmer, der Phrasendrescher, der unbeschäftigte Rastignac, der um Mittag aufstehen kann, weil er den kritischen Augenblick nicht verschlafen hat."

„Das ist alles sehr schön," sagte Finot, „aber komm jetzt endlich zu seinem Vermögen."

„Bixiou will uns nur einen Bären aufbinden," warf Blondet ein, „das Vermögen Rastignacs ist Delphine von Nucingen, eine sehr bemerkenswerte Frau, die ebenso kühn wie weitblickend ist."

„Hat sie dir Geld geliehen?" fragte Bixiou.

Allgemeines Lachen erhob sich.

„Du täuschst dich in ihr," sagte Couture zu Blondet, „ihr Geist besteht darin, daß sie mehr oder weniger pikante Dinge sagt, daß sie Rastignac mit peinlicher Treue liebt und ihm blind gehorcht; sie ist eine vollkommen italienische Frau."

„Und nebenbei hat sie Geld", sagte Andoche Finot scharf.

„Nun, nun," entgegnete Bixiou mit einschmeichelnder Stimme, „wagt ihr nach allem, was wir besprochen haben, dem armen Rastignac noch vorzuwerfen, daß er auf Kosten des Hauses Nucingen gelebt hat, daß er in seine Möbel hineingesetzt wurde, ebenso wie einstmals die Torpille von unserm Freunde Lupeaulx? Damit würdet ihr in die Gewöhnlichkeit der Straße verfallen. Um abstrakt zu sprechen, wie Royer-Collard sagt, so kann die Frage die Kritik der reinen Vernunft vertragen. Was die Kritik der unreinen Vernunft betrifft..."

„Jetzt ist er im Zuge", sagte Finot zu Blondet.

„Aber er hat recht", rief Blondet. „Die Frage ist sehr alt, sie war die Ursache des berühmten Duells auf Tod und Leben zwischen La Chateigneraie und Jarnac. Jarnac war beschuldigt worden, mit seiner Schwiegermutter, die den Luxus des allzu geliebten Schwiegersohnes bestritt, auf sehr gutem Fuß zu stehen. Wenn eine Tatsache so wahr ist, darf sie nicht ausgesprochen werden. Aus Anhänglichkeit an König Heinrich II., der sich diese Lästerrede erlaubt hatte, nahm La Chateigneraie sie auf seine Kappe; daraus ergab sich das Duell."

„Es gibt Frauen," nahm Bixiou wieder das Wort, „es gibt auch Männer, die ihre Existenz aufteilen und nur ein Stück davon verschenken können. Für diese Menschen steht jedes materielle Inter-

esse außerhalb der Gefühle, sie geben Leben, Zeit, Ehre einer Frau und halten es nicht für schicklich, unter sich Papiere auszutauschen, auf denen gedruckt steht: Das Gesetz bestraft Nachdruck mit dem Tode. Diese Leute nehmen nichts von einer Frau an. Ja, alles wird entehrend, wenn eine Verbindung der Interessen neben der Verbindung der Seelen besteht. Dieser Grundsatz wird allgemein gelehrt, aber selten angewendet..."
"Ja," sagte Blondet, "wie kleinlich! Richelieu, der sich auf Ritterlichkeit verstand, ließ Frau de la Popelinière eine Pension von tausend Louis aussetzen. Agnes Sorel gab ganz naiv König Karl VII. ihr Vermögen, und der König nahm es. Jacques Coeur unterhielt die Krone Frankreichs, die es geschehen ließ und dankbar war wie eine Frau."
"Liebe Freunde," sagte Bixiou, "die Liebe, die keine unlösliche Freundschaft verbürgt, erscheint mir als eine momentane Ausschweifung. Was ist eine ganze Hingabe, bei der man irgendwelche Vorbehalte macht? Zwischen diesen beiden Prinzipien, die so entgegengesetzt und beide in ihrer Art gleich unmoralisch sind, ist kein Ausgleich möglich. Nach meiner Ansicht sind die Leute, die eine vollständige Verbindung fürchten, der Ansicht, daß sie enden kann, und dann lebewohl, schöne Täuschung! Die Leidenschaft, die sich nicht für ewig hält, ist furchtbar. Daher fordern alle, die die Welt kennen, die Beobachter, die tonangebenden, gut behandschuhten Männer mit den schönen Krawatten, die sich nicht schämen, eine Frau um ihres Vermögens willen zu heiraten, die vollständige Trennung der materiellen

Interessen und der Gefühle als unerläßliche Bedingung. Die andern sind liebende Narren, die mit ihrer Geliebten in der Welt allein zu sein glauben. Ihnen sind die Millionen wie der Schmutz auf der Straße; der Handschuh, die Kamelie, den das Idol trägt, ist Millionen wert. Wenn ihr bei ihnen niemals das verachtete Metall findet, so findet ihr dafür getrocknete Blumen in schönen Zedernkästchen! Einer unterscheidet sich nicht mehr vom andern. Für sie gibt es kein ‚ich' mehr. ‚Du', das ist das Fleisch gewordene Wort. Ja, was wollt ihr? Möchtet ihr diese geheime Krankheit des Herzens hindern? Es gibt Einfaltspinsel, die ohne jede Berechnung lieben, und Weise, die rechnen, wenn sie lieben."

„Bixiou ist fabelhaft", rief Blondet. „Was meinst du, Finot?"

„Ja", erwiderte Finot. „Ich möchte sagen wie die Gentlemen: aber hier denke ich..."

„So wie die gemeinen Individuen, mit denen zusammen zu sein du die Ehre hast."

„Jawohl", sagte Finot.

„Und du?" fragte Bixiou Couture.

„Unsinn," rief Couture, „eine Frau, die aus ihrem Körper keinen Steigbügel macht, um den Mann, den sie bevorzugt, zum Ziel zu führen, hat nur Herz für sich selber."

„Und du, Blondet?"

„Ich bin derselben Meinung."

„Nun," erwiderte Bixiou mit seiner beißendsten Stimme, „Rastignac war nicht eurer Ansicht. Nehmen und nicht zurückgeben ist entsetzlich und leichtsinnig. Aber nehmen, um das Recht zu haben, es dem lieben Gott gleichzutun und das

Hundertfache zurückzuzahlen, das ist eine ritterliche Tat. So dachte Rastignac. Rastignac war tief gedemütigt durch die Interessengemeinschaft mit Delphine von Nucingen, ich kann von seinem Kummer darüber sprechen, ich habe ihn mit Tränen in den Augen seine Lage beklagen sehen. Ja, er hat wirklich geweint... nach dem Abendessen. Nach eurer Ansicht aber..."

„Ach, Finot, du machst dich über uns lustig", sagte Finot.

„Nicht im geringsten. Es handelt sich um Rastignac, dessen Schmerz nach eurer Ansicht ein Beweis für seine Verderbtheit ist, denn demzufolge hätte er Delphine weniger geliebt. Aber dem armen Jungen war nun einmal dieser Stachel ins Herz gedrungen. Er ist eben ein entarteter Edelmann, und wir sind tugendsame Künstler. Rastignac wollte also Delphine reich machen, er der Arme sie die Reiche. Und werdet ihr mir glauben: es ist ihm gelungen! Rastignac, der sich wie Jarnac geschlagen hätte, huldigte der Meinung Heinrichs II., der das große Wort sprach: ‚Es gibt keine absolute Tugend, wohl aber Umstände.' Und jetzt komme ich zu der Entstehungsgeschichte seines Vermögens."

„Du solltest jetzt lieber deine Erzählung anfangen, statt uns zu verleiten, uns selbst zu verleumden", sagte Blondet scherzend.

„Lieber Junge," erwiderte Bixiou, indem er ihm einen leichten Schlag auf den Hinterkopf gab, „halte du dich nur an den Champagner."

„Aber bei den heiligen Aktionären," rief Couture, „erzähle uns endlich deine Geschichte!"

„Ich stand schon unmittelbar davor", entgegnete

Bixiou, „aber wenn du so fluchst, bringst du mich in Verwirrung."

„Es kommen also Aktionäre in deiner Geschichte vor?" fragte Finot.

„Und sogar sehr reiche", erwiderte Bixiou.

„Ich finde," sagte Finot in steifem Ton, „du bist einem guten Jungen Rücksicht schuldig, bei dem du gelegentlich einen Fünfhundertfrankenschein findest..."

„Kellner!" rief Bixiou.

„Was willst du bei dem Kellner bestellen?" fragte Blondet.

„Fünfhundert Franken, um sie Finot wiederzugeben, um meine Zunge freizumachen und meine Dankbarkeit zu vernichten."

„Erzähle deine Geschichte," wiederholte Finot und zwang sich zu einem Lachen.

„Ihr seid Zeugen," sagte Bixiou, „daß ich nicht der Leibeigene dieses unverschämten Burschen bin, der der Meinung ist, daß mein Schweigen nur fünfhundert Franken wert ist! Du wirst nie im Leben Minister werden, wenn du die Gewissen nicht richtig einschätzt. Ich werde also, lieber Finot," fuhr er mit schmeichlerischer Stimme fort, „die Geschichte ohne Namensnennung erzählen, und wir sind quitt."

„Er wird uns beweisen," sagte Couture lächelnd, „daß Nucingen Rastignacs Vermögen gemacht hat."

„Du bist nicht so weit davon, wie du denkst," nahm Bixiou wieder das Wort. „Du weißt nicht, was Nucingen ist, finanziell gesprochen."

„Du weißt wohl nichts von seinen Anfängen?" fragte Blondet.

„Ich habe ihn nur hier in seinem Heim gekannt,"

erwiderte Bixiou, „aber wir mögen uns früher wohl auf der Landstraße begegnet sein."

„Das Glück des Hauses Nucingen gehört zu den außergewöhnlichsten Erscheinungen unserer Zeit," sagte Blondet. „1804 war Nucingen wenig bekannt, die damaligen Bankiers hätten gezittert, wenn ihnen hunderttausend Taler in Wechseln von ihm präsentiert worden wären. Der große Finanzmann fühlte seine Unterlegenheit. Wie sollte er sich einen Namen machen? Er stellt seine Zahlungen ein. Gut! Sein Name, der auf Straßburg und den Faubourg Poissonniére beschränkt war, wurde allerorten genannt. Er findet seine Gläubiger durch brachliegende Werte ab und nimmt seine Zahlungen wieder auf; sofort werden seine Wechsel in ganz Frankreich in Zahlung genommen. Durch einen unerhörten Zufall leben die brachliegenden Werte wieder auf, steigen, werfen Zinsen ab. Nucingen ist ein sehr gesuchtes Papier. Das Jahr 1815 kommt, der gute Mann rafft seine Kapitalien zusammen und kauft Wertpapiere vor der Schlacht von Waterloo, suspendiert seine Zahlungen im Augenblick der Krise, liquidiert mit Aktien der Gruben von Wortschin, die er sich zwanzig Prozent unter dem Wert verschafft hatte, zu dem er sie selber ausgab! Er nimmt von Grandet hundertfünfzigtausend Flaschen Champagner, um sich zu decken, da er den Bankrott dieses ehrenwerten Vaters des jetzigen Grafen Aubrion voraussah, und ebensoviel Bordeauxwein von Duberghe. Diese dreihunderttausend Flaschen, die er mit 30 Sous übernahm, ließ er die Alliierten im Palais Royal von 1817 bis 1819 zu sechs Franken die Flasche

austrinken. Die Aktien des Bankhauses Nucingen
und sein Name erlangten europäischen Ruf. Der
berühmte Baron hatte sich über den Abgrund erhoben, in dem andere versunken wären. Zweimal
hat seine Liquidation seinen Gläubigern ungeheure Vorteile verschafft: Er wollte sie anführen, aber es war unmöglich. Er gilt für den
ehrenhaftesten Mann der Welt. Bei der dritten
Zahlungseinstellung werden die Papiere des Hauses Nucingen in Asien, in Mexiko, in Australien,
bei den Wilden Verbreitung finden. Ouvrard ist
der einzige, der diesen Elsässer, den Sohn eines
Juden, der sich aus Ehrgeiz hat taufen lassen,
durchschaut hat: ,,Wenn Nucingen sein Gold hergibt," sagte er, ,,dann kann man sicher sein,
daß er Diamanten dafür bekommt."

,,Sein Kompagnon Du Tillet ist ebenfalls sehr tüchtig", sagte Finot. ,,Man muß sich nur vorstellen,
daß dieser Mann, obwohl er von Geburt nichts
von dem besaß, was uns zum Dasein unerläßlich
erscheint, und noch 1814 keinen roten Heller
hatte, das geworden ist, als was er heute dasteht:
aber was keiner von uns (ich spreche nicht von
dir, Couture) gekonnt hat: er hatte Freunde,
statt Feinde zu haben. Er hat auch sein früheres
Leben so gut zu verbergen verstanden, daß man
lange suchen mußte, um ihn etwa um das Jahr
1814 als Verkäufer in einer Parfümerie der Rue
Saint-Honoré zu finden."

,,Ach was," warf Bixiou ein, ,,wir wollen doch
Nucingen nicht mit einem kleinen Spekulanten
wie Du Tillet vergleichen, einem Schakal, der durch
seinen Geruchssinn vorwärts kam, der die Kada-
ver wittert und als erster zur Stelle ist, um sich

den besten Knochen zu holen. Man braucht sich die beiden Männer ja nur anzusehen: der eine sieht aus wie eine Katze, mager und elastisch, der andere ist stark, viereckig, schwer wie ein Sack, unbeweglich wie ein Diplomat. Nucingen hat eine feste Hand und einen Blick wie ein Luchs, unerschütterlich. Er ist undurchdringlich, man sieht ihn niemals kommen, während die Schlauheit Du Tillets zu fein gesponnenem Faden gleicht, der bricht, wie Napoleon einmal von irgend jemandem sagte."

„Ich sehe an Nucingen keinen Vorzug Du Tillet gegenüber, als daß er so viel Vernunft hat, zu wissen, daß ein Finanzmann nur Baron sein darf, während Du Tillet sich in Italien zum Grafen machen lassen will," sagte Blondet.

„Ein Wort, Blondet," erwiderte Couture. „Zunächst hat Nucingen zu sagen gewagt, daß es ehrenhafte Menschen nur dem Ansehen nach gibt; und um ihn zu kennen, muß man in die Geschäfte eingeweiht sein. Bei ihm ist die Bank eine sehr kleine Abteilung: er hat staatliche Lieferungen, Weine, Wolle, Farben, und überhaupt alles, was irgendeinen Gewinn verspricht. Sein Genie umfaßt alles. Dieser Elefant der Finanz würde Abgeordnete an das Ministerium und die Griechen an die Türken verkaufen. Für ihn ist, wie Cousin sagen würde, der Handel die Gesamtheit der Mannigfaltigkeiten, die Einheit der Spezialitäten. Wenn man das Bankwesen so ansieht, wird es direkt zu einer Politik, es erfordert einen mächtigen Kopf und veranlaßt einen gut eingeweihten Menschen, sich über die Gesetze der Rechtschaffenheit hinwegzusetzen, in denen er sich eingeengt fühlt."

„Du hast recht, mein Junge," sagte Blondet, „aber wir allein begreifen, daß damit der Krieg in die Welt des Geldes hineingetragen ist. Der Bankier ist ein Eroberer, der die Massen opfert, um zu geheimen Resultaten zu gelangen, seine Soldaten sind die Zinsen der Privatpersonen. Er muß seine Schlachtpläne entwerfen, seine Fallen legen, seine Verbündeten organisieren, seine Städte erobern. — Die meisten von diesen Männern kommen mit der Politik in so nahe Berührung, daß sie sich schließlich hineinmischen und ihr Vermögen dabei zusetzen. Das Haus Necker ist dabei zugrunde gegangen, der berühmte Samuel Bernard hat sich auf diese Art fast ruiniert. In jedem Jahrhundert gibt es einen Bankier von ungeheurem Reichtum, der weder Vermögen noch Nachfolger hinterläßt. Die Brüder Pâris, die Law untergraben halfen, und Law selber, neben dem alle Gründer von Aktiengesellschaften Zwerge sind, Bouret, Baujon, alle sind verschwunden, ohne durch eine Familie repräsentiert zu werden. Gleich der Zeit verschlingt die Bank ihre Kinder. Um bestehen zu können, muß der Bankier adelig werden, muß eine Dynastie begründen, wie die Geldleute Karls V., die Fugger, die Fürsten von Babenhausen wurden und noch heute existieren ... in dem Gothaer Almanach. Die Bank erstrebt den Adel aus einem Instinkt der Selbsterhaltung heraus und vielleicht ohne sich dessen bewußt zu sein. Jaques Coeur hat ein großes vornehmes Haus begründet, das Haus Noirmoutier, das unter Ludwig XIII. ausstarb. Welch eine Energie besaß dieser Mann, der zugrunde ging, weil er einen legitimen König eingesetzt hatte! Er starb als Fürst einer Insel des Archipels, wo er eine prächtige Kathedrale erbaut hatte."

„Ja, wenn du in die Geschichte abschweifst, kommen wir von der heutigen Zeit ab, wo der Thron des Rechtes beraubt ist, den Adel zu verleihen, wo man hinter verschlossenen Türen Barone und Grafen macht," sagte Finot.

„Es tut dir leid, daß es den Kaufadel gibt," entgegnete Bixiou, „und damit hast du recht. Kennst du Beaudenord? Nein, nein, nein. Da sieht man, wie es geht. Der arme Kerl war vor zehn Jahren die Blüte des Dandytums. Aber er ist so aufgesogen worden, daß ihr ihn nicht mehr kennt. Beaudenord ist der erste, den ich euch vorführen will. Zunächst hieß er Godefroid de Beaudenord. Weder Finot, noch Blondet oder Couture und ich verkennen diesen Vorzug. Der Mann wurde nicht in seiner Eigenliebe verletzt, wenn er seine Diener beim Verlassen eines Balles seinen Namen rufen hörte und dreißig schöne Frauen dabeistanden und an der Seite ihrer Gatten und ihrer Anbeter auf ihren Wagen warteten. Außerdem besaß er alles, was Gott dem Menschen gegeben hat: er war heil und gesund, hatte weder einen Schaden am Auge, noch falsches Haar, noch falsche Waden; seine Beine waren weder nach außen noch nach innen gekrümmt und die Knie nicht geschwollen, er hatte eine gerades Rückgrat, eine schlanke Taille, weiße, schöne Hände, schwarzes Haar; seine Gesichtsfarbe war weder rosig wie der Teint eines Ladenjünglings, noch zu braun wie die Haut eines Kalabresers. Und das wesentlichste: Beaudenord war kein zu schöner Mann, wie manche unter unsern Freunden, die sehr viel Aufhebens von ihrer Schönheit machen und nichts weiter besitzen, aber wir wollen das außer acht lassen. Er war ein guter Pistolenschütze, und ein glänzender Reiter. Wißt ihr, daß man, wenn man erfahren will, woraus sich im neunzehnten Jahrhundert in Paris ein ganzes, reines, ungemischtes Glück zusammensetzt, das Glück eines jungen Menschen von sechsundzwanzig Jahren, — daß man dann auf die unendlich kleinen Dinge des Lebens eingehen muß? Der Schuhmacher beschuhte Beaudenords Fuß sehr gut, sein Schneider hatte Freude daran, ihn einzukleiden. Godefroid stotterte nicht und hatte keinen störenden Dialekt, er sprach rein und korrekt und band seine Krawatte ebensogut wie Finot. Er war mit dem Marquis von Aiglemont verwandt, der — (da er elternlose Waise) — sein Vormund war, und konnte mit den Bankiers verkehren, ohne daß der Faubourg Saint-Germain ihm deswegen Vorwürfe machte, denn glücklicherweise hat ein junger Mann das Recht, aus dem Vergnügen sein einziges Gesetz zu machen, dorthin zu gehen, wo man sich amüsiert und die finstern Winkel zu fliehen, in denen der Kummer zu Hause ist. Geimpft war er auch. Du verstehst mich, Blondet. Trotz all diesen Tugenden hätte er sich sehr unglücklich fühlen können. Das Glück hat das Unglück, anscheinend etwas Absolutes zu bezeichnen, was so viele Dummköpfe zu der Frage verleitet: ‚Was ist das Glück?' Eine Frau von sehr viel Geist sagte einmal: ‚Das Glück ist da, wo man es hinträgt.'"

„Sie hat eine traurige Wahrheit verkündet," meinte Blondet.

„Und eine Moral", fügte Finot hinzu.

„Die Urmoral. Das Glück, die Tugend und das Böse drücken etwas Relatives aus", erwiderte Blondet. „Zum Beispiel hoffte La Fontaine, daß die Verdammten sich im Laufe der Zeit an ihre Lage gewöhnen und sich schließlich in der Hölle so wohl fühlen würden wie der Fisch im Wasser."

„Die Spießbürger kennen alle Aussprüche La Fontaines", warf Bixiou ein.

„Das Glück eines Mannes von sechsundzwanzig Jahren, der in Paris lebt, ist anders als das Glück eines Mannes von sechsundzwanzig, der in Blois wohnt," sagte Blondet, ohne auf die Unterbrechung zu achten. „Wer von dieser Tatsache ausgeht, um auf die Unbeständigkeit der Ansichten zu schimpfen, ist ein Dummkopf. Die moderne Medizin, deren schönster Ruhmestitel es ist, daß sie zwischen 1799 und 1837 aus dem Zustande der Mutmaßungen in den Zustand der positiven Wissenschaft übergegangen ist, und zwar durch den Einfluß der großen Analytikerschule von Paris, hat nachgewiesen, daß der Mensch sich innerhalb eines bestimmten Zeitraums vollkommen erneuert..."

„Er ist ganz anders geworden und sieht doch noch ebenso aus", nahm Bixiou das Wort. „Es gibt also mancherlei Flicken auf dem Harlekinsgewande, das wir Glück nennen, aber das Kleid unseres Freundes Godefroid hatte weder Löcher noch Flecken. Es wäre denkbar, daß ein junger Mann von sechsundzwanzig Jahren, der Glück in der Liebe hatte, das heißt, der nicht nur um seiner blühenden Jugend, um seines Geistes oder seiner

Haltung, auch nicht einmal um seiner eigenen
Liebe willen geliebt würde, keinen Heller in der
Börse hätte, die die Geliebte ihm gestickt, daß
er seinem Hauswirt die Miete, dem schon erwähnten Schuhmacher die Stiefel, dem Schneider die
Kleider schuldig, daß er arm wäre! Das Elend
würde das Glück des jungen Mannes stören, der
nicht unsere überlegenen Ansichten über die Verbindung der Interessen hätte. Ich kenne nichts
Beunruhigenderes, als seelisch sehr glücklich und
materiell sehr unglücklich zu sein. Ist das nicht,
als wenn man wie ich ein von der Zugluft erstarrtes Bein hat, während das andere vom Feuer
gebraten ist? Ich hoffe, ihr habt mich verstanden. Aber lassen wir das Herz beiseite, es verdirbt den Geist. Wir wollen fortfahren: Godefroid de Beaudenord genoß also die Achtung
seiner Lieferanten, denn sie bekamen ziemlich
regelmäßig ihr Geld. Die geistvolle Frau, die
ich schon erwähnte, aber hier nicht nennen
möchte, weil sie, da sie wenig Herz hatte..."
„Wer ist das?"
„Die Marquise von Espard! Sie sagte, ein junger
Mann müsse im ersten Stock wohnen und nichts
um sich haben, was nach Haushalt schmecke,
weder eine Köchin noch eine Küche, und müsse
von einem alten Diener bedient werden. Nach
ihrer Meinung war jede andere Einrichtung geschmacklos. Godefroid de Beaudenord wohnte,
diesem Programm getreu, am Quai Malaquais im
ersten Stock. Er war aber gezwungen, eine kleine
Ähnlichkeit mit verheirateten Leuten zu haben,
indem er in sein Zimmer ein Bett stellte, das
aber so schmal war, daß es wenig Platz einnahm.

Eine Engländerin, die sich zufällig zu ihm verirrt hätte, würde nichts Unschickliches darin gefunden haben, nichts, was ‚improper' wäre. Finot, du mußt dir das große Gesetz des ‚improper' erklären lassen, das England beherrscht. Aber da wir ja durch einen Tausendfrankenschein verbunden sind, will ich dir eine Vorstellung davon geben. Ich bin in England gereist, (leise zu Blondet: Ich gebe ihm Geist für mehr als zweitausend Franken). In England, Finot, liierst du dich außerordentlich mit einer Dame in der Nacht, auf dem Ball oder anderswo. Am andern Morgen triffst du sie auf der Straße und tust, als erkenntest du sie wieder: improper! Du entdeckst beim Diner unter dem Frack deines Nachbars zur Linken einen entzückenden, geistreichen, nicht hochmütigen, angenehmen Menschen, er hat nichts Englisches an sich. Nach den Gesetzen der alten französischen Gesellschaft, die so höflich und so liebenswürdig war, sprichst du ihn an: improper! Du sprichst auf dem Ball eine hübsche Frau an, um sie zum Tanz aufzufordern: improper! Du ereiferst dich, du diskutierst, du lachst, du schüttest dein Herz, deine Seele, deinen Geist in deiner Unterhaltung aus, du drückst deine Gefühle aus, du spielst beim Spiel, plauderst beim Plaudern und ißt beim Essen: Improper, improper, improper! Einer der geistvollsten und tiefsinnigsten Männer dieser Zeit, Stendhal, hat dies „Improper" sehr gut charakterisiert, wenn er sagt, daß nur das ein echter englischer Lord ist, der, auch wenn er allein ist, vor seinem Kaminfeuer die Beine nicht überzuschlagen wagt, aus Furcht, improper zu sein. Dank dem Improper wird man

eines Tages London und seine Bewohner versteinert sehen."
„Wenn man denkt, daß es in Frankreich Einfaltspinsel gibt, die die zeremoniellen Dummheiten der Engländer hier bei uns einführen möchten," sagte Blondet, „so muß jeder schaudern, der England gesehen hat und sich der anmutigen und liebenswürdigen französischen Sitten erinnert. In seinen letzten Jahren bereute Walter Scott, der nicht gewagt hatte, die Frauen so zu zeichnen, wie sie sind, aus Angst, improper zu erscheinen, die schöne Gestalt der Effie im Gefängnis von Edinburgh geschaffen zu haben."
„Willst du in England nicht improper sein?" fragte Bixiou Finot.
„Nun?" sagte Finot.
„Dann besieh dir in den Tuilerien eine Art Spritzenmann aus Marmor, den der Bildhauer Themistokles nennt, und versuche, so zu gehen wie dieser Mann, dann wirst du niemals improper sein. Auf das große Gesetz des Improper ist es zurückzuführen, daß Godefroids Glück vollständig wurde. Ich will euch die Geschichte erzählen. Er hatte einen Reitknecht, nicht einen Groom, wie die Leute sagen, die nichts von der Welt wissen. Sein Reitknecht war ein kleiner Irländer, der ganz nach Belieben Paddy, Joby, Toby genannt wurde, drei Fuß lang und zwanzig Zoll breit war, mit einem Gesicht wie ein Wiesel, mit stählernen Nerven, gewandt wie ein Eichhörnchen, der einen Landauer mit einer Geschicklichkeit kutschierte, wie sie weder in London noch in Paris zu finden war, mit Eidechsenaugen, ebenso scharf wie meine, er ritt wie der alte Franconi

und hatte blondes Haar wie eine Jungfrau von Rubens, rosige Backen, er war schlau wie ein alter Advokat, zehn Jahre alt, kurz, eine wirkliche Blüte der Perversität, er spielte und fluchte, war ein großer Freund von Süßigkeiten und Punsch, schimpfte wie ein Feuilleton und war frech und keck wie ein Pariser Gassenjunge. Er war der Stolz und die Freude eines berühmten englischen Lords, dem er schon siebenhunderttausend Franken bei den Rennen gewonnen hatte. Der Lord liebte den Knaben sehr: sein Jockey war eine Sehenswürdigkeit, kein Mensch in London hatte einen so kleinen Jockey. Auf einem Rennpferde sah Joby wie ein Falke aus. Aber der Lord entließ Toby, nicht weil er genascht oder gestohlen, oder jemanden gemordet, oder lästerliche Reden geführt, sich schlecht benommen oder gegen die Frau Baronin unverschämt gewesen war, nicht weil er sich von den Gegnern seines Herrn beim Rennen hatte bestechen lassen, sich am Sonntag amüsiert oder sonst etwas Verwerfliches getan hatte, — Toby hätte alle diese Dinge getan, er hätte sogar mit seinem Herrn gesprochen, ohne gefragt worden zu sein, und der Herr Baron würde ihm auch dies Verbrechen verziehen haben. Der Herr Baron hätte sich vieles von Toby gefallen lassen, denn er hielt große Stücke auf ihn. Sein Jockey lenkte einen zweirädrigen Wagen, mit zwei Pferden lang bespannt, auf dem zweiten Pferde sitzend, so daß seine Beine die Deichsel nicht berührten, und er hatte einen Engelskopf, wie sie die italienischen Maler um den ewigen Vater herum malen. Ein englischer Journalist machte eine köstliche Beschreibung von diesem

kleinen Engel, den er zu hübsch für einen Jockei
fand. Die Beschreibung drohte gehässig und improper zu werden. Der Superlativ des Improper
führt zum Galgen. Der Herr Baron wurde um
seiner Umsicht willen sehr von Mylady gelobt.
Toby konnte nirgends eine Stellung finden. Zu
jener Zeit war Godefroid in der französischen
Gesandtschaft in London, wo er von dem Abenteuer Tobys, Jobys oder Paddys hörte. Godefroid
nahm sich des Jockeys an, den er weinend neben
einer Schüssel voll Süßigkeiten fand, denn das
Kind hatte schon das Geld verloren, mit dem der
Herr Baron sein Unglück vergoldet hatte. Godefroid de Beaudenord brachte also den reizendsten englischen Jockey in unser Land mit und
wurde bekannt durch ihn wie Couture durch seine
Westen. So konnte er leicht Zutritt in den Klub
Grammont erlangen. Er beunruhigte niemandes
Ehrgeiz, nachdem er auf die diplomatische Laufbahn verzichtet hatte, er hatte keinen gefährlichen Geist, er wurde von allen freundlich aufgenommen. Wir alle hätten uns in unserer Eigenliebe verletzt gefühlt, wenn wir nur lachende
Gesichter gesehen hätten. Uns macht es Freude,
die bittere Grimasse der Mißgunst zu gewahren.
Godefroid liebte es nicht, gehaßt zu werden. Jeder nach seinem Geschmack! Wir wollen uns
jetzt mit den Tatsachen befassen, mit dem materiellen Leben. Seine Wohnung, wo ich mich
an mehr als einem Frühstück erlabt habe, zeichnete sich durch ein geheimnisvolles Toilettenzimmer aus, das sehr reich geschmückt war und
viele Annehmlichkeiten besaß: Kamin, Badewanne, Sonderausgang, gepolsterte Flügeltüren,

leise schließende Schlösser, Mattglasfenster, undurchsichtige Vorhänge. Wenn sein Wohnzimmer die schönste Unordnung zeigte, die der anspruchsvollste Aquarellmaler nur wünschen kann, wenn alles darin die Bohemienmanieren des jungen eleganten Mannes verriet, so war das Toilettenzimmer wie ein Sanktuarium weiß, sauber, warm, ohne Zugluft, mit Teppichen ausgelegt, um barfüßig im Hemd darin umherzulaufen. Darin liegt das Kennzeichen des Junggesellen, der das Leben kennt, denn hier kann er in den kleinen Einzelheiten des Daseins, die den Charakter offenbaren, einfältig oder groß erscheinen. Die schon erwähnte Marquise — nein, dies war die Marquise von Rochefide, — hat so ein Toilettenzimmer wütend verlassen und ist niemals dahin zurückgekehrt, weil sie nichts darin gefunden hatte, was „improper" war. Godefroid hatte darin einen kleinen Schrank voller..."

„Unterwäsche", sagte Finot.

„Das sieht dir ähnlich, du alter Materialist! Nein, voller Kuchen, Obst, schöner kleiner Flaschen mit Malaga- und Muskatwein, alles, was einen empfindlichen und erfahrenen Magen erfreuen kann. Ein alter boshafter Diener, der sich gut auf Tiere verstand, wartete die Pferde und bediente Godefroid, denn er war schon bei dem verstorbenen Herrn Beaudenord gewesen und hatte Godefroid eine unveränderliche Anhänglichkeit bewahrt, eine Krankheit des Herzens, mit der die Sparkassen unter den Dienstboten aufgeräumt haben. Jedes materielle Glück beruht auf Zahlen. Da ihr das Pariser Leben in allen seinen Auswüchsen kennt, werdet ihr euch denken können, daß er ungefähr siebzehntausend Livres Einkommen haben mußte. An dem Tage, als er großjährig wurde, legte ihm der Marquis von Aiglemont die Vormundschaftsrechnung vor, eine Rechnung, wie wir sie unsern Neffen nicht präsentieren können, und übergab ihm ein Guthaben mit achtzehntausend Livres Zinsen, den Rest des väterlichen Wohlstands, der durch die große republikanische Herabsetzung vermindert und durch die Zahlungseinstellungen des Kaiserreichs geschmälert worden war. Der tugendsame Vormund übergab seinem Mündel außerdem etwa dreißigtausend Franken Ersparnisse, die im Bankhaus Nucingen angelegt waren und sagte mit aller Anmut des vornehmen Herrn und der Gleichgültigkeit eines kaiserlichen Offiziers, daß er diese Summe für seine Jugendtorheiten aufgespart habe. ‚Wenn du auf mich hörst, Godefroid,‘ fügte er hinzu, ‚so mache, statt das Geld auf dumme Weise wegzuwerfen wie so viele andere, nützliche Dummheiten; nimm einen Gesandtenposten in Turin an, geh von dort nach Neapel, von Neapel nach London, dann wirst du für dein Geld Vergnügen und Wissen ernten. Wenn du später einen Beruf ergreifen willst, so hast du weder deine Zeit noch dein Geld vergeudet.‘ Der verstorbene Aiglemont war besser als sein Ruf, was man von uns gerade nicht sagen kann."

„Ein junger Mann, der mit einundzwanzig Jahren ein Einkommen von achtzehntausend Livres hat, ist ein ruinierter Mensch", sagte Couture.

„Wenn er nicht geizig oder sehr klug ist", warf Blondet ein.

„Godefroid hielt sich in den vier Hauptstädten

Italiens auf", fuhr Bixiou fort. „Er sah England und Deutschland, etwas von Petersburg, und durchstreifte Holland. Aber er verausgabte die dreißigtausend Franken, indem er lebte, als ob er ein Einkommen von dreißigtausend Livres hätte. Er hätte sich das Herz aus dem Leibe reißen, hätte sich panzern mögen, seine Illusionen verlieren, hätte lernen mögen, alles anzuhören, ohne zu erröten, zu sprechen, ohne etwas zu sagen, um die geheimen Interessen der Mächte zu durchdringen. Aber es machte ihm schon Mühe, sich vier Sprachen anzueignen, das heißt, vier Worte gegen eine Idee ins Treffen zu führen. Er wurde von mehreren langweiligen alten Damen ausgeraubt, war schüchtern und wenig weltgewandt, ein guter Junge, vertrauensvoll, nicht imstande, etwas Schlechtes von den Leuten zu reden, die ihm die Ehre erwiesen, ihn in ihr Haus aufzunehmen, und besaß zuviel Ehrlichkeit, um Diplomat zu sein, kurz er war das, was wir einen anständigen Menschen nennen."

„Also ein Schafskopf, der seine achtzehntausend Livres Zinsen aufs Spiel setzte", sagte Couture. „Dieser verteufelte Couture hat so sehr die Gewohnheit, die Dividenden vorweg zu verbrauchen, wie er die Verwickelung meiner Geschichte vorwegnimmt. Wo war ich stehen geblieben? Bei Beaudenords Rückkehr. Als er sich am Quai Malaquais niedergelassen hatte, fand er, daß tausend Franken außer seinen Bedürfnissen nicht genügten für seinen Logensitz im Théâtre des Italiens und in der Oper. Und da er sich mit seinen achtzehntausend Livres Rente behindert fühlte, empfand er die Notwendigkeit, sein Geld arbeiten zu lassen. Ihm lag sehr daran, sich nicht zugrunde zu richten. Er fragte seinen Vormund um Rat. ‚Lieber Junge,' sagte Aiglemont, ‚verkaufe deine Renten, ich habe meine und die meiner Frau auch verkauft. Nucingen verwaltet mein ganzes Kapital und gibt mir sechs Prozent dafür. Mache es wie ich, du bekommst ein Prozent mehr und dies eine Prozent wird dir gestatten, ganz nach deinen Wünschen zu leben." In drei Tagen hatte Godefroid diesen Standpunkt erreicht. Seine Einnahmen waren völlig in Übereinstimmung mit seinen Ausgaben, sein materielles Glück war vollständig. Wenn es möglich wäre, alle jungen Leute von Paris mit einem einzigen Blick zu durchdringen, wie es vielleicht nach dem Jüngsten Gericht der Fall sein wird für die Milliarden von Generationen, die in allen Weltteilen umhergetrottet sind, und sie zu fragen, ob das Glück eines jungen Mannes von sechsundzwanzig Jahren nicht darin besteht, reiten zu können, in einem Wagen zu fahren mit einem faustgroßen Jockey, so frisch und rosig wie Toby, Joby oder Paddy, sich abends für zwölf Franken einen sehr schönen Mietwagen nehmen zu können, immer elegant zu erscheinen nach den Kleidungsvorschriften für Vormittags, Mittags, Nachmittags und Abends, in allen Gesellschaften gut aufgenommen zu werden und dort die vergänglichen Blüten kosmopolitischer und oberflächlicher Freundschaften einzuheimsen, ein angenehmes Äußeres zu haben und seinen Namen, seinen Anzug und seinen Kopf mit Anstand zu tragen, in einer reizenden kleinen Wohnung zu wohnen und seine Freunde einladen zu können, ohne vorher erst lange die Börse zu befragen, und bei keiner vernünftigen Unternehmung durch das Wort: Aber das Geld? gehindert zu werden. Die drei rosa Tuffs erneuern zu können, die die Ohren seiner drei Vollblutpferde schmücken, und stets neues Futter im Hut zu haben? Aber wir alle würden antworten, daß das ein unvollkommenes Glück wäre, eine Kirche ohne Altar, daß man lieben und geliebt werden, oder lieben muß, ohne geliebt zu werden, oder geliebt werden muß, ohne zu lieben. Wir wollen jetzt zu dem seelischen Glück übergehen. Als er im Januar 1823 sich so mitten in Genüssen sah, und in den verschiedenen Gesellschaftskreisen, an denen ihm lag, Fuß gefaßt hatte, fühlte er die Notwendigkeit, sich in den Schutz eines Sonnenschirms zu begeben und sein Herz einer Frau auszuschütten. Endlich entschloß er sich, seine Gefühle, seine Ideen, seine Neigungen einer Frau, d e r Frau zu widmen. Er hatte zuerst den lächerlichen Gedanken, eine unglückliche Liebe haben zu müssen und strich einige Zeit um seine schöne Kusine, Frau von Aiglemont herum, ohne zu ahnen, daß ein Diplomat bereits den Faustwalzer mit ihr getanzt hatte. Das Jahr 1825 verging unter Versuchen und nutzlosen Liebschaften. Der gewünschte liebende Gegenstand fand sich nicht. Die Leidenschaften sind eine große Seltenheit. In unserer Zeit sind in den Sitten ebensoviele Barrikaden erbaut worden wie auf den Straßen. Das Improper der Engländer gewinnt an Boden bei uns! Da man uns den Vorwurf macht, den Porträtmalern, den Auktionatoren und Modekaufleuten ins Gehege zu kommen, so will ich euch mit der Beschreibung der Dame verschonen, in der Godefroid sein Ideal fand. Alter: neunzehn Jahre, Größe: ein Meter fünfzig, Haar: blond, Augenbrauen: dito, Augen: blau, Stirn: mittel, Nase: gewölbt, Mund: klein, Kinn: kurz und vorstehend, Gesicht: oval, besondere Kennzeichen: keine.

Das ist der Paß des geliebten Wesens. Ihr dürft nicht neugieriger sein als die Polizei, als die Herren Bürgermeister aller Städte und Gemeinden Frankreichs, als die Gendarmen und andere staatliche Behörden. Als Godefroid zum erstenmal zu Frau von Nucingen ging, die ihn zu einem ihrer Bälle eingeladen, in denen sie mit Recht einen gewissen Ruhm erlangt hatte, sah er dort bei einer Quadrille das Wesen, das er lieben konnte, und wurde durch diese Gestalt von hundertfünfzig Zentimetern bezaubert. Das blonde Haar umflutete in Wellen den zierlichen Kopf, der so frisch und rosig war wie der einer Najade, die die Nase in das kristallene Wasser ihrer Quelle taucht, um die Frühlingsblumen zu sehen. (Das ist unser neuer Stil.) Ihr kennt wohl alle den Zauber der blonden Haare und der blauen Augen bei einem weichen, wollüstigen und sittsamen Tanz? So ein junges Wesen klopft nicht so kühn an das Herz wie die Braunen, die in ihrem Blick zu sagen scheinen: Das Geld oder das Leben! Fünf Franken, oder ich verachte dich! Diese kekken (und bisweilen auch gefährlichen!) Schönheiten mögen vielen Männern gefallen, nach meiner Ansicht aber wird die Blonde, die das Glück hat, sehr zart und anschmiegend zu erscheinen, ohne dadurch ihre Rechte des Widerspruchs, der Neckerei, unberechtigter Eifersucht und aller

Eigenschaften, die die Frau anbetungswürdig machen, zu verlieren, immer sicherer sein, sich zu verheiraten, als die feurige Braune. Das Holz ist teuer. Isaure, die blonde Elsässerin (sie war in Straßburg geboren und sprach deutsch mit einem sehr reizenden französischen Akzent) tanzte wunderbar. Ihre Füße, die der Polizeibeamte in dem Paß nicht erwähnt hatte, die aber wohl bei den besonderen Kennzeichen ihren Platz hätten finden können, waren auffallend durch ihre Kleinheit und wußten so hübsch, so leicht, so geschwind sich zu setzen, daß man darin ein gutes Vorzeichen für die Herzensdinge sehen konnte. „Sie hat Tanzfüße", war die höchste Schmeichelei Marcels, des einzigen Tanzmeisters, der den Beinamen „der Große" verdient hat. Man nannte ihn Marcel den Großen, ebenso wie Friedrich den Großen, und das war zu Friedrichs Zeit."

„Hat er Ballette geschrieben?" fragte Finot.

„Ja, zum Beispiel die Vier Elemente und Das galante Europa."

„Das war doch eine Zeit," sagte Finot, „als die vornehmen Herren noch die Tänzerinnen kleideten."

„Improper!" erwiderte Bixiou. „Isaure hob sich nicht auf die Fußspitzen, sie blieb auf dem Boden und wiegte sich ganz leicht, nicht wollüstiger, als ein junges Mädchen sich wiegen darf. Marcel sagte mit tiefer Philosophie, daß jede Lebenslage ihren eigenen Tanz habe. Eine verheiratete Frau müsse anders tanzen als ein junges Mädchen, ein Advokat anders als ein Finanzmann, ein Offizier anders als ein Page: er ging sogar so weit, zu behaupten, daß ein Infanterist anders tanzen müsse als ein Kavallerist, und unter diesem Gesichtspunkt wollte er die ganze Gesellschaft analysieren. Diese feinen Nuancen liegen uns heute alle sehr fern."

„Jawohl," sagte Blondet, „du rührst da an ein großes Unglück. Wenn man Marcel verstanden hätte, so wäre die französische Revolution nicht möglich gewesen."

„Godefroid", fuhr Bixiou fort, „hatte nicht den Vorteil gehabt, durch ganz Europa zu kommen, ohne die fremden Tänze gründlich zu studieren. Ohne diese tiefe Kenntnis der Choreographie, die für nebensächlich gilt, hätte er vielleicht niemals diese junge Dame geliebt; aber unter dreihundert Gästen, die sich in den schönen Salons der Rue Saint-Lazare drängten, war er der einzige, der die unerschlossene Liebe begriff, die der geschwätzige Tanz verriet. Man bemerkte wohl Isaure von Aldriggers Art, aber in diesem Jahrhundert, wo alles schreit: Nur immer vorwärts, wir wollen uns nicht verankern! sagte einer: Das junge Mädchen tanzt fabelhaft (das war ein junger Advokat), ein anderer: Das kleine Mädchen tanzt bezaubernd! (das war eine Dame im Turban), die dritte, eine Frau von dreißig Jahren, sagte: Die Kleine tanzt nicht übel! Wir wollen aber noch einmal auf Marcel den Großen zurückkommen und sein berühmtestes Wort parodieren: Wieviel liegt doch in einem einzigen Pas!"

„Erzähle doch etwas rascher," sagte Blondet, „du machst so viele Umschweife."

„Isaure", begann Bixiou wieder, indem er einen Seitenblick auf Blondet warf, „hatte ein schlichtes Kleid aus weißem Krepp mit grünen Schleifen an, eine Kamelie im Haar, eine Kamelie im Gürtel, noch eine Kamelie am Rocksaum und eine Kamelie..."

„Aber das sind doch wirklich die dreihundert Ziegen des Sancho!"

„So ist die ganze Literatur, mein Lieber! Clarisse ist ein Meisterwerk in vierzehn Bänden, und der stumpfsinnigste Stückeschreiber wird dir die ganze Geschichte in einem Akt erzählen. Warum beschwerst du dich, wenn ich dich unterhalte? Das Kleid sah entzückend aus! Oder bist du nicht für Kamelien? Willst du lieber Dahlien? Nein! Also dann nimm eine Marone, da hast du!" sagte Bixiou und schien Blondet eine Marone zuzuwerfen, denn wir hörten sie auf den Teller fallen.

„Also ich gebe mich geschlagen", erwiderte Blondet. „Und weiter?"

„Höre nur zu", sagte Bixiou. „,Ist es nicht schön, zu heiraten?' sagte Rastignac zu Beaudenord und zeigte ihm die Kleine mit den weißen, reinen Kamelien. Rastignac gehörte zu Godefroids intimen Freunden. ‚Ich habe auch schon daran gedacht', flüsterte Godefroid ihm zu. ‚Statt in seinem Glück jeden Augenblick zusammenzufahren, mühselig einem unaufmerksamen Ohr ein Wort zuzuraunen, im Théâtre des Italiens aufzupassen, ob eine rote oder eine weiße Blume im Haar steckt, ob auf dem Wagenpolster eine behandschuhte Hand ruht, statt hinter einer Tür einen Kuß zu stehlen wie ein Lakai, der heimlich eine Flasche austrinkt, statt seine Intelligenz zu benutzen, um wie ein Briefträger einen Brief abzugeben und in Empfang zu nehmen, statt unendliche Zärtlichkeiten in zwei Zeilen zu bekom-

men, statt heute fünf Bände und morgen schon wieder zwei Blätter lesen zu müssen, was ermüdend ist, statt sich hinter Hecken zu verkriechen, wäre es doch wohl besser, sich der herrlichen Leidenschaft zu überlassen, die Rousseau so sehnlich begehrt, und ganz bieder ein junges Mädchen wie Isaure zu lieben, in der Absicht, sie zu seiner Frau zu machen, wenn in dem Austausch der Gefühle die Herzen sich finden, und schließlich ein glücklicher Werther zu werden.'
‚Der ist genau so lächerlich wie alle andern', sagte Rastignac ganz ernst. ‚Ich würde mich an deiner Stelle vielleicht in die unendlichen Wonnen dieser neuen, originellen und wenig kostspieligen Askese hineinstürzen. Deine Mona Lisa ist sehr lieblich, aber dumm wie Ballettmusik, darauf mache ich dich aufmerksam.' Die Art, wie Rastignac diese letzten Worte sagte, erweckte in Beaudenord den Argwohn, daß sein Freund ein Interesse daran habe, ihn zu ernüchtern, und er, der ehemalige Diplomat, hielt ihn für seinen Rivalen. Die verfehlten Berufe machen sich in dem ganzen Dasein geltend. Godefroid verliebte sich so heftig in Fräulein Isaure von Aldrigger, daß Rastignac zu einer Dame ging, die in einem der Spielsäle mit Freunden plauderte und ihr zuflüsterte: ‚Malwina, Ihre Schwester hat soeben einen Fisch in ihrem Netz gefangen, der achtzehntausend Livres Rente wiegt, er hat einen Namen und eine gewisse Stellung in der Welt. Passen Sie gut auf! Versuchen Sie Isaures Vertraute zu werden, damit sie ihm kein Wort antwortet, das Sie nicht gutheißen.' Gegen zwei Uhr morgens meldete der Kammerdiener Isaure: ‚Der

Wagen ist vorgefahren!' Godefroid bemerkte nun, wie seine Märchenschöne mit ihrer Mutter in die Garderobe ging, wohin Malwina ihnen folgte. Er hatte das Glück, zu sehen, wie Isaure und Malwina ihre lebhafte Mama in den Pelz hüllten und sich für die nächtliche Fahrt durch Paris bereit machten. Die beiden Schwestern beobachteten ihn heimlich wie gut dressierte Katzen, die eine Maus im Auge haben, ohne sie scheinbar überhaupt zu sehen. Er empfand Befriedigung, als er Ton und Haltung des livrierten, gut behandschuhten Elsässers sah, der seinen drei Herrinnen die Pelzschuhe brachte. Zwei Schwestern konnten sich nicht unähnlicher sein als Isaure und Malwina. Die ältere groß und braun, Isaure klein und zierlich, mit feinen, zarten Gesichtszügen, die andere mit kräftigen, ausdrucksvollen Formen. Isaure war die Frau, die durch ihre Kraftlosigkeit herrscht und die ein Gymnasiast beschützen zu müssen meint. Neben ihrer Schwester wirkte sie wie ein Miniaturbildchen neben einem Ölgemälde. ‚Sie ist reich', sagte Godefroid zu Rastignac, als er in den Ballsaal zurückkehrte. ‚Wer?' — ‚Die bewußte junge Dame!' ‚Ah! Isaure von Aldrigger, nun gewiß.' ‚Die Mutter ist Witwe, im Geschäft ihres Gatten war Nucingen in Straßburg tätig. Möchtest du sie wiedersehen? Dann mache Frau von Restaud deine Aufwartung, sie gibt übermorgen einen Ball, die Baronin Aldrigger mit ihren beiden Töchtern wird dort sein, und man wird dich einladen!' Drei Tage lang sah Godefroid in der Dunkelkammer seines Gehirns s e i n e Isaure, die weißen Kamelien und die Züge ihres Gesichts, so wie man, wenn man einen stark beleuchteten Gegenstand lange betrachtet hat, ihn mit geschlossenen Augen in kleinerer, strahlender, bunter Gestalt in der Finsternis leuchten sieht."

„Bixiou, du versinkst in Phänomene, male uns Bilder," sagte Couture.

„Sehr wohl", begann Bixiou wieder, einen Caféhauskellner imitierend: „Hier ist das bestellte Bild. Frau Theodora, Margarete Wilhelmine Adolphus (aus dem Hause Adolphus & Co. in Mannheim), die Witwe des Barons Aldrigger, war keine dicke, vierschrötige und behäbige Deutsche mit weißem Haar und einer Gesichtsfarbe wie Bierschaum, im Besitz aller patriarchalischen Tugenden, die Deutschland eigen sind, um im Romanstil zu sprechen. Ihre Wangen waren noch frisch und rosig wie die einer Nürnberger Puppe, sie hatte Korkzieherlocken an den Schläfen, sehr scharfe Augen, noch nicht ein weißes Haar und eine schlanke Taille, deren Formen durch festgearbeitete Kleider betont wurden. An Stirn und Schläfen hatte sie ein paar unfreiwillige Falten, die sie, wie Ninon, am liebsten an ihre Fersen verbannt hätte; aber die Runzeln blieben hartnäckig dabei, an den sichtbarsten Stellen ihre Zickzacklinien zu zeichnen. Die Nasenspitze hatte sich gerötet, was umso peinlicher war, als die Nase nun mit der Farbe der Backen harmonierte. Als einzige Erbin, von ihren Eltern, ihrem Gatten, ganz Straßburg, und ihren beiden Töchtern, die sie anbeteten, verwöhnt, erlaubte die Baronin sich die Schminke, den kurzen Rock, die Busenschleife an dem Leibchen, das ihre Formen hervorhob. Wenn ein Pariser diese Baronin über die Straße gehen sah, lächelte er und verurteilte sie, ohne wie die heutige Gerichtsbarkeit die mildernden Umstände in Betracht zu ziehen. Der Spötter ist immer oberflächlich und daher grausam, der Witzbold zieht nicht in Betracht, wieviel Schuld die Gesellschaft an der Lächerlichkeit hat, über die er lacht, denn die Natur hat nur Dummköpfe geschaffen, die Narren verdanken wir dem gesellschaftlichen Zustand."

„Ich finde es so hübsch an Bixiou," sagte Blondet, „daß er so einheitlich ist: wenn er nicht über die andern spottet, macht er sich über sich selber lustig."

„Das werde ich dir heimzahlen", sagte Bixiou leise. „Wenn die kleine Baronin sorglos, egoistisch, leichtsinnig war und nicht rechnen konnte, so waren schuld an diesen Fehlern das Haus Adolphus & Co. in Mannheim und die blinde Liebe des Barons Aldrigger. Sanft wie ein Lamm war die Baronin, sie hatte ein zärtliches, leicht zu rührendes Herz, unglücklicherweise aber hielt die Rührung nie lange an und kehrte daher oft wieder. Als der Baron starb, wäre sie ihm am liebsten in den Tod gefolgt, so heftig und aufrichtig war ihr Schmerz, aber... am andern Morgen servierte man ihr beim Frühstück junge Erbsen, die sie sehr liebte, und diese köstlichen jungen Erbsen beruhigten sie! Sie wurde von ihren beiden Töchtern und ihren Dienstboten so blind geliebt, daß das ganze Haus glücklich war, eine Möglichkeit zu finden, der Baronin den schmerzlichen Anblick des Leichenzuges zu ersparen. Isaure und Malwine verbargen der angebeteten Mutter ihre Tränen und beschäftigten sie mit der Auswahl ihrer Trauerkleider, während man das Requiem sang. Wenn ein Sarg in den großen schwarzweißen Katafalk mit den Wachsflecken gestellt wird, wenn ein niederer Geistlicher sehr gleichgültig ein Dies irae herleiert, wenn der hohe Geistliche nicht weniger gleichgültig die Messe liest, wißt ihr, was dann die schwarz gekleideten Menschen in der Kirche reden? (Jetzt bekommt ihr das gewünschte Bild!) Seht ihr sie vor euch? – „Wieviel mag der alte Aldrigger hinterlassen?" sagte Desroches zu Taillefer, der vor seinem Tode noch die bekannte schöne Orgie veranstaltete..."

„War Desroches damals Advokat?"

„Er hat 1822 den Titel erworben", sagte Couture. „Und das war eine kühne Tat für den Sohn eines armen Beamten, der nie mehr als achtzehnhundert Franken hatte und dessen Mutter mit Stempelpapier handelte. Aber er hat von 1818 bis 1822 eisern gearbeitet. Er trat als vierter Angestellter bei Derville ein und war 1819 schon zweiter!"

„Desroches?"

„Jawohl," sagte Bixiou, „auch Desroches hat wie Hiob im Elend gesessen. Er hatte es satt, zu enge Röcke und zu kurze Ärmel zu tragen, er verschlang aus Verzweiflung das Gesetzbuch und erwarb sich den Advokatentitel. Da stand er nun ohne einen Heller, ohne Klienten, hatte weiter keine Freunde als uns und mußte noch die Zinsen seiner Bürgschaftssumme bezahlen."

„Er wirkte damals auf mich wie ein Tiger, der dem Zoologischen Garten entsprungen ist", sagte Couture. „Mager, rothaarig, mit tabakfarbenen Augen, lebhaftem Teint, kaltem und phlegmatischem

Ausdruck, aber geldgierig, arbeitsam, der Schrekken seiner Angestellten, die ihre Zeit nicht vergeuden durften, gebildet, schlau, von schmeichlerischer Beredsamkeit, er ereiferte sich nie und war gehässig wie ein Richter."
„Er hat aber sein Gutes," rief Finot, „er ist ein treuer Freund, und sein erstes war, daß er Mariettes Bruder, Godeschal, zu seinem Bureauvorsteher machte."
„In Paris", sagte Blondet, „gibt es unter den Advokaten nur zwei Arten: da ist der ehrenhafte Advokat, der sich immer an das Gesetz hält, der den Prozeß beschleunigt, keine Geschäfte macht, nichts vernachlässigt, seine Klienten ehrlich berät, sie in zweifelhaften Fällen einen Vergleich schließen läßt, kurz, der ein Derville ist. Daneben aber gibt es den gierigen Advokaten, der alles gutheißt, vorausgesetzt, daß die Kosten gedeckt sind, der nicht Berge (denn die würde er verkaufen), wohl aber Planeten gegeneinander prozessieren lassen würde, der es übernimmt, einem Schuft zum Sieg über einen ehrenhaften Mann zu verhelfen, wenn der ehrenhafte Mann zufällig ein Versehen gemacht hat. Wenn einer von diesen Advokaten einen zu tollen Streich macht, zwingt das Gericht ihn, seine Praxis zu verkaufen. Unser Freund Desroches hat dies Metier, das von armen Schluckern recht armselig betrieben wurde, auszunutzen verstanden, er hat Prozesse den Leuten abgekauft, die in Angst schwebten, sie zu verlieren, hat sich auf die Schikanen gelegt, da er entschlossen war, seinem Elend ein Ende zu machen. Und er hat seinen Beruf sehr ehrenhaft betrieben. Er fand Beschützer unter den Politikern, denen er aus ihren geschäftlichen

Verlegenheiten half, wie zum Beispiel unserm lieben Lupeaulx, dessen Stellung so kompromittiert war. Er mußte das tun, um sich aus der Klemme zu ziehen, denn Desroches wurde von den Gerichten sehr scheel angesehen, dieser Mann, der so sorgsam die Irrtümer seiner Klienten wieder gutmachte. Aber, Bixiou, wir wollen zur Sache zurückkehren . . . Warum war Desroches in der Kirche?"

,,,Aldriggen hinterläßt sieben- oder achthunderttausend Franken', erwiderte Taillefer. ,Ach Unsinn, es gibt nur einen Menschen, der ihr Vermögen wirklich kennt', sagte Werbrust, ein Freund des Verstorbenen. ,Wer ist das?' ,Nucingen, der große Schlaukopf, er wird mit zum Friedhof gehen, Aldrigger war ehemals sein Chef, und aus Dankbarkeit hat er die Papiere verwaltet.' ,Seine Witwe wird den Unterschied doch merken!' — ,Wie meinen Sie das?' ,Nun, Aldrigger liebte seine Frau so sehr! Lachen Sie doch nicht, man sieht uns an!' ,Da kommt Du Tillet, er hat sich aber sehr verspätet.' — ,Er wird sicherlich die Älteste heiraten.' ,Ist das möglich?' sagte Desroches. ,Er ist doch mehr als je mit Frau Roguin liiert.' ,Liiert? Der? . . . Sie kennen ihn nicht.' — ,Wissen Sie etwas über das Verhältnis zwischen Nucingen und Tillet?' fragte Desroches. ,Das will ich Ihnen sagen,' erwiderte Taillefer, ,Nucingen ist der Mann, das Kapital seines ehemaligen Chefs zu verschlingen und es ihm zurückzugeben.' ,Hm, hm!' räusperte sich Werbrust. ,Es ist doch verteufelt kalt in den Kirchen. Hm, hm! . . . Inwiefern es zurückgeben?' ,Nun, Nucingen weiß, daß Du Tillet ein großes Vermögen hat, er will ihn mit Malwina verheiraten, aber Du Tillet mißtraut Nucingen. Für den Eingeweihten ist es ein amüsantes Spiel.' „Was!" sagte Werbrust, „ist sie schon heiratsfähig? Wie schnell man alt wird!' ‚Malwina von Aldrigger ist über zwanzig Jahre, mein Lieber. Der gute Aldrigger hat sich 1800 verheiratet. Er hat in Straßburg seine Hochzeit und Malwinas Geburt großartig gefeiert. Das war 1801, bei dem Frieden von Amiens, und jetzt schreiben wir 1823, Papa Werbrust. Damals ossianisierte man alles, und er nannte seine Tochter Malwina. Sechs Jahre später, unter dem Kaiserreich, hatte man eine Zeitlang eine Leidenschaft für alles Ritterliche, für den Zug nach Syrien und solche Dummheiten. Und er nannte seine zweite Tochter Isaure, sie ist jetzt siebzehn Jahre. Er hat also zwei heiratsfähige Töchter.' ‚Die Damen werden in zehn Jahren keinen Pfennig mehr besitzen', sagte Werbrust vertraulich zu Desroches. ‚Es ist immer noch der Kammerdiener Aldriggers da,' erwiderte Taillefer, ‚der alte Mann, der dort hinten in der Kirche schluchzt, der hat die beiden Mädchen heranwachsen sehen und wird alles tun, um ihnen ihren Lebensunterhalt zu sichern.' (Die Sänger: Dies irae!) — (Die Chorknaben: Dies illa!) Taillefer: „Ich will mich verabschieden, Werbrust. Wenn ich dies Dies irae höre, muß ich zu viel an meinen armen Sohn denken.' — ‚Ich will auch gehen, es ist zu feucht hier,' sagte Werbrust. (In favilla!) (Die Armen vor der Tür: Einen Sou, gnädiger Herr! Der Pförtner: Für Kirchenzwecke! Die Sänger: Amen! Ein Freund: Woran ist er gestorben? Ein neugieriger Schwätzer: Ihm ist ein Blutgefäß geplatzt. Der Sakristan zu den Ar-

men: Geht jetzt weg. Man hat uns für euch gegeben. Jetzt dürft ihr nicht mehr verlangen!)"
„Fabelhaft!" sagte Couture.
Tatsächlich meinten wir durch ihn die ganze Stimmung in der Kirche vor uns zu sehen. Bixiou imitierte alles, bis zu den scharrenden Schritten der Leute, die die Leiche forttrugen.
„Viele Dichter und Schriftsteller erzählen allerlei Schönes von den Pariser Sitten," nahm Bixiou wieder das Wort, „aber so geht es tatsächlich bei den Beerdigungen zu, von hundert Personen, die einem armen Teufel die letzte Ehre erweisen, sprechen neunundneunzig mitten in der Kirche von Geschäften und Vergnügungen. Wenn man einmal wirklichen Schmerz sehen will, müssen schon ganz besondere Umstände zusammenkommen. Ja, gibt es überhaupt einen selbstlosen Schmerz?"
„Ja," sagte Blondet, „nichts wird weniger respektiert als der Tod, aber gibt es etwas weniger Respektables?"
„Es ist so allgemein", sagte Bixiou. „Als die Feier beendet war, gaben Nucingen und Tillet dem Verstorbenen das Geleit zum Friedhof. Der alte Kammerdiener folgte zu Fuß. ‚Und jetzt, lieber Freund,' sagte Nucingen zu Tillet, als sie den Boulevard entlang gingen, ‚werden Sie Malwina heiraten, Sie werden der Beschützer der armen trauernden Familie sein, Sie finden ein schönes Haus, und Malwina ist ein Kleinod.'
‚Ein reizendes Geschöpf', erwiderte Du Tillet feurig, aber nicht ohne Behagen."
„Ganz Du Tillet", rief Couture.
„Sie mag denen, die sie nicht kennen, häßlich er-

scheinen, aber, das gebe ich zu, sie hat Seele', sagte Du Tillet. — ‚Und Herz — das ist die Hauptsache, mein Lieber, sie ist anhänglich und klug. Ich würde gern Delphine, die mir doch, wie Sie wissen, mehr als eine Million mitgebracht hat, gegen Malwine eintauschen, die doch kein so großes Vermögen hat.' — ‚Aber was hat sie?' — ‚Ich weiß es nicht genau,' sagte der Baron Nucingen; ‚aber etwas hat sie.' — ‚Sie hat eine Mutter, die die Schminke liebt', sagte Du Tillet. Dies Wort machte Nucingens Versuchen ein Ende. — Nach dem Diner teilte Baron Nucingen Wilhelmine Adolphus mit, daß kaum noch vierhunderttausend Franken bei ihm ständen. Die Tochter der Adolphus aus Mannheim, die jetzt nur noch vierundzwanzigtausend Livres Zinsen hatte, verlor sich in Berechnungen, die sich in ihrem Kopf verwirrten. ‚Was?' sagte sie zu Malwina, ‚was? Ich habe immer sechstausend Franken für uns bei der Schneiderin bezahlen müssen. Wo hat dein Vater nur das Geld hergenommen? Mit vierundzwanzigtausend Franken haben wir nichts, sind wir im Elend. Oh, wenn mein Vater mich so sähe — es wäre sein Tod — wenn er nicht schon gestorben wäre! Arme Wilhelmine!' Und sie fing an zu weinen. Malwina wußte nicht, wie sie ihre Mutter trösten solle, sie stellte ihr vor, daß sie noch jung und schön sei, daß Rouge ihr noch immer stehe, daß sie in Oper und Theater gehen werde. Sie betäubte ihre Mutter mit einem Traum von Festen, Bällen, Musik, schönen Toiletten und Erfolg, und dieser Traum begann hinter den Vorhängen eines blauseidenen Bettes, in einem eleganten Zimmer neben dem Raum, in dem zwei Nächte vorher der Baron

Aldrigger sein Leben ausgehaucht hatte, dessen Geschichte hier in drei Worten erzählt werden soll. Zu seinen Lebzeiten hatte dieser ehrenwerte Elsässer, der als Bankier in Straßburg lebte, drei Millionen verdient. Mit sechsunddreißig Jahren hatte er, im Jahre 1800, Besitzer eines während der Revolution geschaffenen Vermögens, aus Ehrgeiz und Neigung die Erbin des Hauses Adolphus in Mannheim geheiratet, ein junges Mädchen, das von einer ganzen Familie vergöttert wurde, deren Vermögen sie natürlich im Laufe von zehn Jahren bekam. Aldrigger wurde nun in den Freiherrnstand erhoben von Seiner Majestät dem Kaiser und König, denn sein Vermögen verdoppelte sich. Aber er faßte eine Leidenschaft für den großen Mann, der ihn geadelt hatte. So kam es, daß er sich zwischen 1814 und 1815 ruinierte, da er die Sonne von Austerlitz ernst genommen hatte. Der ehrenhafte Elsässer stellte nicht seine Zahlungen ein, fand seine Gläubiger nicht mit Papieren ab, die er für schlecht hielt, er zahlte alles bar aus, zog sich von der Bank zurück und verdiente das Wort seines ehemaligen Angestellten, Nucingens: Ein Ehrenmann, aber dumm! Alles in allem blieben ihm fünfhunderttausend Franken und Schuldverschreibungen des Kaiserreichs, das nicht mehr existierte. ‚Das kommt davon, daß du zu sehr an Napoleon geglaubt hast', sagte er, als er das Ergebnis seiner Liquidation übersah. Wenn man zu den ersten Männern einer Stadt gehört hat, soll man dann erniedrigt auch noch dort bleiben? Der Elsässer Bankier machte es wie alle ruinierten Provinzgrößen: er ging nach Paris, trug dort mutig sein dreifarbiges Band, auf dem der kaiserliche Adler gestickt war und hielt sich an die bonapartistische Gesellschaft. Er übergab Nucingen seine Papiere, der ihm für alle acht Prozent gab, und seine kaiserlichen Obligationen mit nur sechzig Prozent Verlust übernahm, so daß Aldrigger Nucingen die Hand drückte und sagte: ‚Ich wußte, daß in dir ein elsässisches Herz schlägt.' Nucingen hielt sich dafür an unserm Freunde Lupeaulx schadlos. Obwohl der Elsässer sehr viel verloren hatte, verfügte er doch noch über ein Einkommen von vierundzwanzigtausend Franken. Sein Kummer äußerte sich in einer Grillenhaftigkeit, die alle an das Geschäftsleben gewöhnten Leute befällt, wenn sie plötzlich tatenlos geworden sind. Der Bankier machte es sich zur Aufgabe, sich für seine Frau aufzuopfern, deren Vermögen verschlungen war und die es sich so leicht hatte nehmen lassen wie jedes junge Mädchen, dem Geldgeschäfte völlig unbekannt sind. Die Baronin Aldrigger fand alle Freuden wieder, an die sie gewöhnt war, die Leere, die sie in der Straßburger Gesellschaft empfinden konnte, wurde durch die Freuden von Paris wieder gut gemacht. Das Haus Nucingen hatte schon damals, wie noch heute, die erste Stellung in der Finanzgesellschaft inne. Jeder Winter schmälerte Aldriggers Kapital, aber er wagte der Perle der Adolphus nicht den geringsten Vorwurf zu machen: seine Zärtlichkeit war die taktvollste und unvernünftigste, die es in der Welt gab. Ein guter Mann, aber dumm! Er starb mit der Frage: ‚Was wird ohne mich aus ihnen werden?' Als er dann einen Augenblick mit seinem alten Kammerdiener Wirth allein war, legte er ihm seine Frau und seine beiden Töchter ans

Herz, als wäre dieser elsässische Caleb das einzige vernünftige Wesen im ganzen Hause. Drei Jahre später, 1826, war Isaure schon fünfundzwanzig Jahre alt, und Malwina war nicht verheiratet. Malwina hatte eingesehen, wie oberflächlich alle Beziehungen sind, wie genau alles geprüft und zerlegt wird. Ähnlich den meisten jungen Mädchen, die als gutzerzogen gelten, wußte Malwina nichts von dem Mechanismus des Lebens, nichts von der Wichtigkeit des Vermögens, von der Schwierigkeit, Geld zu verdienen, und dem Preis der Dinge. Daher hatte in diesen sechs Jahren jede Erkenntnis ihr eine Wunde geschlagen. Die vierhunderttausend Franken, die der verstorbene Aldrigger im Bankhause Nucingen deponiert hatte, wurden der Baronin gutgeschrieben, denn ihr Gatte schuldete ihr noch zwölfhunderttausend Franken, und in Augenblicken der Geldverlegenheit schöpfte ‚das Dirndl von der Alp' wie aus einer unerschöpflichen Kasse. In dem Augenblick, als unser Täuberich sich seiner Taube näherte, hatte Nucingen, der den Charakter der Gattin seines einstigen Chefs kannte, mit Malwina über die finanzielle Situation sprechen müssen, in der die Witwe sich befand: es waren nur noch dreihunderttausend Franken bei ihm, die vierundzwanzigtausend Livres Zinsen waren also auf achtzehntausend zurückgegangen. Wirth hatte drei Jahre lang die Stellung gehalten! Nach dem Geständnis des Bankiers wurden die Pferde ausgemustert, der Wagen verkauft und der Kutscher verabschiedet, ohne Wissen der Mutter. Die Einrichtung ihres Hauses, die zehn Jahre alt war, konnte nicht erneuert werden, aber alles war zu gleicher Zeit abgenützt.

Die Baronin, diese wohlgehütete Blume, wirkte jetzt wie eine erfrorene Rose, die mitten im November als einzige noch am Strauche blüht. Ich selber habe mit angesehen, wie der Luxus gradweise, in halben Nuancen abnahm. Entsetzlich! Wirklich, das ist mein letzter Schmerz gewesen. Später habe ich mir gesagt: es ist dumm, soviel Interesse an andern zu nehmen. Als ich noch Beamter war, war ich so töricht, mich für alle Häuser zu interessieren, in denen ich dinierte, ich verteidigte sie, wenn man sie verlästerte, ich verleumdete sie niemals... Oh, ich war ein Kind. Als ihre Tochter ihr die Lage auseinandersetzte, rief die einstige Perle: ‚Meine armen Kinder! Wer soll mir denn meine Kleider machen? Ich werde also keine neuen Hüte mehr haben, kann keine Gäste mehr empfangen und nicht mehr in Gesellschaften gehen!' — Was meint ihr, woran kann man bei einem Manne die Liebe erkennen?" unterbrach sich Bixiou. „Es handelt sich nämlich darum, ob Beaudenord wirklich in die kleine Blonde verliebt war."

„Er vernachlässigt seine Geschäfte", entgegnete Couture.

„Er wechselt das Hemd dreimal täglich", sagte Finot.

„Eine Gegenfrage," sagte Blondet, „kann und soll ein hochstehender Mann verliebt sein?"

„Liebe Freunde," sagte Bixiou mit sentimentaler Miene, „hütet euch wie vor einem giftigen Reptil vor dem Manne, der, wenn er von Liebe zu einer Frau erfaßt ist, mit den Fingern schnippt oder seine Zigarre wegwirft und sagt: ‚Es gibt ja noch andere in der Welt!' Die Regierung kann diesen

Bürger im Auswärtigen Amt verwenden. Godefroid aber hatte den diplomatischen Dienst quittiert, das darfst du nicht vergessen, Blondet."

„Also war er absorbiert. Die Liebe ist für die Narren die einzige Möglichkeit, größer zu werden", warf Blondet hin.

„Blondet, Blondet, warum sind wir nur so arm?" rief Bixiou.

„Und warum ist Finot reich?" erwiderte Blondet. „Das will ich dir sagen, mein Junge, wir werden uns verstehen. Nun?"

„Du hast ganz recht: der verliebte Godefroid lernte die große Malwina, die leichtsinnige Baronin und die kleine Tänzerin genau kennen. Er verfiel dem bis ins kleinste gehenden und anstrengendsten Ritterdienst. Die Reste eines vermodernden Luxus schreckten ihn nicht, er gewöhnte sich allmählich an all diese Lumpen. Die grüne Seide des Salons mit den weißen Ornamenten erschien ihm weder verbraucht, noch alt, noch fleckig, noch erneuerungsbedürftig. Die Vorhänge, der Teetisch, die Nippsachen auf dem Kamin, der Rokokokronleuchter, der orientalische Teppich, das Klavier, das Service mit dem Blumenmuster, die ausgefransten Servietten, der persische Salon, der an das blaue Schlafzimmer der Baronin stieß, alles war ihm heilig. Nur dumme Frauen, deren Schönheit so groß ist, daß sie Geist, Herz, Seele überschatten, können solches Übersehen alles Äußern bewirken, denn eine geistvolle Frau mißbraucht niemals ihren Vorteil, man muß klein und dumm sein, um sich eines Mannes zu bemächtigen. Beaudenord hatte eine Vorliebe für den alten, zeremoniellen Wirt, und der alte Schalk hegte für seinen künftigen Herrn den Respekt eines gläubigen Katholiken vor dem Heiligen Abendmahl. Der gute Wirth war ein Deutscher, einer von den Biertrinkern, die ihre Schlauheit durch Biederkeit verdecken, wie ein Kardinal des Mittelalters seinen Dolch in seinem Mantel barg. Als Wirth für Isaure einen Gatten sah, umspann er Godefroid mit den Fäden seiner elsässischen Biederkeit, dem wirksamsten aller Klebstoffe. Frau von Aldrigger war in tiefster Seele improper, sie sah in der Liebe die natürlichste Sache von der Welt. Wenn Isaure und Malwina zusammen ausgingen, in die Tuilerien oder in die Champs-Elysées, wo sie junge Herren ihrer Kreise trafen, so sagte die Mutter: ‚Amüsiert euch gut, liebe Kinder!' Ihre Freunde, die einzigen, die die beiden Schwestern hätten verleumden können, verteidigten sie, denn die außergewöhnliche Freiheit, die jeder in dem Salon der Baronin Aldrigger genoß, machte ihr Haus zu etwas einzig Dastehendem. Die beiden Schwestern schrieben an wen sie wollten, bekamen Briefe im Beisein ihrer Mutter, ohne daß die Baronin jemals auf den Gedanken kam, zu fragen, um was es sich handelte. Diese anbetungswürdige Mutter schenkte ihren Töchtern alle Wohltaten ihres Egoismus, der liebenswürdigsten Leidenschaft der Welt, insofern als die Egoisten, die nicht gestört sein wollen, selber auch niemanden stören, und den Menschen ihrer Umgebung das Leben nicht erschweren, durch die Hindernisse ihrer Ratschläge, die Dornen ihrer Erfahrungen und die Sticheleien, die sich die besten Freunde erlauben, die alles wissen und alles kontrollieren wollen..."

„Wie rührend," sagte Blondet, „aber lieber Junge, du erzählst nicht, du phantasierst."
„Wenn du nicht betrunken wärst, Blondet, würdest du mir Kummer machen! Von uns vieren ist er der einzig wirklich literarische! Seinetwegen tue ich euch die Ehre an, euch als Feinschmecker zu behandeln, ich destilliere meine Geschichte, und er kritisiert mich! Liebe Freunde, das stärkste Zeichen von Sterilität ist die Häufung von Tatsachen. Die wunderbare Komödie „Der Misanthrop" beweist, daß die Kunst darin liegt, auf einer Nadelspitze einen Palast zu erbauen. Meine Gedanken sind wie ein Zauberring, der in zehn Sekunden aus einer Sandwüste ein Paradies macht. Soll ich euch eine Geschichte erzählen, die wie eine Kanonenkugel, wie ein Generalstabsbericht wirkt? Wir plaudern, wir lachen, und dieser Journalist, der in nüchternem Zustand bibliophob ist, verlangt in betrunkenem Zustande, daß ich langweilig wie ein Buch rede. (Er stellte sich weinend.) Man will dem Witz der französischen Phantasie die Spitze abbrechen. Dies irae! Wir wollen Candide beweinen und die Kritik der reinen Vernunft leben lassen! Blondet führt seinen eigenen Leichenzug an, dieser Mann, der in seiner Zeitung die letzten Worte aller großen Männer veröffentlicht, die dahinsterben, ohne etwas zu sagen."
„Erzähle doch weiter", sagte Finot.
„Ich wollte euch erklären, worin das Glück eines Mannes besteht, der nicht Aktionär ist (womit ich Couture eine Verbeugung mache!). Merkt ihr jetzt, um welchen Preis Godefroid sich das reichste Glück verschaffte, das ein junger Mann erträumen kann... Er studierte Isaure, um sicher zu

sein, daß sie ihn verstand!... Dinge, die sich verstehen sollen, müssen gleichartig sein. Es gibt nun aber nichts Ähnlicheres als das Nichts und das Unendliche. Das Nichts ist die Dummheit, das Genie das Unendliche. Die beiden Liebenden schrieben sich die dümmsten Briefe von der Welt und sandten sich auf parfümiertem Papier die gerade modernen Worte: Engel! Göttliche Harfe! Mit dir werde ich vollkommen sein! In meiner Mannesbrust schlägt ein Herz. Du schwache Frau! Ich Armer! kurz, alle Gemeinplätze des modernen Herzens. Godefroid brauchte nur zehn Minuten in einem Salon zu sein und ganz harmlos mit den Damen zu plaudern, so fanden sie ihn schon höchst geistreich. Er gehörte zu den Menschen, die nur so viel Geist haben, wie man ihnen gibt. Aber ihr werdet sehen, wie groß seine Hingerissenheit war: Joby, seine Pferde, seine Wagen wurden etwas Nebensächliches in seinem Dasein. Er war nur glücklich, wenn er an dem grünen Marmorkamin beim Tee sitzen und Isaure zusehen konnte, während er mit dem kleinen Freundeskreise plauderte, der sich allabendlich zwischen elf Uhr und Mitternacht in der Rue Joubert einstellte, einen Kreis, wo man ganz unbesorgt sein Spielchen machen konnte; ich habe dort immer gewonnen. Wenn Isaure den kleinen hübschen Fuß im schwarzen Atlasschuh vorgestreckt und Godefroid ihn lange betrachtet hatte, blieb er bis zuletzt da und sagte zu Isaure: Gib mir deinen Schuh... Isaure hob den Fuß, setzte ihn auf einen Stuhl, zog den Schuh aus und gab ihm den, indem sie ihm einen Blick zuwarf... einen Blick... nun, ihr versteht wohl! Godefroid entdeckte schließlich Malwinas großes Geheimnis. Wenn Du Tillet an die Tür klopfte, sagte die lebhafte Röte, die Malwinas Wangen färbte: Ferdinand! Wenn das arme Mädchen diesen zweibeinigen Tiger ansah, leuchteten ihre Augen wie ein Kohlenfeuer, das ein Luftzug streift, sie bezeigte unendliche Freude, wenn Ferdinand sie beiseite nahm und mit ihr in eine Fensternische oder eine Kaminecke trat. Wie schön und selten ist eine Frau, die so verliebt ist, daß sie naiv wird und in ihrem Herzen lesen läßt. Das ist in Paris eine ebenso große Seltenheit wie die singende Blume in Indien. Trotz dieser Freundschaft, die seit dem Tage bestand, wo Aldriggers bei Nucingens aufgetaucht waren, heiratete Ferdinand Malwina nicht. Freund Du Tillet schien nicht eifersüchtig zu sein, daß Desroches Malwina so eifrig die Cour schnitt, dieser Advokat, der Liebe heuchelte, um sein Amt mit einer Mitgift bezahlen zu können, die mindestens fünfzigtausend Taler betragen mußte. Obwohl Malwina durch Du Tillets Gleichgültigkeit tief gekränkt war, liebte sie ihn zu sehr, um ihm die Tür zu verschließen. Unser Freund Ferdinand nahm diese Zärtlichkeit ruhig und kühl hin, er genoß sie mit der stillen Wonne des Tigers, der sich das Blut von der Schnauze leckt, und es verging selten ein Tag, ohne daß er sich in der Rue Joubert sehen ließ. Der Mann besaß damals eine Million achthunderttausend Franken, das Vermögen konnte also bei ihm keine Rolle spielen, und er hatte nicht nur Malwina widerstanden, sondern auch Nucingen und Rastignac, die ihn beide in den Netzen ihrer Schlauheit zu fangen versuchten. Godefroid konnte es nicht lassen, mit seiner künftigen Schwägerin von der lächerlichen Situation zu sprechen, in der sie sich zwischen einem Bankier und einem Advokaten befand. ‚Sie wollen mir in bezug auf Ferdinand Vorhaltungen machen, und wollen das Geheimnis wissen, das zwischen uns besteht', sagte sie freimütig. ‚Lieber Godefroid, fangen Sie nie wieder davon an. Ferdinands Abkunft, seine Familie, sein Vermögen haben nichts damit zu tun, Sie müssen also schon glauben, daß es sich um etwas Außergewöhnliches handelt.' — Nach einigen Tagen aber nahm Malwina Beaudenord beiseite und sagte: ‚Ich halte Herrn Desroches nicht für einen ehrenhaften Mann (das ist der Instinkt der Liebe!), er wollte mich heiraten und macht der Tochter eines Kolonialwarenhändlers den Hof. Ich möchte wohl wissen, ob ich nur ein Notanker bin, ob die Heirat für ihn eine Geldsache ist.' Bei all seiner Schlauheit konnte Desroches aus Du Tillet nicht klug werden und fürchtete, dieser werde Malwina heiraten. Deshalb hatte er seinen Rückzug gedeckt, seine Lage war unhaltbar, er verdiente nach Abzug aller Unkosten kaum so viel, daß er die Zinsen seiner Schuld bezahlen konnte. Die Frauen verstehen von solchen Situationen nichts. Ihnen ist das Herz immer Millionär."

„Aber so verrate uns doch Ferdinands Geheimnis, da ja weder Desroches noch Du Tillet Malwina geheiratet haben", sagte Finot.

„Das Geheimnis?" erwiderte Bixiou. „Es ist die allgemeine Regel: ein junges Mädchen, das ein einziges Mal seinen Schuh gegeben hat, und wenn sie ihn zehn Jahre lang verweigerte, wird niemals von dem Manne geheiratet, den..."

„Dummheit," unterbrach Blondet, „man liebt auch, weil man geliebt hat. Das Geheimnis liegt darin: Man soll sich nicht als Unteroffizier verheiraten, wenn man Herzog von Danzig und Marschall von Frankreich werden kann. Ihr seht ja, was für eine Partie Du Tillet gemacht hat! Er hat eine der Töchter des Grafen Grandville geheiratet, aus einer der ältesten Familien Frankreichs."

„Desroches' Mutter hatte eine Freundin," nahm Bixiou wieder das Wort, „die Frau eines Materialwarenhändlers, Matifat, der sich schwerreich vom Geschäft zurückgezogen hatte. Diese Leute haben oft ganz sonderbare Ideen: um seiner Tochter eine gute Erziehung zu geben, hatte er sie in ein Pensionat geschickt!... Er rechnete darauf, seine Tochter gut zu verheiraten, mit Hilfe von zweihunderttausend Franken, in gutem Gelde, das gar nicht nach Materialwaren roch. Die Familie wohnte jetzt in der Rue du Cherche-Midi, in einer der Rue des Lombards, wo sie ihr Vermögen erworben hatten, ganz entgegengesetzten Gegend. Die verwitwete Frau Desroches hatte seit langer Zeit für ihren Sohn diese Heirat geplant, trotz des ungeheuren Hindernisses in Gestalt eines gewissen Cochin, des Sohnes von Matifats Kompagnon, der im Finanzministerium arbeitete. In den Augen von Herrn und Frau Matifat schien der Advokatenstand, um mit ihren Worten zu reden, Garantien für das Glück einer Frau zu bieten.

Desroches war auf die Pläne seiner Mutter eingegangen, um einen Notanker zu haben. Er verkehrte also in dem Hause des einstigen Materialwarenhändlers. Wenn ihr eine andere Art von Glück kennenlernen wollt, müßte ich euch dies Kaufmannspaar schildern, das in einer schönen Wohnung wohnte und sich eines Gärtchens erfreute; sie standen früh am Morgen auf, um zu sehen, ob die Blumen in ihrem Garten aufgeblüht waren, sie waren tatenlos und unruhig, kleideten sich an, um sich anzukleiden, langweilten sich im Theater und waren immer zwischen Paris und Luzarches unterwegs, wo sie ein Landhaus hatten und wo ich auch schon zu Tisch eingeladen war. Einmal habe ich ihnen von neun Uhr abends bis Mitternacht eine Geschichte erzählt. Ich führte gerade meine neunundzwanzigste Person ein, als der alte Matifat, der sich in seiner Eigenschaft als Hausherr noch gehalten hatte, plötzlich auch gleich den andern schnarchte, nachdem er fünf Minuten lang mit den Augen geblinzelt hatte. Am andern Tage sagten alle mir Schmeicheleien über die interessanten Verwicklungen meiner Geschichte. Es verkehrten dort im Hause Herr und Frau Cochin, Adolphe Cochin, Frau Desroches, ein gewisser Popinot, der noch heute seinen Laden hat und ihnen Neuigkeiten aus der Rue des Lombards erzählte. (Du kennst ihn auch, Finot!) Frau Matifat, die die Künste liebte, kaufte Lithographien, Lithochromien, kolorierte Zeichnungen und alles, was billig war. Herr Matifat vertrieb sich die Zeit damit, die neuen Unternehmungen zu studieren und zu spekulieren, um sich Bewegung zu verschaffen. Ihre Tochter war ein junges Mädchen ohne Benehmen und wirkte wie eine Kammerzofe in einem guten Hause; sie spielte schlecht und recht eine Sonate, hatte eine gute Handschrift, konnte französisch und schrieb orthographisch richtig, hatte also eine vollendete bürgerliche Erziehung. Sie wünschte sehnlich, sich zu verheiraten, um das elterliche Haus verlassen zu können, wo sie sich langweilte wie ein Seeoffizier auf Abendwache, aber bei ihr dauerte dieser Abend den ganzen Tag. Desroches oder der junge Cochin, ein Advokat, oder ein Gardeoffizier oder ein falscher englischer Lord, ihr war jeder Mann recht. Da sie augenscheinlich nichts vom Leben wußte, hatte ich Mitleid mit ihr und wollte ihr das große Geheimnis enthüllen. Da haben die Matifats mir ihre Tür verschlossen. Ich werde mich niemals mit Spießbürgern verstehen!"

„Sie hat den General Gouraud geheiratet", sagte Finot.

„In achtundvierzig Stunden durchschaute Godefroid de Beaudenord, der Ex-Diplomat, die Matifats und ihre intrigante Verderbtheit", fuhr Bixiou fort. „Zufällig befand sich Rastignac bei der leichtsinnigen Baronin, um am Kamin mit ihr zu plaudern, als Godefroid Malwina Bericht erstattete. Einige Worte schlugen an sein Ohr, er erriet, worum es sich handelte, besonders an der lebhaft befriedigten Miene Malwinas. Rastignac blieb bis zwei Uhr morgens da, und ihm sagt man nach, daß er Egoist sei! Beaudenord brach auf, als die Baronin sich zur Ruhe begab. „Liebes Kind," sagte Rastignac zu Malwina in biederem und väterlichem Ton, als sie allein waren, ‚bedenken Sie, daß ein armer, müder Mensch Tee getrunken hat, um bis zwei Uhr nachts wach zu bleiben, nur um Ihnen in allem Ernst sagen zu können: Verheiraten Sie sich! Spielen Sie nicht die Komplizierte, kümmern Sie sich nicht um Ihre Gefühle, denken Sie nicht an die unedle Berechnung der Menschen, die mit einem Fuß hier und mit dem andern bei den Matifats stehen, denken Sie gar nicht nach: heiraten Sie! Für eine Frau bedeutet heiraten: einem Manne die Verpflichtung auferlegen, ihr die Möglichkeit zu geben, in mehr oder weniger glücklichen Verhältnissen, aber in völliger materieller Sicherheit zu leben. Ich kenne die Welt; junge Mädchen, Mütter und Großmütter heucheln alle, wenn sie, sobald es sich um Heiraten handelt, von Gefühl reden. Keine denkt an etwas anderes, als an eine gute äußere Lage.' Und Rastignac entwickelte ihr seine Theorie über die Ehe, die nach seiner Meinung ein Geschäft ist, das eingerichtet wurde, um das Leben ertragen zu können. ‚Ich frage nicht nach Ihrem Geheimnis, Malwina,' sagte er schließlich, ‚ich kenne es. Die Männer erzählen sich alles unter sich, gerade wie Sie, wenn Sie nach dem Diner sich im andern Zimmer niederlassen. Mein letztes Wort ist also: Heiraten Sie! Wenn Sie nicht heiraten, so vergessen Sie nicht, daß ich Sie hier heute abend angefleht habe, zu heiraten!' Rastignacs Eindringlichkeit wirkte überraschend. Malwina war denn auch so betroffen, daß sie noch am nächsten Tage daran dachte und vergeblich nach der Ursache seines Rates suchte."

„Ich sehe in all diesen Umschweifen nichts, was mit dem Ursprung von Rastignacs Vermögen etwas zu tun hätte, du hältst uns für lauter Matifats!" rief Couture.

„Wir kommen jetzt dahin," sagte Bixiou, „Ihr

seht hier den Lauf all der kleinen Bäche, die die vierzigtausend Livres Rente geschaffen haben, auf die so viele Leute neidisch sind! Rastignac hatte damals die Fäden all dieser Existenzen in der Hand.'

„Desroches, die Matifats, Beaudenords, die Aldriggers, Aiglemonts..."

„Und hundert andere", sagte Bixiou.

„Ich weiß doch auch sehr vieles," rief Finot, „aber ich sehe die Lösung dieses Rätsels nicht."

„Blondet hat in Bausch und Bogen von den ersten beiden Konkursen Nucingens erzählt, jetzt sollt ihr den dritten in allen Einzelheiten hören", sagte Bixiou. „Seit dem Frieden von 1815 hatte Nucingen eingesehen, was wir erst heute begreifen: daß Geld erst dann eine Macht ist, wenn es in unverhältnismäßigen Mengen vorhanden ist. Er war im geheimen auf die Brüder Rothschild eifersüchtig. Er besaß fünf Millionen und wollte zehn haben. Mit zehn Millionen konnte er dreißig verdienen, während er mit fünf nur fünfzehn verdient hätte. Er beschloß also, eine dritte Liquidation zu veranstalten! Er gedachte wieder seine Gläubiger mit fiktiven Werten abzufinden und selber ihr Geld zu behalten. So eine Liquidation besteht darin, für einen Louisdor einen kleinen Kuchen den großen Kindern zu geben, die, wie früher die kleinen Kinder, lieber den Kuchen als das Goldstück nehmen, ohne zu wissen, daß sie sich für das Goldstück zweihundert Kuchen kaufen können."

„Was sagst du da, Bixiou?" rief Couture, „es gibt doch nichts Redlicheres; es vergeht heutzutage keine Woche, ohne daß man dem Volk irgendeinen Kuchen anbietet und dafür einen Louis von ihm verlangt. Aber ist das Publikum gezwungen, sein Geld herzugeben? Hat es nicht das Recht, sich zu informieren?"

„Nucingen also", fuhr Bixiou fort, „hatte zweimal das Glück gehabt, ganz ungewollt einen Kuchen wegzugeben, der mehr wert war, als er dafür bekommen hatte. Dies unglückliche Glück machte ihm Gewissensbisse. Ein solches Glück kann auf die Dauer einen Menschen töten. Er wartete zehn Jahre auf die Gelegenheit, sich nicht wieder zu täuschen, sondern Papiere zu schaffen, die aussahen, als wären sie etwas wert und die..."

„Aber," sagte Couture, „wenn man das Bankwesen so auslegt, so ist kein Geschäft möglich. Mehr als ein loyaler Bankier hat, unter dem Beifall einer loyalen Regierung, den schlausten Börsianern geraten, Papiere zu kaufen, die in gewisser Zeit entwertet waren. Ihr habt noch ganz anderes erlebt. Hat man nicht, immer mit Zustimmung und Unterstützung der Regierung, Aktien ausgegeben, um die Zinsen gewisser Wertpapiere zu bezahlen, um ihren Kurs zu halten und sie losschlagen zu können? Diese Operationen haben alle eine gewisse Ähnlichkeit mit Nucingens Liquidation."

„Im kleinen", sagte Blondet, „mag das Geschäft seltsam erscheinen, aber im großen ist es Hochfinanz. Es gibt Akte der Willkür, die unter Privatleuten verbrecherisch sind, die aber ganz unwirksam bleiben, wenn sie irgendwie auf eine Menge angewandt werden, wie ein Tropfen Blausäure in einem Kübel Wasser ganz harmlos wird. Du tötest einen Menschen, man guillotiniert dich!

Aber auf Grund irgendeiner Staatsidee kann man fünfhundert Menschen töten, das politische Verbrechen wird respektiert. Du nimmst fünftausend Franken aus meinem Schreibtisch, du kommst ins Gefängnis. Aber wenn du tausend Börsianern einzureden verstehst, daß ein Gewinn zu machen ist, und sie zwingst, die Papiere irgendeiner bankrotten Republik oder Monarchie zu kaufen, die, wie Couture sagt, nur ausgegeben wurden, um die Zinsen dieser Staatspapiere bezahlen zu können: dann kann sich niemand beklagen. Das sind die wahren Prinzipien des goldenen Zeitalters, in dem wir leben!"

„Die Inszenierung einer so großen Unternehmung", fuhr Bixiou fort, „erforderte viele Handlanger. Zunächst hatte das Bankhaus Nucingen seine fünf Millionen in einem amerikanischen Unternehmen angelegt, das, wie man berechnet hatte, erst in langer Zeit einen Nutzen abwerfen würde. Man hatte sich mit Vorbedacht der Geldmittel beraubt. Jede Liquidation muß begründet sein. Das Bankhaus besaß an Privatpapieren und Aktien etwa sechs Millionen. Unter den Privatpapieren befanden sich die dreihunderttausend der Baronin Aldrigger, die vierhunderttausend Beaudenords, eine Million von Aiglemont, dreihunderttausend von Matifat, eine halbe Million von Charles Grandet, dem Gatten von Fräulein d'Aubrion, usw. Hätte Nucingen selber ein Aktienunternehmen begründet, mit dem er durch mehr oder minder geschickte Manöver seine Gläubiger abzufinden gedachte, so hätte er sich verdächtig machen können; er fing die Sache schlauer an: er ließ alles von einem andern machen. Nucingen

hat das Talent, die geschicktesten Leute seinen Plänen dienstbar zu machen, ohne ihnen Genaues mitzuteilen. Nucingen erwähnte also Du Tillet gegenüber den großartigen und ruhmreichen Gedanken, eine Aktiengesellschaft zu gründen, mit genügend großem Kapital, um in der ersten Zeit den Aktionären sehr hohe Dividenden geben zu können. Dadurch würden die Aktien steigen und der Bankier, der sie ausgäbe, einen Nutzen haben. Man darf nicht vergessen, das dies im Jahre 1826 war. Obwohl Du Tillet von diesem ebenso schlauen wie ertragreichen Einfall entzückt war, bedachte er natürlich, daß er, wenn das Unternehmen keinen Erfolg hatte, irgendwie blamiert sein würde. Daher riet er, einen sichtbaren Leiter vorzuschieben. Ihr kennt ja das Geheimnis des Hauses Claparon, das von Du Tillet gegründet wurde..."
„Ja," sagte Blondet, „der verantwortliche Herausgeber in der Finanz, der Sündenbock; aber heute sind wir schlauer, wir sagen: Man wende sich an die Direktion, Straße, Hausnummer, und dort findet das Publikum Angestellte mit grünen Mützen, schmuck wie Gerichtsvollzieher."
„Nucingen hatte das Haus Charles Claparon mit seinem ganzen Kredit gestützt", sagte Bixiou. „Man konnte ganz unbesorgt eine Million Claparon-Aktien auf den Markt werfen. Du Tillet schlug also vor, das Haus Claparon vorzuschieben. Einverstanden. 1825 wußte der Aktionär noch nicht viel von den industriellen Begriffen. Ein Garantiefonds war noch unbekannt! Die Giranten deponierten kein Kapital bei der Bank, sie garantierten nichts. Damals gab es noch keine Konkurrenz bei diesen Unternehmungen. Die Papier-,

Kattun- oder Zinkfabriken, die Theater und Zeitungen balgten sich noch nicht wie ausgehungerte Hunde um den Aktionär. Die Aktiengeschäfte wurden verschämt im Schweigen und Schatten der Börse arrangiert. Die Luchse gingen ganz, ganz vorsichtig zu Werke..."

„Ich behaupte, daß die neue Methode unendlich viel ehrlicher und anständiger und weniger mörderisch ist als die alte", unterbrach Couture. „Die Öffentlichkeit ermöglicht Überlegung und Prüfung. Wenn ein Aktionär betrogen wird, so ist er freiwillig in die Falle gegangen, und man hat ihm nicht die Katze im Sack verkauft. Die Industrie..."

„Ja, die Industrie..." rief Bixiou.

„Die Industrie verdient dabei," sagte Couture, ohne die Unterbrechung zu beachten. „Jede Regierung, die sich in das Geschäftsleben einmischt und ihm nicht freie Hand läßt, macht eine kostspielige Dummheit: man kommt entweder zum Höchstpreis oder zum Monopol. Nach meiner Ansicht entspricht nichts so sehr den Prinzipien von der Freiheit des Handels wie die Aktiengesellschaften. In jedem Geschäft steht der Gewinn dem Risiko gleich. Was geht es den Staat an, wie sich der Umlauf des Geldes vollzieht, wenn es nur in ständiger Bewegung ist. Was geht es den Staat an, wer reich und wer arm ist, wenn stets die gleiche Menge sehr reicher Leute vorhanden ist? Übrigens sind schon seit zwanzig Jahren die Aktien- und Kommanditgesellschaften in dem größten Geschäftslande der Welt, in England, im Gebrauch, wo die Kammern doch zwölfhundert Gesetze in einer Sitzungsperiode erlassen, und wo doch niemals ein Parlamentsmitglied auf den Gedanken gekommen ist, gegen die Methode zu sprechen... Man besitzt zehntausend Franken und kauft zehn Aktien zu je tausend von zehn verschiedenen Unternehmungen. Neunmal wird man geprellt... (Das ist nicht der Fall! Die Allgemeinheit ist stärker als der Einzelne! Aber ich nehme den Fall an!) ein einziges Geschäft glückt (Zufällig, – das gebe ich zu... Man hat es nicht beabsichtigt!) Der Mann, der also weise genug ist, seine Truppen so zu verteilen, hat eine glänzende Chance, wie es all die Leute hatten, die die Grubenaktien von Wortschin gekauft haben. Wir wollen unter uns doch zugeben, daß die Schreier Heuchler sind, die keine Ahnung vom Geschäft haben, die es nicht anzupreisen und nicht auszunutzen verstehen. Der Beweis wird nicht lange auf sich warten lassen. In kurzer Zeit werdet ihr erleben, daß die Aristokratie, die Höflinge, die Ministerialbeamten in dichten Scharen der Spekulation zuströmen und gierigere Hände ausstrecken und krummere Wege finden als wir, ohne unsere Überlegenheit zu besitzen. Was gehört nicht dazu, ein Geschäft zu begründen in einer Zeit, wo der Aktionär ebenso habgierig ist wie der Gründer selbst? Ein wie großer Magnetiseur muß der Mann sein, der einen Claparon schafft, der neue Hilfskräfte ausfindig macht! Wißt ihr, welche Moral daraus zu ziehen ist? Unsere Zeit ist nicht besser als wir selbst! Wir leben in einer Epoche der Gier, wo man sich um den Wert einer Sache nicht kümmert, wenn man dabei verdienen kann, daß man sie seinem Mitmenschen verkauft: und man verkauft sie an den Mitmenschen, weil die Habgier des Aktionärs, der an einen Gewinn glaubt, der Gier des Gründers ähnelt, der den Plan gemacht hat."

„Ein Prachtkerl ist der Couture," sagte Bixiou zu Blondet, „er verlangt nächstens, daß man ihm als einem Wohltäter der Menschheit ein Denkmal errichtet."

„Er müßte zu dem Schluß kommen, daß das Geld der Dummen nach göttlichem Recht den Geistreichen zukommt", sagte Blondet.

„Liebe Freunde," entgegnete Couture, „wir wollen hier ruhig lachen, um uns dafür zu entschädigen, daß wir sonst so ernst bleiben müssen, wenn wir von achtbaren Dummheiten reden hören, die durch die aufs Geratewohl gemachten Gesetze geheiligt werden."

„Er hat recht", sagte Blondet. „Was ist das für eine Zeit, wo man, sobald das Feuer der Intelligenz aufglüht, es rasch durch ein Gelegenheitsgesetz unterdrückt. Die Gesetzgeber, die fast alle aus der Provinz stammen, wo sie die Gesellschaft in den Zeitungen studiert haben, sperren das Feuer in die Maschine ein. Wenn dann die Maschine zerspringt, gibt es Tränen und Zähneklappern. Eine Zeit, wo es nur noch fiskalische und Strafgesetze gibt. Wollt ihr wissen, was los ist? Es gibt keine Religion mehr im Staat."

„Ah, bravo, Blondet," sagte Bixiou, „du hast den Finger auf die Wunde Frankreichs gelegt, auf die Staatlichkeit, die unserm Lande mehr Eroberungen zunichte gemacht hat als die Wechselfälle des Kriegs. In dem Ministerium, wo ich sieben Jahre Galeerenarbeit getan habe, mit Spießbürgern zusammengekettet, war ein Beamter, ein talentvoller

Mann, der beschlossen hatte, das ganze Finanzsystem zu verändern ... aber wir haben ihm das Handwerk gelegt. Frankreich wäre zu glücklich gewesen, es hätte sich den Spaß gemacht, ganz Europa wieder zu erobern, und wir haben für die Ruhe der Nationen gesorgt. Ich habe diesen Rabourdin durch eine Karikatur getötet!"

„Wenn ich das Wort Religion sage, verstehe ich darunter keine Kapuzinerpredigten, ich verstehe das Wort im Sinne der großen Politik", entgegnete Blondet.

„Erkläre dich genauer", sagte Finot.

„Ja," begann Blondet, „es ist soviel von den Lyoner Affären gesprochen worden, von der Republik, die in den Straßen mit Kanonen zerschossen wurde, niemand hat die Wahrheit gesagt. Die Republik hatte sich des Aufruhrs bemächtigt, wie ein Rebell eine Flinte an sich reißt. Ich will euch die tiefe Wahrheit enthüllen. Der Lyoner Handel ist ein Handel ohne Seele, man läßt keine Elle Seide fabrizieren, ohne daß sie bestellt und die Bezahlung gesichert ist. Wenn die Bestellungen aufhören, stirbt der Arbeiter Hungers, er verdient bei der Arbeit kaum seinen Lebensunterhalt, die Galeerensklaven sind glücklicher als er. Nach der Julirevolution hat das Elend einen solchen Umfang angenommen, daß die Seidenarbeiter die Fahne aufgepflanzt haben: Brot oder Tod!, eine der Kundgebungen, die die Regierung hätte beachten müssen, da sie durch die teuren Lebensverhältnisse in Lyon hervorgerufen war. Lyon will Theater bauen und eine Hauptstadt werden, daraus ergeben sich unsinnige Steuern. Die Republikaner haben diesen Aufstand um das tägliche Brot aus-

genutzt und die Seidenarbeiter organisiert, die für
doppelte Ziele kämpften. Lyon hat seine drei stürmischen Tage gehabt, aber dann ist alles wieder
ruhig geworden, und der Seidenarbeiter ist wieder
in sein schmutziges Loch gekrochen. Der Seidenarbeiter, der bis dahin ehrlich war und die Seide,
die man ihm in Docken zuwog, zu Stoff verwebte,
setzte die Ehrlichkeit beiseite in dem Gedanken,
daß die Kaufleute ihn zugrunde richteten, und
bestrich seine Finger mit Öl: er gab das gleiche
Gewicht in Stoffen zurück, aber die Seide war
zum Teil durch Öl ersetzt, und die französischen
Seiden waren eingefettet, was den Niedergang Lyons
und eines wichtigen Zweiges des französischen Handels hätte herbeiführen können. Die Fabrikanten
und die Regierung haben, statt die Ursache des
Übels zu unterdrücken, wie gewisse Ärzte versucht, das Leiden durch örtliche Mittel zu beseitigen. Man hätte einen geschickten Mann nach
Lyon senden müssen, einen von den Leuten, die
man unmoralisch nennt, einen Abbé Terray, aber
man sah nur die militärische Seite. Die Unruhen
haben also die schwere Seide erzeugt zu vierzig
Sous die Elle. Diese schwere Seide ist heute wohl
abgesetzt, und die Fabrikanten werden irgendeine
Kontrolle ersonnen haben. Dies Fabrikationssystem
ohne jede Voraussicht mußte sich in einem Lande
verwirklichen, wo Richard Lenoir, einer der größten Bürger, die Frankreich je gehabt hat, sich
ruinierte, um sechstausend Arbeiter arbeiten zu
lassen, ohne daß Bestellungen vorlagen, er hat sie
ernährt und stieß dann auf so dumme Minister,
die ihn zugrunde richteten bei dem Umsturz, der
1814 in dem Preis der Stoffe eintrat. Das ist der

einzige Fall, wo ein Kaufmann ein Denkmal verdient. Die Geschichte Richard Lenoirs ist einer der Fehler, die Fouché schlimmer fand als ein Verbrechen."

„Wenn es in der Art, wie die Geschäfte sich darstellen", nahm Couture wieder das Wort und kam auf den Punkt zurück, wo er vor der Unterbrechung gestanden hatte, „einen gewissen Scharlatanismus gibt, ein Wort, das die Grenzscheide zwischen Recht und Unrecht bildet, dann frage ich, wo fängt der Scharlatanismus an, wo hört er auf, was ist Scharlatanismus? Tut mir die Liebe und sagt mir, wer kein Scharlatan ist. Der Handel, der darin bestände, in der Nacht zu suchen, was man am Tage verkaufen will, wäre ein Unsinn. Ein Zündholzhändler hat den Instinkt, aufzukaufen. Die Ware an sich reißen, ist die Triebfeder des tugendsamsten Krämers aus der Rue Saint-Denis, wie des frechsten Spekulanten. Wenn die Lager gefüllt sind, kommt die Notwendigkeit, zu verkaufen. Wenn man aber verkaufen will, muß man die Trommel rühren, daher das Aushängeschild des Mittelalters und heute die Annonce. Es kann vorkommen, es muß vorkommen, und es kommt häufig vor, daß die Kaufleute verdorbene Waren bekommen, denn der Verkäufer täuscht den Käufer unausgesetzt. Fragt doch einmal die ehrenhaften Pariser, die berühmten Kaufleute ... sie alle werden triumphierend erzählen, was für einen Schwindel sie in Szene gesetzt haben, um ihre Ware loszuwerden, wenn man ihnen schlechte Ware verkauft hatte. Das bekannte Haus Minard hat zuerst derartige Verkäufe veranstaltet. Die tugendhaftesten Kaufleute tun mit größter Offenherzigkeit den Ausspruch der größten Unredlichkeit: Man zieht sich, so gut man kann, aus einem schlechten Geschäft. Blondet hat euch die Lyoner Geschäfte in ihren Ursachen und ihren Folgen geschildert, ich will euch meine Theorie durch eine Anekdote erhärten. Ein Wollarbeiter, sehr ehrgeizig und reich, mit Kindern gesegnet von einer zu sehr geliebten Frau, glaubt an die Republik. Er kauft rote Wolle und fabriziert Mützen aus gestrickter Wolle, die ihr auf den Köpfen aller Pariser Gassenjungen gesehen habt, und ihr sollt gleich wissen, warum. Die Republik wird besiegt. Nach der Affäre von Saint-Merri waren die Mützen unverkäuflich. Wenn ein Arbeiter mit Frau, Kindern und zehntausend Mützen aus roter Wolle, die die Mützenhändler nicht mehr abnehmen wollen, in seiner Stube sitzt, so gehen ihm so viele Pläne durch den Kopf wie einem Bankier, der zehn Millionen Aktien auf dem Halse hat von einem Unternehmen, zu dem er kein Vertrauen hat. Wißt ihr, was dieser Arbeiter, dieser Law der Vorstadt, dieser Mützen-Nucingen getan hat? Er hat einen Dandy des Caféhauses ausfindig gemacht, einen von diesen Witzbolden, die die Verzweiflung der Stadtsoldaten bei den ländlichen Bällen in der Vorstadt bilden, und hat ihn gebeten, die Rolle eines amerikanischen Kapitäns zu spielen, im Hotel Meurice wohnhaft, und zehntausend Mützen aus roter Wolle zu bestellen bei einem reichen Mützenhändler, der noch eine in seinem Schaufenster hatte. Der Mützenhändler wittert ein Geschäft mit Amerika, läuft zu dem Arbeiter und sichert sich die Mützen gegen Barzahlung. Ihr versteht: der amerikanische Kapitän war nicht mehr da, dafür aber um so mehr Mützen. Wollte man die Freiheit des Handels um solcher Übergriffe willen antasten, so hieße das, gegen das Gesetz Front machen unter dem Vorwand, daß es Vergehen gibt, die nicht bestraft werden, oder die Gesellschaft beschuldigen, schlecht organisiert zu sein, wegen des Unglücks, das sie hervorbringt. Mützen und Rue Saint-Denis, Aktien und Bank, das dürfte das gleiche sein!"

„Couture, du verdienst eine Krone", sagte Blondet, indem er ihm die zusammengedrehte Serviette auf den Kopf setzte. „Ich gehe noch weiter. Wenn die gegenwärtige Theorie Mängel hat, wer hat die Schuld? Das Gesetz! Das Gesetz mit seinem ganzen System, die Gesetzgebung, die großen Abgeordneten, die die Provinz uns geschickt, aufgebläht mit Moralideen, Ideen, die unerläßlich für die Lebensführung sind, wenn man nicht mit der Justiz in Konflikt geraten will, aber dumm, sobald sie einen Menschen hindern, sich zu der Höhe aufzuschwingen, auf der der Gesetzgeber sich befinden muß. Mögen die Gesetze den Leidenschaften auch bestimmte Entwicklungen untersagen (Spiel, Lotterie, Ninons der Straße und mehr dergleichen), werden sie doch niemals die Leidenschaften ausrotten. Die Leidenschaften töten, hieße die Gesellschaft töten, die, wenn sie sie auch nicht erzeugt, sie doch wenigstens entwickelt. Sobald man durch Einschränkungen die Neigung zum Spielen erschwert, die in allen Herzen lebt, in dem jungen Mädchen, dem Provinzler, dem Diplomaten, denn jeder Mensch möchte umsonst in den Besitz eines Vermögens kommen, so wird das Spiel in andern Kreisen ausgeübt. Man unterdrückt dummerweise die Lotterie, deshalb bestehlen die Köchinnen ihre Herren nicht weniger, sie tragen ihren Raub auf eine Sparkasse, und sie zahlen zweihundertfünfzig Franken ein, statt vierzig Sous, denn die Industrieaktien werden für sie zur Lotterie, zu einem Spiel ohne Spieltisch. Die Spielsäle sind geschlossen, die Lotterie existiert nicht mehr, Frankreich ist moralischer geworden, schreien die Dummköpfe, die über ungelegte Eier gackern. Man spielt noch immer, nur kommt der Nutzen nicht mehr dem Staat zustatten, der eine mit Vergnügen bezahlte Abgabe durch eine lästige Steuer ersetzt, ohne daß es deshalb weniger Selbstmörder gäbe, denn der Spieler stirbt nicht, wohl aber sein Opfer. Ich spreche nicht von den Kapitalien, die ins Ausland gehen und für Frankreich verloren sind, noch von den Frankfurter Lotterien, deren Anpreisung der Konvent mit Todesstrafe belegt hatte und mit denen sich die städtischen Beamten befaßten. Das ist der Sinn der dummen Philanthropie unserer Gesetzgebung. Die Ermutigung, die man den Sparkassen gegeben hat, ist eine große politische Dummheit. Wenn es in der Geschäftswelt irgendwelche Unruhen geben sollte, so hat die Regierung die Geldpolonäse geschaffen, wie man in der Revolution die Brotpolonäse schuf. Soviel Kassen es gibt, soviele Aufläufe wird es auch geben. Wenn dann an einer Straßenecke drei Gassenjungen eine einzige Fahne aufpflanzen, so ist das eine Revolution. Aber diese Gefahr, so groß sie sein mag, scheint mir weniger furchtbar als die der Demoralisation des Volkes. Eine Sparkasse ist die Einimpfung von Lastern, die durch Selbstsucht erzeugt werden, bei

Menschen, die weder durch Erziehung noch durch Vernunft in ihren verschwiegenen verbrecherischen Plänen gehemmt werden. Das sind die Wirkungen der Philanthropie! — Ein großer Politiker muß ein Schuft sein, sonst ist der Staat schlecht geleitet. Ein Politiker, der ein ehrenhafter Mann ist, ist eine Dampfmaschine, die Gefühl hat, oder ein Steuermann, der eine Liebeserklärung macht, während er das Steuer hält: das Boot kann umschlagen. Ist ein Premierminister, der hundert Millionen nimmt und Frankreich groß und ruhmreich macht, nicht einem Minister vorzuziehen, der auf Staatskosten bestattet wird, aber sein Land ruiniert hat? Zögert ihr, wenn ihr die Wahl habt zwischen Richelieu, Mazarin, Potemkin, von denen jeder seinerzeit dreihundert Millionen besaß, und dem tugendhaften Robert Lindet, der weder aus Assignaten noch Nationalbesitz Nutzen zu ziehen verstand, oder den ehrenhaften Dummköpfen, die Ludwig XVI. zugrunde richteten? Jetzt erzähle weiter, Bixiou."

„Ich will euch", nahm Bixiou wieder das Wort, „nicht erklären, wie das Unternehmen beschaffen war, das das Finanzgenie Nucingens ersonnen hatte, das wäre um so unpassender, als es noch heute besteht und die Aktien an der Börse gehandelt werden. Das Projekt war so reell, der Gegenstand des Unternehmens so lebenskräftig, daß die Aktien der Gesellschaft, die mit königlicher Genehmigung mit einem Kapital von nominal eintausend Franken gegründet wurde, nachdem sie auf dreihundert gesunken waren, auf siebenhundert Franken stiegen und au pair stehen werden, wenn sie die Gewitter der Jahre 27,

30, 32 überstanden haben. Die finanzielle Krise von 1827 brachte sie ins Wanken, die Julirevolution versetzte ihnen einen schweren Stoß, aber das Unternehmen hat Kräfte in sich. Nucingen konnte kein schlechtes Geschäft ersinnen. Da aber mehrere unserer ersten Bankhäuser daran beteiligt sind, wäre es nicht klug, zu sehr auf die Einzelheiten einzugehen. Das nominale Kapital betrug zehn Millionen, das wirkliche Kapital sieben, drei Millionen gehörten den Gründern und den Banken, die die Aktienemission übernahmen. Alles war so berechnet, daß die Aktien in den ersten sechs Monaten um zweihundert Franken steigen mußten durch Verteilung einer falschen Dividende. Also zwanzig Prozent auf zehn Millionen. Du Tillet verdiente fünfhunderttausend Franken daran. Nucingen besaß auch noch Aktien von irgendwelchen Silberblei-Gruben, Steinkohlenbergwerken und zwei Kanalgesellschaften, Vorzugsaktien, die er bekommen hatte, weil er diese vier Unternehmungen ins Leben gerufen hatte, Aktien, die sehr hoch standen und sehr beliebt waren, da man vom Kapital Dividende verteilte. Nucingen konnte auf ein Agio rechnen, wenn die Aktien stiegen, aber der Baron vernachlässigte sie in seinen Berechnungen, er benutzte sie als Köder, um die Fische anzulocken. Er hatte also seine Wertpapiere aufgehäuft, wie Napoleon Truppen anhäufte, um während der Krise, die sich bemerkbar machte und die im Jahre 26 und 27 einen allgemeinen Umsturz herbeiführte, liquidieren zu können. Aber wem konnte er sich anvertrauen? Die beiden ersten Liquidationen hatten unserm mächtigen Baron gezeigt, daß es nötig war, sich einen Mann zu sichern, durch den er auf die Gläubiger einwirken konnte. Nucingen hatte keinen Neffen, er brauchte einen ergebenen Menschen, einen intelligenten Claparon mit guten Manieren, einen wirklichen Diplomaten, einen Mann, der würdig war, Minister zu werden, und auch seiner würdig war. Solche Verbindungen lassen sich nicht in einem Tage und auch nicht einem Jahre knüpfen. Rastignac war damals von dem Baron schon so umstrickt, daß er wie der Prinz de la Paz, der vom König von Spanien ebensosehr geliebt wurde wie von der Königin, in Nucingen einen wertvollen Gimpel gefangen zu haben glaubte. Nachdem er anfangs über einen Mann gelacht hatte, dessen Reichweite ihm lange unbekannt blieb, trieb er schließlich einen ernsten Kult mit ihm und erkannte in ihm die Kraft, die er allein zu besitzen glaubte. Seit seinem ersten Auftauchen in Paris hatte Rastignac allmählich die ganze Gesellschaft verachten gelernt. Seit 1820 dachte er, ebenso wie der Baron, daß es nur scheinbar ehrenhafte Menschen gebe, und er sah die Welt als eine Vereinigung aller Verderbtheiten, aller Gaunereien an. Wenn er auch Ausnahmen zugab, verurteilte er doch die Masse: er glaubte an keine Tugend, aber an Verhältnisse, in denen der Mensch tugendhaft ist. Diese Wissenschaft war das Ergebnis eines Augenblicks; er erwarb sie auf der Höhe des Père-Lachaise an dem Tage, als er einem armen ehrenhaften Manne dorthin das Geleit gab, dem Vater seiner Delphine, der die ehrlichsten Gefühle gehabt hatte und von Töchtern und Schwiegersöhnen verlassen war. Er beschloß, mit dieser Welt zu spielen und in vollem Ornat der Tugend, der Recht-

schaffenheit und der guten Manieren aufzutreten.
Der Egoismus wappnete den jungen Aristokraten.
Als der junge Mann Nucingen in der gleichen
Rüstung fand, bezeigte er ihm seine Achtung, wie
im Mittelalter bei einem Turnier ein gewappneter
Ritter auf einem Araberpferd seinen gleichfalls
berittenen Gegner respektiert hätte. Aber eine Zeitlang verweichlichte er in den Wonnen Capuas.
Die Freundschaft einer Frau wie der Baronin Nucingen ist so geartet, daß sie jeden Egoismus zerstört. Nachdem Delphine ein erstes Mal in ihren
Neigungen enttäuscht worden war, indem sie eine
Maschine aus Birmingham traf, wie es der verstorbene De Marsay war, mußte sie jetzt für einen
jungen, frommen Mann aus der Provinz eine
grenzenlose Zuneigung empfinden. Diese Zärtlichkeit wirkte auf Rastignac zurück. Als Nucingen seine
dritte Liquidation plante, vertraute er ihm seine
Lage an und erlegte ihm als Freundespflicht die
Rolle des Mitwissers und Mittäters auf. Der Baron
hielt es für gefährlich, seinen Ehehelfer in den
ganzen Plan einzuweihen. Rastignac glaubte an ein
geschäftliches Unglück, und der Baron ließ ihn
in dem Glauben, daß er das Geschäft retten müsse.
Aber wenn eine Strähne sehr viele Fäden hat, bilden sich Knoten, — Rastignac fürchtete für Delphines Vermögen: er sorgte dafür, daß die Baronin unabhängig wurde, indem er eine Gütertrennung forderte und sich selber schwor, seine Rechnung mit ihr auszugleichen, indem er ihr Vermögen verdreifachte. Da Eugène kein Wort von
sich selber sagte, bat Nucingen ihn, im Falle des
Gelingens fünfundzwanzig Aktien zu je tausend
Franken von den Bleisilbergruben anzunehmen,

was Rastignac tat, um ihn nicht zu beleidigen. Nucingen hatte Rastignac am Tage vor dem Abend eingeweiht, als unser Freund Malwina den Rat gab, sich zu verheiraten. Beim Anblick von hundert glücklichen Familien, die in Paris im ruhigen Besitz ihres Vermögens lebten, wie Godefroid de Beaudenord, Aldrigger, Aiglemont usw. überlief Rastignac ein Schauder wie einen jungen General, der zum erstenmal vor der Schlacht Truppenschau hält. Waren die arme kleine Isaure und ihr Godefroid in ihrem Liebesspiel nicht wie Acis und Galathee unter dem Felsblock, den Polyphem auf sie stürzen wird?"

„Dieser Bixiou", sagte Blondet, „hat fast Talent."

„Ah, ich dresche also keine Phrasen mehr", sagte Bixiou, weidete sich an seinem Erfolg und sah seine überraschten Zuhörer an. „Seit zwei Monaten", fuhr er nach dieser Unterbrechung fort, „gab Godefroid sich all den kleinen Freuden eines Mannes hin, der sich verheiraten will. Man ähnelt dann den Vögeln, die im Frühling ihr Nest bauen, die hin und her fliegen, Strohhalme sammeln, sie im Schnabel mitnehmen und den Platz für ihre Eier auspolstern. Isaures Zukünftiger hatte in der Rue de la Planche ein kleines Haus für tausend Taler gemietet, sehr bequem und hübsch, nicht zu groß und nicht zu klein. Er ging jeden Morgen hin, um sich nach den Arbeitern umzusehen und die Malereien zu überwachen. Er wollte Komfort im Hause haben, das einzig Gute, was es in England gibt: da war eine Heizungsanlage, um im ganzen Hause eine gleichmäßige Temperatur zu schaffen, die Einrichtung war sorgsam ausgewählt, nicht zu prahlerisch und nicht zu elegant, frische Farben, die dem Auge wohltaten, Vorhänge vor allen Fenstern, Silberzeug, neue Wagen. Er hatte Stallung und Remisen bauen lassen, wo Tobby, Joby oder Paddy wie ein losgelassenes Murmeltier umherhüpfte und sehr glücklich zu sein schien, daß jetzt Frauen in die Wohnung kommen würden, und sogar eine Lady. Diese Leidenschaft des Mannes, der seinen Hausstand gründet, der Uhren aussucht, der zu seiner Zukünftigen geht, die Taschen mit Stoffproben vollgestopft, und mit ihr über die Schlafzimmereinrichtung spricht, der hin und her läuft, von der Liebe angefeuert, gehört zu den Dingen, die ein ehrliches Herz und besonders die Geschäftsleute am meisten erfreuen. Und da nichts der Welt mehr gefällt, als die Verheiratung eines jungen, hübschen Mannes von siebenundzwanzig Jahren mit einem reizenden Mädchen von zwanzig, das gut tanzt, so lud Godefroid, der über das Brautgeschenk nicht im klaren war, Rastignac und Frau von Nucingen zum Frühstück ein, um mit ihnen über diese wichtige Angelegenheit zu sprechen. Er hatte den ausgezeichneten Gedanken, auch seinen Vetter Aiglemont mit Frau und Frau von Sérisy zu sich zu bitten. Die Damen der Gesellschaft gehen gern einmal zu Junggesellen, um bei ihnen zu frühstücken."

„Sie schwänzen die Schule", sagte Blondet.

„Man mußte in der Rue de la Planche das kleine Haus des künftigen Paares sehen", fuhr Bixiou fort. „Die Frauen sind auf solche kleine Ausflüge erpicht wie die Menschenfresser auf frisches Fleisch, sie erquicken sich an dieser jungen Freude, die noch nicht durch den Genuß verblaßt ist. Der

Tisch war in einem kleinen Salon gedeckt, der, zum Abschied von dem Junggesellenleben, wie ein Leichenpferd geschmückt war. Das Frühstück bestand aus reizenden kleinen Gerichten, die Frauen so gern morgens knabbern, zu einer Zeit, wo sie furchtbaren Appetit haben, ohne es zugeben zu wollen, denn sie glauben sich zu kompromittieren, wenn sie sagen: ‚Ich habe Hunger.' ‚Und warum ganz allein?' sagte Godefroid, als er Rastignac kommen sah. ‚Frau von Nucingen ist verstimmt, ich werde dir alles erzählen', erwiderte Rastignac mit der Miene eines Menschen, dem etwas Unangenehmes passiert ist. ‚Streit?' fragte Godefroid. ‚Nein', sagte Rastignac. Um vier Uhr, als die Damen nach dem Bois de Boulogne enteilt waren, blieb Rastignac noch im Salon und sah melancholisch durch das Fenster Toby, Joby, Paddy zu, der in kühner Haltung vor dem angespannten Pferde stand, die Arme gekreuzt wie Napoleon; er konnte es nur durch seine helle Stimme im Zaum halten, und das Pferd fürchtete Joby oder Toby. ‚Was hast du denn, lieber Freund,' sagte Godefroid zu Rastignac, ‚du bist finster, unruhig, deine Heiterkeit ist nicht echt. Das unvollkommene Glück zermartert dir die Seele. Es ist wirklich sehr traurig, wenn man nicht regelrecht staatlich und kirchlich mit der Frau verheiratet ist, die man liebt...' ‚Hast du den Mut, lieber Junge, das anzuhören, was ich dir zu sagen habe, und wirst du einsehen, wie gern man einen Menschen haben muß, wenn man die Indiskretion begeht, deren ich mich schuldig machen werde?' sagte Rastignac in einem Ton, der wie ein Peitschenhieb wirkte. — ‚Was ist?' fragte Godefroid erbleichend. ‚Mich betrübte deine Freude, und ich habe nicht das Herz, wenn ich all diese Vorbereitungen und dies blühende Glück sehe, ein solches Geheimnis für mich zu behalten.' ,So sage es mir in drei Worten.' ,Gib mir dein Ehrenwort, daß du stumm sein wirst wie das Grab.' ,Wie das Grab.' ,Auch wenn die Menschen, die dir die liebsten sind, an diesem Geheimnis interessiert wären, werden sie es nicht erfahren.' ,Nein.' ,Gut. Nucingen ist heute abend nach Brüssel abgereist. Er muß den Konkurs anmelden, wenn man nicht liquidieren kann. Delphine hat heute früh Gütertrennung beantragt. Noch kannst du dein Vermögen retten.' ,Wie?' sagte Godefroid und fühlte das Blut in seinen Adern erstarren. ,Schreibe ganz einfach dem Baron Nucingen einen Brief, den du vierzehn Tage vordatierst, und gib ihm darin den Auftrag, dein ganzes Geld in Aktien (und er nannte ihm die Claparon-Gesellschaft) anzulegen. Du hast vierzehn Tage, einen Monat, vielleicht drei Monate Zeit, sie über dem jetzigen Kurs zu verkaufen, denn sie werden noch steigen.' — ,Aber Aiglemont, der mit uns gefrühstückt hat, Aiglemont, der bei Nucingen eine Million stehen hat...' ,Höre zu! Ich weiß nicht, ob von diesen Aktien genügend vorhanden sind, um ihn zu befriedigen, und dann bin ich nicht sein Freund, ich kann Nucingens Geheimnisse nicht verraten, du darfst ihm nichts davon sagen. Wenn du ein Wort sagst, bist du mir für die Folgen verantwortlich.' Godefroid blieb zehn Minuten lang völlig regungslos. ,Bist du einverstanden, ja oder nein?' fragte Rastignac unbarmherzig. Godefroid nahm Feder und Tinte und schrieb und unterzeichnete den Brief, den

Rastignac ihm diktierte. ‚Mein armer Vetter', rief er. ‚Jeder ist sich selbst der Nächste', sagte Rastignac. Während Rastignac in Paris arbeitete, bot die Börse ein merkwürdiges Bild. Ein Freund von mir, ein Dummkopf aus der Provinz, fragte mich, als wir zwischen vier und fünf Uhr an der Börse vorbeikamen, warum sich so viele schwatzende Menschen dort versammelten, die hin und her liefen, was sie wohl zu reden und dort umherzugehen hätten nach der unwiderruflichen Festsetzung des Kurses der Aktien. ‚Lieber Freund,' sagte ich, ‚sie haben gespeist, jetzt verdauen sie. Während dieser Verdauung tanzen sie auf ihrem Nachbar umher, sonst gäbe es keine kommerzielle Sicherheit in Paris. Dort werden alle Geschäfte gemacht, und ein Mann wie Palma zum Beispiel, der eine ähnliche Autorität besitzt wie Arago von der Königlichen Akademie der Wissenschaften, sagt: Die Spekulation wird gemacht; und sie ist gemacht!"
„Das ist ein Mann," sagte Blondet, „dieser Jude, der nicht Universitäts-, aber universelles Wissen besitzt. Bei ihm schließt die Universalität die Gründlichkeit nicht aus. Was er weiß, weiß er gründlich; sein Genie in Geschäften ist intuitiv: Er ist der große Makler der Luchse, die den Markt von Paris beherrschen und die auf kein Unternehmen sich einlassen, wenn Palma sie nicht instruiert hat. Er ist ernst, er hört zu, er studiert, er denkt nach und sagt zu dem Vermittler, der ihn, da er seine Aufmerksamkeit sieht, hineingelegt zu haben glaubt: Das ist nichts für mich. Was ich am erstaunlichsten finde, ist, daß, obwohl er zehn Jahre lang der Teilhaber von Werbrust war, sich

niemals eine Wolke zwischen ihnen gezeigt hat."

„Das ist nur zwischen sehr starken oder sehr schwachen Leuten der Fall, alle Grade dazwischen streiten sich und scheiden schließlich als Feinde", sagte Couture.

„Ihr müßt nämlich wissen," warf Bixiou ein, „daß Nucingen mit geschickter Hand gegen vier Uhr ein Gerücht an der Börse ausstreuen ließ. ‚Wissen Sie eine ernste Neuigkeit?' sagte Du Tillet zu Werbrust und zog ihn in eine Ecke. ‚Nucingen ist in Brüssel, seine Frau hat beim Gericht Gütertrennung beantragt.' ‚Sind Sie bei der Liquidation beteiligt?' sagte Werbrust lächelnd. ‚Keine Dummheiten, Werbrust,' erwiderte Du Tillet, ‚Sie kennen die Leute, die Papiere von ihm haben, wir können zusammen ein Geschäft machen. Die Aktien unserer neuen Gesellschaft bringen zwanzig Prozent, sie werden vierteljährlich fünfundzwanzig bringen, Sie wissen, warum; man verteilt eine glänzende Dividende. Ich habe diesen Gedanken gefaßt, als ich die Neuigkeit hörte, und ich habe tatsächlich Frau von Nucingen in Tränen gesehen, sie fürchtet für ihr Vermögen.' ‚Die Ärmste', sagte Werbrust ironisch. ‚Nun?' fragte der alte elsässische Jude, als Du Tillet schwieg. ‚Ja, ich habe bei mir tausend Aktien zu tausend Franken, die Nucingen mir zur Placierung übergeben hat, verstehen Sie? Gut! — Kaufen wir diese Papiere mit zehn oder zwanzig Prozent Rabatt, so werden wir an dieser Million ein hübsches Sümmchen verdienen, denn wir werden Gläubiger und Schuldner zugleich sein. Aber wir müssen vorsichtig zu Werke gehen, die Besitzer könnten glauben, daß wir im

Interesse Nucingens handeln.' Werbrust sah jetzt ein, was für ein Schachzug zu machen war, und drückte Du Tillet die Hand, indem er ihm einen Blick zuwarf wie eine Frau, die ihrer Nachbarin einen Schabernack spielt. — ‚Wißt ihr schon das Neuste,' sagte Martin Falleix zu ihnen, ‚das Haus Nucingen stellt seine Zahlungen ein!' — ‚Bah,' erwiderte Werbrust, ‚plaudern Sie das nicht aus, lassen Sie doch die Leute, die Papiere von ihm haben, ihre Geschäfte machen!' — ‚Wißt ihr, was an dem Unglück schuld ist?' fragte Claparon, der dazukam. — ‚Du weißt ja gar nichts,' sagte Du Tillet, ‚es wird überhaupt kein Unglück geben, man wird alle Forderungen begleichen. Nucingen wird die Geschäfte wieder aufnehmen. Ich kenne die Ursache der Zahlungseinstellung: Er hat alle seine Kapitalien für Mexiko bereitgestellt, das ihm Metalle dafür gibt. Die Rückgabe dieser Werte verzögert sich. Der Baron ist in momentaner Geldverlegenheit, das ist alles.' ‚Das ist wahr,' sagte Werbrust, ‚ich nehme seine Aktien mit zwanzig Prozent Diskont.' Jetzt griff die Nachricht um sich wie Strohfeuer. Die widersprechendsten Gerüchte wurden laut. Aber man hatte so großes Vertrauen zum Hause Nucingen, auf Grund der beiden vorhergehenden Liquidationen, daß alle die Aktien des Hauses Nucingen behielten. ‚Palma muß uns helfen', sagte Werbrust. Palma war das Orakel des Hauses Keller, das mit Nucingen-Aktien vollgestopft war. Ein beunruhigendes Wort von ihm genügte. Werbrust bewog Palma, die Sturmglocke zu läuten.

Am andern Tage war die Börse in Aufregung. Das Haus Keller, von Palma beraten, gab die Aktien mit zehn Prozent Nachlaß ab und fand an der Börse Nachahmer: man wußte, daß sie sehr scharfsichtig waren. Dann gab Taillefer dreihunderttausend mit zwanzig Prozent Nachlaß ab, Martin Falleix zweihunderttausend mit fünfzehn Prozent. Gigonnet durchschaute das Manöver! Er vergrößerte die Panik, um sich Nucingen-Aktien zu verschaffen und bei dem Verkauf an Werbrust zwei oder drei Prozent zu verdienen. Er berät in einer Ecke den armen Matifat, der dreihunderttausend Franken bei Nucingen hatte. ‚Es steht schlecht, die Krise ist unvermeidlich. Nucingen trifft seine Vorkehrungen, aber das geht Sie nichts an, lieber Matifat, Sie haben sich ja vom Geschäft zurückgezogen.‘ ‚Das ist ein Irrtum, Gigonnet, ich bin mit dreihunderttausend Franken beteiligt, mit denen ich spanische Papiere kaufen wollte.‘ ‚Die spanischen Papiere hätten alles verschlungen, während ich Ihnen doch immerhin etwas für Ihr Guthaben bei Nucingen geben werde, fünfzig Prozent zum Beispiel.‘ ‚Ich will lieber die Liquidation abwarten‘, sagte Matifat. ‚Noch nie hat ein Bankier weniger als fünfzig Prozent gegeben. Ja, wenn es sich nur um einen Verlust von zehn Prozent handelte‘, sagte der frühere Materialwarenhändler. ‚Wollen Sie sie mir mit fünfzehn Prozent Rabatt überlassen?‘ sagte Gigonnet. ‚Ihnen scheint viel daran zu liegen‘, sagte Matifat. ‚Guten Abend‘, sagte Gigonnet. ‚Wollen Sie sie mit zwölf Prozent Nachlaß?‘ ‚Gut‘, sagte Gigonnet. Zwei Millionen waren am Abend zurückgekauft, auf Rechnung dieser drei zufälligen Helfer, die am andern Tage ihren Gewinn einsteckten. Die alte, hübsche, kleine Baronin Aldrigger frühstückte mit ihren beiden Töchtern und Godefroid, als Rastignac mit diplomatischer Miene das Gespräch auf die finanzielle Krise brachte. Der Baron Nucingen habe eine lebhafte Zuneigung zu der Familie Aldrigger, er habe, falls ein Unglück geschehe, um das Guthaben der Baronin zu decken, Aktien der Silberblei-Gruben bereit gelegt, aber zur Sicherheit der Baronin müsse sie ihn selber bitten, ihr Geld darin anzulegen. ‚Der arme Nucingen,' sagte die Baronin, ‚was wird nun mit ihm?' — ‚Er ist in Belgien, seine Frau hat Gütertrennung beantragt, aber er sucht bei andern Banken Unterstützung.' — ‚Mein Gott, das erinnert mich an meinen armen Mann! Lieber Herr von Rastignac, wie nahe muß Ihnen das gehen, da Sie dem Hause so eng verbunden sind.' ‚Wenn erst alle Gleichgültigen abgefunden sind, werden seine Freunde später belohnt werden, er wird sich schon herausziehen, er ist ein geschickter Mann.' ‚Und vor allem ein Ehrenmann', sagte die Baronin. Nach einem Monat waren die Passiva des Hauses Nucingen liquidiert, lediglich auf Grund der Briefe, durch die jeder einzelne um die Anlegung seines Geldes in bestimmten Aktien ersuchte, und ohne andere Formalitäten seitens des Bankhauses, als die Übergabe der Nucingen-Aktien gegen die begehrten Papiere. Während Du Tillet, Werbrust, Claparon, Gigonnet und einige besonders Schlaue sich aus dem Auslande mit ein Prozent Zuschlag die Bankaktien Nucingen verschrieben, denn sie verdienten dann noch dabei, wenn sie sie gegen die bevorzugten Aktien eintauschten, war der Tumult auf der Pariser Börse um so größer, als niemand mehr etwas zu fürchten hatte. Man klatschte über Nucingen, man verurteilte, man verleumdete ihn. Dieser Luxus, diese Unternehmungen! Wenn ein Mann so viel unternimmt, schadet er sich selbst. Zu ihrem höchsten Erstaunen bekamen einige Persönlichkeiten Briefe aus Genf, Basel, Mailand, Neapel, Genua, Marseille und London, in denen die Schreiber ihnen meldeten, daß man ihnen ein Prozent Zuschlag zu den Nucingen-Aktien zahle, die doch als bankrott gemeldet seien. Es geht irgend etwas vor, sagten die Luchse. Das Gericht hatte die Gütertrennung zwischen Nucingen und seiner Frau ausgesprochen. Die Frage wurde noch verwickelter: Die Zeitungen meldeten die Rückkehr des Barons, der sich mit einem berühmten belgischen Industriellen über die Ausbeutung der alten Steinkohlenbergwerke im Walde von Bossut beraten hatte. Der Baron tauchte wieder an der Börse auf, ohne sich auch nur die Mühe zu geben, die verleumderischen Gerüchte, die über seine Firma im Umlauf gewesen, zu widerrufen, er kaufte für zwei Millionen eine wundervolle Besitzung vor den Toren von Paris. Sechs Wochen später meldete die Zeitung von Bordeaux die Ankunft von zwei Schiffen für Rechnung des Hauses Nucingen, die mit Metallen im Werte von sieben Millionen beladen waren. Palma, Werbrust und Du Tillet begriffen, daß der Coup gelungen war, aber sie waren die einzigen, die die Sache durchschauten. Diese Finanzstudenten studierten das Arrangement dieses finanziellen Coups, sahen, daß er seit elf Monaten vorbereitet war, und nannten Nucingen den größten Finanzmann Europas. Rastignac begriff nichts von den Zusammenhängen, aber er hatte vierhunderttausend Franken verdient, die Nucingen ihn den Pariser Schafen hatte abscheren lassen, und mit denen er seine beiden Schwestern ausgestattet hat. Aiglemont, von seinem Vetter Beaudenord gewarnt, war zu Rastignac gekommen und hatte ihn gebeten, zehn Prozent von seiner Million anzunehmen, wenn er ihm für sein Geld Aktien eines Kanals verschaffe, der erst gebaut werden soll, denn Nucingen hat dies Geschäft so gut eingefädelt, daß die Konzessionäre des Kanals ein Interesse daran haben, ihn nicht fertigzustellen. Charles Grandet hat den Liebhaber Delphines angefleht, ihm sein Geld in Aktien umtauschen zu lassen. So hat Rastignac zehn Tage lang die Rolle Laws gespielt, der von den schönsten Herzoginnen bestürmt wurde, ihnen Aktien zu geben, und heute mag der Bursche vierhunderttausend Livres Zinsen haben, die aus den Aktien der Silberbleigrube stammen."

„Wenn alle Leute gewinnen, wer hat dann verloren?" fragte Finot.

„Ich komme zum Schluß", sagte Bixiou. „Gelockt durch die Pseudo-Dividende, die sie einige Monate nach dem Umtausch ihres Geldes gegen Aktien bekamen, behielten der Marquis von Aiglemont und Beaudenord die Papiere (ich nenne diese beiden für alle andern), ihr Kapital brachte ihnen drei Prozent mehr, sie sangen Nucingens Lob und verteidigten ihn sogar in dem Augenblick, als sich das Gerücht verbreitete, er werde seine Zahlungen einstellen. Godefroid heiratete seine liebe Isaure und bekam für fünfhunderttausend Franken Grubenaktien. Anläßlich dieser Hochzeit gaben Nucingens einen Ball, dessen Pracht alle Vorstellungen übertraf. Delphine überreichte der jungen

Braut einen köstlichen Rubinschmuck, Isaure tanzte, nicht mehr als junges Mädchen, sondern als glückliche Frau. Die kleine Baronin war mehr als je das Dirndl von der Alp. Malwina erlebte auf dem Ball, daß Du Tillet ihr trocken den Rat gab, Frau Desroches zu werden. Desroches, angefeuert, von Nucingen und Rastignac, versuchte über die geschäftlichen Dinge zu sprechen, aber als er hörte, daß Malwina Grubenaktien als Mitgift bekommen werde, zog er sich zurück und flüchtete zu den Matifats. In der Rue du Cherche-Midi fand der Advokat die verwünschten Kanalaktien, die Gigonnet Matifat aufgeschwatzt hatte, statt ihm Geld zu geben. Die Katastrophen ließen nicht auf sich warten. Die Gesellschaft Claparon machte zu viele Geschäfte, sie mußte den Zinsendienst einstellen, obgleich sie ausgezeichnete Gewinne hatte. Dies Unglück traf mit den andern Ereignissen des Jahres 1827 zusammen, 1829 wurde es zu allgemein bekannt, daß Claparon der Strohmann war, und er stürzte von seinem Piedestal. Von zwölfhundertfünfzig Franken fielen die Aktien auf vierhundert, obwohl ihr wirklicher Wert sechshundert betrug. Nucingen, der den wirklichen Wert kannte, kaufte. Die kleine Baronin Aldrigger hatte ihre Grubenaktien verkauft, die nichts brachten, und Godefroid verkaufte die seiner Frau aus demselben Grunde. Ebenso wie die Baronin hatte auch Beaudenord seine Grubenaktien gegen Claparon-Aktien eingetauscht. Ihre Schulden zwangen sie, bei voller Baisse zu verkaufen. Von ihren siebenhunderttausend Franken blieben ihnen noch zweihundertunddreißigtausend. Sie machten ihre Bilanz und legten den Rest zu drei Prozent sicher an. Godefroid, der ein so glücklicher, sorgloser Junggeselle gewesen war, der ganz nach seinem Wohlgefallen hatte leben können, sah sich jetzt mit einer kleinen Frau belastet, die dumm war wie eine Gans und nicht imstande, das Unglück zu ertragen, denn nach sechs Monaten war ihm die Verwandlung der Geliebten in ein Federvieh aufgefallen. Außerdem fällt ihm eine Schwiegermutter ohne Unterhaltsmittel zur Last, die von herrlichen Toiletten träumt. Die beiden Familien haben sich zusammengetan, um existieren zu können. Godefroid war genötigt, seine erkalteten Beziehungen nachzusuchen, um eine Stellung mit tausend Talern Gehalt im Ministerium zu bekommen. Die Freunde? ... Dahin! Die Verwandten? ... sie wunderten sich und versprachen: ‚Verlaß dich auf mich, lieber Junge! Armer Junge!' Und eine Viertelstunde später war alles vergessen. Beaudenord verdankte seine Stellung dem Einfluß Nucingens und Vandenesses. Die so achtbare und unglückliche Familie Beaudenord wohnt heut in der Rue Mont-Thabor, im vierten Stock. Die Enkelperle der Adolphus, Malwina, besitzt gar nichts, sie gibt Klavierstunden, um ihrem Schwager nicht zur Last zu fallen. Schwarz, groß, hager wirkte sie wie eine aus dem Museum entsprungene Mumie, die durch Paris läuft. Im Jahre 1830 verlor Beaudenord seine Stellung und seine Frau schenkte ihm ein viertes Kind. Acht Personen und zwei Dienstboten (Wirth und seine Frau), an Geld achttausend Livres Rente. Die Gruben geben heute so beträchtliche Dividenden, daß die Aktie von tausend Franken tausend Franken Zinsen bringt. Rastignac und Frau von Nucingen haben die von Godefroid und der Baronin verkauften Aktien gekauft. Nucingen ist durch die Julirevolution Pair von Frankreich geworden und Offizier der Ehrenlegion. Obwohl er nach 1830 nicht wieder liquidiert hat, besitzt er, wie man sagt, ein Vermögen von sechzehn bis achtzehn Millionen. Da er wußte, was der Juli bringen werde, verkaufte er alle seine Papiere und kaufte sie zurück, als sie statt drei Prozent fünfundvierzig brachten, und in dieser Zeit hat er gemeinsam mit Du Tillet drei Millionen von Philipp Bridau geschluckt. Als Nucingen kürzlich die Rue de Rivoli entlang ging, um sich ins Bois de Boulogne zu begeben, sah er unter den Arkaden die Baronin Aldrigger. Die alte Dame trug einen grünen, rosa gefütterten Hut, ein geblümtes Kleid, eine Mantille, kurz, sie war noch immer und mehr als je das Dirndl von der Alp, denn sie hat die Ursachen ihres Unglücks ebensowenig begriffen, wie die Ursachen ihres Wohllebens. Sie stützte sich auf die arme Malwina, dies Muster heldenhafter Aufopferung, die aussah, als wäre sie die alte Mutter, während die Baronin wie ein junges Mädchen wirkte. Und Wirth ging hinter ihnen, einen Regenschirm in der Hand. — ‚Diese Leute habe ich nicht halten können', sagte der Baron zu Cointet, einem Minister, mit dem er einen Spaziergang machte. ‚Aber man muß dem armen Beaudenord alles ersetzen.' — Beaudenord ist durch Verwendung Nucingens wieder in das Finanzamt gekommen, und die Aldriggers rühmen Nucingen als einen Helden der Freundschaft, denn er lädt die kleine Älplerin mit ihren Töchtern noch immer zu seinen Bällen ein. Es ist unmöglich, irgendeinem Menschen klarzumachen, wie dieser Mann, dreimal und ohne Gewalt das Publikum bestehlen wollte, das durch ihn und wider seinen Willen reich geworden war. Niemand hat ihm einen Vorwurf zu machen. Wer sagen wollte, daß die Großbank häufig ein Halsabschneider ist, würde eine Verleumdung aussprechen. Wenn die Effekten steigen und sinken, wenn die Werte sich vergrößern oder verringern, so wird dieses Auf und Ab durch eine atmosphärische Bewegung erzeugt, im Zusammenhang mit dem Einfluß des Mondes, und der große Arago tut unrecht, für diese wichtige Erscheinung keine wissenschaftliche Theorie aufzustellen. Es ergibt sich daraus nur eine pekuniäre Wahrheit, die ich nirgends geschrieben gesehen habe..."

„Und welche?"

„Der Schuldner ist stärker als der Gläubiger."

„Ja," sagte Blondet, „ich für meinen Teil sehe in dem, was wir gesagt haben, die Paraphrase eines Wortes von Montesquieu, in welchem sich sein Geist der Gesetze konzentriert.

„Und welches ist das?" fragte Finot.

„Die Gesetze sind Spinngewebe, durch die die großen Fliegen hindurchgleiten, während die kleinen hängen bleiben."

„Worauf willst du hinaus?" sagte Finot zu Blondet.

„Auf die absolute Regierung, die einzige, bei der die Unternehmungen des Geistes gegen das Gesetz unterdrückt werden können! Ja, die Willkür rettet die Völker, indem sie der Gerechtigkeit zu Hilfe kommt, denn das Recht der Gnade hat keine Kehrseite; der König, der den betrügerischen Bankrotteur begnadigen kann, gibt dem ausgeplünderten Opfer nichts zurück. Die Gesetzlichkeit tötet die moderne Gesellschaft."

„Das mußt du den Wählern verständlich machen", sagte Bixiou.

„Das hat schon ein anderer übernommen."

„Wer?"

„Die Zeit. Wie der Bischof von Léon gesagt hat: wenn die Freiheit alt ist, so ist das Königtum ewig. Jede Nation, die geistig gesund ist, wird in irgendeiner Form dahin zurückkommen."

„Oh, nebenan sind Leute gewesen", sagte Finot, als er uns hinausgehen hörte.

„Es sind immer Leute nebenan", entgegnete Bixiou, der etwas angeheitert sein mochte.

☆

GOBSECK

☆

IN DEM SALON DER GRÄFIN GRANDLIEU befanden sich um ein Uhr morgens im Winter 1829 noch zwei Personen, die nicht zu ihrer Familie gehörten. Ein junger hübscher Mann ging hinaus, während die Uhr schlug. Als man unten einen Wagen wegfahren hörte, trat die Gräfin, die außer ihrem Bruder und einem Freund der Familie, die gerade ihre Partie Pikett beendeten, niemanden mehr im Zimmer sah, auf ihre Tochter zu, die vor dem Kamin im Salon stand und einen porzellanenen Lichtschirm zu betrachten schien, aber so aufmerksam auf das Geräusch des fortfahrenden Wagens horchte, daß die Befürchtungen ihrer Mutter gerechtfertigt sein mochten.
„Camille, wenn du dich gegen den jungen Grafen Restaud so verhalten willst wie heute abend, so zwingst du mich, ihn nicht mehr zu empfangen. Höre, mein Kind, wenn du nur ein wenig Vertrauen zu meiner Liebe hast, so laß dich von mir leiten in deinem Leben. Mit siebzehn Jahren kann man noch nicht über Vergangenheit, Zukunft oder gewisse gesellschaftliche Erwägungen urteilen. Ich will dich nur auf einen Punkt aufmerksam machen. Herr von Restaud hat eine Mutter, die Millionen verbrauchen würde, eine

Frau von geringer Herkunft, ein Fräulein Goriot, die ehedem viel von sich reden machte. Sie hat sich so schlecht mit ihrem Vater vertragen, daß sie sicher nicht verdient, einen so guten Sohn zu haben. Der junge Graf betet sie an und unterstützt sie mit einer kindlichen Pietät, die des höchsten Lobes würdig ist, er legt für seine Schwester und seinen Bruder eine außerordentliche Fürsorge an den Tag. So bewunderungswürdig dieses Betragen auch sein mag," fügte die Gräfin mit feinem Lächeln hinzu — „so lange diese Mutter lebt, werden alle Familien davor zittern, dem jungen Restaud Zukunft und Vermögen eines jungen Mädchens anzuvertrauen."

„Ich habe ein paar Worte aufgefangen, die mich veranlassen, zwischen Ihnen und Fräulein von Grandlieu zu intervenieren", rief der Freund der Familie. „Ich habe gewonnen, Herr Graf", sagte er, sich zu seinem Partner wendend. „Ich verlasse Sie, um Ihrer Nichte zu Hilfe zu eilen."

„Das nenne ich Advokatenohren haben! Lieber Derville, wie konnten Sie hören, was ich ganz leise zu Camille sagte?"

„Ich habe Ihre Blicke verstanden", erwiderte Derville und setzte sich in einen Sessel am Kamin.

Der Onkel nahm neben seiner Nichte Platz, und Frau von Grandlieu ließ sich zwischen ihrer Tochter und Derville auf einem bequemen Stuhl nieder.

„Es ist an der Zeit, gnädige Frau, daß ich Ihnen eine Geschichte erzähle, die geeignet ist, Ihr Urteil über die Vermögenslage des Grafen Ernest Restaud zu ändern."

„Eine Geschichte?" rief Camille, „beginnen Sie schnell, Herr Derville!"

Dieser warf einen Blick auf Frau von Grandlieu, der sie ahnen ließ, daß diese Erzählung sie interessieren würde. Frau von Grandlieu war infolge ihres Reichtums und ihres Namens eine der ersten Damen des Faubourg Saint-Germain, und wenn es auch nicht natürlich erscheint, daß ein Pariser Anwalt so vertraut zu ihr sprechen durfte, so läßt sich diese ungewöhnliche Tatsache doch erklären. Frau von Grandlieu war mit der königlichen Familie nach Frankreich zurückgekehrt, hatte sich in Paris niedergelassen und zunächst nur von den Unterstützungen gelebt, die Ludwig XVIII. ihr aus seiner Zivilliste gewährt hatte, eine unerträgliche Situation. Dem Anwalt gelang es, einige Formfehler zu finden, die früher von der Republik bei dem Verkauf des Grandlieuschen Hauses gemacht worden waren, er strengte auf Grund dieser Formfehler einen Prozeß auf Rückgabe des Hauses an und gewann ihn. Durch diesen Erfolg ermutigt, ging er so geschickt gegen irgendein Spital vor, daß dieses den Wald von Licency zurückgab. Später gelang es ihm noch, mehrere Aktien des Orleanskanals und gewisse Immobilien ziemlich wichtiger Art wiederzuerlangen. So wurde das Vermögen der Frau von Grandlieu durch die Geschicklichkeit des jungen Anwalts wiederhergestellt und wuchs zu einer Rente von sechzigtausend Franken an, bis sie durch das Gesetz über die Entschädigungen noch eine ungeheure Summe zurückerlangte. Als Mann von großer Rechtschaffenheit, dabei klug, bescheiden und von angenehmen Formen, wurde der Anwalt endlich der Freund der Familie. Obgleich ihm sein Verhalten Frau von Grandlieu gegenüber die Achtung und Kundschaft der besten Häuser des Faubourg Saint-Germain eingebracht hatte, machte er sich diese Gunst nie so zunutze, wie ein ehrgeiziger Mann es getan hätte. Er widerstand den Angeboten der Gräfin, die ihm vorschlug, seine Praxis zu verkaufen und in die Verwaltung überzugehen, wo er durch seine Protektionen eine glänzende und rasche Laufbahn gehabt hätte. Abgesehen von dem Palais Grandlieu, wo er öfter den Abend zubrachte, ging er nur in Gesellschaft, um seine Beziehungen zu pflegen. Seit Ernest von Restaud sich bei der Gräfin eingeführt und Derville die Zuneigung Camilles zu dem jungen Manne bemerkt hatte, war er ein so eifriger Gast des Hauses geworden, wie nur ein Dandy der Chaussée d'Antin hätte sein können, der in den vornehmen Kreisen neu zugelassen war. Vor einigen Tagen war er auf einem Ball in Camilles Nähe gewesen und hatte, auf den jungen Grafen deutend, zu ihr gesagt: „Schade, nicht wahr, daß dieser junge Mann nicht zwei oder drei Millionen besitzt?" — „Ist das ein Unglück? Ich glaube nicht", hatte sie geantwortet. „Herr von Restaud ist sehr begabt und gebildet und sehr gut angeschrieben bei dem Minister, unter dem er arbeitet. Ich bezweifle nicht, daß er ein sehr angesehener Mann werden wird. Er wird sicher an dem Tag, da er zur Macht kommt, soviel Geld haben, wie er haben will." — „Ja, aber wenn er schon jetzt reich wäre?" „Wenn er reich wäre," sagte Camille errötend, „dann würden alle jungen Mädchen sich um ihn reißen."

„Und dann", warf der Anwalt ein, „würde Fräulein von Grandlieu nicht die einzige sein, der seine Blicke folgen. Deshalb erröten Sie. Sie haben ihn gern, nicht wahr? Also sagen Sie..." Camille hatte sich rasch erhoben. Sie liebt ihn, dachte Derville. Seit diesem Tage hatte Camille dem Anwalt ungewohnte Aufmerksamkeiten erwiesen, da sie bemerkte, daß er ihre Neigung zu dem jungen Grafen Restaud gut hieß. Bisher hatte sie für Derville, obwohl sie keineswegs die Dankesschuld der Familie ihm gegenüber übersah, mehr Achtung als wahre Freundschaft empfunden. Ihre Manieren, wie der Ton ihrer Stimme hatten sie stets den Abstand fühlen lassen, den die Etikette zwischen ihnen errichtet hatte. Dankbarkeit ist eine Schuld, welche die Kinder nicht immer ohne weiteres übernehmen. —

„Dies Geschehen", sagte Derville nach einer Pause, „ruft mir die einzigen romantischen Begebenheiten meines Lebens ins Gedächtnis zurück. Sie lachen bereits," fuhr er fort, „kaum daß Sie hören, daß ein Advokat einen Roman aus seinem Leben erzählen will. Aber ich war einmal, wie alle Welt, fünfundzwanzig Jahre alt und hatte in diesem Alter schon seltsame Dinge gesehen. Ich will zunächst von einer Persönlichkeit sprechen, die Sie nicht kennen, von einem Wucherer. Stellen Sie sich ein bleiches, fahles Gesicht vor, glattes, sorgsam gebürstetes, aschgraues Haar, Gesichtszüge, unbeweglich wie die Talleyrands, wie in Bronze gegossen. Die kleinen Augen, gelb wie die eines Spürhundes, hatten fast keine Wimpern und scheuten das Licht, vor dem der Schirm einer alten Mütze sie schützte. Seine gebogene Nase war an der Spitze dünn wie ein Bohrer. Er hatte so schmale Lippen wie die Alchimisten oder die kleinen Greise, die Rembrandt oder Metsu gemalt haben. Dieser Mensch sprach sehr leise mit einer sanften Stimme und erregte sich nie. Sein Alter war ein Problem; man konnte nicht wissen, ob er vor der Zeit alt geworden war oder ob er seine Jugend geschont hatte, damit sie ihm immer bewahrt bliebe. Alles in seinem Zimmer war abgenutzt von Sauberkeit, von der grünen Decke seines Schreibtisches bis zum Bettvorleger, dem kalten Sanktuarium einer alten Jungfer ähnlich, die ihre Zeit damit verbringt, ihre Möbel abzureiben. Im Winter war das Feuer seines Herdes stets unter einem Aschehaufen begraben und qualmte darunter, ohne aufzuflammen. Seine Beschäftigungen vom Aufstehen bis zum Schlafengehen waren nach der Uhr geregelt. Er war in gewisser Weise ein Mustermensch, den der Schlaf immer wieder aufzog. Wenn man eine Kellerassel berührt, während sie über ein Stück Papier läuft, so hält sie an und stellt sich tot. Ganz in der Art unterbrach dieser Mensch sich mitten in seiner Rede und verstummte, wenn ein Wagen vorüberfuhr — um seine Stimme nicht anzustrengen. In Nachahmung Fontenelles war er sparsam mit allen Erregungen und konzentrierte alle menschlichen Gefühle auf sein Ich. So verlief sein Leben, ohne mehr Geräusch zu machen als eine alte Sanduhr. Manchmal schrien seine Opfer sehr und gerieten in Aufregung, kurz darauf war es wieder ganz still wie in einer Küche, wo man einer Ente den Hals umgedreht hat. Gegen Abend wandelte sich der Papiermensch in einen gewöhnlichen

Menschen und aus einem Stein wurde ein menschliches Herz. Wenn er mit seinem Tage zufrieden war, rieb er sich die Hände und über sein zerfurchtes Gesicht huschte ein Schein von Freude. Aber auch in der größten Freudenanwandlung blieb seine Unterhaltung einsilbig und sein Betragen war stets verneinend. Das war der Nachbar, den mir der Zufall in meinem Hause in der Rue des Grès beschert hatte, als ich noch ein zweiter Schreiber war und im dritten Jahr Rechtswissenschaft studierte. Das Haus, das keinen Hof hatte, war feucht und dunkel. Die Zimmer bekamen ihr Licht nur von der Straße. Nach Klostersitte war das Haus, ehedem Teil eines Klosters, in lauter gleichgroße Zimmer eingeteilt, die auf einen langen, nur durch Dämmerlicht erhellten Korridor mündeten. In dieser traurigen Umgebung schwand die Heiterkeit jedes Muttersöhnchens, schon ehe er bei meinem Nachbar eintrat, denn sein Haus und er waren einander vollständig ähnlich wie die Auster und ihr Fels. Das einzige Wesen, mit dem er verkehrte, war ich. Er kam, um mich um Feuer zu bitten oder ein Buch oder eine Zeitschrift von mir zu entleihen, und er erlaubte mir, abends in seine Zelle zu kommen, wo wir, wenn er guter Laune war, plauderten. Diese Zeichen des Vertrauens waren die Frucht einer vierjährigen Nachbarschaft und meines weisen Betragens, das aus Geldmangel dem seinen sehr glich. Hatte er Verwandte, Freunde? War er reich oder arm? Kein Mensch hätte auf diese Fragen antworten können. Ich sah niemals Geld bei ihm. Sein Vermögen befand sich wahrscheinlich in den Geldschränken einer Bank. Er holte sich sein Geld selbst ab, indem er wie ein gehetzter Hirsch durch Paris rannte. Er war der Märtyrer seiner Klugheit. Eines Tages hatte er zufällig Goldstücke bei sich, ein Doppel-Napoleon rutschte ihm, man weiß nicht wie, aus seiner Weste, ein Mieter, der hinter ihm die Treppe hinunterging, hob das Goldstück auf und überreichte es ihm. „Das gehört mir nicht", rief er mit einer Bewegung des Erstaunens. „Mir sollte Gold gehören! Würde ich leben, wie ich lebe, wenn ich reich wäre?" — Des Morgens bereitete er sich selbst seinen Kaffee auf einem Kocher aus Eisenblech, der den ganzen Tag in einem dunklen Winkel seines Kamins stehen blieb, ein Garkoch brachte ihm sein Mittagessen. Unsere alte Portierfrau stieg zu bestimmter Stunde zu ihm hinauf, um sein Zimmer in Ordnung zu bringen. Dieser Mann hieß Gobseck, was Sterne Prädestination nennen würde. Später erfuhr ich, daß er in dem Augenblick, als wir uns kennenlernten, etwa sechsundsiebzig Jahre alt war. Er war gegen 1740 in einer Vorstadt von Antwerpen geboren, als Sohn einer Jüdin und eines Holländers, und hieß Jean-Esther van Gobseck. Sie wissen vielleicht, wie stark Paris sich mit der Ermordung einer Frau beschäftigte, die man die schöne Holländerin nannte. Als ich zufällig davon zu meinem alten Nachbar sprach, sagte er, ohne das geringste Interesse oder die leiseste Überraschung zu bekunden: „Das ist meine Großnichte." Dies Wort war das einzige, das ihm über den Tod seiner einzigen Erbin, der Enkelin seiner Schwester, entschlüpfte. Die Zeitungen belehrten mich, daß die schöne Holländerin in der Tat Sarah van Gobseck hieß. Als ich ihn fragte, wie es komme, daß seine Großnichte seinen Namen trage, antwortete er lächelnd: „In unserer Familie sind die Frauen niemals verheiratet." Dieser seltsame Mensch hatte nie eine einzige Person von den vier Generationen weiblichen Geschlechts sehen wollen, unter denen sich seine Verwandten befanden. Er verabscheute seine Erben und konnte sich nicht vorstellen, daß sein Vermögen auch nach seinem Tode je ein anderer als er selbst besitzen könnte. Seine Mutter hatte ihn im Alter von zehn Jahren als Schiffsjungen nach Holländisch-Indien eingeschifft, wo er sich zwanzig Jahre herumgetrieben hatte. Die Falten seiner vergilbten Stirn bargen die Geheimnisse schrecklicher Ereignisse, unerwarteter Glücksfälle, seltsamer Begegnungen, unheimlicher Freuden. Hunger und Elend, mit Füßen getretene Liebe; verlorenes und wiedergefundenes Glück, Gefahren und Rettungen durch Maßnahmen, deren rasche Notwendigkeit ihre Grausamkeit entschuldigte, hatten ihre Spuren hinterlassen. Herrn von Lally, den Admiral Simeuse, Herrn von Kergarouet, Herrn von Estaing, Herrn von Portenduère, Lord Cornwallis, Lord Hastings, den Vater von Tippo-Saeb und Tippo-Saeb selbst hatte er gekannt. Jener Savoyarde, der dem Madhadji-Sindiah, dem König von Delhi diente, hatte Geschäfte mit ihm gemacht. Auch hatte er Beziehungen zu Victor Hughes und mehreren berühmten Piraten, denn er hatte sich lange in St. Thomas aufgehalten. Es trieb ihn so sehr, sein Glück zu machen, daß er sogar versuchte, die Goldschätze der Wilden in der Umgebung von Buenos-Aires zu entdecken. Endlich war er vertraut mit jedem

Ereignis der amerikanischen Freiheitskriege. Aber wenn er von Indien oder Amerika sprach, was er nicht oft und mir gegenüber nur sehr selten tat, dann schien es, als begehe er eine Indiskretion, die ihn reute. Wenn Menschlichkeit und Geselligkeit eine Religion sind, so konnte er für einen Atheisten gelten. Obgleich ich mir oft vorgenommen, ihn zu erforschen, muß ich doch zu meiner Schande gestehen, daß sein Innerstes mir undurchdringlich blieb. Ich fragte mich manchmal, welchem Geschlecht er angehören möge; wenn alle Wucherer ihm gleichen, so glaube ich, daß sie Neutra sind. War er der Religion seiner Mutter treu geblieben und betrachtete er die Christen als seine Beute? War er Katholik, Mohamedaner, Brahmane oder Lutheraner geworden? Ich habe niemals das geringste von seinen religiösen Ansichten erfahren. Er erschien mir jedoch mehr gleichgültig als ungläubig. Eines Abends trat ich bei diesem Menschen ein, den seine Opfer, wie er seine Klienten nannte, ironisch oder spöttisch Papa Gobseck anredeten. Ich fand ihn in einem Lehnsessel sitzend, unbeweglich wie eine Statue, die Augen starr auf die Verzierungen des Kamins gerichtet. Eine qualmende Lampe, deren Fuß einmal grün gewesen war, hob noch die marmorne Blässe seines Gesichts, statt es zu beleben. Er blickte mich schweigend an und wies auf einen Stuhl, der auf mich wartete. Woran mag dieses Wesen wohl denken? fragte ich mich. Weiß es, ob ein Gott, ein Gefühl, die Frau, das Glück existiert? Ich bemitleidete ihn, wie ich einen Kranken bemitleidet hätte. Aber ich wußte wohl, daß er Millionen auf der Bank hatte und in Gedanken die Welt besitzen konnte, jene Welt, die er durchzogen, durchwühlt, abgewogen, abgeschätzt und geplündert hatte. „Guten Tag, Papa Gobseck", sagte ich. Er wendete mir den Kopf zu und seine dicken schwarzen Brauen zogen sich leicht zusammen; diese Bewegung bedeutete bei ihm soviel wie das heiterste Lächeln des Südländers. „Haben Sie Wechsel zu Protest zu geben? Heute ist der dreißigste!" — Ich sprach mit ihm zum erstenmal über Geld. Er heftete die Augen mit einem spöttischen Blick auf mich und sagte mit seiner sanften Stimme, die etwas von den Tönen hatte, die ein Kind einer Flöte ohne Mundstück entlockt: „Ich amüsiere mich!" — „Sie amüsieren sich also doch bisweilen?" — „Glauben Sie wirklich, daß nur diejenigen Dichter sind, die Verse machen?" sagte er, die Achseln zuckend und mich mitleidig betrachtend. — Was? dachte ich, sollte Poesie in diesem Menschen sein? Denn ich kannte ja noch nichts von seinem Leben. „Welches Dasein könnte so strahlend sein wie das meine?" fuhr er fort, und sein Auge belebte sich. „Sie sind jung, Sie haben die Gedanken Ihres Blutes, Sie sehen Frauengestalten in Ihrem Kaminfeuer, ich sehe nur Kohle in meinem. Sie glauben an alles, ich an nichts. Bewahren Sie sich Ihre Illusionen, wenn Sie können. Ich will Ihnen das Leben erklären. Ob Sie reisen oder am Ofen und bei Ihrer Frau hocken — es kommt immer ein Alter, wo das Leben nur noch eine Gewohnheit ist. Das Glück besteht dann in der Anwendung unserer Fähigkeiten auf die Wirklichkeit. Alles andere ist falsch. Meine Prinzipien haben sich wie die aller Menschen nach den verschiede-

nen Breitengraden ändern müssen. Was man in
Europa bewundert, bestraft man in Asien. Was
in Paris ein Laster ist, wird zur Notwendigkeit,
sobald man die Azoren gekreuzt hat. Nichts Festes
gibt es hienieden, es gibt nur Konventionen, die
sich nach dem Klima ändern. Für den, der sich
mit Wucht in die sozialen Wirbel hineingestürzt
hat, sind Überzeugungen und Moral nur noch
leere Worte. Es bleibt in uns nur das eine wahre
Gefühl, das die Natur uns verliehen hat: der
Selbsterhaltungstrieb. In den europäischen Staaten
heißt dieser Instinkt: das persönliche Interesse.
Wenn Sie erst so lange gelebt haben wie
ich, so werden Sie wissen, daß es nur eine Sache
in der Welt gibt, die wert ist, daß ein Mann sich
damit beschäftigt, und diese Sache ist . . . das
Gold. Gold schließt alle menschliche Macht in
sich. Ich bin gereist, ich habe gesehen, daß es
überall Berge und Ebenen gibt, die Ebenen langweilen,
die Berge ermüden, der Ort bedeutet also
nichts. Was die Sitten betrifft, so ist der Mensch
überall der gleiche; überall gibt es Kampf zwischen
arm und reich, er ist unvermeidlich — es
ist also besser, auszubeuten, als ausgebeutet zu
werden; überall gibt es Muskelmenschen, die arbeiten,
und dünnblütige Leute, die sich abängstigen.
Überall sind die Freuden die gleichen, denn
überall erlahmen die Sinne, und es bleibt nur ein
einziges Gefühl übrig: die Eitelkeit. Die Eitelkeit
ist immer das liebe Ich. Die Eitelkeit ist nur
durch Ströme von Gold zufriedenzustellen. Unsere
Phantasien verlangen Zeit, physische Mittel
oder Sorgfalt, — nun wohl, Gold enthält alles im
Keim und gibt alles in Wirklichkeit. Nur Narren

und Kranke suchen das Glück darin, Abend für Abend Karten zu spielen, um ein paar Sous zu gewinnen. Nur Dummköpfe füllen ihre Zeit damit aus, allerlei Geschehnisse in Erfahrung zu bringen, auszukundschaften, ob Frau Soundso auf ihrem Kanapee allein geschlafen hat oder in Gesellschaft, ob sie mehr rotes Blut als Lymphe hat, mehr Temperament als Tugend. Nur Dummköpfe glauben sich nützlich zu machen, wenn sie sich damit befassen, politische Grundsätze aufzustellen, um unvorhergesehene Ereignisse zum Guten zu lenken. Nur Tröpfe lieben es, wie Schauspieler zu deklamieren und ihre Worte wiederzukäuen, alle Tage ihren Spaziergang zu machen wie ein Tier in seinem Käfig, sich anzuziehen für die andern, zu essen für die andern, mit einem Pferde oder einem Wagen zu protzen, den der liebe Nachbar erst drei Tage später besitzen kann. Ist dies nicht in wenigen Worten das Leben unserer Pariser? Aber sehen wir nun das Dasein von einer höheren Warte an als sie. Das Glück besteht in starken Erregungen, die das Leben abnutzen, oder in geregelten Beschäftigungen, die ein Werk englischer Mechanik daraus machen. Außer diesen Arten des Glücks gibt es noch die für edel gehaltene Wißbegier, die Geheimnisse der Natur kennenlernen zu wollen oder ihre Wirkungen nachzuahmen. Ist dies nicht in zwei Worten das, was die Leute Wissenschaft oder Kunst nennen, Leidenschaft oder Stille? Alle menschlichen Leidenschaften, durch das Spiel eurer sozialen Interessen vergrößert, sind soeben an mir vorbeigezogen, der ich in Ruhe lebe. Und eure gelehrte Wißbegier, diesen Kampf, in dem der Mensch stets unterliegt, ersetze ich durch die Erfassung aller Triebfedern, die die Menschheit in Bewegung setzen. Mit einem Wort: ich besitze die Welt, ohne mich anzustrengen. Hören Sie den Bericht über die Ereignisse dieses Morgens," fuhr er fort, „und Sie werden einen Begriff von meinen Vergnügungen bekommen." Er erhob sich, schob den Riegel vor seine Tür, zog einen alten Vorhang zu, dessen Ringe auf der Stange rasselten, und setzte sich dann wieder. — „Heute früh hatte ich nur zwei Wechsel einzutreiben. Der erste Wechsel im Werte von tausend Franken wurde mir von einem jungen Herrn übergeben, der schön und elegant war, ein Lorgnon trug, einen englischen Vollblüter in einem leichten Wagen kutschierte usw. Der Wechsel war gezeichnet von einer der hübschesten jungen Frauen von Paris, die an einen reichen Großgrundbesitzer, einen Grafen, verheiratet ist. Warum hatte diese Gräfin einen Wechsel unterzeichnet, der nach dem Gesetz wertlos, in Wirklichkeit aber sehr gut war, denn diese armen Damen fürchten den Skandal, den die Klage mit sich bringt, und zahlen lieber? Ich wollte den geheimen Wert dieses Wechsels kennenlernen. War er aus Bosheit, Dummheit, Liebe oder Mitleid ausgestellt worden? Der zweite über die gleiche Summe war von einer gewissen Jenny Malvaut unterzeichnet und mir von einem Leinwandhändler, der dicht vor dem Bankrott stand, übergeben worden. Niemand, der noch Bankkredit hat, kommt zu mir, und der erste Schritt von der Tür zu meinem Schreibtisch verrät die Verzweiflung, den nahen Ruin und vor allem die gänzliche Kreditlosigkeit. — Die Gräfin wohnte in der Rue du Helder, Jenny in der Rue Montmartre. Was für Phantasien hatte ich nicht, als ich heute früh von hier fortging! Wenn diese beiden Frauen das Geld nicht bereit hatten, so würden sie mich mit mehr Ehren empfangen, als wenn ich ihr leiblicher Vater wäre. Was würde die Gräfin nicht alles anstellen um tausend Franken! Sie würde eine zärtliche Miene aufsetzen, würde zu mir sprechen mit einer Stimme, deren schmeichelnder Klang mich berücken sollte, sie würde mich überschütten mit liebkosenden Worten, mich anflehen, und ich..." In dem Augenblick warf der Greis mir einen kalten Blick zu. „... ich würde unerschütterlich bleiben!" fuhr er fort. „Ich würde dastehen wie ein Rächer, wie das böse Gewissen in Person. Aber lassen wir die Hypothesen. Ich komme an. ‚Die Frau Gräfin liegt zu Bett', sagt mir eine Kammerfrau. — ‚Wann kann ich sie sehen?' — ‚Zu Mittag.' — ‚Ist die Frau Gräfin krank?' ‚Nein, aber sie ist erst um drei Uhr von einem Ball nach Hause gekommen.' — ‚Ich heiße Gobseck, sagen Sie ihr meinen Namen! Ich werde zu Mittag wieder hier sein.' Und ich ging weg, nicht ohne auf dem Teppich, der die Stufen der Treppe bedeckte, Spuren meiner Anwesenheit zu hinterlassen. Ich liebe es, die Teppiche des reichen Mannes zu beschmutzen, nicht aus Kleinlichkeit, sondern um ihn die Krallen der Not ahnen zu lassen. Als ich in die Rue Montmartre kam, stand ich vor einem sehr unscheinbaren Hause, stieß eine alte Tür auf und sah einen jener dunklen Höfe, in die nie ein Sonnenstrahl dringt. Die Portierstube war finster, die Vorhänge sahen aus wie ein vertragenes Kleidungsstück, graubraun, fettig, abgeschabt und zerlöchert. ‚Fräulein Jenny Malvaut?' ‚Sie ist ausgegangen, aber wenn Sie wegen einer Rechnung kommen — das Geld ist hier.' Ich werde wiederkommen, sagte ich. Von dem Augenblick an, da ich wußte, daß bei dem Portier die Geldsumme bereit lag, hatte ich den Wunsch, das junge Mädchen kennenzulernen, — ich bildete mir ein, daß sie hübsch sei. Ich verbrachte den Vormittag, indem ich mir die Stahlstiche ansah, die auf den Boulevards ausgestellt waren. Mit dem Glockenschlage zwölf durchschritt ich den Salon, der an das Zimmer der Gräfin grenzte. — ‚Die gnädige Frau wird mir jeden Augenblick klingeln — ich glaube nicht, daß sie schon empfängt', sagte die Kammerfrau. — ‚Ich werde warten', antwortete ich und ließ mich in einem Lehnstuhl nieder. Die Portieren öffneten sich, die Kammerfrau erschien. ‚Treten Sie ein, Herr!' An dem Flüstern ihrer Stimme merkte ich, daß die Gräfin noch nicht Toilette gemacht hatte. Wie schön war die Frau, die ich einen Augenblick später sah! Sie hatte in aller Eile um die nackten Schultern einen Kaschmirschal geworfen, so geschickt, daß man die nackten Formen darunter ahnen mußte. Sie war mit einem Morgenrock bekleidet, dessen schneeweiße Spitzen eine Jahresrechnung der Wäscherin zu mehreren tausend Franken verrieten. Ihr schwarzes Haar hing in großen Locken aus einem nach Art der Kreolinnen leicht umgewundenen Tuche. Ihr Anblick bot das Bild einer Unordnung, wie ein unruhiger Schlaf sie hervorbringt.

Ein Maler hätte Geld dafür gegeben, ein paar Augenblicke in diesem Milieu bleiben zu können. Unter wollüstig gerafften Vorhängen lag auf blauseidenem Polster ein Kopfkissen, dessen Spitzengarnitur sich plastisch von dem blauen Hintergrunde abhob, und das undeutlich den Abdruck von Formen zeigte, die die Phantasie anregten. Auf einem großen Bärenfell, das zu den Füßen der in das Mahagoniholz des Bettes geschnitzten Löwen ausgebreitet war, leuchtete ein paar weiße Atlasschuhe, achtlos hingeworfen in der Ermüdung nach einem Ball. Auf einem Stuhl lag ein elegantes, ausgeschnittenes Kleid, dessen Ärmel den Boden berührten. Strümpfe, die der leiseste Hauch hätte forttragen können, hatten sich um ein Stuhlbein geschlungen. Die weißen Strumpfbänder lagen auf einem Sessel. Ein kostbarer Fächer, halb aufgeklappt, schimmerte auf dem Kamin. Die Schubfächer der Kommode waren geöffnet. Blumen, Diamanten, Handschuhe, ein Blumenstrauß, ein Gürtel schauten da und dort heraus. Ich atmete einen unbestimmten Parfümduft. Alles war Luxus und Unordnung, Schönheit ohne Harmonie. Aber schon hob darunter versteckt das Elend das Haupt und zeigte ihr und ihrem Anbeter die Zähne. Das Gesicht der Gräfin glich ihrem Zimmer, das mit den Resten eines Festes übersät war. Diese verstreuten Kleinigkeiten erregten mein Mitleid; in ihrer Gesamtheit hatten sie am Abend vorher einen Wonnetaumel hervorgerufen. In diesen Spuren einer Liebe, die von Gewissensbissen zerfleischt wird, in diesem ganzen Bild eines Lebens voll Luxus, Verschwendung und Aufregung sah man das krampfhafte

Bestreben, enteilende Vergnügungen festzuhalten. Eine zarte Röte in dem Gesicht der jungen Frau zeigte die Schönheit ihrer Haut, aber ihre Züge waren wie geschwollen und die braunen Ringe unter den Augen schienen sich stärker abzuzeichnen als gewöhnlich.
Dennoch konnten die Merkmale der Tollheit ihrer Schönheit nichts anhaben. Ihre Augen hatten Feuer. Ähnlich den Herodiaden, die Lionardo da Vinci gemalt hat, sprühte sie von Leben und Kraft; nichts Kleinliches war in ihren Formen und ihren Zügen; sie flößte Liebe ein, ja, sie schien mir stärker zu sein als die Liebe. Sie gefiel mir. Lange hatte mein Herz nicht mehr geschlagen. Ich war also schon bezahlt. Ich würde tausend Franken geben für eine Erregung, die mir eine Erinnerung an meine Jugend zurückbrächte. — ‚Mein Herr,‘ sagte sie, indem sie auf einen Stuhl deutete, ‚würden Sie die Freundlichkeit haben, zu warten?‘ — ‚Bis morgen Mittag, meine Gnädigste,‘ erwiderte ich, indem ich die Rechnung wieder zusammenfaltete, die ich ihr überreicht hatte. ‚Erst dann habe ich das Recht, Klage zu erheben...‘ — Bei mir selber dachte ich: Bezahle deinen Luxus, bezahle deinen Namen, bezahle dein Glück, bezahle das Monopol, dessen du dich erfreust. Um sich ihre Besitztümer zu sichern, haben die Reichen Gerichte, Richter und die Guillotine erfunden, eine Art Kerze, an der sich die Dummen verbrennen. Wer aber auf seidenem Lager unter seidenen Decken liegt, hat Gewissensbisse, er verbirgt das Zähneklappern unter einem Lächeln und sieht sich von Löwenrachen umgeben, die ihm die Zähne ins Herz schlagen. —

,Klage erheben? Das wollen Sie tun?' rief sie und sah mich an: ,So wenig Rücksicht würden Sie auf mich nehmen?' — ,Wenn der König mir etwas schuldig wäre, meine Gnädigste, und seine Schulden nicht bezahlte, so würde ich ihn noch rascher verklagen als jeden anderen Schuldner.' In diesem Augenblick hörten wir es leise an der Zimmertür klopfen. ,Ich bin nicht zu sprechen', sagte die junge Frau gebieterisch. ,Anastasia, ich möchte dich aber sehen.' — ,Nicht in diesem Augenblick, mein Lieber', erwiderte sie mit weniger harter, aber alles andere als lieblicher Stimme. — ,Ah, du hast Besuch', sagte ein Mann, der nun eintrat und niemand anders als der Graf sein konnte. Die Gräfin sah mich an, ich verstand sie, sie wurde meine Sklavin. Es hat eine Zeit gegeben, junger Mann, wo ich vielleicht dumm genug gewesen wäre, nicht Klage zu erheben. 1763 habe ich in Pondichéry bei einer Frau Gnade für Recht ergehen lassen, und sie hat mich gehörig geplündert. Ich verdiente es, warum hatte ich ihr Vertrauen geschenkt? — ,Was führt diesen Herrn hierher?' fragte der Graf. Ich sah, wie die Frau am ganzen Leibe zitterte, die weiße, seidige Haut ihres Halses wurde rauh, es überlief sie, um einen volkstümlichen Ausdruck zu gebrauchen, eine Gänsehaut. Ich lachte innerlich, ohne einen Muskel zu bewegen. ,Der Herr ist einer von meinen Lieferanten', sagte sie. Der Graf kehrte mir den Rücken, ich zog die Rechnung halb aus der Tasche. Bei dieser unerbittlichen Bewegung kam die junge Frau auf mich zu und gab mir einen Brillanten: ,Nehmen Sie,' sagte sie, ,und gehen Sie.' Wir tauschten die beiden Wertstücke aus, und ich ging mit einer Verneigung hinaus. Der Brillant war für mich zwölfhundert Franken wert. Ich traf auf dem Hof eine Schar von Kammerdienern, die ihre Livreen bürsteten, ihre Stiefel putzten oder die prächtigen Equipagen reinigten. — Das ist der Grund, dachte ich, der diese Leute zu mir führt. Das veranlaßt sie, auf geschickte Weise Millionen zu stehlen und ihr Vaterland zu verraten. Um sich die Schuhe nicht schmutzig zu machen, wenn sie zu Fuß gehen, tauchen die vornehmen Herren und alle, die es ihnen gleichtun wollen, ganz und gar im Morast unter. — In diesem Augenblick öffnete sich das große Tor und ließ den Wagen des jungen Mannes durch, der mir den Wechsel gegeben hatte. ‚Mein Herr,‘ sagte ich zu ihm, als er abgestiegen war, ‚wollen Sie bitte diese zweihundert Franken der Frau Gräfin zurückgeben, und ihr sagen, daß ich das Pfand, das sie mir heute früh gegeben, zu ihrer Verfügung halten werde.‘ — Er nahm die zweihundert Franken und lächelte spöttisch, als wollte er sagen: Ah, sie hat bezahlt! Nun, um so besser! — Auf diesem Gesicht las ich die Zukunft der Gräfin. Dieser hübsche blonde Herr, dieser kühle, seelenlose Spieler wird sich selber zugrunde richten, und dazu sie, ihren Gatten und die Kinder, er wird ihre Mitgift aufzehren und größere Verwirrung in den Salons anrichten als eine Batterie Haubitzen in einem Regiment. — Ich begab mich nach der Rue Montmartre zu Fräulein Jenny. Ich stieg eine schmale, sehr steile Treppe hinauf. Als ich im fünften Stock angekommen war, wurde ich in eine aus zwei Zimmern bestehende Wohnung geführt, wo alles blinkte wie ein neues Goldstück. Ich sah nicht den geringsten Staub auf den Möbeln in dem ersten Zimmer, wo Fräulein Jenny mich empfing, eine junge, sehr einfach gekleidete Pariserin: sie sah sehr fein und frisch aus, das kastanienbraune Haar war sorgsam frisiert, es fiel in Wellen in die Schläfen und schuf einen schönen Rahmen zu den blauen, kristallhellen Augen. Das Tageslicht, das durch die Vorhänge vor den Fenstern fiel, warf einen sanften Schimmer auf ihr stilles Gesicht. In Stücke geschnittene Leinwand, die im Zimmer umherlag, verriet mir ihre gewöhnliche Beschäftigung: sie war Weißnäherin. Sie stand da wie die Fee der Einsamkeit. Als ich die Rechnung vorlegte, sagte ich zu ihr, daß ich sie am Morgen nicht angetroffen hätte. — ‚Aber,‘ sagte sie, ‚das Geld war bei der Pförtnerin.‘ Ich überhörte das. ‚Sie gehen früh aus, wie es scheint?‘ ‚Ich bin selten fort, aber wenn man die Nacht durcharbeitet, muß man doch einmal ein Bad nehmen.‘ Ich sah sie an. Mit einem einzigen Blick erriet ich alles. Dies Mädchen war durch das Unglück zur Arbeit verdammt, sie stammte aus einer ehrenwerten Bauernfamilie, denn sie hatte Sommersprossen wie meistens die Leute, die auf dem Lande geboren sind. Eine unerhörte Tugendhaftigkeit sprach aus ihren Zügen. Ich glaubte in einer Atmosphäre der Aufrichtigkeit, der Reinheit zu sein, die meinen Lungen wohltat. Das arme Kind! Sie war gläubig; über ihrem schlichten hölzernen Bett hing ein Kruzifix, das mit zwei grünen Zweigen geschmückt war. Ich war fast gerührt. Ich fühlte mich getrieben, ihr Geld zu nur zwölf Prozent anzubieten, um ihr den Ankauf eines guten Geschäftes zu ermöglichen. —

Aber, sagte ich mir, sie hat vielleicht irgendeinen Vetter, der das arme Mädchen um sein Geld bringen würde. — Ich entfernte mich also und war auf der Hut vor meinen großmütigen Gedanken, denn ich habe oft beobachten können, daß die Wohltätigkeit, wenn sie dem Wohltäter nicht schadet, doch den Betroffenen tötet. Als Sie soeben eintraten, dachte ich, Jenny Malvaut würde eine liebe kleine Frau sein, ich verglich ihr reines, einsames Leben mit dem der Gräfin, die, da sie schon zu Wechseln gegriffen hat, in den Abgrund des Lasters hineinstürzen wird. Nun," fuhr er nach kurzem Schweigen fort, währenddes ich ihn beobachtet hatte, „glauben Sie, daß es nichts bedeutet, so in die geheimsten Falten des menschlichen Herzens einzudringen, das Leben der andern mit Beschlag zu belegen und sie nackt zu sehen? Immer verschiedenartig ist das Schauspiel, man sieht furchtbare Wunden, tödliche Kümmernisse, Liebesszenen, Elend, auf das die Wasser der Seine lauern, Freuden von Jünglingen, die zum Schafott führen, verzweifeltes Lachen und rauschende Feste. Oft habe ich gezittert vor der Macht des Wortes in einem jungen, liebenden Mädchen, einem alten Kaufmann, der am Rande des Bankrotts stand, einer Mutter, die das Verbrechen ihres Sohnes verheimlichen möchte, einem brotlosen Künstler, einem großen Manne, von dem die Volksgunst sich abwendet und der, da er kein Geld besitzt, die Früchte seiner Arbeit sich entgleiten sieht. Diese glänzenden Schauspieler spielten für mich allein, ohne mich täuschen zu können. Mein Blick ist wie der Blick Gottes, ich lese in den Herzen. Nichts ist mir verborgen. Ich bin reich genug, um die Gewissen derjenigen zu kaufen, die die Minister an ihren Drähten tanzen lassen, von ihren Bureauschreibern bis zu ihren Geliebten: ist das nicht Macht? Ich kann die schönsten Frauen und die zärtlichsten Liebkosungen haben — ist das nicht Vergnügen? Macht und Vergnügen, liegt darin nicht unsere ganze Gesellschaftsordnung. Solcher Männer gibt es in Paris etwa zehn, und wir alle sind unbekannte, heimliche Könige, die euer Schicksal in der Hand haben. Ist das Leben nicht eine Maschine, die durch das Geld in Bewegung gesetzt wird? Ihr dürft nicht verkennen, daß die Mittel sich mit den Resultaten verschmelzen; man wird niemals die Seele von den Sinnen, den Geist von der Materie trennen können. Das Geld ist die Beseelung unserer gegenwärtigen Gesellschaft. Von dem gleichen Interesse geführt, versammeln wir uns an bestimmten Tagen im Café Thémis an der Neuen Brücke. Dort decken wir die Finanzgeheimnisse auf. Kein Vermögen kann uns belügen, wir kennen die Geheimnisse aller Familien. Wir haben eine Art schwarzes Buch, in das wir die wichtigsten Notizen über die Zahlungsfähigkeit, das Bankwesen, den Handel einschreiben. Wir sind Schiedsrichter der Börse und bilden einen heiligen Rat, vor dem die kleinsten Handlungen aller Leute, die irgendein Vermögen besitzen, erwogen und analysiert werden, und wir erraten stets die wahren Motive. Der eine überwacht die gerichtlichen Schritte, der andere die Finanzen, die Verwaltung oder den ganzen Handel. Ich beobachte die Söhne aus guten Familien, die Künstler, die vornehmen Herren und die Spekulanten, die aufregendste Gruppe in

Paris. Jeder erzählt uns die Geheimnisse der andern Menschen. Die getäuschten Leidenschaften, die abgekühlten Eitelkeiten sind schwatzhaft. Laster, Enttäuschung, Rachsucht sind die besten Detektive. Gleich mir haben meine Kollegen alles genossen, haben sich an allem übersättigt und lieben jetzt schließlich Geld und Macht nur um des Geldes und der Macht selbst willen. Hier", sagte er und deutete auf sein kahles, kaltes Zimmer, „fleht der jähzornigste Liebhaber mit gefalteten Händen, der sonst um eines Wortes willen aufbraust und den Degen zieht! Hier betteln der stolzeste Kaufmann, die eitelste Frau und der tapferste Offizier, mit Tränen der Wut oder des Schmerzes in den Augen. Hier betteln der berühmteste Künstler und der Schriftsteller, deren Namen der Nachwelt überliefert werden. Hier endlich", fügte er hinzu, indem er die Hand an die Stirn legte, „kommen alle Interessen von Paris zu einem Ausgleich. Glauben Sie jetzt, daß es keine Genüsse unter dieser weißen Maske gibt, deren Unbeweglichkeit Sie so oft in Erstaunen gesetzt hat?" Ich ging überwältigt nach Hause. Dieser hagere, kleine Greis war groß geworden. Er hatte sich in meinen Augen in ein phantastisches Bild verwandelt, in dem sich die Macht des Geldes personifizierte. Das Leben, die Menschen flößten mir Schrecken ein. Also soll sich alles durch Geld lösen? fragte ich mich. Ich erinnere mich, daß ich erst sehr spät eingeschlafen bin. Ich sah lauter Goldstücke um mich her. Die schöne Gräfin beschäftigte mich. Ich muß zu meiner Schande gestehen, daß sie das Bild des einfachen, keuschen Geschöpfes vollkommen auslöschte, das sich der Arbeit und der Stille gewidmet hatte; aber am nächsten Morgen erschien mir beim Erwachen die holde Jenny in ihrer ganzen Schönheit, ich dachte nur noch an sie."

„Wollen Sie ein Glas Zuckerwasser?" unterbrach Frau von Grandlieu Derville.

„Bitte, ja", erwiderte er.

„Aber ich sehe darin nichts, was uns angehen könnte", sagte die Gräfin und klingelte.

„Ja," rief Derville, „ich möchte wohl Fräulein Camille aufrütteln und ihr sagen, daß ihr Glück vor kurzem von Papa Gobseck abhing: aber da der gute Mann im Alter von neunundachtzig Jahren gestorben ist, wird Herr von Restaud bald in den Besitz eines schönen Vermögens kommen. Dazu sind Erklärungen nötig. Was Jenny Malvaut betrifft, so kennen Sie sie, es ist meine Frau!"

„Der arme Junge", erwiderte die Gräfin, „würde das vor zwanzig Personen mit seinem gewohnten Freimut eingestehen."

„Ich würde es in alle Welt schreien", sagte der Advokat.

„Trinken Sie, trinken Sie, mein armer Derville, Sie werden immer der glücklichste und der beste aller Menschen sein."

„Ich verließ Sie in der Rue du Helder, bei einer Gräfin", rief der Onkel und hob den Kopf, da er eingenickt gewesen war. „Was haben Sie mit der gemacht?"

„Ein paar Tage nach der Unterhaltung mit dem alten Holländer machte ich mein Examen", begann Derville wieder. „Ich wurde zum Gericht zugelassen und dann Advokat. Das Vertrauen des alten Geizhalses zu mir vergrößerte sich immer mehr. Er erbat kostenlos meinen Rat in allen heiklen Angelegenheiten, auf die er sich einließ und die allen Praktikern faul erschienen. Dieser Mann, auf den niemand den geringsten Einfluß gehabt hatte, hörte meine Ratschläge mit einer gewissen Achtung an. Er stand sich allerdings auch immer sehr gut dabei. Endlich verließ ich das Haus in der Rue des Grés und wohnte bei meinem Chef, der mich für hundertfünfzig Franken monatlich beköstigte. Das war ein schöner Tag! Als ich mich von dem Wucherer verabschiedete, äußerte er weder Mißfallen noch Freundlichkeit und lud mich nicht ein, ihn zu besuchen. Er warf mir nur einen Blick zu, der bei ihm irgendwie die Gabe des zweiten Gesichts zu verraten schien. Nach acht Tagen machte er mir einen Besuch und zog mich in einer ziemlich schwierigen Sache, einer Enteignung, zurate; er setzte diese Gratiskonsultationen so ungehindert fort, als ob er mich bezahlte. Nach zwei Jahren kam mein Chef, der ein sehr vergnügungssüchtiger und verschwenderischer Mann war, in große Verlegenheit und war genötigt, seine Praxis zu verkaufen. Da damals die Anwaltspraxis noch nicht so ungeheuer bewertet wurde wie heute, verlangte mein Chef für die seine hundertfünfzigtausend Franken. Ein tätiger, gebildeter, intelligenter Mann konnte anständig leben, die Zinsen dieser Summe bezahlen und sich in zehn Jahren schuldenfrei machen, wenn er Vertrauen einflößte. Ich, das siebente Kind eines kleinen Bürgers in Noyon, besaß aber keinen roten Heller und kannte in der Welt keinen andern Kapitalisten als den Papa Gobseck. Mein Ehrgeiz und ein leiser Hoffnungsschimmer gaben mir den Mut, ihn aufzusuchen. Ich ging also eines Abends langsam nach der Rue des Grés. Das Herz schlug mir heftig, als ich an das düstere Haus klopfte. Ich erinnerte mich aller Aussprüche des alten Geizhalses zu einer Zeit, da ich noch keine Ahnung hatte von den Ängsten, die hier auf dieser Schwelle anhuben. Und ich hatte vor, ihn um etwas zu bitten, wie so viele andere. Nein, sagte ich mir, ein Ehrenmann muß vor allem seine Würde wahren. Das Geld ist keine Feigheit wert, ich will ebenso stark sein wie er. Nach meinem Fortzug hatte Papa Gobseck mein Zimmer hinzugemietet, um keinen Nachbarn zu haben; er hatte auch ein kleines, vergittertes Guckloch in seiner Tür anbringen lassen und öffnete mir erst, als er mein Gesicht erkannt hatte. ‚Nun,‘ sagte er mit seiner leisen Stimme zu mir, ‚Ihr Chef verkauft seine Praxis.‘ — ‚Woher wissen Sie das? Er hat doch nur mit mir darüber gesprochen.‘ Die Lippen des Greises schoben sich wie Vorhänge zur Seite, und dies stumme Lächeln wurde von einem kühlen Blick begleitet. ‚Also deshalb kommen Sie zu mir‘, fügte er in trockenem Ton hinzu, da ich in meiner Bestürzung stumm blieb. ‚Hören Sie mich an, Herr Gobseck‘, sagte ich dann mit soviel Ruhe, wie ich vor diesem Greise aufbringen konnte, der mich mit kalten, hellen Augen ansah. Er machte eine Handbewegung, als wolle er sagen: Sprechen Sie. ‚Ich weiß, daß es sehr schwierig ist, Sie zu rühren. Ich will daher auch nicht meine Beredsamkeit daran verschwenden, Ihnen die Situation eines Advokaten ohne einen Heller auszumalen, der seine ganze Hoffnung auf Sie gesetzt hat und sonst in der Welt kein Herz kennt, bei dem er Verständnis für seine Zukunft finden könnte. Lassen wir das Herz beiseite, Geschäft ist Geschäft und kein Roman, der mit Gefühlsduselei zu tun hat. Der Fall liegt so: Die Praxis meines Chefs bringt jährlich bei ihm etwa zwanzigtausend Franken, aber ich glaube, daß sie bei mir vierzigtausend bringen kann. Er will sie für fünfzigtausend Taler verkaufen. Ich habe das Gefühl,' sagte ich, ,wenn Sie mir die erforderliche Summe leihen könnten, so wäre ich in zehn Jahren schuldenfrei.' — ,Das nenne ich ein Wort', erwiderte Papa Gobseck, streckte mir die Hand hin und drückte die meine. ,Niemals, seit ich mein Geschäft betreibe, hat ein Mensch mir deutlicher die Motive seines Besuches auseinandergesetzt. Und die Bürgschaft?' sagte er und musterte mich von oben bis unten. ,Keine!' fügte er nach einer Pause hinzu. ,Wie alt sind Sie?' — ,Ich werde in zehn Tagen fünfundzwanzig', erwiderte ich. ,Sonst dürfte ich mich ja nicht selbständig machen.' — ,Das stimmt.' — ,Nun?' — ,Es ist möglich.' — ,Aber ich muß schnell handeln, sonst kommen Mitbewerber, die den Preis in die Höhe treiben.' — ,Bringen Sie mir morgen früh Ihren Geburtsschein, und wir werden über die Angelegenheit sprechen: ich werde darüber nachdenken.' Am nächsten Morgen um acht Uhr war ich bei dem alten Manne. Er nahm das Dokument, setzte sich die Brille auf, hustete, räusperte sich, hüllte sich in seinen schwarzen Schlafrock und las das ganze Geburtsdokument durch. Dann drehte er es um, betrachtete es nochmals, sah mich an, räusperte sich wieder, rückte auf seinem Stuhl hin und her und sagte zu mir: ,Wir wollen versuchen, die Angelegenheit zu ordnen.' — Ich zitterte. ,Ich bekomme fünfzig Prozent von meinem Kapital,' nahm er wieder das Wort, ‚bisweilen auch hundert oder zweihundert, ja, auch fünfhundert Prozent.' — Bei diesen Worten erbleichte ich. ‚Aber um unserer Bekanntschaft willen würde ich mich mit zwölfeinhalb Prozent pro Jahr ... er zögerte ... Jawohl, bei Ihnen werde ich mich mit dreizehn Prozent pro Jahr begnügen. Sind Sie damit einverstanden?' — ‚Jawohl', erwiderte ich. ‚Aber wenn es zuviel ist, wehren Sie sich, Grotius!' Er nannte mich im Scherz Grotius. — ‚Wenn ich dreizehn Prozent von Ihnen verlange, so tue ich das geschäftsmäßig, sehen Sie, ob Sie sie bezahlen können. Ich schätze Menschen nicht, die auf alles eingehen. Ist es zu viel?' — ‚Nein,' sagte ich, ‚es wird gehen.' — ‚Jawohl,' sagte er zu mir und warf mir einen seiner Seitenblicke zu, ‚Ihre Klienten werden es bezahlen.' — ‚Nun, zum Teufel,' rief ich, ‚ich selber zahle. Ich würde mir lieber die Hand abhacken, als den Leuten das Fell über die Ohren ziehen.' — ‚Hm!' sagte Papa Gobseck. ‚Die Honorare sind ja auch festgesetzt', nahm ich wieder das Wort. — ‚Keineswegs für die geschäftlichen Transaktionen,' widersprach er, ‚für gütliche Beilegung oder Vergleich. Dabei können Sie tausend Franken, sechstausend Franken sogar berechnen, je nach der Bedeutung des Objekts, für Konferenzen, Laufereien, Schriftsätze und Ihre ganze Beredsamkeit. Um solche Geschäfte müssen Sie sich bemühen.' Ich werde Sie als den geschicktesten und klügsten aller Advokaten empfehlen, ich werde Ihnen so viele Prozesse dieser Art auf den Hals schicken, daß Ihre Kollegen vor Neid bersten werden. Werbrust, Palma, Gigonnet und alle meine

Kollegen werden Ihnen die Zwangsverkäufe übertragen, und Gott weiß, daran ist bei ihnen kein Mangel. Sie werden also zweierlei Praxis haben, die eine, die Sie kaufen und die andere, die ich Ihnen verschaffen werde. Sie müßten mir eigentlich für meine hundertfünfzigtausend Franken fünfzehn Prozent zahlen.' — ‚Gut, aber nicht mehr', sagte ich mit der Festigkeit eines Mannes, der darüber hinaus nichts zugestehen würde. Papa Gobseck beruhigte sich und schien sehr zufrieden mit mir zu sein. ‚Ich werde selber', nahm er wieder das Wort, ‚Ihrem Chef die Kaufsumme übergeben und mir eine Sicherung geben lassen.' — ‚Sie können natürlich jede Sicherheit bekommen, die Sie wünschen.' — ‚Ja, warum sollte ich mehr Vertrauen zu Ihnen haben, als Sie zu mir?' — Ich schwieg. ‚Außerdem', fuhr er in gutmütigem Ton fort, ‚werden Sie weiter meine Geschäfte führen, solange ich lebe, ohne ein Honorar zu verlangen, nicht wahr?' — ‚Einverstanden, vorausgesetzt, daß es sich nicht um Darlehn handelt.' — ‚Gut! Aber dann gestatten Sie mir doch auch, Sie zu besuchen', sagte der Greis, dessen Gesicht Mühe hatte, die gutmütige Miene festzuhalten. ‚Ich werde mich freuen, Sie zu sehen.' — ‚Ja, aber morgens wird es immer schwierig sein. Sie haben zu tun, und ich ebenfalls.' — ‚So kommen Sie abends.' — ‚Nein,' erwiderte er lebhaft, ‚Sie müssen Gesellschaften mitmachen, mit Ihren Klienten verkehren. Ich sehe meine Freunde in meinem Café.' — Seine Freunde! ‚Gut,' sagte ich, ‚warum sollen wir nicht die Stunde des Diners wählen?' — ‚Ausgezeichnet', erwiderte Gobseck. ‚Nach der Börse um fünf Uhr.' — ‚Schön, Sie werden mich also jeden Mittwoch und Sonnabend sehen. Wir werden dann wie zwei Freunde über unsere Geschäfte sprechen. Oh, ich bin manchmal auch sehr vergnügt. Setzen Sie mir ein Rebhuhn vor und ein Glas Sekt, und dann wollen wir plaudern. Ich weiß vieles, was Sie die Menschen und besonders die Frauen kennen lehren wird.' — ,Das Rebhuhn und der Sekt sind also abgemacht.' — ,Machen Sie keine Dummheiten, sonst verlieren Sie mein Vertrauen. Machen Sie kein großes Haus. Nehmen Sie sich eine alte Dienstmagd. Ich werde zu Ihnen kommen, um mich von Ihrer Gesundheit zu überzeugen. Ich habe ja ein Kapital auf Ihren Kopf gesetzt, haha, ich muß mich über Ihre Geschäfte informieren. Also kommen Sie heute abend mit Ihrem Chef her.' ,Könnten Sie mir sagen, wenn es keine Indiskretion ist, danach zu fragen,' sagte ich zu dem kleinen Greise, als wir an der Schwelle der Tür standen, ,was für eine Bedeutung mein Taufschein in dieser Sache hatte?' — Jean-Esther van Gobseck zuckte die Achseln, lächelte boshaft und antwortete: ,Wie töricht die Jugend ist! Merken Sie sich, Herr Advokat, denn es ist wichtig für Sie, damit Sie sich nicht übertölpeln lassen, daß bis zum dreißigsten Jahre Rechtschaffenheit und Talent noch eine Art Hypothek sind. Ist dieses Alter überschritten, so kann man nicht mehr auf einen Menschen rechnen.' Damit schloß er seine Tür. Drei Monate später war ich Advokat. Bald hatte ich das Glück, die Wiedererlangung Ihrer Besitztümer, gnädige Frau, in die Hand nehmen zu können. Dieser Prozeß machte mich bekannt. Trotz den ungeheuren Zinsen, die ich an Gobseck zu zahlen hatte, fühlte ich mich ungebunden. Ich heiratete Jenny Malvaut, die ich aufrichtig liebte. Die Ähnlichkeit unseres Schicksals, unserer Arbeit, unserer Erfolge vergrößerten die Kraft unserer Gefühle. Einer ihrer Oheime, ein reich gewordener Bauer, war gestorben und hinterließ ihr siebzigtausend Franken, die mir bei der Abstoßung meiner Schuld halfen. Seit dem Tage war mein Leben nur Glück und Gedeihen. Sprechen wir also nicht mehr von mir, nichts ist unerträglicher als ein glücklicher Mensch. Kommen wir zu den Personen zurück, von denen wir sprachen. Ein Jahr nach meiner Niederlassung war ich verpflichtet, an einem Junggesellenfrühstück teilzunehmen. Dieses Frühstück war das Ergebnis einer verlorenen Wette eines meiner Bekannten gegen einen jungen Mann, der damals in der eleganten Welt eine große Rolle spielte. Herr von Trailles, der Salonlöwe jener Zeit, erfreute sich eines ungeheuren Rufes."

„Das tut er noch heute", unterbrach Graf Borne. „Kein anderer versteht so gut einen Anzug zu tragen wie er, oder besser zu kutschieren. Keiner hat mehr Talent zum Spielen, zum Essen und Trinken. Er versteht sich auf Pferde, Hüte, Bilder. Alle Frauen sind verliebt in ihn. Er gibt etwa hunderttausend Franken jährlich aus, ohne daß man wüßte, daß er ein einziges Grundstück oder irgendwelche Zinsen besäße. Graf Maxime von Trailles ist ein seltsames Geschöpf, gut zu allem und tauglich zu nichts, gefürchtet und verachtet, alles wissend und doch nichts wissend, ebenso bereit, eine Wohltat zu tun wie ein Verbrechen zu begehen, bald feige, bald edel, mehr mit Schmutz als mit Blut bespritzt, er hat mehr Sorgen als Gewissensbisse und ist mehr beschäftigt, gut zu verdauen als zu denken, er heuchelt Leidenschaften und hat gar kein Gefühl. Maxime von Trailles gehört einer hervorragend intelligenten Klasse an, aus der bisweilen ein Mirabeau, ein Pitt, ein Richelieu hervorgeht, die aber in der Hauptsache Leute wie die Grafen Horne, Fouquier-Tinville und Coignard liefert."

„Ja," nahm Derville wieder das Wort, nachdem er dem Bruder der Gräfin zugehört hatte, „ich hatte von dieser Persönlichkeit viel sprechen hören durch den armen alten Goriot, einen meiner Klienten, aber ich hatte schon mehrmals die gefährliche Ehre seiner Bekanntschaft vermieden, wenn ich ihm in Gesellschaft begegnete. Doch mein Freund bat mich so inständig, zu seinem Frühstück zu kommen, daß ich nicht fernbleiben konnte, wenn ich nicht wie ein Sonderling erscheinen wollte. Es ist schwierig, Ihnen ein Junggesellenfrühstück zu beschreiben, gnädige Frau. Es ist eine Pracht und Erlesenheit, der Luxus eines Geizhalses, der aus Eitelkeit für einen Tag zum Verschwender wird. Man ist zunächst überrascht über die Ordnung des gedeckten Tisches, der von Silber, Kristall und blendendem Damast funkelt. Das Leben ist hier auf seinem Höhepunkt; die jungen Leute sind liebenswürdig, sie lächeln, sprechen leise und wirken wie junge Ehepaare, um die herum alles jungfräulich ist. Zwei Stunden später sieht es aus wie auf einem Schlachtfelde nach dem Kampf: überall zerbrochene Gläser, zerknüllte Servietten, halb abgegessene Schüsseln, die einen widerlichen Anblick bieten; man hört ein Geschrei, daß einem der Kopf platzt, es werden Reden gehalten und schlechte Witze schwirren durch die Luft, die Gesichter sind purpurn gefärbt, die funkelnden Augen sagen nichts mehr, unfreiwillige Geständnisse sind sie, die alles verraten. Inmitten des Höllenlärms zerschlagen die einen Flaschen, während die andern Lieder anstimmen, man umarmt sich oder man balgt sich; ein widerlicher Geruch, aus hundert Düften gemischt, und hundertstimmiger Lärm steigt auf; kein Mensch weiß mehr, was er ißt, was er trinkt, was er sagt; die einen sind traurig, die andern schwatzen; der eine ist monoman und wiederholt immerfort dasselbe Wort wie eine Glocke, die man in Bewegung gesetzt hat; der andere will den Tumult beschwichtigen, der Weiseste schlägt eine Orgie vor. Wenn ein nüchterner Mann einträte, würde er sich auf einem Bacchanal glauben. Bei einem solchen Tumult versuchte Herr von Trailles sich in meine Gunst einzuschmeicheln. Ich hatte meine fünf Sinne noch einigermaßen beisammen und war auf der Hut. Er dagegen, obwohl er eine leichte Berauschtheit vortäuschte, war vollkommen nüchtern und dachte an seine Geschäfte. Jedenfalls hatte er, ich weiß nicht wie es kam, mich vollkommen behext, als wir um neun Uhr abends von Grignon fortgingen, und ich hatte ihm versprochen, ihn am andern Morgen zu unserm Papa Gobseck mitzunehmen. Die Worte: Ehre, Tugend, Gräfin, ehrenhafte Frau, angebetete Frau, Unglück, Verzweiflung kamen, dank seiner goldenen Redekunst, in seinen Sätzen oft vor. Als ich am andern Morgen erwachte und mir ins Gedächtnis rufen wollte, was ich am Abend vorher getan, hatte ich die größte Mühe, auch nur einige Gedanken zusammenzubringen. Endlich war es mir, als sei die Tochter eines meiner Klienten in Gefahr, ihren Ruf und die Achtung und Liebe ihres Gatten zu verlieren, wenn sie nicht am Morgen in den Besitz von fünfzigtausend Franken käme. Es waren Spielschulden, Wagenrechnungen, irgendwie verausgabtes Geld. Der bezaubernde Zechgenosse hatte mir versichert, daß sie reich genug sei, um durch die Ersparnisse einiger Jahre den Wechsel bezahlen zu können. Jetzt erst begann ich die Bitten meines Genossen zu durchschauen. Ich gestehe zu meiner Schande, daß ich nicht ahnte, wie wichtig es für Papa Gobseck war, sich mit diesem Dandy zu verständigen. Als ich aufstand, trat Herr von Trailles ein. ‚Herr Graf,' sagte ich, nachdem wir uns begrüßt hatten, ‚ich sehe nicht ein, daß Sie mich brauchen, um Sie bei van Gobseck einzuführen, diesem höflichsten und zuvorkommendsten aller Kapitalisten. Er wird Ihnen Geld geben, wenn er welches hat, oder vielmehr, wenn Sie ihm genügende Sicherheiten bieten.' ‚Ich denke natürlich nicht daran,' erwiderte er, ‚Sie zu zwingen, mir einen Dienst zu leisten, obwohl Sie es mir versprochen haben.'

‚Teufel,' sagte ich bei mir selbst, ‚soll dieser Mann von mir denken, daß ich mein Wort breche?' — ‚Ich habe Ihnen gestern gesagt, daß ich mich mit Papa Gobseck ernstlich überworfen habe', fuhr er fort. ‚Aber da er der einzige Mensch in Paris ist, der im Handumdrehen, und noch dazu Ende des Monats, hunderttausend Franken zusammenbringen kann, so hatte ich Sie gebeten, mich mit ihm auszusöhnen. Aber wir wollen nicht weiter darüber sprechen.' Herr von Trailles sah mich höflich herausfordernd an und schickte sich an, das Zimmer zu verlassen. ‚Ich werde Sie begleiten', sagte ich. Als wir in die Rue des Grés kamen, sah der Dandy sich mit einer Aufmerksamkeit und einer Unruhe um, die mich in Erstaunen setzten. Sein Gesicht wurde bald blaß, bald rot, und Schweißtropfen traten auf seine Stirn, als er die Tür von Gobsecks Hause sah. Als wir aus dem Wagen stiegen, bog eine Droschke in die Rue des Grés ein. Das Falkenauge des jungen Mannes erkannte im Fond dieses Wagens eine Dame. Ein Ausdruck großer Freude belebte sein Gesicht.

Er rief einen kleinen Jungen an und gab ihm die Zügel zu halten. Wir stiegen zu dem alten Geldverleiher hinauf. ‚Herr Gobseck,' sagte ich, ‚ich bringe Ihnen einen meiner intimsten Freunde, (dem ich mißtraue wie dem Teufel selber, flüsterte ich dem Greise zu). Auf meine Empfehlung hin werden Sie ihn freundlich aufnehmen (zu dem gewöhnlichen Zinsfuß) und werden ihm aus der Verlegenheit helfen (wenn es Ihnen paßt).' Herr von Trailles verneigte sich vor dem Wucherer, setzte sich und nahm eine Stellung an wie eine Kurtisane, die durch ihre Anmut betören wollte; aber der gute Gobseck blieb auf seinem Stuhl in seiner Ofenecke sitzen, unbeweglich, unbeeinflußbar. Er sah aus wie die Statue Voltaires im Théâtre Français; er lüftete ganz leicht, wie zum Gruß, die abgenutzte Mütze, die seinen Kopf bedeckte, und der gelbe Schädel, der dabei zum Vorschein kam, erhöhte noch den Eindruck einer Marmorfigur. ‚Ich habe nur für meine Kunden Geld', sagte er. ‚Sie sind also sehr böse, daß ich mich anderswo als bei Ihnen ruiniert habe?' erwiderte der Graf lachend. ‚Ruiniert?' sagte Gobseck in ironischem Ton. ‚Wollen Sie damit sagen, daß man einen Menschen, der nichts besitzt, nicht ruinieren kann? Bin ich nicht der intime Freund der Ronquerolles, der Marsay, der Franchessini, der beiden Vandenesse, der Adjuda-Pinto, kurz, der bekanntesten jungen Leute von Paris? Ich verkehre mit einem Fürsten und einem Gesandten, den Sie auch kennen. Ich habe meine Einnahmen in London, Karlsbad, Baden, Bath, Spa. Ist das nicht die glänzendste aller Industrien?' — ‚Das stimmt!' — ‚Sie machen einen Schwamm aus mir! Sie ermutigen mich, mich mitten in der Welt vollzusaugen, um mich dann in dem kritischen Augenblick auszupressen; aber Sie sind selber ein Schwamm, und der Tod wird alles aus Ihnen herausdrücken.' ‚Das mag schon sein.' — ‚Was wären Sie, wenn es keine Verschwender gäbe? Wir beide sind wie Seele und Körper.' — ‚Sehr richtig.' — ‚Nun, geben Sie mir die Hand, mein alter Papa Gobseck, und seien Sie großmütig.' — ‚Sie kommen zu mir,' sagte der Wucherer kalt, ‚weil Girard, Palma, Werbrust und Gigonnet nichts mehr von Ihren Wechseln wissen wollen, die sie überall mit fünfzig Prozent Nachlaß anbieten, und da sie wahrscheinlich nur die Hälfte des Wertes Ihnen ausgezahlt haben, so sind sie fünfundzwanzig Prozent wert. Ich bedanke mich! Kann ich denn wirklich', fuhr Gobseck fort, ‚einen einzigen Obolus einem Manne leihen, der dreißigtausend Franken Schulden hat und keinen Pfennig besitzt? Sie haben vorgestern auf dem

Ball bei Baron Nucingen zehntausend Franken verloren.' — ‚Mein Herr,' erwiderte der Graf mit seltener Unverfrorenheit und musterte den Greis, ‚meine Angelegenheiten gehen Sie nichts an. Wer Frist zur Zahlung hat, schuldet nichts.' — ‚Das stimmt.' — ‚Meine Wechsel werden eingelöst werden.' — ‚Möglich.' — ‚In diesem Augenblick handelt es sich für uns nur darum, ob ich Ihnen genügende Sicherheiten für die Summe bieten kann, die ich von Ihnen entleihen möchte.' — ‚Sehr richtig.' — Das Geräusch eines vorfahrenden Wagens hallte durch das Zimmer. ‚Ich werde etwas holen, was Sie vielleicht befriedigen wird,' sagte der junge Mann. — ‚O mein Sohn,' rief Gobseck, als der Bittsteller verschwunden war, sprang auf, und breitete die Arme nach mir aus, ‚wenn er ein gutes Pfand gibt, so retten Sie mir das Leben! Ich wäre sonst gestorben. Werbrust und Gigonnet glaubten mir einen Streich spielen zu können. Ihnen verdanke ich es, wenn ich heute abend auf ihre Kosten lachen kann.' — Die Freude des Greises hatte etwas Erschreckendes. Es war das einzige Mal, daß er mir gegenüber aus sich herausging. Obwohl diese Freude so rasch verflog, habe ich sie nie aus dem Gedächtnis verloren. ‚Tun Sie mir die Liebe, hier zu bleiben', fügte er hinzu. ‚Obwohl ich bewaffnet bin und gut schieße, als ein Mann, der einstmals den Tiger gejagt hat, traue ich diesem eleganten Schurken nicht.' — Er setzte sich wieder auf den Sessel vor seinem Schreibtisch. Sein Gesicht wurde wieder bleich und ruhig. ‚Ja,' erwiderte er, indem er sich zu mir wendete, ‚jetzt werden Sie gewiß die schöne Frau sehen, von der ich Ihnen früher erzählt habe, ich höre auf dem Flur einen aristokratischen Schritt.' Wirklich erschien jetzt der junge Mann wieder, eine Frau an der Hand führend, in der ich die Gräfin erkannte, die Gobseck mir damals geschildert, die eine der beiden Töchter Goriots. Die Gräfin sah mich anfangs nicht, ich stand in der Fensternische, das Gesicht dem Fenster zugekehrt. Als sie das feuchte, dunkle Zimmer des Wucherers betrat, warf sie einen mißtrauischen Blick auf Maxime. Sie war so schön, daß ich sie trotz ihren Fehlern beklagte. Todesangst bewegte ihr Herz, ihre vornehmen, stolzen Züge hatten einen krampfhaften Ausdruck, den sie nur schlecht verbarg. Der junge Mann war für sie ein böser Geist geworden. Ich bewunderte Gobseck, der vor vier Jahren das Schicksal dieser beiden Menschen bei dem ersten Wechsel vorausgesehen hatte. — Wahrscheinlich, dachte ich, beherrscht dieses Ungeheuer mit dem Engelsgesicht sie durch alle möglichen Mittel: durch Eitelkeit, Eifersucht und Vergnügungen."

„Aber", rief Frau von Grandlieu, „selbst die Tugenden dieser Frau sind für ihn zu Waffen geworden; Tränen der Hingabe hat er ihr entlockt, er hat in ihr die natürliche Großmut unseres Geschlechts zu erregen verstanden und ihre Zärtlichkeit mißbraucht, um ihr sehr teuer verbrecherische Vergnügungen zu verkaufen."

„Ich gestehe Ihnen," sagte Derville, der die Zeichen nicht verstand, die Frau von Grandlieu ihm machte, „ich weinte nicht über das Schicksal dieses unglücklichen Geschöpfes, das in den Augen der Welt so strahlend dasteht und demjenigen, der in ihrem Herzen liest, so furchtbar erscheint, nein, ich zitterte vor Entsetzen, wenn ich ihren Mörder betrachtete, diesen jungen Mann mit der reinen Stirn, dem frischen Munde, dem anmutigen Lächeln und den weißen Zähnen, der wie ein Engel aussah. In diesem Augenblick standen sie beide vor ihrem Richter, der sie prüfend betrachtete, wie ein alter Dominikaner des sechzehnten Jahrhunderts in den unterirdischen Kerkern die Opfer belauerte. ‚Mein Herr, gibt es eine Möglichkeit, den Preis für diese Diamanten zu bekommen, aber mir das Recht vorzubehalten, sie zurückzukaufen?' sagte sie mit zitternder Stimme und hielt ihm ein Schmuckkästchen hin. ‚Jawohl, gnädige Frau', mischte ich mich ein. Sie sah mich an, erkannte mich, schauderte zusammen und warf mir einen Blick zu, der in jeder Sprache heißt: Schweigen Sie! ‚Das wäre', fuhr ich fort, ‚ein Akt, den wir Verkauf auf Wiederkauf nennen, man tritt ein bewegliches oder unbewegliches Besitztum für bestimmte Zeit ab, nach deren Ablauf man das Objekt zu einem festgesetzten Preise zurückerwerben kann.' Sie atmete erleichtert auf. Graf Maxime runzelte die Brauen, er ahnte wohl, daß der Wucherer dann eine geringere Summe für die Brillanten geben würde, die ja Preisschwankungen unterworfen sind. Gobseck hatte schweigend seine Lupe genommen und das Kästchen betrachtet. Und wenn ich hundert Jahre lebte, würde ich sein Gesicht nicht vergessen. Seine bleichen Wangen hatten sich gefärbt, seine Augen, in denen das Funkeln der Steine sich zu spiegeln schien, blitzten in übernatürlichem Feuer. Er stand auf, ging an das

Fenster und hielt die Brillanten dicht an den zahnlosen Mund, als wolle er sie verschlingen. Er murmelte undeutliche Worte und nahm nacheinander die Armbänder, die Halsketten, die Diademe, die Spangen in die Hand und hielt sie an das Licht, um Wasser, Weiße und Schliff zu studieren, er entnahm sie dem Kästchen, legte sie wieder hinein, nahm sie wieder heraus und ließ sie in allen Farben spielen, mehr Kind als Greis, oder vielmehr Kind und Greis zugleich. — ‚Schöne Brillanten! Vor der Revolution hätten sie einen Wert von dreihunderttausend Franken gehabt. Dies Wasser! Echt asiatische Diamanten aus Golconda oder Visapur. Wissen Sie, welchen Wert die haben? Nein, Gobseck ist der einzige in Paris, der sie zu schätzen weiß. Unter dem Kaiserreich hätte er noch mehr als zweihunderttausend Franken haben müssen, um einen solchen Schmuck zu kaufen.‘ Er machte eine verächtliche Bewegung und sagte: ‚Jetzt verlieren die Brillanten mit jedem Tage an Wert, Brasilien überhäuft uns seit dem Frieden damit und wirft weißere Diamanten auf den Markt als die indischen.‘ Während dieser Worte besichtigte er mit unsagbarer Freude einen Stein nach dem andern: ‚Fehlerlos‘, sagte er. ‚Da ist ein Fehler. Hier ein Fleck. Ein schöner Stein.‘ — Sein bleiches Gesicht war von dem Feuer dieser Steine so hell beleuchtet, daß er mich an die alten grünlichen Spiegel in den Provinzgasthäusern erinnerte, die leuchtende Reflexe aufsaugen, ohne sie zurückzuwerfen, und dem Fremden das Spiegelbild eines ohnmächtig werdenden Menschen geben, wenn er so kühn ist, sich darin zu betrachten. — ‚Nun?' sagte der Graf und schlug Gobseck auf die Schulter. Das greisenhafte Kind zitterte. Er legte sein Spielzeug auf den Tisch, setzte sich und war wieder der harte, kalte, marmorglatte Wucherer. ‚Wieviel brauchen Sie?' — ‚Hunderttausend Franken für drei Jahre', sagte der Graf. ‚Möglich', sagte Gobseck und entnahm einer Schachtel aus Mahagoniholz Gewichte, die unschätzbar wegen ihrer Genauigkeit waren (das war sein Juwelenschrein). Er wog die Steine, indem er, Gott weiß wie, das Gewicht der Fassung abrechnete. Während dieser Tätigkeit kämpften auf dem Gesicht des Wucherers Freude mit Härte. Die Gräfin war in eine Betäubung verfallen, die mir nicht entging, sie schien die Tiefe des Abgrunds zu ermessen, in den sie gestürzt war. Es gab noch Gewissensbisse in der Seele dieser Frau; es bedurfte vielleicht nur einer Anstrengung, einer liebevoll ausgestreckten Hand, um sie zu retten, und ich machte den Versuch. ‚Diese Brillanten gehören Ihnen, gnädige Frau?' sagte ich mit lauter Stimme. ‚Jawohl, mein Herr', erwiderte sie und warf mir einen stolzen Blick zu. ‚Setzen Sie den Wiederkaufsvertrag auf', sagte Gobseck, stand auf und wies mir seinen Platz am Schreibtisch an. ‚Gnädige Frau sind sicher verheiratet?' fragte ich noch. Sie neigte rasch den Kopf. ‚Ich werde den Vertrag nicht aufsetzen', rief ich. ‚Und warum nicht?' sagte Gobseck. ‚Warum?' erwiderte ich und zog den Greis in die Fensternische, um leise auf ihn einzusprechen. ‚Diese Frau hat sich den Bestimmungen ihres Gatten zu fügen, der Vertrag würde nichtig sein, Sie können nicht Unkenntnis einer

Tatsache vorschützen, die in dem Vertrag selbst festgelegt ist. Sie wären also gezwungen, die Diamanten zurückzugeben, die man bei Ihnen deponiert hat und deren Gewicht, Wert und Schliff genau beschrieben wird.' Gobseck unterbrach mich durch ein Kopfnicken und wendete sich zu den beiden Schuldigen: ‚Er hat recht', sagte er. ‚Alles ist damit verändert. Achtzigtausend Franken bar, und Sie lassen mir die Brillanten', fügte er mit dumpfer Stimme hinzu. — ‚Aber —', warf der junge Mann ein. ‚Tun Sie es oder lassen Sie es', erwiderte Gobseck und gab der Gräfin das Kästchen zurück. ‚Für mich ist das Risiko sonst zu groß.' — ‚Sie sollten sich lieber Ihrem Gatten zu Füßen werfen', flüsterte ich ihr zu, indem ich mich zu ihr neigte. Der Wucherer hatte wahrscheinlich meine Worte an der Bewegung meiner Lippen erraten und warf mir einen kühlen Blick zu. Das Gesicht des jungen Mannes wurde fahl. Die Gräfin zögerte. Der Graf näherte sich ihr, und obwohl er sehr leise sprach, hörte ich ihn sagen: ‚Leb wohl, liebe Anastasia, sei glücklich! Was mich betrifft, so werde ich morgen keine Sorgen mehr haben!' — ‚Mein Herr,' rief die junge Frau und wendete sich zu Gobseck, ‚ich nehme Ihr Angebot an.' — ‚Gut!' erwiderte der Greis, ‚Sie entschließen sich sehr schwer, schöne Frau!' — Er stellte einen Bankscheck über fünfzigtausend Franken aus und gab ihn der Gräfin. ‚Jetzt', sagte er mit einem Lächeln, das an das Lächeln Voltaires erinnerte, ‚werde ich Ihnen zum Ausgleich der noch fehlenden dreißigtausend Franken Wechsel geben, deren Güte wohl außer Frage steht. Das ist wie gediegenes Gold. Der Herr hat soeben gesagt: ‚Meine Wechsel werden eingelöst werden',' fügte er hinzu, indem er die von dem Grafen unterzeichneten Wechsel vorlegte, die alle am Abend vorher zu Protest gegangen waren auf Ersuchen desjenigen unter seinen Kollegen, der sie ihm wahrscheinlich zu niedrigem Preise verkauft hatte. Der junge Mann stieß ein Gebrüll aus, aus dem man das Wort: ‚Alter Schuft!' heraushörte. Papa Gobseck verzog keine Miene, er nahm seine Pistolen aus einem Kästchen und sagte kühl: ‚In meiner Eigenschaft als Beleidigter werde ich zuerst schießen.' — ‚Maxime, du wirst dich bei dem Herrn entschuldigen', rief die zitternde Gräfin leise. ‚Ich hatte nicht die Absicht, Sie zu beleidigen', stammelte der junge Mann. ‚Das weiß ich wohl,' erwiderte Gobseck ruhig, ‚es war nur Ihre Absicht, Ihre Wechsel nicht einzulösen.' — Die Gräfin stand auf, grüßte und verschwand, von Entsetzen gepackt. Herr de Trailles war gezwungen, ihr zu folgen; aber bevor er hinausging, sagte er: ‚Wenn Sie etwas ausplaudern, meine Herren, kostet es Sie Ihr Blut oder mich das meine.' ‚Amen!' erwiderte Gobseck und faßte seine Pistole fester. ‚Wenn man sein Blut aufs Spiel setzen will, muß man welches haben, mein Junge, und du hast nur Schmutz in den Adern.' Als die Tür sich geschlossen hatte und die beiden Wagen abfuhren, stand Gobseck auf, tanzte im Zimmer umher und rief immer wieder: ‚Ich habe die Diamanten! Ich habe die Diamanten! Die schönen Diamanten! Was sind das für Diamanten! Und nicht teuer! Haha! Werbrust und Gigonnet dachten, sie hätten den alten

Papa Gobseck überlistet! Ego sum papa! Ich bin doch der Herr! Was werden die für dumme Gesichter machen, wenn ich ihnen heute abend zwischen zwei Partien Domino diese Sache erzähle!' — Diese unheimliche Freude, diese Wildheit, die durch den Besitz von ein paar weißen Kieselsteinen erregt war, ließen mich schaudern. Ich verstummte entsetzt. ‚Nun, du bist ja noch da, mein Junge,' sagte er, ‚wir wollen zusammen essen. Wir wollen bei dir feiern, ich habe keinen Haushalt. Und die Restaurateure mit ihren Suppen und Soßen und Weinen könnten den Teufel vergiften.' Der Ausdruck meines Gesichts gab ihm plötzlich seine kühle Gleichgültigkeit wieder. — ‚Du begreifst das nicht', sagte er, indem er sich in seine Ofenecke setzte und seinen eisernen Topf mit Milch auf das Feuer stellte. ‚Willst du mit mir frühstücken? Es reicht vielleicht für zwei.' — ‚Danke', entgegnete ich, ‚ich esse bis zum Mittag nichts.' In diesem Augenblick hörte man eilige Schritte auf dem Flur. Der Unbekannte blieb vor Gobsecks Tür stehen und klopfte mehrmals so heftig, daß man seine Erregtheit spürte. Der Wucherer blickte durch das Guckloch und öffnete einem Manne von etwa fünfunddreißig Jahren, der ihm wohl trotz seiner Erregtheit ungefährlich erscheinen mochte. Der Eintretende, der sehr einfach gekleidet war, ähnelte dem verstorbenen Herzog von Richelieu; es war der Graf. ‚Mein Herr,' wendete er sich zu Gobseck, nachdem er sich beruhigt hatte, ‚ist meine Frau hier gewesen?' — ‚Möglich'! — ‚Ja, mein Herr, verstehen Sie mich nicht?' — ‚Ich habe nicht die Ehre, Ihre Frau Gemahlin zu kennen', erwiderte der Wucherer. ‚Ich habe heute früh schon viel Besuch gehabt. Damen, Herren, junge Mädchen, die wie junge Männer aussahen, und junge Männer, die wie junge Mädchen aussahen. Da ist es also schwierig...' ‚Unsinn, ich spreche von der Dame, die soeben von Ihnen fortgeht!'

‚Wie kann ich wissen, ob das Ihre Frau ist,' fragte der Wucherer, ‚ich habe nie den Vorzug gehabt, Sie zu sehen.' — ‚Sie täuschen sich, Herr Gobseck', sagte der Graf sehr ironisch. ‚Wir sind uns eines Morgens in dem Zimmer meiner Frau begegnet. Sie hatten einen von ihr unterschriebenen Wechsel, ohne daß sie dessen Betrag schuldig gewesen wäre.' — ‚Es war nicht meine Sache, zu untersuchen, auf welche Weise sie den Gegenwert bekommen hatte', erwiderte Gobseck, indem er dem Grafen einen boshaften Blick zuwarf. ‚Ich hatte den Betrag einem meiner Kollegen zediert. Übrigens, mein Herr,' sagte der Kapitalist, ohne sich stören zu lassen, während er Kaffee in seinen Milchtopf goß, ‚muß ich Sie darauf aufmerksam machen, daß ich Ihnen nicht das Recht zugestehen kann, mir in meinem Hause Vorhaltungen zu machen; ich bin seit dem Jahre 61 des vorigen Jahrhunderts großjährig.' — ‚Mein Herr, Sie haben zu einem Schleuderpreis Familiendiamanten gekauft, die nicht meiner Frau gehörten.' — ‚Ich halte mich zwar nicht für verpflichtet, Sie in meine Geschäftsgeheimnisse einzuweihen, aber ich muß doch sagen, Herr Graf, wenn Ihre Brillanten Ihnen von der Frau Gräfin genommen sind, so hätten Sie durch ein Rundschreiben die Juweliere warnen müssen, sie zu kaufen, sie hat sie ja vielleicht im einzelnen verkauft.' — ‚Herr!' rief

der Graf, ‚Sie wußten, daß es meine Frau war!'
‚Meinen Sie?' — ‚Sie untersteht meiner Gewalt.'
‚Möglich!' — ‚Sie hatte nicht das Recht, über diese
Brillanten zu verfügen.' — ‚Sehr richtig!' — ‚Nun,
und?' — ‚Ja, mein Herr, ich kenne Ihre Frau,
sie untersteht der Gewalt ihres Gatten, das weiß ich
wohl, sie untersteht sehr vielen Gewalten, aber...
ich kenne Ihre Brillanten nicht! Wenn die Frau
Gräfin Wechsel unterzeichnet, kann sie zweifellos
Geschäfte machen, kann Brillanten kaufen und
sich beschaffen, um sie zu verkaufen, das ist doch
einleuchtend!' — ‚Leben Sie wohl, mein Herr,'
rief der Graf, bleich vor Zorn, ‚es gibt Gerichte!'
‚Sehr richtig.' — ‚Dieser Herr', fügte er hinzu
und deutete auf mich, ‚ist Zeuge des Verkaufs gewesen.' — ‚Das mag sein.' — Der Graf wollte
hinausgehen. Plötzlich aber, da ich fühlte, wie bedeutsam diese Sache war, mischte ich mich zwischen die Streitenden. ‚Herr Graf,' sagte ich,
‚Sie haben recht, aber Herr Gobseck ist nicht im
Unrecht. Sie können den Käufer nicht verfolgen,
ohne Ihre Gattin unter Anklage zu stellen, und
der Schatten dieser Angelegenheit würde nicht
auf sie allein fallen. Ich bin Advokat, und ich bin
es noch mehr mir selber als meiner Stellung schuldig, Ihnen zu erklären, daß die Brillanten, von
denen Sie sprechen, in meinem Beisein von Herrn
Gobseck gekauft wurden; aber ich glaube, Sie
hätten unrecht, die Gesetzmäßigkeit dieses Verkaufs zu bestreiten. Der Billigkeit nach haben Sie
recht, vor dem Gesetz würden Sie unterliegen.
Herr Gobseck ist zu ehrenhaft, um zu leugnen,
daß dieser Verkauf für ihn von Vorteil war, besonders wenn mein Gewissen und meine Pflicht

mich zwingen, das zuzugeben. Aber wenn Sie einen Prozeß beabsichtigen, Herr Graf, so würde der Ausgang zweifelhaft sein. Ich rate Ihnen, sich mit Herrn Gobseck gütlich zu einigen, der sich auf seinen guten Glauben berufen kann, dem Sie aber doch den Kaufpreis zurückerstatten müssen. Willigen Sie ein in einen Rückkauf nach sieben bis acht Monaten, ja nach einem Jahr, also einem Zeitraum, innerhalb dessen es Ihnen möglich sein würde, die von der Frau Gräfin geliehene Summe zurückzugeben, wenn Sie nicht vorziehen, sie gleich heute zurückzukaufen und entsprechende Sicherheiten für die Bezahlung zu geben.' — Der Wucherer tauchte sein Brot in die Tasse und aß mit völliger Gleichgültigkeit; bei dem Worte Sicherheit aber sah er mich an, als wolle er sagen: Wie der Bursche von meinen Lehren profitiert! Ich meinerseits warf ihm einen Blick zu, den er sofort verstand. Das Geschäft war sehr zweifelhaft und unfein, es war besser, einen Vergleich zu schließen. Gobseck hatte nicht die Möglichkeit, zu leugnen, da ich die Wahrheit gesagt haben würde. Der Graf dankte mir mit einem wohlwollenden Lächeln. Nach einem Wortgefecht, bei dem Gobsecks Geschicklichkeit die ganze Diplomatie eines Kongresses in den Schatten stellte, setzte ich einen Vertrag auf, in welchem der Graf bestätigte, von dem Wucherer eine Summe von fünfundachtzigtausend Franken bekommen zu haben, einschließlich Zinsen, wohingegen sich Gobseck verpflichtete, bei Rückerstattung dieser Summe dem Grafen die Brillanten zurückzugeben. ‚Was für eine Verschwendung,' rief der Graf, während er unterzeichnete, ‚wie soll ich diesen Abgrund überbrücken?' — ‚Herr,' sagte Gobseck ernst, ‚haben Sie viele Kinder?' — Diese Frage ließ den Graf erzittern, als habe der Wucherer wie ein kluger Arzt plötzlich den Finger auf die Wunde gelegt. Der Mann antwortete nicht. ‚Nun,' fuhr Gobseck fort, da er das schmerzliche Schweigen des Grafen verstand, ‚ich kenne Ihre Geschichte auswendig. Diese Frau ist ein Dämon, den Sie vielleicht noch immer lieben. Ich begreife es, sie hat auch mich gerührt. Vielleicht möchten Sie Ihr Vermögen retten und es Ihren Kindern erhalten. Nun, dann stürzen Sie sich in den Strudel der Welt, spielen Sie, verlieren Sie dies Vermögen, kommen Sie oft zu Gobseck. Die Welt wird sagen, ich bin ein Jude, ein Wucherer, ein Pirat, ich hätte Sie ruiniert! Ich pfeife darauf! Wenn einer mich beleidigt, nehme ich mir den Mann vor, keiner schießt so gut wie Ihr ergebener Diener. Das ist bekannt. Dann müssen Sie sich einen Freund suchen, dem Sie Ihr Hab und Gut durch Scheinverkauf übertragen. Nennt man das nicht ein Fideikommis?' fragte er, indem er sich zu mir wendete. Der Graf schien völlig in seine Gedanken versunken zu sein und verließ uns mit den Worten: ‚Morgen bekommen Sie Ihr Geld, halten Sie die Brillanten bereit.' — ‚Der scheint so dumm zu sein wie ein anständiger Mensch', sagte Gobseck kühl, als der Graf gegangen war. ‚Sagen Sie lieber dumm wie ein leidenschaftlicher Mann.' — ‚Der Graf ist Ihnen noch die Kosten für den Vertrag schuldig', rief er, als ich mich von ihm verabschieden wollte. Einige Tage nach dieser Szene, die mich in die furchtbaren Geheimnisse einer Dame von Welt eingeweiht hatte, sah ich eines

Morgens den Grafen in mein Zimmer treten. ‚Mein Herr,' sagte er zu mir, ‚ich möchte Sie in einer ernsten Angelegenheit um Rat fragen, indem ich Ihnen erkläre, daß ich zu Ihnen das vollste Vertrauen habe, und ich hoffe, Ihnen das beweisen zu können. Ihr Verhalten gegen Frau von Grandlieu', sagte der Graf, ‚ist über jedes Lob erhaben.'

Sie sehen, gnädige Frau," sagte der Advokat zu der Gräfin, ,,daß ich von Ihnen tausendfach für die kleine Tat belohnt wurde. Ich verneigte mich respektvoll und erwiderte, daß ich nur die Pflicht jedes anständigen Menschen erfüllt hätte. — ‚Nun mein Herr, ich habe Informationen eingezogen über die sonderbare Persönlichkeit, der Sie Ihr Amt verdanken. Nach allem, was ich höre, scheint mir Gobseck ein Philosoph der Schule der Zyniker zu sein. Wie denken Sie über seine Rechtschaffenheit?' — ‚Herr Graf,' erwiderte ich, ‚Gobseck ist mein Wohltäter... mit fünfzehn Prozent', fügte ich lächelnd hinzu. ‚Aber seine Habgier ermächtigt mich nicht, ihn einem Unbekannten wahrheitsgetreu zu schildern.' — ‚Sprechen Sie, mein Herr. Ihre Offenheit kann weder Gobseck noch Ihnen schaden. Ich erwarte nicht, in einem Geldleiher einen Engel zu finden.' — ‚Papa Gobseck', begann ich, ‚ist in tiefster Seele von einem Prinzip überzeugt, das sein Handeln bestimmt. Nach seiner Meinung ist Geld eine Ware, die man mit aller Gewissensruhe teuer oder billig verkaufen kann, je nach der Gelegenheit. Ein Kapitalist ist in seinen Augen ein Mann, der durch die hohen Zinsen, die er für sein Geld verlangt, von vornherein als Mitteilhaber an gewinnbringenden Unternehmungen und Spekulationen auftritt. Abgesehen von seinen finanziellen Grundsätzen und seinen philosophischen Betrachtungen über die menschliche Natur, die ihm erlauben, sich den Anschein eines Wucherers zu geben, bin ich in tiefster Seele überzeugt, daß er, wo es sich nicht um Geschäfte handelt, der zartfühlendste und rechtschaffenste Mensch von ganz Paris ist. In ihm leben zwei Menschen: er ist geizig und philosophisch, klein und groß. Wenn ich bei meinem Tode Kinder hinterließe, würde er sich als Vormund ihrer annehmen. So habe ich Gobseck kennengelernt. Ich weiß nichts von seiner Vergangenheit. Er mag Seeräuber gewesen sein, er hat vielleicht die ganze Welt durchquert und mit Brillanten, Männern, Frauen oder Staatsgeheimnissen Handel getrieben, aber ich schwöre, daß sich niemals ein Mensch redlicher bewährt hat. An dem Tage, als ich ihm die Summe brachte, die mich von ihm freimachte, fragte ich ihn nach einigen Umschweifen, was ihn veranlaßt habe, sich so ungeheure Zinsen bezahlen zu lassen und aus welchem Grunde er nicht mir, seinem Freunde, eine ganze Wohltat erwiesen habe. ‚Mein Sohn, ich habe dir die Dankbarkeit erspart, indem ich dich in dem Glauben ließ, daß du mir nichts schuldig bliebst, daher sind wir jetzt die besten Freunde von der Welt. Diese Antwort wird Ihnen den Mann besser erklären, als alle Worte vermöchten.' — ‚Mein Entschluß ist unerschütterlich gefaßt', sagte der Graf. ‚Bereiten Sie die Schriftstücke vor, um Gobseck mein gesamtes Hab und Gut abzutreten. Ich verlasse mich auf Sie, mein Herr, daß Sie das Gegenschriftstück aufsetzen, durch das er erklären wird, daß dieser Verkauf vorgetäuscht ist, und die Verpflichtung übernimmt, mein von ihm nach bestem Wissen verwaltetes Vermögen in die Hände meines ältesten Sohnes zurückzulegen, sobald er großjährig geworden ist. Nun muß ich aber noch hinzufügen: es würde mich beunruhigen, dies kostbare Schriftstück bei mir zu tragen. Die Anhänglichkeit meines Sohnes an seine Mutter läßt es mir nicht ratsam erscheinen, ihm diesen Gegenvertrag anzuvertrauen. Kann ich es wagen, Sie zu bitten, es in Verwahrung zu nehmen? Im Falle seines Todes würde Gobseck Sie zum Verwalter meiner Besitztümer bestimmen. Es ist also alles vorhergesehen.' — Der Graf schwieg einen Augenblick und schien sehr erregt. ‚Ich bitte tausendmal um Entschuldigung, mein Herr,' sagte er dann, ‚ich leide sehr, und mein Zustand macht mir Sorge. Schwere Kümmernisse haben meine Gesundheit angegriffen und machen die großen Maßnahmen nötig, die ich ergreife.' — ‚Mein Herr,' sagte ich zu ihm, ‚gestatten Sie, daß ich Ihnen zunächst für das Vertrauen danke, das Sie in mich setzen. Aber ich muß es rechtfertigen, indem ich Sie darauf aufmerksam mache, daß Sie durch diese Maßnahmen Ihre... andern Kinder völlig enterben. Sie tragen Ihren Namen. Und wenn Sie auch nur die Kinder einer einstmals geliebten, jetzt gefallenen Frau wären, so haben sie doch das Recht auf einen gewissen Unterhalt. Ich erkläre Ihnen, daß ich die Aufgabe, die Sie mir anvertrauen wollen, nicht übernehme, wenn ihr Schicksal nicht gesichert wird.' Diese Worte erschütterten den Grafen heftig. Tränen traten ihm in die Augen, er drückte mir die Hand und sagte: ‚Ich kannte Sie noch nicht ganz. Sie machen mir Freude und Schmerz zugleich. Wir werden den Anteil dieser Kinder durch die Bestimmungen des Gegenvertrags festsetzen.' Ich geleitete ihn zur Tür, und mir war es, als hätten sich seine Züge belebt durch diesen Akt der Gerechtigkeit.

Sie sehen, Camille, wie die jungen Frauen über Abgründe hinweggleiten, bisweilen genügt ein Kontertanz, ein Lied, eine Landpartie, um furchtbares Unglück herbeizuführen. Man folgt der Stimme der Eitelkeit, des Stolzes, schenkt – aus Leichtsinn oder Torheit – einem Lächeln Glauben. Schande, Gewissensbisse und Elend sind drei Furien, denen die Frauen unweigerlich verfallen, sobald sie die Grenzen überschreiten..."

„Meine arme Camille ist so schläfrig", unterbrach die Gräfin den Advokaten. „Geh, mein Kind, geh schlafen, dein Herz bedarf keiner abschreckenden Bilder, um rein und tugendhaft zu bleiben."

Camille von Grandlieu verstand ihre Mutter und ging hinaus.

„Sie sind ein wenig zu weit gegangen, lieber Herr Derville," sagte die Gräfin, „die Advokaten sind weder Mütter noch Prediger..."

„Aber die Zeitungen sind tausendmal..."

„Armer Derville!" unterbrach die Gräfin den Advokaten, „ich erkenne Sie nicht wieder. Glauben Sie denn, daß meine Tochter Zeitungen liest? – Fahren Sie fort", fügte sie nach einer Pause hinzu.

„Drei Monate nach der Ratifikation der Verkaufsurkunde zugunsten Gobsecks durch den Grafen..."

„Sie können jetzt sagen, daß es Graf Restaud war,

da meine Tochter nicht mehr hier ist", sagte die Gräfin.

„Gut", erwiderte der Advokat. „Es war schon eine ganze Zeit seit dieser Szene verstrichen, und ich hatte noch immer den Gegenvertrag nicht in Händen, den ich aufbewahren sollte. In Paris leben die Advokaten in einem Wirbel, der ihnen nicht erlaubt, den Angelegenheiten ihrer Klienten mehr als den Grad von Interesse zuzuwenden, den sie selber dafür haben, von einigen Ausnahmen abgesehen. Aber als eines Tages der Wucherer bei mir speiste, fragte ich ihn, als wir von Tisch aufstanden, ob er wisse, warum ich nichts mehr von Herrn Restaud gehört habe. ‚Das hat seine guten Gründe,' erwiderte er, ‚der Mann ist todkrank. Er gehört zu den zärtlichen Seelen, die, da sie nicht wissen, wie sie den Kummer töten sollen, sich durch ihn töten lassen. Das Leben ist eine Arbeit, ein Handwerk, und man muß sich Mühe geben, es zu erlernen. Wenn ein Mann das Leben kennengelernt und seine Schmerzen empfunden hat, erstarken seine Nerven, und er erlangt eine gewisse Geschmeidigkeit, die ihm erlaubt, seine Empfindsamkeit zu beherrschen, er macht aus seinen Nerven Stahlfedern, die sich zusammenlegen, statt zu brechen; wenn der Magen gut ist, muß ein so eingerichteter Mensch so alt werden wie die berühmten Zedern des Libanon.'—‚Wird der Graf sterben?' fragte ich. ‚Möglich', sagte Gobseck. ‚Sie haben mit seinem Nachlaß eine gute Sache in der Hand.' — ‚Erklären Sie mir', sagte ich, um ihn zu sondieren. ‚Warum sind der Graf und ich die einzigen Menschen, für die Sie sich interessieren?' — ‚Weil Sie die einzigen sind, die sich mir rückhaltlos anvertraut haben', erwiderte er. Obwohl diese Antwort mich annehmen ließ, daß Gobseck seine Lage nicht mißbrauchen werde, wenn der Gegenvertrag verloren ginge, entschloß ich mich, den Grafen aufzusuchen. Ich schützte Geschäfte vor, und wir brachen auf. Ich kam bald nach der Rue du Helder. Ich wurde in einen Salon geführt, wo die Gräfin mit ihren Kindern spielte. Als ich gemeldet wurde, stand sie rasch auf, kam mir entgegen, und setzte sich dann, ohne ein Wort zu sagen, während sie mit der Hand auf einen Sessel am Kamin deutete. Sie legte die undurchdringliche Maske an, hinter der die Frauen von Welt ihre Leidenschaften so gut zu bergen wissen. Der Kummer hatte dies Gesicht verheert, die wundervollen Linien waren das einzige geblieben, was noch die einstige Schönheit verriet. ‚Es ist sehr wesentlich, gnädige Frau, daß ich den Herrn Grafen spreche...' ‚Dann wären Sie glücklicher als ich', unterbrach sie mich. Herr von Restaud will niemanden sehen, er duldet kaum, daß sein Arzt zu ihm kommt und weist alle Pflege zurück, auch die meine. Die Kranken haben so sonderbare Einfälle. Sie sind wie Kinder, sie wissen nicht, was sie wollen.' — ‚Vielleicht wissen sie gleich den Kindern sehr genau, was sie wollen.' Die Gräfin errötete. Ich bereute fast, diese Worte gesagt zu haben, die Gobsecks würdig gewesen wären. ‚Aber', begann ich wieder, um von dem Thema abzulenken, ‚es ist unmöglich, gnädige Frau, daß Herr von Restaud dauernd allein bleibt.' — ‚Sein ältester Sohn ist bei ihm', sagte sie. So fest ich die Gräfin auch ansah, — diesmal errötete sie nicht, und sie schien den Entschluß gefaßt zu haben, sich ihre Geheimnisse nicht entreißen zu lassen. ‚Sie müssen wissen, gnädige Frau, daß mein Schritt nicht von Neugier diktiert wird,‘ sagte ich, ‚es handelt sich um wichtige Interessen...‘ Ich biß mir auf die Lippen, denn ich fühlte, daß ich auf einen falschen Weg kam. Und die Gräfin nutzte auch sofort meinen Leichtsinn aus. — ‚Meine Interessen sind von denen meines Gatten nicht getrennt, mein Herr‘, sagte sie. ‚Es steht nichts im Wege, daß Sie mir sagen...‘ ‚Die Angelegenheit, die mich herführt, betrifft nur den Herrn Grafen‘, erwiderte ich mit Festigkeit. ‚Ich werde ihn benachrichtigen lassen, daß Sie ihn zu sprechen wünschen.‘ — Der höfliche Ton, die Miene, mit der sie diese Worte sprach, vermochten mich nicht zu täuschen, ich erriet, daß sie mich niemals zu ihrem Gatten lassen werde. Ich sprach einen Augenblick über gleichgültige Dinge, um die Gräfin beobachten zu können; aber wie alle Frauen, die sich einen Plan gemacht haben, wußte sie ihn mit einer Vollendung zu verheimlichen, der bei Personen ihres Geschlechts der letzte Grad der Gemeinheit ist. Ich kann sagen, ich traute ihr alles zu, sogar ein Verbrechen. Ich verließ sie. Jetzt will ich Ihnen die Szenen schildern, die dieses Abenteuer beendeten und die Einzelheiten hinzufügen, die die Zeit mir enthüllt hat und die Gobsecks Scharfsinn oder mein eigener mich haben erraten lassen. Von dem Augenblick an, da Graf Restaud sich in einen Wirbel von Vergnügungen zu stürzen und sein Vermögen zu vergeuden schien, spielten sich zwischen dem Ehepaar Szenen ab, deren Geheimnis undurchdringlich war, die aber den Grafen seine Gattin noch ungünstiger beurteilen lehrten, als sie ihm schon bis dahin erschienen war. Bald wurde er krank, und als er das Bett hüten mußte, offenbarte sich seine Abneigung gegen die Gräfin und gegen seine beiden jüngeren Kinder; er verbot ihnen, sein Zimmer zu betreten, und als sie versuchten, diesem Befehl sich zu widersetzen, führte ihr Ungehorsam so gefährliche Krisen für Herrn von Restaud herbei, daß der Arzt die Gräfin beschwor, die Anordnungen ihres Gatten zu befolgen. Frau von Restaud, die nacheinander die Grundbesitzungen, das Familiengut und sogar das Haus, in dem sie wohnte, in Gobsecks Hände fallen sah, der in bezug auf ihr Vermögen die phantastische Gestalt des Werwolfs zu versinnbildlichen schien, begriff sicherlich die Pläne ihres Gatten. Herr von Trailles, dem seine Gläubiger etwas zu sehr auf den Fersen saßen, ging nach England. Er allein hätte der Gräfin sagen können, welche geheimen Vorsichtsmaßregeln Gobseck Herrn von Restaud gegen sie angeraten hatte. Es wird erzählt, sie habe sich lange geweigert, ihre Unterschrift zu geben, die nach den Bedingungen des Gesetzes für den Verkauf der Besitzungen unerläßlich war, und doch setzte der Graf seinen Willen durch. Die Gräfin war der Meinung, ihr Gatte kapitalisiere sein Vermögen, und der kleine Packen Banknoten, der den Gegenwert darstellte, würde in einem Versteck bei einem Notar oder vielleicht in der Bank liegen. Nach ihrer Berechnung mußte Herr von Restaud unbedingt irgendein Dokument in Händen haben, um seinem ältesten Sohn die Möglichkeit zu geben, diejenigen von seinen Gütern zurückzuerwerben, auf die er Wert legte. Sie faßte also den Entschluß, die Zimmer ihres Gatten sorgfältig zu überwachen. Sie herrschte despotisch in ihrem Hause, in dem sie jetzt herumspionierte. Sie saß den ganzen Tag in ihrem Salon neben dem Zimmer ihres Gatten, wo sie das kleinste Wort und die geringste Bewegung hören konnte. In der Nacht ließ sie ein Bett in diesem Zimmer aufstellen und schlief fast gar nicht. Der Arzt handelte ganz nach ihren Interessen. Sie wußte mit großer Schlauheit den Abscheu zu verbergen, den Herr von Restaud vor ihr hatte, und spielte so vollendet den Schmerz, daß sie eine Art Berühmtheit erlangte. Einige Menschen fanden sogar, daß sie damit ihre Fehler wieder gut mache. Aber sie hatte immer das Elend vor Augen, das ihrer bei dem Tode des Grafen wartete, wenn sie es an Geistesgegenwart fehlen ließ. Auf diese Weise hatte die Frau, die von dem Schmerzenslager ihres Gatten weggewiesen war, einen Zauberkreis um ihn gezogen. Fern von ihm und ihm dennoch nah, in Ungnade gefallen und doch allmächtig, scheinbar die liebevollste Gattin, harrte sie auf Tod und Glück, wie das Insekt, das im Sande auf seine Beute wartet, die ihm nicht entgehen kann, da es das Geräusch jedes gleitenden Sandkorns hört. Der strengste Richter hätte zugeben müssen, daß die Gräfin das Gefühl der Mütterlichkeit hochhielt. Der Tod ihres Vaters soll ihr eine Lehre gewesen sein. Sie betete ihre Kinder an und hatte ihre Fehltritte vor ihnen verheimlicht; das war ihr gelungen, da die Kinder noch jung waren, und sie hatte sie glänzend erzogen. Ich gestehe, daß ich mich eines bewundernden und mitleidigen Gefühls für diese Frau nicht erwehren kann, mit der Gobseck mich häufig neckte. In dieser Zeit löschte die Gräfin, die Maximes Gemeinheit erkannte, durch blutige Tränen die Fehler ihres vergangenen Lebens aus. So abscheulich auch die Maßnahmen waren, die sie traf, um das Vermögen ihres Gatten wiederzuerlangen, waren sie ihr nicht von ihrer mütterlichen Liebe diktiert und von dem Wunsch, das Unrecht, das sie den Kindern angetan, wieder gutzumachen? Vielleicht empfand sie auch wie viele Frauen, die den Sturm einer Leidenschaft erlebt haben, das Bedürfnis, wieder tugendhaft zu werden. Vielleicht erkannte sie den Wert der Tugend erst in dem Augenblick, da sie die Ernte ihrer Irrtümer einheimste. Sooft der junge Ernest von seinem Vater kam, mußte er ein Kreuzverhör bestehen über alles, was der Graf getan und gesagt hatte. Das Kind willfahrte den Wünschen der Mutter, die er auf ihre Zärtlichkeit zurückführte, und beantwortete alle Fragen. Mein Besuch war ein Wegweiser für die Gräfin, die in mir den Vollstrecker der Rachelust des Grafen zu sehen glaubte, und beschloß, mich nicht zu dem Sterbenden zu lassen. In einer unheilvollen Vorahnung wünschte ich lebhaft eine Unterredung mit Herrn von Restaud herbeizuführen, denn ich war nicht ohne Sorge um das Schicksal des Gegenvertrags; wenn dieser Vertrag in die Hände der Gräfin fiel, konnte sie ihn geltend machen wollen, und endlose Prozesse zwischen ihr und Gobseck würden die Folge sein. Ich kannte den Wucherer genugsam, um zu wissen, daß er der Gräfin niemals die Besitzungen zurückgeben würde, und in diesen Dokumenten waren verschiedene Klauseln, die nur ich durchführen konnte. Ich wollte allem Unheil vorbeugen und begab mich zum zweitenmal zu der Gräfin.

Ich habe festgestellt, gnädige Frau," sagte Derville zu Frau von Grandlieu, indem er einen vertraulichen Ton anschlug, „daß es gewisse seelische Phänomene gibt, denen wir nicht genügend Beachtung schenken. Alle interessanten Angelegenheiten, mit denen ich zu tun habe und bei denen die Leidenschaften eine Rolle spielen, habe ich unwillkürlich analysiert. Und mit immer neuer Überraschung hat es mich erfüllt, daß die geheimen Absichten und Pläne zweier Gegner fast immer wechselseitig erraten wurden. Bisweilen findet sich bei zwei Feinden die gleiche Schärfe des Verstandes, die gleiche Kraft des intellektuellen Scharfblicks, wie zwischen zwei Liebenden, die einer in des andern Seele lesen. Als die Gräfin und ich uns nun gegenüberstanden, begriff ich plötzlich die Ursache der Antipathie, die sie gegen mich hatte, obwohl sie ihre Gefühle unter den liebenswürdigsten Formen versteckte. Ich war ein Mitwisser wider ihren Willen, und es ist unmöglich, daß eine Frau den Mann nicht hassen sollte, vor dem sie erröten muß. Sie erriet aber, daß, obwohl ich der Mann war, der das Vertrauen ihres Gatten genoß, er mir das Vermögen noch nicht übergeben habe. Die Unterhaltung, deren ich gewürdigt wurde, ist mir im Gedächtnis geblieben als einer der gefährlichsten Kämpfe, die ich erlebt habe. Die Gräfin, von der Natur mit allen Eigenschaften ausgestattet, die erforderlich sind, um unwiderstehliche Anziehung auszuüben, war abwechselnd sanft, stolz, schmeichlerisch, vertrauensvoll, sie versuchte sogar meine Neugier zu entflammen, Liebe in meinem Herzen anzufachen, um mich zu beherrschen; sie hatte keinen Erfolg damit. Als ich mich von ihr verabschiedete, sah ich in ihren Augen einen Ausdruck des Hasses und der Wut, vor dem ich erbebte. Wir schieden als Feinde. Sie hätte mich am liebsten vernichtet, und ich meinerseits empfand Mitleid für sie, ein Gefühl, das gewissen Charakteren gegenüber als die grausamste Beleidigung erscheint. Dies Gefühl kam in den letzten Worten, die ich mit ihr sprach, zum Ausdruck. Ich bereitete ihr, glaube ich, einen tiefen seelischen Schmerz, indem ich ihr erklärte, daß sie, wie sie sich auch verhalten möge, unbedingt ruiniert sein würde. ‚Wenn ich den Herrn Grafen sprechen könnte, würden wenigstens Ihre Kinder...' — ‚Ich würde von Ihrer Gnade abhängen', unterbrach sie mich mit einer Gebärde des Widerwillens. Da aber nun einmal diese Fragen zwischen uns erörtert waren, nahm ich mir vor, diese Familie vor dem Elend zu retten, das ihrer wartete. Da ich entschlossen war, gesetzliche Inkorrektheiten zu begehen, wenn sie nötig wären, um zu meinem Ziel zu gelangen, traf ich meine Vorbereitungen. Ich ließ den Grafen Restaud verklagen wegen einer Summe, die er angeblich Gobseck schuldete, und erreichte die Verurteilung zur Zahlung. Die Gräfin verheimlichte dies Ereignis, aber ich erlangte so das Recht, die Hinterlassenschaft des Grafen versiegeln zu lassen. Ich bestach einen der Bedienten des Hauses und erlangte von ihm das Versprechen, mich zu benachrichtigen in dem Augenblick, da sein

Herr im Sterben läge, und wäre es mitten in der Nacht, damit ich unerwartet eindringen könnte, um auf diese Weise den Gegenvertrag zu retten. Ich erfuhr später, daß diese Frau, während sie auf die Seufzer ihres sterbenden Gatten lauschte, das Gesetzbuch studierte. Was für ein furchtbares Bild würden nicht die Seelen derjenigen zeigen, die ein Sterbelager umgeben, wenn man ihre Gedanken malen könnte! Und immer ist das Vermögen die Triebfeder der Intrigen, die sich entspinnen, der Pläne, die sich formen, der Fäden, die sich verweben. Wir wollen jetzt diese ziemlich weitschweifigen Einzelheiten beiseite lassen, die uns jedoch die Möglichkeit gegeben haben, die Schmerzen dieser Frau und ihres Gatten zu erraten und die uns die Geheimnisse manches Hauses enthüllen, das dem ihren ähnlich ist. Seit zwei Monaten war der Graf, der sich in sein Schicksal ergeben hatte, bettlägerig und lag allein in seinem Zimmer. Die tödliche Krankheit hatte langsam Körper und Geist geschwächt. In seinen Phantasien, deren Bizarrerie unerklärlich erscheint, widersetzte er sich, wenn man sein Zimmer betreten wollte, er lehnte jede Pflege ab und verbot sogar, sein Bett zu machen. Diese äußerste Apathie hatte seiner ganzen Umgebung ihr Gepräge gegeben: die Möbel seines Zimmers waren in Unordnung. Staub und Spinngewebe bedeckten die zartesten Gegenstände. Der ehemals reiche und sehr geschmackvolle Mann ergötzte sich jetzt an dem traurigen Anblick, den dieses Zimmer bot, wo Kamin, Schreibtisch und Stühle mit Gegenständen bedeckt waren, deren ein Kranker bedarf: mit leeren und gefüllten Flaschen, fast alle schmutzig, herumliegenden Wäschestücken, zerknüllten Handtüchern. Eine offene Wärmflasche stand vor dem Feuer, daneben eine noch mit Mineralwasser gefüllte Badewanne. Das Gefühl der Zerstörung war in jeder Einzelheit dieses unschönen Chaos ausgedrückt. Der Tod machte sich in den Dingen geltend, bevor er den Menschen vernichtete. Der Graf verabscheute das Tageslicht, die Vorhänge der Fenster waren geschlossen und die Dunkelheit erhöhte noch den traurigen Eindruck dieses Raumes. Der Kranke war sehr abgemagert. Seine Augen, in die sich das Leben konzentriert zu haben schien, leuchteten noch immer. Die fahle Blässe seines Gesichts hatte etwas Furchtbares, was noch gesteigert wurde durch die außerordentliche Länge seiner Haare, die er nie hatte schneiden lassen wollen und die in langen Strähnen sein Gesicht umgaben. Er sah aus wie ein fanatischer Einsiedler aus der Wüste. Der Kummer löschte alle menschlichen Gefühle in diesem kaum fünfzigjährigen Manne aus, den ganz Paris so strahlend und glücklich gekannt hatte. Anfang Dezember des Jahres 1824 sah er eines Morgens seinen Sohn Ernest an, der am Fußende seines Bettes saß und ihn traurig betrachtete. ‚Hast du Schmerzen?' hatte ihn der junge Graf gefragt. ‚Nein!' sagte er mit einem erschreckenden Lächeln. ‚Es sitzt hier und im Herzen.' Und nachdem er auf seinen Kopf gezeigt hatte, krallte er die abgemagerten Finger in die hohle Brust, mit einer Bewegung, daß Ernest die Tränen in die Augen traten. ‚Warum nur kommt Herr Derville nicht?' fragte er seinen Kammerdiener, den er sich ergeben glaubte, der aber durchaus nach den Interessen der Gräfin handelte. ‚Wie, Maurice,‘ rief der Sterbende, richtete sich auf und schien seine ganze Geistesgegenwart wiedererlangt zu haben ‚schon zum siebenten- oder achtenmal habe ich Sie zu meinem Advokaten geschickt in den letzten vierzehn Tagen, und er ist nicht gekommen. Glaubt ihr, daß man mit mir spielen kann? Holen Sie ihn auf der Stelle, jetzt sofort, und bringen Sie ihn mit her. Wenn Sie meinen Befehl nicht ausführen, werde ich selber aufstehen und hingehen.‘ — ‚Gnädige Frau,‘ sagte der Kammerdiener, als er das Zimmer verließ, ‚Sie haben gehört, was der Herr Graf sagt.‘ ‚Was soll ich tun?‘... ‚Sie tun, als gingen Sie zu dem Advokaten, kommen zurück und bestellen, daß der Herr zu einem wichtigen Prozeß fern von Paris sich aufhält. Sie fügen hinzu, er werde Ende der Woche zurückerwartet.‘ Die Kranken täuschen sich immer über ihr Schicksal, dachte die Gräfin, und er wird die Rückkehr des Mannes abwarten. — Der Arzt hatte ihr am Abend vorher erklärt, daß der Graf schwerlich diesen Tag überleben werde. Als der Kammerdiener nach zwei Stunden seinem Herrn diese trostlose Nachricht brachte, schien der Sterbende sehr erregt zu sein. — ‚Mein Gott, mein Gott,‘ wiederholte er mehrmals, ‚ich habe nur zu Dir Vertrauen.‘ Dann sah er seinen Sohn lange an und sagte mit schwacher Stimme: ‚Ernest, mein Kind, du bist sehr jung, aber du hast ein gutes Herz und du verstehst zweifellos, wie heilig ein Versprechen ist, das du einem Sterbenden, deinem Vater, gibst. Bist du imstande, ein Geheimnis für dich zu behalten, es so in dir zu vergraben, daß auch deine

Mutter nichts davon ahnt? Jetzt bist du der einzige hier im Hause, dem ich vertrauen kann. Du wirst mein Vertrauen nicht täuschen.' — ‚Nein, mein Vater.' — ‚Gut, Ernest. Ich werde dir jetzt gleich ein versiegeltes Paket übergeben, das Herrn Derville gehört, du wirst es so aufbewahren, daß niemand weiß, daß du es besitzt, du wirst dich aus dem Hause schleichen und es in unserer Straße im Postamt aufgeben.' — ‚Jawohl, lieber Vater.' — ‚Ich kann mich auf dich verlassen?' — ‚Jawohl, lieber Vater!' — ‚Komm, umarme mich, jetzt ist mir der Tod weniger bitter, mein liebes Kind! In sechs oder sieben Jahren wirst du begreifen, wie wichtig dieses Geheimnis ist, und dann wirst du für deine Treue belohnt werden, dann wirst du auch spüren, wie sehr ich dich liebe. Laß mich einen Augenblick allein und verhindere, daß irgend jemand das Zimmer betritt.' — Ernest ging hinaus und sah seine Mutter im Salon stehen. ‚Ernest,' sagte sie, ‚komm her!' Sie setzte sich, nahm ihren Sohn zwischen die Knie, drückte ihn fest an ihr Herz und küßte ihn. ‚Ernest, dein Vater hat mit dir gesprochen?' — ‚Ja, Mama.' — ‚Was hat er dir gesagt?' — ‚Ich kann dir das nicht sagen, Mama.' — ‚O mein liebes Kind,' rief die Gräfin und küßte ihn leidenschaftlich, ‚wie froh macht mich deine Verschwiegenheit! Niemals lügen und seinem Wort treu bleiben sind zwei Grundsätze, die man nimmer vergessen darf.' — ‚Oh, wie schön du bist, Mama! Du hast niemals gelogen, das weiß ich.' — ‚Manchmal habe ich doch gelogen, mein lieber Ernest. Ich habe auch mein Wort gebrochen in Fällen, in denen alle Gesetze hinschwinden. Höre zu, Ernest. Du bist groß und vernünftig genug, um zu sehen, daß dein Vater mich zurückstößt, daß er meine Pflege nicht will, und das ist nicht natürlich, denn du weißt, wie sehr ich ihn liebe.' — ‚Ja, Mama.' — ‚Mein armes Kind,' sagte die Gräfin weinend, ‚dies Unglück ist das Ergebnis von hinterlistigen Verleumdungen. Böse Menschen haben versucht, mich von deinem Vater zu trennen, um ihre Habgier zu befriedigen. Sie wollen uns unseres Vermögens berauben und es sich aneignen. Wenn dein Vater gesund wäre, würde die Trennung zwischen uns bald aufhören, und da er gut und liebevoll ist, würde er seinen Irrtum einsehen. Aber sein Verstand hat gelitten, und die Voreingenommenheit, die er gegen mich hatte, ist zu einer fixen Idee, zu einer Art Wahnsinn geworden infolge seiner Krankheit. Die Vorliebe, die dein Vater für dich hat, ist ein neuer Beweis für die Störung seiner geistigen Fähigkeiten. Du hast vor seiner Krankheit niemals bemerkt, daß er Pauline und Georges weniger liebte als dich. Alles ist krankhaft bei ihm. Die Zärtlichkeit, die er für dich hat, könnte ihn auf den Gedanken bringen, dir bestimmte Anweisungen zu geben. Wenn du deine Familie nicht ruinieren willst, mein Engel und deine Mutter nicht am Bettelstabe sehen willst, dann mußt du ihr alles sagen...' ‚Ha!' rief der Graf, der die Tür geöffnet hatte und jetzt fast nackt dastand, hager und abgezehrt wie ein Skelett. Dieser dumpfe Aufschrei hatte eine furchtbare Wirkung auf die Gräfin, die wie von Entsetzen gelähmt dastand. Ihr Gatte war so bleich und hinfällig, als sei er dem Grabe entstiegen. — ‚Du hast mein Leben mit Kummer überhäuft und du willst meinen Tod stören, meinen Sohn betören und einen lasterhaften Menschen aus ihm machen!' rief er mit heiserer Stimme. Die Gräfin warf sich dem Sterbenden zu Füßen, den die letzten Erregungen des Lebens fast unheimlich machten, und vergoß Tränenströme. ‚Gnade! Gnade!' rief sie. ‚Hast du Mitleid mit mir gehabt?' fragte er. ‚Ich habe dich dein Vermögen vergeuden lassen — willst du jetzt das meine auch noch vergeuden und meinen Sohn ruinieren?' — ‚Gut, habe kein Mitleid mit mir, sei unversöhnlich, aber die Kinder! Verdamme deine Witwe dazu, in einem Kloster zu leben, ich werde gehorchen. Ich will alles tun, was du mir befiehlst, um meine Schuld an dir gutzumachen, aber die Kinder sollen glücklich sein!' — ‚Oh, die Kinder, die Kinder!' — ‚Ich habe nur ein Kind', erwiderte der Graf und streckte mit verzweifelter Bewegung den abgemagerten Arm nach dem Sohn aus.

‚Vergib mir. Ich bereue!' rief die Gräfin und küßte die feuchten Füße ihres Gatten. Schluchzen hinderte sie am Sprechen und undeutliche, unzusammenhängende Worte entrangen sich ihrer glühenden Brust. ‚Nach dem, was du zu Ernest gesagt hast, wagst du jetzt von Reue zu sprechen!' sagte der Sterbende und stieß die Gräfin mit dem Fuß zurück. ‚Ich bin wie Eis', fügte er mit einer Gleichgültigkeit hinzu, die etwas Erschreckendes hatte. ‚Du bist eine schlechte Tochter und eine schlechte Frau gewesen, du wirst auch eine schlechte Mutter sein.' Die unglückliche Frau sank ohnmächtig zu Boden. Der Sterbende legte sich wieder zu Bett und verlor einige Stunden später das Bewußtsein. Die Geistlichen kamen mit den Sakramenten zu ihm. Es war Mitternacht, als er seinen Geist aushauchte. Die Szene am Morgen hatte den letzten Rest seiner Kraft erschöpft. Ich langte um Mitternacht mit Gobseck in dem Hause an. Dank der Unordnung, die dort herrschte, kamen wir bis in den kleinen Salon neben dem Sterbezimmer, wo wir die drei Kinder in Tränen fanden, mit zwei Geistlichen, die die Nacht bei der Leiche wachen mußten. Ernest kam auf mich zu und sagte mir, seine Mutter wolle in dem Zimmer des Grafen allein sein. ‚Gehen Sie nicht hinein', sagte er mit einem in Ton und Bewegung bewunderungswürdigen Ausdruck;-‚sie läßt darum bitten!' Gobseck begann zu lachen, mit dem stummen Lachen, das ihm eigentümlich ist. Ich war zu bewegt von dem Gefühl, das auf Ernests jungem Gesicht leuchtete, um die Ironie des alten Geizhalses teilen zu können. Als das Kind sah, daß wir auf die Tür zugingen, warf es sich uns in den Weg und rief: ‚Mama, da sind zwei schwarze Herren, die dich sprechen wollen!' — Gobseck schob das Kind wie eine Feder beiseite und öffnete die Tür. Welch ein Bild bot sich unsern Blicken! Eine grauenvolle Unordnung herrschte in diesem Zimmer. Von Verzweiflung gepackt stand die Gräfin mit funkelnden Augen mitten zwischen Papieren, Kleidungsstücken und umgewühlten Schubladen. Ein grauenvolles Durcheinander angesichts dieses Toten. Kaum hatte der Graf den letzten Atemzug getan, als seine Frau alle Schubladen und den Schreibtisch erbrochen hatte; der Teppich war mit Trümmern bedeckt, einige Möbelstücke und Behälter waren zerbrochen,

alles verriet den Eingriff ihrer suchenden Hände.
Wenn die Nachforschungen zuerst vergeblich gewesen waren, so ließen ihre Haltung und ihre
Erregung mich doch vermuten, daß sie schließlich
die geheimnisvollen Papiere gefunden hatte. Ich
warf einen Blick auf das Bett, und mit dem Instinkt, den uns die Gewohnheit gibt, erriet ich,
was geschehen war. Die Leiche des Grafen lag an
der einen Seite des Bettes, fast quer, mit dem
Gesicht nach der Matratze, verächtlich weggescho-
ben wie eine der Papierhüllen, die auf der Erde
lagen, denn er war ja auch nur noch eine leere
Hülle. Seine steifen, unbeweglichen Glieder gaben
ihm etwas grotesk Furchtbares. Der Sterbende
hatte sicherlich den Gegenvertrag unter seinem
Kopfkissen versteckt, wie um ihn bis zu seinem
Tode vor jedem Angriff zu schützen. Die Gräfin
hatte den Gedanken ihres Gatten erraten, der sich
übrigens in der letzten Bewegung, in den krampfhaft geballten Händen auszudrücken schien. Das
Kopfkissen war aus dem Bett geworfen, man sah
noch die Fußspur der Gräfin darauf, zu ihren
Füßen sah ich ein mehrfach mit dem Wappen
des Grafen gesiegeltes Papier, ich hob es rasch
auf und las die Aufschrift, wonach der Inhalt
mir übergeben werden solle. Ich sah die Gräfin
fest an mit dem strengen Blick eines Richters,
der einen Schuldigen verhört. Die Flamme des
Kaminfeuers verzehrte die Schriftstücke. Als die
Gräfin uns kommen hörte, hatte sie sie hinein-
geworfen, da sie nach dem Lesen der ersten Bestimmungen, die ich zu Gunsten ihrer Kinder getroffen, geglaubt hatte, damit ein Testament zu
vernichten, das sie ihres Vermögens beraubte. Ihr

schlechtes Gewissen und die unwillkürliche Angst, die das Verbrechen denen einflößt, die es begehen, hatten ihre Denkfähigkeit gelähmt. Als sie sich überrascht fand, sah sie vielleicht das Schafott vor sich und fühlte das Eisen des Henkers. Diese Frau wartete keuchend auf unsere ersten Worte und blickte uns mit verstörten Augen an. ‚Gnädige Frau,' sagte ich, indem ich ein Blatt aus dem Kamin riß, das vom Feuer noch nicht verzehrt war, ‚Sie haben Ihre Kinder zugrunde gerichtet! Dieses Schriftstück war die Besitzurkunde aller ihrer Güter.' Ihr Mund verzog sich, als habe sie einen Schlaganfall bekommen. ‚Hehe!' rief Gobseck, dessen Kichern auf uns wirkte, als wenn man mit scharfer Schneide auf Marmor kratzt. Nach einer Pause sagte der Greis in ruhigem Ton: ‚Wollen Sie der Frau Gräfin einreden, daß ich nicht der rechtmäßige Besitzer der Güter bin, die mir der Herr Graf verkauft hat? Dies Haus gehört jetzt mir.' Ein Hammerschlag auf den Kopf hätte mir weniger Schmerz und Überraschung bereitet. Die Gräfin bemerkte den ungewissen Blick, den ich dem Wucherer zuwarf. ‚Mein Herr!' sagte ich zu ihm, ohne andere Worte finden zu können. ‚Sie wollen also das von der Frau Gräfin begangene Verbrechen mißbrauchen?' – ‚Sehr richtig.' – Ich ging hinaus und ließ die Gräfin am Bett ihres Gatten, wo sie heiße Tränen vergoß. Gobseck folgte mir. Als wir auf der Straße waren, trennte ich mich von ihm. Aber er kam auf mich zu, warf mir einen seiner tiefen Blicke zu, mit denen er die Herzen prüfte, und sagte mit seiner hohlen Stimme: ‚Du willst mich verurteilen?' – Seit dieser Zeit haben wir uns selten gesehen. Gobseck hat das Haus des Grafen gemietet, er verbringt den Sommer auf seinen Gütern, spielt den Herrn, baut Häuser für die Pächter, bessert die Mühlen aus und pflanzt Bäume. Eines Tages traf ich ihn in den Tuilerien. ‚Die Gräfin führt ein heldenhaftes Leben', sagte ich zu ihm. ‚Sie hat sich völlig ihren Kindern gewidmet, die sie glänzend erzogen hat. Der Älteste ist ein reizender Mensch . . .' — ‚Möglich.' — ‚Aber,' fuhr ich fort, ‚müßten Sie Ernest nicht helfen?' — ‚Ernest helfen?' rief Gobseck. ‚Nein, nein! Das Unglück ist unser größter Lehrmeister, das Unglück wird ihn den Wert des Geldes, der Männer und der Frauen lehren. Mag er nur das Pariser Meer durchkreuzen. Wenn er ein guter Steuermann geworden ist, werden wir ihm ein Schiff anvertrauen.' — Ich verließ ihn, ohne mir den Sinn seiner Worte deuten zu wollen. Obwohl Herr von Restaud, dem seine Mutter Abneigung gegen mich eingeflößt hat, nicht im entferntesten daran denkt, mich zum Ratgeber zu wählen, bin ich in der letzten Woche zu Gobseck gegangen, um ihn von der Liebe zu unterrichten, die Ernest für Fräulein Camille hat, und ihn zu drängen, jetzt seine Pflicht zu erfüllen, da der junge Graf demnächst großjährig wird. Der alte Wucherer war seit langer Zeit bettlägerig und litt an der Krankheit, die ihn hinwegraffen sollte. Er verschob seine Antwort auf den Tag, da er aufstehen und sich mit Geschäften befassen könne, er wollte sich sicherlich von nichts trennen, so lange noch ein Hauch in ihm war, einen andern Grund hatte seine ausweichende Antwort nicht. Da ich ihn viel kränker fand, als er zu sein

glaubte, blieb ich lange genug bei ihm, um das
Fortschreiten einer Leidenschaft zu bemerken, die
das Alter in eine Art Wahnsinn verwandelt hatte.
Um niemanden in dem Hause zu haben, in dem
er wohnte, war er jetzt dessen einziger Mieter und
ließ alle andern Zimmer leer stehen. In dem
Raum, den er bewohnte, hatte er nichts verändert. Die Möbel, die ich seit sechzehn Jahren
so gut kannte, schienen unter Glas konserviert
worden zu sein, so genau waren sie noch die-
selben. Seine alte und treue Pförtnerin, die mit
einem Invaliden verheiratet war, der in der Loge
blieb, wenn sie zu ihrem Herrn hinaufging, war
noch heute seine Haushälterin, seine Vertraute,
sie meldete jeden Besucher und versah auch die
Pflegerinnendienste bei dem Kranken. Trotz seiner Schwäche leitete Gobseck noch immer seine
Geschäfte selbst, er nahm seine Zinsen an und
hatte den Geschäftsgang so vereinfacht, daß der
Invalide nur ein paar Gänge zu machen brauchte,
um alles zu erledigen. Es war zu der Zeit, als
Frankreich die Republik Haïti anerkannte; Gobseck, der die ehemaligen Besitzungen auf Sankt
Domingo genau kannte, wurde zum Mitgliede
der Kommission ernannt, die eingesetzt wurde,
um die Rechte der ehemaligen Besitzer geltend
zu machen und die Zahlungen Haïtis zu verteilen. Als Liquidator mußte Gobseck mit den
Großgrundbesitzern verhandeln, die, um ihn günstig zu stimmen, ihm Geschenke machten, die
mit dem Wert ihrer Besitzungen im Einklang
standen. Diese Geschenke bildeten eine Art Ausgleich für die Summen, deren er sich nicht bemächtigen konnte. Die kleineren und zweifel-

haften Forderungen übernahm er zu niedrigem Preise, ebenso alle Forderungen von Leuten, die direkte Zahlungen, so klein sie auch waren, den Chancen einer ungewissen Ablösung seitens der Republik vorzogen. Gobseck war also die unersättliche Boa dieses großen Unternehmens. Jeden Morgen bekam er seinen Tribut und nahm ihn in Augenschein wie der Minister eines indischen Fürsten, bevor er sich entschloß, seine Unterschrift abzugeben. Gobseck nahm alles, von dem Geflügelkorb des armen Teufels bis zu dem Tafelgeschirr der Reichen, den goldenen Tabaksdosen der Spekulanten. Niemand wußte, was aus diesen Geschenken wurde, die der alte Wucherer bekam. Alles kam zu ihm, nichts wurde wieder fortgeschafft. Die Haushälterin, eine alte Bekannte von mir, sagte: ‚Ich glaube, er verschlingt alles, ohne daß er fetter davon wird, denn er ist dünn und hager wie ein Strich.' Am letzten Montag endlich ließ Gobseck mich durch den Invaliden holen, der in mein Zimmer trat und zu mir sagte: ‚Kommen Sie rasch, Herr Derville, der Herr will seine letzten Bestimmungen treffen. Er ist schon gelb wie eine Zitrone und hat großes Verlangen, Sie zu sprechen; der Tod setzt ihm zu, und das letzte Schlucken sitzt ihm in der Kehle.' Als ich das Zimmer des Sterbenden betrat, fand ich ihn vor seinem Kamin kniend, in dem ein großer Haufen Asche lag. Gobseck hatte sich von seinem Lager dorthin geschleppt, aber ihm fehlte die Kraft, wieder in sein Bett zurückzukehren, und seine Stimme reichte nicht aus, Hilfe herbeizurufen. ‚Mein alter Freund,' sagte ich zu ihm, indem ich ihn aufhob und ihm wieder in sein

Bett half, ‚Sie frieren, warum haben Sie kein Feuer gemacht?' — ‚Mich friert nicht,' sagte er, ‚kein Feuer, kein Feuer! Ich gehe, ich weiß nicht wohin, mein Junge,' fuhr er fort, indem er mir einen letzten hellen Blick ohne eine Spur von Wärme zuwarf, ‚aber ich gehe fort von hier. Ich habe die Karphologie', sagte er und bediente sich eines Ausdrucks, der bewies, wie scharf sein Verstand noch arbeitete. ‚Ich glaubte mein Zimmer voll beweglichem Gold zu sehen, und bin aufgestanden, um es mir zu nehmen. Wem wird all mein Hab und Gut gehören? Ich vermache es nicht dem Staate; ich habe ein Testament gemacht; suche es, Grotius! Die schöne Holländerin hatte eine Tochter, die ich einmal abends in der Rue Vivienne gesehen habe. Ich glaube, man nennt sie die Torpille. Sie ist schön wie der Liebesgott, suche sie, Grotius! Du bist mein Testamentsvollstrecker, nimm, was du willst, iß; da sind Gänseleberpasteten, Säcke mit Kaffee, Zucker, goldene Löffel. Schenke das Service deiner Frau. Aber wer soll die Brillanten haben? Willst du die, mein Junge? Ich habe Tabak, verkaufe ihn in Hamburg, er ist um die Hälfte gestiegen. Ich habe alles und muß alles im Stich lassen. — Nun, Papa Gobseck', sagte er zu sich selbst, ‚keine Schwäche, sei du selbst!' Er richtete sich auf, sein Gesicht hob sich scharf von seinem Kopfkissen ab, wie aus Bronze gehauen; er legte den dürren Arm und die knochige Hand auf die Decke, wie um sich festzuhalten, er blickte zu seinem Kamin hinüber, der ebenso kalt war wie sein metallisches Auge, und er starb im Besitz seiner vollen Geisteskräfte, während er der Haushälterin, dem Invaliden und mir das Bild eines der alten Römer bot, die Lethiére hinter den Konsuln auf seinem Bilde: ‚Tod der Kinder des Brutus' gemalt hat. ‚Haare auf den Zähnen hat der Alte', sagte der Invalide in seinem Soldatenton. Ich hörte noch immer die phantastische Aufzählung seiner Reichtümer durch den Sterbenden, und mein Blick, der dem seinen gefolgt war, blieb auf dem Aschehaufen haften, dessen Größe mich überraschte. Ich nahm die Zange, und als ich hineintauchte, stieß ich gegen einen Haufen Gold oder Silber, ohne Zweifel seine Einnahmen während seiner Krankheit, die er in seiner Schwäche nicht hatte verbergen können und die er aus Mißtrauen nicht zur Bank geschickt hatte. ‚Laufen Sie zu dem Friedensrichter,' sagte ich zu dem alten Invaliden, ‚damit gleich die Siegel angelegt werden.' Betroffen von den letzten Worten Gobsecks und von dem, was mir vorhin die Haushälterin gesagt, nahm ich die Schlüssel der Zimmer im ersten und zweiten Stock, um sie zu besichtigen. In dem ersten Zimmer, das ich öffnete, fand ich die Erklärung für die Reden, die ich für unsinnig hielt, und sah hier die Wirkungen eines Geistes, dem nur noch dieser unlogische Instinkt geblieben war, der so häufig vorkommt. In dem Zimmer neben Gobsecks Sterbezimmer befanden sich verdorbene Pasteten, eine Menge Eßwaren jeder Art und sogar Austern und Fische, die verschimmelt waren und deren mannigfaltige Gerüche mir den Atem raubten. Überall wimmelte es von Würmern und Insekten. Diese Geschenke aus neuerer Zeit standen zwischen Kisten jeder Form, zwischen Kästen mit

Tee und Ballen Kaffee. Auf dem Kamin lagen in einer silbernen Schüssel Frachtbriefe von Waren, die auf seinen Namen in Le Havre eingegangen waren: Ballen Baumwolle, Säcke mit Zucker, Fässer mit Rum, Kaffee, Indigo, Tabak, ein ganzes Warenlager von Kolonialerzeugnissen. Dieses Zimmer war mit Möbeln vollgestopft, mit Silbersachen, Lampen, Bildern, Vasen, Büchern, schönen Stichen und Seltenheiten. Vielleicht stellte dies ungeheure Lager nicht nur Geschenke dar, sondern bestand zum Teil auch aus Pfändern, die nicht eingelöst worden waren. Ich sah mit Wappen geschmückte Kästen, kostbares Tischzeug, schöne Waffen. Als ich auf gut Glück ein Buch öffnete, fand ich darin Tausendfrankenscheine. Ich nahm mir vor, die kleinsten Dinge gut durchzusehen, Fußboden und Wände genau zu untersuchen, um all das Gold zu finden, auf das dieser Holländer, der Rembrandts Pinsels würdig gewesen wäre, so erpicht war. Nie in meinem Leben habe ich in meiner amtlichen Tätigkeit so viel Geiz und so viel Originalität gesehen. Als ich in sein Zimmer zurückkehrte, fand ich auf seinem Schreibtisch den Grund dieser fortschreitenden Verwirrung und der Anhäufung dieser Reichtümer. Unter einem Briefbeschwerer lag der Briefwechsel zwischen Gobseck und den Händlern, denen er gewöhnlich seine Geschenke verkaufte. Sei es, daß diese Leute ein Opfer der Geschicklichkeit Gobsecks waren, sei es, daß Gobseck einen zu hohen Preis für seine Waren wollte, ... jeder Handel war noch in der Schwebe. Er hatte an Chevet die Eßwaren nicht verkauft, weil Chevet dreißig Prozent Rabatt haben wollte. Gobseck feilschte um wenige Franken, und während der Unterhandlungen verdarben die Waren. Für seine Silbersachen wollte er die Frachtspesen nicht bezahlen. Beim Kaffee wollte er den Abfall nicht garantieren. Kurz, jede Ware gab Anlaß zu Verhandlungen, die auf Gobsecks Seite das erste Anzeichen des Kindischwerdens verrieten und den unbegreiflichen Starrsinn bewiesen, in den alle alten Leute verfallen, bei denen eine starke Leidenschaft die Intelligenz überdauert. Ich fragte mich, wie er sich selber gefragt hatte: ‚Wem werden alle diese Reichtümer gehören?‘ Wenn ich an die sonderbare Auskunft denke, die er mir über seine einzige Erbin gegeben hatte, sehe ich mich genötigt, alle zweifelhaften Häuser von Paris zu durchstöbern, um irgendeiner verworfenen Frau ein ungeheures Vermögen in den Schoß zu werfen. Vor allem will ich Ihnen aber sagen, daß Graf Ernest Restaud in wenigen Tagen in den Besitz eines Vermögens kommen wird, das ihm erlaubt, Fräulein Camille zu heiraten, während zugleich der Gräfin Restaud, seiner Mutter, seinem Bruder und seiner Schwester ein standesgemäßer Unterhalt gewährt wird."

„Nun, lieber Herr Derville, wir wollen es uns überlegen," erwiderte Frau von Grandlieu. „Herr Ernest muß sehr reich sein, wenn eine Familie wie die unsere seine Mutter aufnimmt. Bedenken Sie, daß mein Sohn in wenigen Tagen Herzog von Grandlieu sein wird und das Vermögen der beiden Häuser Grandlieu vereinigt. Ich möchte, daß er einen Schwager nach seinem Geschmack bekommt."

„Aber," sagte Graf Borne, „Restaud führt vier goldene Fahnen und vier Kreuze im Schilde, und

das ist ein sehr altes Wappen". — „Das ist richtig," sagte die Gräfin, „aber Camille kann doch ihre Schwiegermutter nicht besuchen, die das Wappen Lügen gestraft hat, lieber Bruder!"
„Frau von Beauséant hat Frau von Restaud auch empfangen", warf der alte Onkel ein.
„Ja, bei ihren großen Gesellschaften", sagte die Gräfin.

☆

MELMOTH

☆

ER IST EIN TYP, DEN DIE ZIVILISATION
in der Gesellschaft hervorbringt, ähnlich wie die
Blumenzüchter im Pflanzenreich durch die Treibhauserziehung eine Art Zwitter schaffen, den sie
weder durch Samen, noch durch Stecklinge wiedererzeugen können. Ein Kassierer ist ein wirklich anthropomorphes Gewächs, von religiösen
Ideen getränkt, von der Guillotine gehalten, vom
Laster gestutzt, das im dritten Stock zwischen
einer achtbaren Frau und langweiligen Kindern
dahinlebt. Die Anzahl der Pariser Kassierer wird
für den Psychologen stets ein Problem bleiben.
Hat man jemals erfaßt, was dazu gehört, ein
Kassierer zu sein — ein Mensch, der unausgesetzt
vor den Reichtümern sitzt wie die Katze vor einer
Maus im Käfig —, der auf seinem Rohrstuhl in einer
vergitterten Zelle sich aufhält, in der er sieben Achtel des Jahres und sieben bis acht Stunden täglich
nicht mehr Bewegungsfreiheit hat als ein Schiffsoffizier in seiner Kabine — ein Mensch, dem bei
diesem Beruf die Beine nicht steif werden —, der
groß genug ist, um klein zu sein —, der vor dem
Gelde Widerwillen haben kann, weil er immer
damit umgeht? Man reihe dies Produkt irgendeiner Religion, irgendeiner Geistessphäre, einer

Schule, einer Institution ein und nehme Paris, diese Stadt der Versuchungen, diese Filiale der Hölle, als Umwelt an, in die der Kassierer verpflanzt ist. Da werden denn die Religionen, die Schulen, die Institutionen und alle großen und kleinen menschlichen Gesetze der Reihe nach vorüberziehen und sich verhalten wie ein intimer Freund, den man um einen Tausendfrankenschein bittet. Sie werden ein betrübtes Gesicht machen, werden Fratzen schneiden und auf die Guillotine hinweisen, genau wie der gute Freund einen nach der Wohnung des Wucherers schickt. Dennoch hat die Natur ihre Launen, sie gestattet sich dann und wann, ehrenhafte Menschen hervorzubringen, die zugleich Kassierer sind. Daher haben die Piraten, denen wir den schmückenden Beinamen Bankier geben und die ihre Konzession erwerben wie ein Seeräuber seinen Kaperbrief erobert, eine solche Verehrung für diese seltenen Produkte der Tugend, daß sie sie in Zellen einsperren, um sie bewachen zu können, wie man seltene Tiere bewacht. Hat der Kassierer Phantasie, hat er Passionen, oder liebt er ... und sei er der vollkommenste aller Kassierer ... eine Frau – langweilt sich diese Frau, hat sie Ehrgeize oder einfach auch nur Eitelkeiten, so ist es aus mit dem Kassierer. Wenn man die Geschichte der Kassen durchblättert, so findet man nicht ein einziges Beispiel, daß der Kassierer das, was man eine Stellung nennt, erlangt hätte. Er kommt ins Gefängnis, er geht ins Ausland oder fristet in irgendeiner Mietswohnung kümmerlich sein Leben. Wenn die Pariser Kassierer erst ihren inneren Wert erkennen, werden sie nicht mehr zu bezahlen sein. Es steht fest, daß gewisse Leute nur Kassierer sein können, wie andere unverbesserliche Schufte sind. Seltsame Zivilisation! Die Gesellschaft gewährt der Tugend hundert Louis Rente für das Alter, eine Mietswohnung im zweiten Stock, Brot nach Belieben, ein paar neue seidene Halstücher, und eine alte Frau inmitten ihrer Kinderschar. Dem Laster aber, wenn es kühn ist, wenn es einen Gesetzesparagraphen rasch und geschickt verdrehen kann, legitimiert diese selbe Gesellschaft die gestohlenen Millionen, dekoriert es mit Orden und überhäuft es mit Ehren und Anerkennung. Die Regierung tut es dieser völlig unlogischen Gesellschaft gleich. Sie trifft ihrerseits unter den jungen Begabungen zwischen achtzehn und zwanzig Jahren ihre Auswahl, sie schwächt durch vorzeitige Arbeit große Gehirne, die sie auswählt wie der Gärtner seine Samen ausliest. Sie hat für dieses Amt angestellte Talentprüfer, die die Gehirne abschätzen, wie in der Staatlichen Münze das Gold geprüft wird. Dann wählt sie von den fünfhundert hoffnungsvollen Köpfen, die die fortgeschrittenste Bevölkerung ihr alljährlich zur Verfügung stellt, ein Drittel aus, steckt es in den großen Sack, den sie Schule nennt, und läßt es drei Jahre darin. Obwohl jedes dieser Pfropfreiser ungeheure Kapitalien darstellt, macht die Regierung schlechthin Kassierer daraus, sie bildet diese Männer zu einfachen Ingenieuren aus, sie verwendet sie als Artillerieoffiziere; kurz sie läßt sie zu den höchsten Graden der subalternen Beamtenschaft zu. Wenn nun diese auserwählten Männer, die mit Mathematik und Wissenschaft vollgestopft sind, das Alter von

fünfzig Jahren erreicht haben, so gibt die Regierung ihnen als Lohn für ihre Dienste die Mietswohnung, die Frau mit den Kindern und alle Freuden der Mittelmäßigkeit. Ist es nicht noch ein Wunder, wenn diesem Volksverdummungssystem fünf oder sechs geniale Männer entrinnen, die zu den sozialen Gipfeln emporklimmen?
Dies ist die genaue Abwägung von Talent und Tugend in ihren Beziehungen zu Regierung und Gesellschaft zu einer Zeit, die sich für fortschrittlich hält. Ohne diese vorbereitende Beobachtung würde ein vor kurzem in Paris geschehenes Ereignis unwahrscheinlich klingen, während es als Schlußpunkt dieser Ausführungen sicherlich alle Geister beschäftigen wird, die hochstehend genug sind, um die wirklichen Schäden unserer Zivilisation zu erkennen, die seit 1815 den Grundsatz der Ehre durch den Grundsatz Geld ersetzt hat.
An einem trüben Herbsttage, gegen fünf Uhr abends, arbeitete der Kassierer eines der größten Pariser Bankhäuser noch beim Schein einer schon etliche Zeit brennenden Lampe. Der allgemeinen Sitte entsprechend, lag die Kasse in dem dunkelsten Teil einer engen, niedrigen Wohnung im Zwischenstock. Um hineinzukommen mußte man einen von Dämmerlicht erhellten Korridor durchschreiten, auf den die Türen der einzelnen Bureaus mündeten, wie Zellen einer Badeanstalt. Der Pförtner hatte seit vier Uhr seiner Information gemäß phlegmatisch gesagt: Die Kasse ist geschlossen. Zu dieser Stunde waren die Bureaus verlassen, die Post abgesandt, die Angestellten fort; die Frauen der Chefs erwarteten ihre Liebhaber, die beiden Bankiers speisten bei ihren Geliebten.

Alles war in bester Ordnung. Die versiegelten Geldschränke befanden sich in einem Raum hinter der vergitterten Zelle des Kassierers, der Kasse machte. Die geöffnete Zwischentür gab Ausblick auf einen eisernen Wandschrank, der dank der Erfindungen der modernen Schlosserkunst ein so großes Gewicht hatte, daß die Diebe ihn nicht wegschleppen konnten. Seine Tür öffnete sich nur, wenn man das Losungswort kannte, das die Buchstaben des Schlosses unverbrüchlich geheim hielten, eine schöne Verwirklichung des „Sesam, tue dich auf!" aus ‚Tausendundeine Nacht'. Das war aber noch gar nichts. Dieses Schloß feuerte einen Schuß in das Gesicht desjenigen ab, der das Losungswort erlistet hatte und doch das letzte Geheimnis, die ultima ratio des Cerberus der Mechanik nicht kannte. Tür, Wände, Fensterläden, das ganze Zimmer waren mit acht Millimeter dickem Eisenblech belegt, das mit leichter Holztäfelung verkleidet war. Die Fensterläden waren schon zugemacht, die Tür verschlossen. Wenn je ein Mensch sich in tiefer Einsamkeit, fern von allen Blicken, wähnen konnte, so war es der Kassierer des Bankhauses Nucingen & Co. in der Rue Saint-Lazare. Es herrschte denn auch die tiefste Stille in diesem eisernen Käfig. Der erloschene Ofen verbreitete eine laue Wärme, die das Gehirn umnebelt und ein Gefühl von Unruhe und Ekel hervorruft, wie es auf eine Orgie zu folgen pflegt. Die Ofenwärme schläfert ein, sie macht stumpfsinnig und trägt zu ihrem Teil dazu bei, die Pförtner und Angestellten zu verdummen. Ein Zimmer mit so einem Kachelofen ist eine Retorte, in der sich die Männer der Energie auflösen, wo sich ihre Kräfte vermindern, wo ihr Wille sich verbraucht. Die Bureaus sind die große Fabrik der Mittelmäßigkeiten, die die Regierung braucht, um die Herrschaft des Geldes aufrecht zu erhalten, auf die sich die gegenwärtige Gesellschaft stützt. Die mephitische Wärme, die dort von der Ansammlung von Menschen erzeugt wird, ist keine der geringsten Ursachen der fortschreitenden Entartung der Intelligenzen; das Gehirn, das den meisten Stickstoff ausscheidet, führt mit der Zeit den Erstickungstod der andern herbei.

Der Kassierer, dessen kahler Kopf im Licht der Lampe auf dem Tisch glänzte, war ein Mann von etwa vierzig Jahren. Zu beiden Seiten seines Kopfes, dem die runde Form seines Gesichts das Aussehen einer Kugel gab, schimmerte noch weißes, schwarz untermischtes Haar. Ziegelrot war seine Hautfarbe. Die blauen Augen waren von Runzeln umzogen, die Hand fleischig wie bei allen korpulenten Männern. Sein blauer, schon etwas abgetragener Tuchanzug und die Falten seines speckigen Beinkleids wirkten abgeschabt, ein Eindruck, der oberflächlichen Menschen eine hohe Vorstellung von der Sparsamkeit und Rechtschaffenheit eines Mannes gibt, der Philosoph oder Aristokrat genug ist, um alte Kleider zu tragen. Aber nicht selten erlebt man, daß die Leute, die mit dem Pfennig knausern, in den hauptsächlichen Dingen des Lebens leichtsinnig, verschwenderisch oder unfähig sind. Das Knopfloch des Kassierers war mit dem Bande der Ehrenlegion geziert, denn er war unter dem Kaiserreich Schwadronchef bei den Dragonern gewesen. Herr von Nucingen, der, bevor er Bankier wurde, sich

als Heereslieferant betätigt und dabei seinen Kassierer kennengelernt hatte, nahm auf dessen ehemalige hohe Stellung Rücksicht, indem er ihm ein monatliches Gehalt von fünfhundert Franken zubilligte. Dieser ehemalige Offizier, namens Castanier, war Kassierer seit 1813, seit seiner Wiederherstellung von einer in den Kämpfen bei Studzianka auf der Flucht aus Rußland empfangenen Verwundung, die ihn gezwungen hatte, sechs Monate in Straßburg zu liegen, wohin auf Befehl des Kaisers einige hohe Offiziere gebracht wurden, um dort sorgfältig gepflegt zu werden. Er hatte als Oberst mit zweitausendvierhundert Franken Pension den Abschied genommen.
Castanier, in dem seit zehn Jahren der Kassierer den Offizier getötet hatte, flößte dem Bankier so großes Vertrauen ein, daß dieser ihm auch die Verwaltung des Separatzimmers hinter seiner Kasse übertrug, zu dem der Baron durch eine geheime Treppe Zugang hatte. Dort wurden alle Geschäfte abgeschlossen. Dieser Raum war das Sieb, in dem man die Vorschläge sichtete, das Sprechzimmer, wo alle Beratungen gepflogen wurden. Dort wurden die Kreditbriefe ausgestellt, dort befand sich auch das Hauptbuch, das über die Arbeit der andern Bureaus Aufschluß gab. Nachdem Castanier die Verbindungstür geschlossen hatte, hinter der die Treppe zu dem Prunkzimmer der beiden Bankiers im ersten Stock ihres Hauses lag, setzte er sich wieder an seinen Platz und betrachtete jetzt mehrere Kreditbriefe, die auf das Bankhaus Watschildine in London ausgestellt waren. Dann nahm er die Feder und setzte unter alle diese Briefe die Unterschrift Nucingen.

In dem Augenblick, als er untersuchte, welche von seinen falschen Unterschriften die am besten nachgeahmte sei, hob er, als hätte ihn eine Mücke gestochen, den Kopf, in einer dunklen Ahnung, die ihm zuflüsterte: Du bist nicht allein! Und der Fälscher sah hinter dem Gitter, vor dem Zugang zu seiner Kasse, einen Mann, dessen Atemzüge nicht hörbar gewesen waren, der überhaupt nicht zu atmen schien und wohl durch die Flurtür eingetreten war, die Castanier weit offen stehen sah. Der ehemalige Offizier empfand zum erstenmal in seinem Leben Furcht, und mit geöffnetem Munde und starren Augen sah er diesen Mann an, dessen Anblick übrigens auch ohne geheimnisvolle Nebenumstände erschreckend genug war. Das länglich geschnittene Gesicht des Fremden, die Wölbung seiner Stirn, die Färbung seiner Haut verrieten, ebenso wie der Anzug, den Engländer. Er trug einen Überrock mit Kragen und bauschiger Krawatte, dazu ein gefälteltes Jabot, von dessen Weiße sich die unveränderlich gelbe Blässe seines kühlen Gesichts auffallend abhob; die roten kalten Lippen schienen bestimmt zu sein, das Blut von Leichen auszusaugen. Die bis über das Knie geknöpften schwarzen Gamaschen ergänzten die halb puritanisch wirkende Erscheinung eines reichen Engländers, der auf einem Spaziergang begriffen ist. Der Glanz seiner Augen war unerträglich, wie ein Stich in die Seele, ein Eindruck, der durch die Härte seiner Gesichtszüge noch gesteigert wurde. Dieser hagere, dürre Mann wirkte wie von einem Heißhunger erfüllt, den er nicht zu stillen vermochte. So rasch verdaute er seine Nahrung, daß er sicherlich unaufhörlich essen

konnte, ohne daß jemals die leiseste Röte in seine
Wangen stieg. Ein Faß Tokaier konnte er hin-
unterstürzen, ohne daß sein stechender Blick, der
in den Seelen las, oder sein grausamer Verstand,
der stets bis auf den Grund der Dinge zu gehen
schien, sich trübte. Er hatte etwas von der unheimlichen, ruhigen Majestät der Tiger.
„Ich bitte um Verzeihung, mein Herr, ich habe
soeben diesen Wechsel erhalten", sagte er zu Castanier mit einer Stimme, die die Nerven des
Kassierers unmittelbar mit der Heftigkeit eines
elektrischen Schlages traf.
„Die Kasse ist geschlossen", erwiderte Castanier.
„Sie ist geöffnet", sagte der Engländer. „Morgen
ist Sonntag und ich kann nicht warten. Es handelt sich um eine Summe von fünfhunderttausend
Franken, Sie haben sie in der Kasse, und ich
brauche sie."
„Aber wie sind Sie denn hereingekommen?"
Der Engländer lächelte, und sein Lächeln ent-
setzte Castanier. Niemals konnte eine Antwort
vielsagender oder entscheidender sein als diese verächtliche und gebieterische Falte um die Lippen
des Fremden. Castanier wendete sich um, nahm
fünfzig Banknotenpäckchen von je zehntausend
Franken und wurde, als er sie dem Fremden
reichte, der ihm einen von Baron Nucingen akzep-
tierten Wechsel hingelegt hatte, von einem krampfhaften Zittern befallen, da er die roten Strahlen
sah, die von den Augen dieses Mannes ausgingen
und auf der gefälschten Unterschrift des Kredit-
briefes ruhten.
„Ihre – Quittung ... fehlt noch ...", sagte Castanier, während er den Wechsel in den Händen drehte.

„Geben Sie mir Ihre Feder", sagte der Engländer. Castanier gab ihm die Feder, deren er sich zu seiner Fälschung bedient hatte. Der Fremde unterzeichnete John Melmoth, dann gab er Feder und Papier dem Kassierer zurück. Während Castanier die Schrift des Unbekannten betrachtete, die nach orientalischer Sitte von rechts nach links ging, verschwand Melmoth so geräuschlos, daß der Kassierer, als er den Kopf hob und diesen Menschen nicht mehr sah, einen Schrei ausstieß und das Gefühl von Schmerzen hatte, die unsere Phantasie uns als Folge einer Vergiftung ausmalt. Die Feder, die Melmoth benutzt hatte, rief ein Brennen und Würgen wie nach einem Brechmittel in den Eingeweiden hervor. Da Castanier es für unmöglich hielt, daß dieser Engländer sein Verbrechen erraten haben könne, schrieb er dies innere Leiden dem Herzklopfen zu, das eine böse Tat in dem Augenblick, da sie zur Ausführung kommt, mit sich führt.
„Zum Teufel, wie töricht bin ich – Gott beschützt mich, denn wenn dieser Mann sich morgen an den Chef gewandt hätte, wäre ich erledigt gewesen", dachte Castanier, indem er die überflüssigen gefälschten Kreditbriefe in den Ofen warf, wo sie vom Feuer verzehrt wurden.
Er versiegelte den einen, dessen er sich bedienen wollte, entnahm der Kasse fünfhunderttausend Franken in Banknoten, schloß ab, brachte alles in Ordnung, nahm Hut und Regenschirm, löschte die Lampe, nachdem er seinen Leuchter angezündet hatte, und ging ruhig hinaus, um nach seiner Gewohnheit einen der beiden Kassenschlüssel in Abwesenheit des Barons Frau von Nucingen zu übergeben.

„Sie haben Glück, Herr Castanier," sagte die Frau des Bankiers, als sie ihn eintreten sah, „Montag ist ein Festtag, Sie können aufs Land gehen, nach Soisy."

„Wollen Sie die Güte haben, gnädige Frau, Herrn von Nucingen zu sagen, daß der Wechsel Watschildine, der noch ausstand, soeben vorgelegt worden ist. Die fünfhunderttausend Franken sind ausgezahlt. Ich komme also nicht vor Dienstag mittag wieder."

„Guten Abend, Herr Castanier, viel Vergnügen!"

„Gleichfalls, gnädige Frau", erwiderte der alte Offizier und sah einen damals sehr bekannten jungen Mann an, der Rastignac hieß und als Liebhaber Frau von Nucingens galt.

„Gnädige Frau," sagte der junge Mann, „dieser Herr sieht mir aus, als wolle er Ihnen einen schlechten Streich spielen."

„Ach, das ist unmöglich, er ist zu dumm!"

„Pförtner," sagte der Kassierer, während er dessen Loge betrat, „warum läßt du noch nach vier Uhr jemanden hinauf?"

„Seit vier Uhr", sagte der Pförtner, „rauche ich meine Pfeife hier vor der Tür und kein Mensch ist mehr in das Bureau gekommen. Es sind doch nur die Herren selbst hinausgegangen..."

„Bist du dessen sicher?"

„So sicher wie meiner eigenen Ehre. Um vier Uhr ist nur noch der Freund von Herrn Werbrust gekommen, ein junger Mann von Du Tillet & Co. aus der Rue Joubert."

„Gut", sagte Castanier und ging rasch hinaus. Die würgende Hitze, die seine Feder ihm mitgeteilt hatte, nahm an Intensität zu. „Zum Donnerwet-

ter," dachte er, als er den Boulevard de Gand überschritt, „habe ich meine Maßregeln gut getroffen? Rechnen wir einmal nach! Zwei freie Tage, Sonntag und Montag, dann ein Tag Ungewißheit, bevor man mich sucht – durch diese Frist gewinne ich drei Tage und vier Nächte. Ich habe zwei Pässe und zwei verschiedene Verkleidungen, dadurch muß die Polizei doch irregeführt werden! Ich werde also Dienstag früh in London eine Million abheben, in einem Augenblick, wo man hier noch nicht den leisesten Verdacht hegt. Ich lasse meinen Gläubigern meine Schulden, die einen Strich dadurch machen können, und werde für den Rest meiner Tage glücklich in Italien leben, unter dem Namen des Grafen Ferraro, jenes armen Obersten, den ich allein in den Sümpfen von Zembin habe sterben sehen und in dessen Haut ich hineinschlüpfen werde. Himmeldonnerwetter, die Frau, die ich mitschleppe, könnte mich verraten! Wie kann ein alter Haudegen, wie ich, sich an eine Frau hängen, sich so an sie gewöhnen? Warum soll ich sie mitnehmen? Ich muß sie verlassen. Jawohl, ich werde den Mut haben. Aber ich kenne mich. Ich bin töricht genug, zu ihr zurückzukehren. Übrigens kennt ja niemand Aquilina! Soll ich sie mitnehmen? Soll ich sie nicht mitnehmen?"
„Du wirst sie nicht mitnehmen", sagte eine Stimme, die ihm durch Mark und Bein ging.
Castanier wendete sich rasch um und sah den Engländer hinter sich.
„Jetzt mischt sich schon der Teufel ein!" rief der Kassierer laut.
Melmoth hatte sein Opfer bereits überholt. Wenn

es Castaniers erste Regung gewesen war, sich in einen Wortwechsel mit einem Mann einzulassen, der so in seiner Seele las, so fielen jetzt doch so viele widerstreitende Gefühle über ihn her, daß eine Art momentaner Betäubung die Folge war. Er versuchte also seine Haltung wiederzugewinnen und verfiel von neuem in ein Fieber der Gedanken, wie es einem Manne natürlich ist, der von der Leidenschaft genügend weit hingerissen wird, um ein Verbrechen zu begehen, aber nicht die Kraft hat, ohne grauenvolle Erregungen dieses Verbrechen in sich selber herumzutragen. So kam es, daß Castanier, obwohl er entschlossen war, die Frucht eines schon halb begangenen Verbrechens zu pflücken, dennoch zögerte, sein Unternehmen weiter zu verfolgen, wie es die meisten Männer unentschiedenen Charakters tun, bei denen sich ebensoviel Kraft wie Schwäche findet und die ebenso leicht lauter und rechtschaffen bleiben, wie sie Verbrecher werden, je nach dem leisesten Druck der Umstände. In den Reihen der napoleonischen Regimenter fanden sich viele, die, ähnlich wie Castanier, den rein physischen Mut des Schlachtfeldes hatten, ohne den seelischen Mut zu besitzen, der einen Mann für Verbrechen wie Tugend gleichmäßig befähigt. Der Kreditbrief war so abgefaßt, daß Castanier bei seiner Ankunft in London fünfundzwanzigtausend Pfund Sterling bei Watschildine, dem Geschäftsfreunde des Bankhauses Nucingen, der schon von ihm selber von der Abhebung in Kenntnis gesetzt war, erheben konnte. Sein Schiffsbillett wurde ihm durch einen Londoner Agenten besorgt, auf den Namen des Grafen Ferraro, für ein Schiff, mit dem eine reiche englische Familie von Portsmouth nach Italien fuhr. Die kleinsten Umstände waren vorausgesehen. Er hatte alles so eingerichtet, daß man ihn gleichzeitig in Belgien und in der Schweiz suchen würde, während er auf hohem Meere war. Wenn dann Nucingen glauben konnte, seine Spur gefunden zu haben, so hoffte er inzwischen in Neapel angelangt zu sein, wo er unter falschem Namen zu leben gedachte, in einer so vollkommenen Verkleidung, daß er sich sogar entschlossen hatte, sein Gesicht zu verändern, indem er mit Hilfe einer Säure die Entstellungen der Pockennarben darin hervorrief. Trotz all dieser Maßnahmen, die ihm Straflosigkeit zu sichern schienen, quälte ihn sein Gewissen. Er hatte Angst. Das ruhige, friedliche Leben, das er lange geführt, hatte seine soldatischen Sitten geläutert. Noch war er rechtschaffen, er mochte sich nicht skrupellos besudeln. Er überließ sich also ein letztes Mal allen Vorstellungen seiner besseren Natur, die in ihm revoltierte.

„Ach was!" dachte er an der Ecke des Boulevards und der Rue Montmartre. „Ich werde heute abend nach dem Theater mit einem Mietswagen nach Versailles fahren. Dort erwartet mich eine Postkutsche bei meinem alten Quartiermeister, der das Geheimnis dieser Abreise bewahren würde, auch wenn zwölf Soldaten bereit ständen, um ihn im Falle der Auskunftverweigerung zu erschießen. Alles ist so günstig wie möglich. Ich werde meine kleine Naqui mitnehmen und abreisen."

„Du wirst nicht abreisen", sagte der Engländer, dessen seltsame Stimme dem Kassierer alles Blut zum Herzen strömen ließ.

Melmoth bestieg einen Wagen, der auf ihn wartete, und fuhr so rasch davon, daß Castanier seinen geheimen Feind in hundert Schritt Entfernung im Trab den Boulevard Montmartre hinauffahren sah, ehe er noch auf den Gedanken kam, ihn anzuhalten.

Bei meiner Ehre, dachte er, mir geschieht etwas Übernatürliches. Wenn ich töricht genug wäre, an Gott zu glauben, würde ich annehmen, er hätte den Heiligen Michael mir auf die Fersen gesandt. Lassen Teufel und Polizei mich gewähren, um mich im letzten Augenblick zu fassen? Ach was, das sind ja Albernheiten!

Castanier ging den Faubourg Montmartre entlang und verlangsamte seine Schritte, als er sich der Rue Richer näherte. Hier wohnte in einem neuerbauten Hause im zweiten Stock nach dem Garten hinaus ein junges Mädchen, das in der Nachbarschaft unter dem Namen Frau de la Garde bekannt war und ganz unschuldigerweise die Schuld an Castaniers Verbrechen hatte. Um das zu erklären und die Krise, von der der Kassierer befallen war, richtig darzustellen, müssen einige Umstände seines bisherigen Lebens nachgetragen werden.

Frau de la Garde, die ihren wirklichen Namen aller Welt, sogar Castanier, verheimlichte, behauptete, Piemontesin zu sein. Sie war eins von den jungen Mädchen, die teils durch das tiefste Elend, teils durch Arbeitslosigkeit oder Angst vor dem Tode, oft auch durch den Verrat eines ersten Geliebten, zu einem Beruf getrieben werden, den die meisten von ihnen mit Widerwillen, viele andre mit Gleichgültigkeit ausüben, einige aber auch, um den Gesetzen ihrer Veranlagung zu gehorchen. In dem Augenblick, als dieses Mädchen sich in den Abgrund der Pariser Prostitution stürzen wollte — selber schön und rein wie eine Madonna —, traf sie Castanier. Der alte Dragoner, der eine zu schlechte Figur machte, um in der großen Welt Erfolg zu haben und es satt hatte, Abend für Abend auf den Boulevards ein bezahltes Glück aufzustöbern, hatte seit langer Zeit den Wunsch, in die Ungeregeltheit seiner Sitten eine gewisse Ordnung zu bringen. Die Schönheit dieses armen Kindes, das der Zufall ihm in den Weg führte, ergriff ihn, er beschloß, sie für sich vor dem Laster zu retten, in einem ebenso selbstsüchtigen wie wohltätigen Gedanken, wie ihn bisweilen die besten Männer haben. Die natürliche Veranlagung ist oft gut, die gesellschaftliche Situation mischt Böses hinein, daraus ergeben sich gewisse zweischneidige Absichten, für die der Richter Nachsicht haben muß. Castanier hatte Geist genug, um scharfsinnig zu sein, wenn seine Interessen auf dem Spiel standen. Er wollte Philanthrop sein und machte zunächst dieses Mädchen zu seiner Geliebten. Ei was, sagte er bei sich selbst in seiner Soldatensprache, ein alter Wolf wie ich darf sich doch nicht von einem Schäfchen überlisten lassen. Höre, Papa Castanier, bevor du dich in die Ehe stürzt, mußt du dem Gemüt des Mädchens Dankbarkeit einflößen, schon um zu wissen, ob sie der Anhänglichkeit fähig ist. — In dem ersten Jahr dieser ungesetzlichen Beziehungen, die sie jedoch in die wenigst verwerfliche unter allen von der Welt verurteilten Situationen brachten, nahm die Piemontesin den Namen Aquilina an, nach der Heldin eines englischen Stückes, das sie zufällig gelesen hatte. Sie glaubte dieser Kurtisane zu ähneln, teils in den frühreifen Gefühlen ihres Herzens, teils in ihrem allgemeinen Aussehen. Als Castanier sah, daß sie das regelmäßigste und tugendsamste Leben führte, das eine außerhalb der gesellschaftlichen Konvenienz stehende Frau nur führen kann, befestigte sich in ihm der Wunsch, mit ihr in einer Ehe zusammen zu leben. Sie wurde nun also Frau de la Garde, um, sobald es die Pariser Gebräuche erlauben würden, eine wirkliche Ehe einzugehen. In der Tat ist es ja die fixe Idee vieler dieser armen Geschöpfe, wie gute Bürgersfrauen zu leben und ihren Gatten unbedingt treu zu sein, ausgezeichnete Mütter zu werden, über ihre Ausgaben Buch zu führen und die Wäsche zu zählen. Dieser Wunsch entspringt einem so lobenswerten Gefühl, daß die Gesellschaft das in Betracht ziehen müßte. Aber die Gesellschaft wird sicherlich unverbesserlich bleiben und stets die verheiratete Frau als eine Korvette ansehen, die rechtmäßig ihren Kurs steuert, während die ausgehaltene Frau der Seeräuber ist, den man hängt, wenn er keine Ausweispapiere hat. Als Frau de la Garde Frau Castanier werden wollte, geriet der Kassierer in Zorn. „Du hast mich also nicht lieb genug, um mich zu heiraten?" fragte sie. Castanier antwortete nicht und wurde nachdenklich. Das arme Mädchen war traurig, der ehemalige Dragoner verzweifelt. Naqui wurde von dieser Verzweiflung gerührt, sie hätte ihn gern beruhigt; aber mußte sie nicht die Ursache kennen, wenn sie ihn beruhigen sollte? Da sie dies Geheimnis erfahren mußte, offenbarte der Kassierer ihr schonend das Vorhandensein einer gewissen Frau Castanier, einer legitimen, tausendmal verwünschten Gattin, die in Straßburg lebte, der er zweimal in jedem Jahre schrieb und über die er so tiefes Stillschweigen bewahrte, daß niemand ihn verheiratet glaubte. Warum diese Diskretion? Wenn der Grund vielleicht auch vielen Soldaten bekannt ist, die sich in der gleichen Lage befinden, so ist es wahrscheinlich doch nötig, ihn hier anzuführen. Der wirkliche Kommißsoldat, wenn es erlaubt ist, hier dies Wort anzuwenden, dessen man sich in der Armee zur Bezeichnung der Leute bedient, die bestimmt sind, als Frontsoldat zu sterben – dieser Leibeigene eines Regiments ist ein im wesentlichen naives Geschöpf, ein Castanier, von vornherein den Listen der Mütter ausgeliefert, die in den Garnisonen ihre Töchter nicht an den Mann bringen können. In Nancy, bei einer der kurzen Ruhepausen der kaiserlichen Armee in Frankreich, hatte Castanier das Pech, einer jungen Dame seine Aufwartung zu machen, mit der er auf einer der von der Stadt zu Ehren der Offiziere veranstalteten Redouten getanzt hatte. Bald sah der liebenswürdige Hauptmann sich den Verführungskünsten der Mütter ausgesetzt, die alle Hilfsmittel der Klugheit und des Herzens spielen lassen. Ähnlich den Menschen, die für eine einzige Idee leben, bringen diese Mütter alles mit ihrem großen Projekt in Zusammenhang, aus dem sie ein sorglich ausgearbeitetes Werk machen, wie das Sandlabyrinth, in dessen Grunde der Ameisenlöwe lauert. Vielleicht wird niemals jemand dieses gut angelegte Labyrinth betreten, vielleicht wird der Ameisenlöwe verhungern oder verdursten, wenn aber irgendein leichtsinniges Tier hineingeht, so ist es gefangen. Die geheimen habsüchtigen Berechnungen, die jeder Mann anstellt, wenn er sich verheiratet, die Hoffnung, die menschlichen Eitelkeiten, alle Fäden, an denen ein Hauptmann tanzt, wurden ausgesucht. Zu seinem Unglück hatte er die Tochter der Mutter gegenüber gelobt, als er sie nach einem Walzer zu ihr zurückführte, es entwickelte sich daraus eine Unterhaltung, die in einer sehr natürlichen Einladung gipfelte. Als der Dragoner erst einmal im Hause war, wurde er durch die Gediegenheit eines Heims geblendet, in dem der Reichtum sich unter erheucheltem Geiz zu verbergen schien. Er wurde Gegenstand geschickter Schmeicheleien, und jeder rühmte ihm die verschiedenen Kostbarkeiten, die sich in diesem Hause befanden. Ein Diner, auf silbernen Schüsseln serviert, die von einem Onkel geliehen waren, die Aufmerksamkeiten einer einzigen Tochter, ein reicher Leutnant, der Miene machte, ihm die Beute abzujagen, all diese tausend Fallen des Ameisenlöwen der Provinz waren so gut aufgestellt, daß Castanier nach fünf Jahren sagte: „Ich weiß noch heute nicht, wie es zugegangen ist!" Der Dragoner bekam fünfzehntausend Franken Mitgift und eine glücklicherweise unfruchtbare junge Dame, die in zweijähriger Ehe die häßlichste und infolgedessen zänkischste Frau der Welt wurde. Der Teint dieser Frau, der durch strenge Diät weiß erhalten war, wurde kupferfarben, die Figur, die so wohlgewachsen wirkte, verfiel, der Engel wurde ein mürrisches und argwöhnisches Geschöpf und brachte Castanier zur Raserei; dann ging das Vermögen in Rauch auf.

Der Dragoner, der die Frau, die er geheiratet hatte, nicht wiedererkannte, ließ sie in Straßburg zurück und hoffte, daß es Gott gefallen möge, sie zu sich zu nehmen in sein Himmelreich. Sie gehörte zu den tugendhaften Frauen, die, da sie keine Gelegenheit haben, etwas anderes zu tun, die Engel mit ihren Klagen umbringen und so lange zu Gott beten, daß er vor Langeweile sterben würde, wenn er zuhörte, und die ganz naiv die schauerlichsten Geschichten von ihren Ehemännern erzählen, wenn sie abends ihre Partie Boston mit den Nachbarn beendet haben. Als Aquilina von diesem Mißgeschick gehört hatte, schloß sie sich herzlich an Castanier an und machte ihn durch die Liebesfreuden, in denen ihr weibliches Genie tausend Variationen fand, so glücklich, daß sie, ohne es wissen, den Ruin des Kassierers herbeiführte. Wie viele Frauen, denen die Natur vorgeschrieben zu haben scheint, die Liebe bis in ihre tiefsten Tiefen zu ergründen, war Frau de la Garde uneigennützig. Sie verlangte weder Gold noch Schmuck, sie dachte niemals an die Zukunft, sondern lebte immer der Gegenwart und besonders dem Vergnügen. Kostbaren Schmuck, Kleider, Fuhrwerk, alles was Frauen ihrer Art so brennend wünschen, nahm sie nur hin als eine Harmonie mehr in dem Bilde des Lebens. Sie begehrte das alles nicht aus Eitelkeit, in dem Wunsch, besser zu scheinen, sondern in dem Verlangen, besser zu sein. Übrigens konnte kein Mensch leichter als sie all diese Dinge entbehren. Wenn ein freigebiger Mann, wie es fast alle Soldaten sind, einer Frau dieser Beschaffenheit begegnet, so empfindet er innerlich etwas wie Wut,

sich ihr untergeordnet zu finden. Er glaubt sich
fähig, eine Postkutsche zu überfallen, um sich
Geld zu verschaffen, wenn er für seine Ver-
schwendungssucht nicht genug hat. So ist der
Mann veranlagt. Er macht sich zuweilen eines Verbrechens schuldig, um vor einer Frau oder einem
besonderen Publikum groß und edel dazustehen.
Ein Verliebter ähnelt dem Spieler, der sich ent-
ehrt glaubt, wenn er das nicht zurückgäbe, was er
von dem Saaldiener geliehen hat, und der die
größten Scheußlichkeiten begeht, Frau und Kinder ausplündert, stiehlt und tötet, um volle Taschen
zu haben, die einzige Ehre in den Augen der
Leute, die das verhängnisvolle Haus besuchen. So
erging es auch Castanier. Zunächst hatte er Aquilina eine bescheidene Wohnung im vierten Stock
gemietet und ihr sehr, sehr einfache Möbel gekauft. Aber als er die Schönheiten und die großen
Eigenschaften des jungen Mädchens bemerkte und
sie ihm unerhörte, unbeschreibliche Freuden
schuf, da übermannte ihn die Liebe und er wollte
sein Idol schmücken. Nun aber stand die Umgebung Aquilinas in so komischem Gegensatz zu
der Ärmlichkeit seiner eigenen Wohnung, daß er
sich entschließen mußte, auch diese zu wechseln. Dieser Wechsel zehrte fast alle Ersparnisse Castaniers auf, der seine Wohnung entsprechend dem Luxus der Geliebten ausstattete. Eine
hübsche Frau will nichts Häßliches um sich haben.
Was sie unter allen Frauen auszeichnet, ist ihr Gefühl der Gleichartigkeit, eins der am wenigsten
beachteten Bedürfnisse unserer Natur, das die
alten Jungfern veranlaßt, sich nur mit alten
Sachen zu umgeben. So kam es, daß die ent-

zückende Piemontesin nur die neusten, die modernsten Dinge haben wollte, zarte Stoffe, Seide, Kostbarkeiten, leichte, gebrechliche Möbel, schönes Porzellan. Sie verlangte nie etwas. Aber wenn sie etwas auswählen sollte und Castanier sie fragte: „Welches willst du haben?", so antwortete sie: „Dies hier ist besser!" Liebe, die knausert, ist niemals wahre Liebe, Castanier nahm also stets das Beste. Und da nun einmal alles zusammen passen sollte, so mußte in diesem Haushalt alles sich in Harmonie befinden, Leinenzeug, Silber, die tausend nebensächlichen Kleinigkeiten eines gepflegten Haushaltes, Küchengeschirre, Kristalle, alles und alles! Obwohl Castanier auf Schlichtheit Wert legte, geriet er immer tiefer in Schulden, denn eine Sache machte immer die andere erforderlich. Eine Wanduhr bedingte zwei Kandelaber. Der geschmückte Kamin machte die Kaminecke nötig. Die Vorhänge und Wandbespannungen waren zu hell, um sie durch Rauch schwärzen zu lassen, man mußte elegante Kamine setzen, die einen unsichtbaren Rauchabzug hatten, die neueste Erfindung geschickter Handwerker. Dann liebte Aquilina es so sehr, barfuß über den Zimmerteppich zu laufen, daß Castanier überall Teppiche legen ließ, um mit ihr herumzutollen; schließlich ließ er ihr ein Badezimmer bauen, alles nur, damit sie glücklicher würde. Die Kaufleute, Handwerker und Fabrikanten von Paris besitzen unerhörte Geschicklichkeit darin, das Loch zu vergrößern, das jemand in seinen Geldbeutel reißt: wenn man sie fragt, wissen sie von nichts den Preis, und der Paroxysmus des Wunsches duldet keinen Aufschub; sie lassen Bestellungen in dem Nebel eines schätzungsweisen Kostenanschlags machen, niemals legen sie ihre genauen Rechnungen vor und schleppen den Kunden in die Buntheit des Lagers hinein. Alles ist bezaubernd, entzückend, jedermann ist befriedigt. Einige Monate später verwandeln sich die zuvorkommenden Lieferanten in grausig anspruchsvolle Erscheinungen; sie haben Bedürfnisse, sie haben dringende Zahlungen zu leisten, sie machen sogar anscheinend Bankrott, sie jammern herzbeweglich! Dann tut sich der Abgrund auf und speit lange Zahlenreihen aus, die immer zu vieren marschieren, während sie unschuldig zu dreien gehen müßten. Bevor noch Castanier die Summe seiner Ausgaben kannte, hatte er seiner Geliebten einen Wagen geschenkt, statt sie im Mietwagen fahren zu lassen. Castanier war Feinschmecker, er hatte eine ausgezeichnete Köchin, und um ihm eine Freude zu machen, bewirtete Aquilina ihn mit den Erstlingen jeder Jahreszeit, mit gastronomischen Leckerbissen und erlesenen Weinen. Aber da sie selber nichts besaß, griffen ihre Geschenke, die durch die Aufmerksamkeit, das Zartgefühl und die Güte, der sie entsprangen, so köstlich waren, die Börse Castaniers an, der seine Naqui nicht ohne Geld lassen mochte, und sie war immer ohne Geld! Die Tafel war also eine Quelle beträchtlicher Ausgaben für Castanier. Der ehemalige Offizier mußte zu beruflichen Listen greifen, um sich Geld zu beschaffen, denn er vermochte auf seine Freuden nicht zu verzichten. Seine Liebe zu der Frau machte es ihm unmöglich, ihren Phantasien zu widerstehen. Er gehörte zu den Männern, die teils aus Eigenliebe, teils aus Schwäche einer Frau nichts abschlagen können, und die eine so heftige falsche Scham empfinden, wenn sie sagen sollen: „Ich kann nicht ... meine Mittel erlauben es mir nicht ... Ich habe kein Geld ..." daß sie sich lieber ruinieren. Als aber Castanier sich schließlich am Rande des Abgrundes sah und er, um sich zu retten, diese Frau hätte verlassen müssen und selber von Wasser und Brot leben, um seine Schulden abzuzahlen, da hatte er sich so an dies Geschöpf und dies Leben gewöhnt, daß er jeden Morgen seine Reformpläne von neuem vertagte. In seiner bedrängten Lage nahm er zunächst Darlehn auf. Seine Stellung, seine allgemeine Lage sicherten ihm ein Vertrauen, das er benutzte, um ein seinen Bedürfnissen entsprechendes Pumpsystem zu organisieren. Schließlich aber erkannte er die Unmöglichkeit, seine finanziellen Manöver weiter fortzusetzen, einesteils, weil das Kapital ungeheuerlich anwuchs, andernteils, weil die Zinsen ins Riesenhafte gingen; es blieb nur übrig, sich seinen Gläubigern gegenüber bankrott zu erklären. Doch als diese Schande näher heranrückte, zog Castanier den betrügerischen Bankrott dem einfachen, das Verbrechen dem Vergehen vor. Er beschloß, das Vertrauen zu diskontieren, das er seiner Ehrlichkeit verdankte, und die Zahl seiner Gläubiger zu vermehren, indem er, ähnlich wie Mathéo, der Verwalter des Kronschatzes, die Summe entlieh, die er brauchte, um den Rest seiner Tage sorglos im Auslande zu verleben. Und bei diesem Entschluß war er geblieben, wie man weiß. Aquilina kannte die Nöte seines Lebens nicht, sie genoß die Freuden, wie viele Frauen tun, ohne sich weiter zu fragen, woher das Geld

kam, als gewisse Leute sich fragen, wie das Korn
wächst, wenn sie ihr goldbraunes Brötchen essen,
während die getäuschten Hoffnungen und Sorgen
der Landwirtschaft hinter dem Ofen des Bäckers
stehen, wie unter dem Luxus der meisten Pariser
Haushaltungen erdrückende Nöte und ungeheuerliche Arbeit sich verbergen.

Während Castanier den Qualen der Ungewißheit
ausgeliefert war in den Gedanken an eine Tat,
die sein ganzes Leben veränderte, saß Aquilina
ruhig in ihrer Kaminecke, in einem großen Sessel,
und wartete auf ihn, in Gesellschaft ihrer Zofe.
Wie alle Zofen, die in den Dienst dieser Damen
treten, war Jenny ihre Vertraute geworden, nachdem sie eingesehen, eine wie unerschütterliche
Gewalt ihre Herrin über Castanier hatte.

„Wie machen wir es heute abend nur? Léon will
absolut kommen", sagte Frau de la Garde, die
einen auf graugetöntem Papier geschriebenen
leidenschaftlichen Brief las.

„Jetzt kommt der gnädige Herr", sagte Jenny.

Castanier trat ein. Ohne im geringsten aus der Fassung zu geraten, rollte Aquilina den Brief zusammen und warf ihn in das Feuer.

„So gehst du mit deinen Liebesbriefen um?" sagte
Castanier.

„Mein Gott, ja," erwiderte Aquilina, „ist das nicht
das beste Mittel, sie nicht zu Verrätern werden zu
lassen? Übrigens muß Feuer nicht zu Feuer kommen, wie Wasser zum Meere strömt?"

„Du redest, Naqui, als wäre es wirklich ein Liebesbrief."

„Nun ja, bin ich nicht hübsch genug, um einen zu
bekommen?" sagte sie, während sie Castanier die

Stirn zum Kusse bot mit einer Gleichgültigkeit, die einen weniger blinden Mann belehrt hätte, daß sie eine Art ehelicher Pflicht erfüllte, indem sie dem Kassierer eine Freude machte. Aber Castaniers Leidenschaft war zu einem solchen Grade angewachsen, daß er nichts mehr sah.

„Ich habe heute abend eine Loge im Théâtre Gymnase", sagte er. „Wir wollen also früh essen."

„Geh mit Jenny hin. Ich mag nicht ins Theater gehen. Ich weiß nicht, was ich heute abend habe, ich möchte lieber ruhig zu Hause bleiben.

„Komm doch mit, Naqui! Ich werde dich nicht mehr lange mit meiner Person langweilen. Jawohl, Quiqui, ich verreise heute abend und komme fürs erste nicht zurück. Du bleibst hier als Herrin des Hauses. Wirst du mir dein Herz bewahren?"

„Weder das Herz, noch sonst irgend etwas", sagte sie. „Aber wenn du wiederkommst, ist Naqui wieder Naqui für dich."

„Das nenne ich offenherzig. Also würdest du nicht mitkommen?"

„Nein."

„Warum nicht?"

„Nun," sagte sie lächelnd, „kann ich einen Liebhaber verlassen, der mir so süße Liebesbriefe schreibt?"

Und sie deutete mit einer halb spöttischen Geste auf das verbrannte Papier.

„Ist das wahr?" sagte Castanier. „Solltest du wirklich einen Liebhaber haben?"

„Aber, ich bitte dich!" rief Aquilina, „du hast dich wohl nie genau betrachtet, mein Lieber! Zunächst einmal bist du fünfzig Jahre alt, dann hast du ein Gesicht, das man bei einer Obsthändlerin ausstellen

könnte. Keiner würde es ablehnen, wenn man es ihm als Kürbis anböte. Wenn du die Treppe hinaufsteigst, keuchst du wie eine Robbe. Dein Bauch schaukelt sich wie ein Brillant auf einem Frauenhaupt. Und wenn du auch bei den Dragonern gestanden hast, so bist du doch eine rechte Vogelscheuche. Weiß Gott, ich möchte dir, wenn du dir meine Achtung erhalten willst, nicht raten, diesen Eigenschaften noch die Albernheit hinzuzufügen, anzunehmen, daß ein Mädchen wie ich sich damit abgibt, deine asthmatische Liebe durch die Blüte ihrer reizenden Jugend zu erwärmen."
„Das soll doch ein Scherz sein, Aquilina?"
„Nun, machst du etwa keinen Scherz? Hältst du mich für ganz dumm, wenn du mir von deiner Abreise erzählst? ,Ich verreise heute abend'," sagte sie mit seiner Stimme, „ja, würdest du so sprechen, wenn du deine Naqui verlassen wolltest? Du würdest heulen wie ein Schloßhund, das kann ich dir sagen."
„Aber, wenn ich reise, kommst du mit mir?" fragte er.
„Sage mir erst, ob deine Reise nicht ein schlechter Spaß ist."
„Nein, im Ernst, ich reise."
„Also gut, im Ernst, ich bleibe hier. Glückliche Reise, mein Kind. Ich würde lieber das Leben lassen als mein liebes Paris."
„Du willst nicht mit nach Italien, nach Neapel, willst nicht dort ein schönes, ruhiges, luxuriöses Leben führen mit deinem guten Dicken, der wie eine Robbe keucht?"
„Nein!"
„Du Undankbare!"

„Undankbar?" sagte sie und stand auf. „Ich kann jetzt in diesem Augenblick von hier fortgehen und nehme nichts mit als meine Person. Ich habe dir alle Schätze gegeben, die ein junges Mädchen besitzt, etwas, was du mir auch mit deinem Herzblut nicht zurückgeben könntest. Wenn ich durch irgendein Mittel, zum Beispiel, wenn ich meine Seligkeit verkaufte, die Unschuld meines Körpers wiedererlangen könnte, wie ich vielleicht die meiner Seele wiedererlangt habe, um mich rein wie eine Lilie meinem Geliebten zu schenken, so würde ich nicht einen Augenblick zögern. Womit hast du meine Treue belohnt? Du hast mich ernährt und mir ein Obdach gegeben, wie man auch einen Hund ernährt und ihm ein Körbchen gibt, weil er uns gut bewacht, weil er unsere Fußtritte hinnimmt, wenn wir schlechter Laune sind, und uns die Hand leckt, wenn wir uns seiner wieder erinnern. Wer von uns beiden ist freigebiger gewesen?"
„Oh, mein liebes Kind, siehst du nicht, daß ich scherze", sagte Castanier. „Ich mache eine kleine Reise, die nicht lange dauern wird. Aber du wirst mit mir ins Theater kommen, ich reise um Mitternacht ab, nachdem ich mich richtig von dir verabschiedet habe."
„Armes Tierchen, du willst also reisen?" sagte sie, legte den Arm um seinen Hals und drückte seinen Kopf an ihre Brust.
„Ich ersticke", rief Castanier, die Nase gegen Aquilinas Brust gedrückt.
Das gute Mädchen neigte sich zu Jennys Ohr: „Geh zu Léon und bestelle ihm, daß er erst um ein Uhr kommen soll. Wenn du ihn nicht triffst und er

in den Abschied hineinkommt, so mußt du ihn bei dir behalten. Also gut," sagte sie, indem sie Castaniers Kopf wieder aufhob und ihm einen Nasenstüber gab, „du schönste der Robben, ich werde mit dir ins Theater gehen. Aber jetzt wollen wir essen. Es gibt ein gutes kleines Diner, all deine Leibgerichte."

„Es ist sehr schwer," sagte Castanier, „eine Frau wie dich zu verlassen."

„Ja, warum gehst du denn fort?" fragte sie.

„Ja, warum, warum? Um dir das zu erklären, müßte ich dir Dinge erzählen, die dir beweisen würden, daß meine Liebe zu dir bis zur Raserei geht. Während du mir deine Ehre geschenkt hast, habe ich die meine verkauft — wir sind also quitt. Ist das Liebe?"

„Was bedeutet das?" sagte sie. „Ja, wenn du sagtest: wenn ich einen Liebhaber hätte, so würdest du mich noch immer wie ein Vater lieben ... das wäre Liebe! Sag das jetzt gleich und gib Pfötchen!"

„Ich würde ihn töten", sagte Castanier lächelnd.

Sie setzten sich zu Tisch und begaben sich nach dem Essen ins Theater. Als das erste Stück zu Ende war, wollte Castanier einige Bekannte begrüßen, die er im Theater bemerkt hatte, um so lange wie möglich jeden Argwohn einer Flucht abzuwenden. Er ließ Frau de la Garde in ihrer Loge und begab sich in das Foyer. Kaum war er einige Schritt gegangen, als er das Gesicht Melmoths sah, dessen Blick wieder das Würgen in den Eingeweiden und die Angst hervorrief, die er schon vorhin empfunden hatte.

„Wechselfälscher!" rief der Engländer.

Als Castanier dies Wort hörte, streifte sein Blick die Vorübergehenden. Er glaubte in ihren Gesichtern ein mit Neugier untermischtes Erstaunen zu sehen, er wollte sich sofort dieses Engländers entledigen und hob die Hand, um ihm eine Ohrfeige zu geben; aber der Arm wurde durch eine unsichtbare Macht gelähmt, die ihm die Kraft nahm und die Bewegungsfreiheit raubte. Er duldete, daß der Fremde seinen Arm ergriff, und wie zwei Freunde gingen sie zusammen im Foyer auf und ab.

„Wer ist stark genug, mir zu widerstehen?" sagte der Engländer. „Weißt du nicht, daß hier auf Erden alles mir gehorchen muß, daß ich alles bin? Ich lese in den Herzen, ich sehe die Zukunft, ich kenne die Vergangenheit. Ich bin hier und kann zugleich anderswo sein. Ich bin nicht abhängig von Zeit, Raum oder Entfernung. Die Welt ist mein Diener. Ich habe die Fähigkeit, stets zu genießen und für immer Glück zu spenden. Mein Auge durchdringt die Wände, sieht die Schätze, und ich nehme mit vollen Händen. Auf einen Wink erstehen Paläste, und mein Architekt macht niemals einen Fehler. Ich kann aus jedem Boden Blumen sprießen lassen, kann Steine aufschichten, Gold aufhäufen, kann mir immer neue Frauen herbeischaffen; alles beugt sich meinem Willen. Ich könnte mit sicherem Erfolg an der Börse spekulieren, wenn ein Mensch, der die von dem Geizigen vergrabenen Schätze findet, es nötig hätte, aus der Geldbörse der andern zu nehmen. Empfinde also, du elendes, der Schande geweihtes Gewürm, empfinde die Macht der Hand, die dich hält. Versuche diesen eisernen Arm zu beugen,

dieses diamantene Herz zu erweichen, wage dich von mir zu entfernen! Und wenn du tief in den Verließen unter der Seine wärest, würdest du meine Stimme dort nicht hören? Und gingest du in die Katakomben, würdest du mich dort nicht sehen? Meine Stimme übertönt das Rollen des Donners, meine Augen wetteifern an Helligkeit mit der Sonne, denn ich stehe ihm gleich, der das Licht in die Welt brachte."... Castanier hörte diese schrecklichen Worte, nichts in ihm widersprach, und er ging neben dem Engländer her, ohne sich von ihm losmachen zu können. „Du gehörst mir, du hast soeben ein Verbrechen begangen, ich habe also endlich den Mann gefunden, den ich suchte. Willst du dein Schicksal erfahren? Haha! Du wolltest ein Theaterstück sehen, daran soll es dir nicht fehlen, du sollst zwei zu sehen bekommen. Und jetzt wirst du mich Frau de la Garde als einen deiner besten Freunde vorstellen. Bin ich nicht deine letzte Hoffnung?"
Castanier kehrte in seine Loge zurück in Begleitung des Fremden, den er wunschgemäß schleunigst Frau de la Garde vorstellte. Aquilina schien nicht überrascht zu sein, Melmoth zu sehen. Der Engländer weigerte sich, vorn in der Loge Platz zu nehmen und sprach den Wunsch aus, daß Castanier neben seiner Geliebten sitzen bleiben solle. Der bloße Wunsch des Engländers war ein Befehl, dem er gehorchen mußte. Jetzt wurde das letzte Stück gespielt. Als der Vorhang sich hob, streckte der Fremde seine Hand über den Saal hin. Castanier stieß einen Schreckensschrei aus, der ihm in der Kehle stecken blieb, denn Melmoth deutete nach der Bühne hinüber, um ihn

darauf aufmerksam zu machen, daß er befohlen
habe, ein anderes Stück zu spielen. Der Kassierer
sah Nucingens Arbeitszimmer. Sein Chef unterhielt sich mit einem höheren Polizeibeamten, der
ihn von Castaniers Vorgehen in Kenntnis setzte
und ihm von der Unterschlagung, der Fälschung
und der Flucht des Kassierers Mitteilung machte.
Rasch war die Klage aufgesetzt, unterzeichnet und
dem Beamten eingehändigt.
„Glauben Sie, daß es noch Zeit ist?" sagte Nucingen.
„Jawohl," erwiderte der Beamte, „er ist im
Théâtre Gymnase und völlig ahnungslos."
Castanier machte eine Bewegung, er wollte gehen;
aber Melmoth legte ihm die Hand auf die Schulter und zwang ihn, zu bleiben, mit einer furchtbaren Kraft, wie wir sie ähnlich im Alpdrücken
empfinden. Dieser Mann war wie der personifizierte Alpdruck und lastete auf Castanier wie eine
vergiftete Atmosphäre. Als der arme Kassierer
sich umdrehte, um den Engländer um Gnade anzuflehen, begegnete er einem lodernden Blick, der
elektrische Ströme aussandte, die wie metallene
Spitzen Castanier ins Herz drangen und ihn festnagelten.
„Was habe ich dir getan?" sagte er in seiner Niedergeschlagenheit und keuchend wie ein Hirsch
am Rande des Brunnens. „Was willst du von
mir?"
„Sieh dorthin!" rief Melmoth.
Castanier beobachtete, was auf der Bühne vorging.
Die Dekoration war verändert, der Akt zu Ende.
Castanier sah sich selber auf der Bühne, wie er
mit Aquilina aus dem Wagen stieg; aber in dem

Augenblick, als er den Hof seines Hauses in der
Rue Richer betreten wollte, veränderte sich wieder plötzlich die Dekoration und stellte jetzt seine
Wohnung dar. Jenny plauderte am Kamin in dem
Zimmer ihrer Herrin mit einem Leutnant eines
Pariser Regiments. ,,Er reist ab", sagte der Offizier, der aus einer wohlhabenden Familie zu stammen schien. ,,Ich kann also nach meinem Belieben glücklich sein. Ich liebe Aquilina zu sehr, um
ertragen zu können, daß sie diesem alten Fettwanst angehört. Ich werde Frau de la Garde heiraten."
,,Alter Fettwanst", dachte Castanier traurig bei
sich.
,,Jetzt kommen die Herrschaften, verstecken Sie
sich! Hier, kommen Sie hierher, Herr Léon", sagte
Jenny. ,,Der gnädige Herr wird nicht lange hierbleiben." Castanier sah, wie der junge Offizier
sich im Ankleideraum Aquilinas hinter ihren Kleidern versteckte. Castanier kam jetzt selber auch
wieder auf die Bühne und verabschiedete sich von
seiner Geliebten, die sich in ihren Seitenbemerkungen zu Jenny über ihn lustig machte, während
sie ihm die süßesten und schmeichlerischsten
Worte sagte. Sie weinte mit einem Auge und lachte
mit dem andern. Die Zuschauer ließen die Couplets wiederholen.
,,Verdammtes Weib", rief Castanier in seiner
Loge.
Aquilina lachte Tränen und rief: ,,Wie drollig ist
Perlet!... Aber wie kommt das? Du allein im
ganzen Saal lachst nicht? Lache doch, mein Kätzchen", sagte sie zu dem Kassierer.
Melmoth begann zu lachen, daß den Kassierer

ein Schauder überlief. Dies Lachen zerriß ihm die Eingeweide und schnitt durch sein Gehirn, als wenn ein Chirurg ihn mit einem glühenden Messer bearbeitete.

„Sie lachen, sie lachen", sagte der Kassierer krampfhaft.

Und jetzt sah der Kassierer an Stelle der verschämten Lady, die Perlet so komisch darstellte und über deren englisch-französisches Kauderwelsch der ganze Saal vor Lachen platzte, sich selber, wie er die Rue Richer entlang flüchtete, auf dem Boulevard einen Wagen bestieg und den Weg nach Versailles einschlug. Wieder änderte sich die Szene. Er erkannte an der Ecke der Rue de l'Orangerie und der Rue des Récollets die kleine bescheidene Schenke, die sein ehemaliger Quartiermeister innehatte. Es war zwei Uhr früh, größte Stille herrschte, kein Mensch sah ihn, sein Wagen war mit zwei Postpferden bespannt und kam aus einem Hause der Avenue de Paris, wo ein Engländer wohnte, für den er bestellt worden war, um jeden Verdacht abzulenken. Castanier hatte seine Wertsachen und Pässe bei sich, bestieg den Wagen und fuhr ab. Aber an der Barriere sah er Gendarmen, die auf den Wagen warteten. Er stieß einen Schreckensschrei aus, den Melmoths Blick unterdrückte.

„Sieh nur hin und sei still", sagte der Engländer. Jetzt sah Castanier sich in das Gefängnis geworfen und dann, im fünften Akt des „Der Kassierer" betitelten Dramas, nach drei Monaten den Gerichtssaal verlassen, zu zwanzig Jahren Zwangsarbeit verurteilt. Er stieß wieder einen Schrei aus, als er sich auf der Place du Palais de Justice an den Pranger gestellt und gebrandmarkt sah. Im letzten Akt endlich stand er auf dem Hofe von Bicêtre unter sechzig Sträflingen und wartete darauf, daß man ihn in Ketten legen würde.

„Mein Gott, ich kann nicht mehr lachen", sagte Aquilina. „Du bist so finster, mein Kätzchen, was hast du denn? Der Herr ist nicht mehr da!"

„Auf ein Wort, Castanier", sagte Melmoth in dem Augenblick, als nach Schluß der Vorstellung Frau de la Garde sich von der Logenschließerin den Mantel umlegen ließ.

Der Korridor war gedrängt voll von Menschen, eine Flucht unmöglich.

„Nun, was denn?"

„Keine menschliche Gewalt kann dich hindern, Aquilina nach Hause zu bringen, nach Versailles zu fahren und dort verhaftet zu werden."

„Warum?"

„Weil der Arm, der dich hält," sagte der Engländer, „dich nicht loslassen wird."

Castanier hätte am liebsten ein Wort ausgesprochen, das ihn selber vernichtet und in die tiefste Tiefe der Hölle hinweggerissen hätte.

„Wenn der Teufel deine Seele von dir forderte, würdest du sie nicht hingeben, wenn du dafür eine gottähnliche Macht bekämst? Mit einem einzigen Wort kannst du in die Kasse des Barons Nucingen die fünfhunderttausend Franken zurücklegen, die du daraus entnommen hast. Wenn du dann deinen Kreditbrief zerreißt, ist jede Spur des Verbrechens vernichtet. Du wirst Gold im Überfluß haben. Du hast keinen Glauben, nicht wahr? Nun, wenn dies alles eintritt, so wirst du wenigstens an den Teufel glauben."

„Wenn das möglich ist", sagte Castanier erfreut.
„Der dieses tun kann, versichert dir, daß es möglich ist", erwiderte der Engländer.
Melmoth streckte den Arm aus, als Castanier, Frau de la Garde und er sich auf dem Boulevard befanden. Ein feiner Regen fiel, die Straße war morastig, die Luft dick und der Himmel schwarz. Als aber dieser Mann den Arm ausstreckte, schien die Sonne hell auf Paris. Castanier sah sich bei vollem Tageslicht, an einem schönen Julitage. Die Bäume prangten im Laubschmuck und die sonntäglich angezogenen Pariser lustwandelten in zwei Reihen. Die Lakritzenwasserhändler riefen: „Getränke, ganz frisch!" Glänzende Equipagen rollten auf der Straße dahin. Der Kassierer stieß einen Schreckensschrei aus. Bei diesem Schrei wurde der Boulevard wieder feucht und dunkel. Frau de la Garde hatte den Wagen bestiegen.
„Aber beeile dich doch, lieber Freund," sagte sie, „komm mit oder bleib da! Heute abend bist du wirklich langweilig wie ein Regentag."
„Was soll man tun?" sagte Castanier zu Melmoth.
„Willst du meine Stelle einnehmen?" fragte der Engländer.
„Jawohl, das will ich."
„Gut, ich komme in wenigen Augenblicken zu dir."
„Was hast du nur, Castanier, du bist gar nicht in deiner gewöhnlichen Verfassung", sagte Aquilina. „Du sinnst über irgendeinen schlechten Streich. Du warst während der Vorstellung so finster und nachdenklich. Lieber Freund, kann ich dir irgend etwas geben? Sag doch!"

„Wenn wir zu Hause sind, werde ich erfahren, ob du mich liebst."

„Dazu brauchst du so lange nicht zu warten", sagte sie und fiel ihm um den Hals.

Sie küßte ihn scheinbar leidenschaftlich und überschüttete ihn mit Liebkosungen, die bei diesen Geschöpfen zum Beruf werden, wie bei der Schauspielerin das Komödienspiel.

„Woher kommt die Musik?" sagte Castanier.

„Jetzt hörst du auch schon Musik!"

„Göttliche Musik", erwiderte er. „Die Töne müssen von oben kommen."

„Immer hast du mir eine Loge im Théâtre des Italiens abgeschlagen, unter dem Vorwand, daß du Musik nicht leiden kannst, und jetzt schwärmst du für Musik um diese Stunde! Aber du bist närrisch. Die Musik ist in deinem Schädel, du alter Wirrkopf", sagte sie, indem sie seinen Kopf nahm und an ihre Schulter drückte. „Weißt du, mein Alter, das sind wohl die Wagenräder, die so singen!"

„Höre nur, Naqui! Wenn die Engel vor dem lieben Gott musizieren, kann das nur so klingen wie diese Töne, die mir jetzt in alle Poren dringen; ich weiß nicht, wie ich es dir schildern soll. Es ist lieblich wie Honigtrank."

„Vor dem lieben Gott wird natürlich Musik gemacht, man stellt doch immer die Engel mit Harfen dar. — Weiß Gott, er ist närrisch", dachte sie, als sie Castanier in der Haltung eines Opiumessers im Rausch sah.

Sie waren am Ziel. Castanier, völlig von dem erfüllt, was er gesehen und gehört hatte, schwankend zwischen Glauben und Zweifel, ging wie ein Betrunkener, der den Verstand verloren hat.

Er kam in Aquilinas Zimmer wieder zu sich, wohin man ihn mit Unterstützung seiner Geliebten, des Pförtners und Jennys gebracht hatte, denn er war beim Verlassen des Wagens ohnmächtig geworden.

„Liebe Freunde, er wird herkommen", sagte er, indem er sich mit einer verzweifelten Bewegung in seinen Lehnstuhl am Kamin niederließ.

In diesem Augenblick hörte Jenny es klingeln, ging hinaus, um zu öffnen, und meldete den Engländer, indem sie sagte, ein Herr wünsche Herrn Castanier zu sprechen. Melmoth erschien sofort, eine große Stille entstand. Er sah den Pförtner an, der Pförtner entfernte sich. Er sah Jenny an, Jenny entfernte sich.

„Gnädige Frau," sagte Melmoth zu der Kurtisane, „gestatten Sie uns, ein Geschäft zu erledigen, das keinen Aufschub duldet."

Er faßte Castanier bei der Hand und dieser stand auf. Beide gingen in den unbeleuchteten Salon, denn das Auge Melmoths erhellte die dichteste Finsternis. Von dem seltsamen Blick des Unbekannten fasziniert, blieb Aquilina machtlos zurück, unfähig, an ihren Geliebten zu denken, den sie übrigens bei ihrer Zofe eingeschlossen glaubte, während Jenny ihn, durch die frühe Rückkehr Castaniers überrascht, in dem Ankleidezimmer versteckt hatte, wie in der Szene des Dramas, das für Melmoth und sein Opfer gespielt worden war. Die Tür des Zimmers schloß sich heftig und bald kam Castanier zurück.

„Was hast du?" rief seine Geliebte entsetzt.

Das Gesicht des Kassierers hatte sich verändert. Die rote Farbe war der seltsamen Blässe gewichen, die den Fremden so unheimlich und kalt erscheinen ließ. Seine Augen strahlten ein düsteres Feuer aus, das unerträglichen Glanz verbreitete. Aus dem biederen Manne war ein stolzer Despot geworden. Der Kurtisane erschien er hagerer, die Stirn wirkte majestätisch schrecklich, und der ehemalige Offizier verbreitete eine Atmosphäre des Schreckens, die sich drückend auf die andern legte. Aquilina fühlte sich einen Augenblick beunruhigt.

„Was ist in der kurzen Zeit zwischen diesem diabolischen Manne und dir vorgegangen?" fragte sie.

„Ich habe ihm meine Seele verkauft. Ich fühle, ich bin nicht mehr derselbe. Er hat von meinem Wesen Besitz ergriffen und mir das seine gegeben."

„Wie?"

„Du wirst das nicht verstehen", sagte Castanier kalt. „Aber dieser Dämon hatte recht. Ich sehe alles und weiß alles. Du hast mich betrogen!"

Aquilina erstarrte bei diesen Worten zu Eis. Castanier ging in den Ankleideraum, nachdem er einen Leuchter angezündet hatte, das arme, ganz verdutzte Mädchen folgte ihm, und ihr Erstaunen war groß, als er die am Ständer hängenden Kleider entfernte und den jungen Offizier entdeckte.

„Kommen Sie, mein Lieber", sagte er, indem er Léon beim Rockknopf faßte und in das Zimmer zog.

Die Piemontesin sank bleich und verzweifelt in ihren Sessel, Castanier setzte sich auf die Causeuse am Kamin und ließ Aquilinas Liebhaber stehen.

„Sie sind ehemaliger Soldat," sagte Léon, „ich bin bereit, Ihnen Satisfaktion zu geben."

„Sie sind ein Tropf", erwiderte Castanier trocken. „Ich brauche mich nicht mehr zu schlagen, ich kann durch einen Blick töten, wenn ich will. Ich werde Ihnen Ihr Schicksal voraussagen, junger Freund. Warum sollte ich Sie töten? Sie haben am Halse einen roten Strich, den ich sehe. Die Guillotine wartet Ihrer, jawohl, Sie werden auf der Place de Grève sterben. Sie fallen dem Henker anheim, nichts kann Sie retten. Sie nehmen an einer Verschwörung teil, Sie agitieren gegen die Regierung."

„Das hast du mir nicht gesagt", rief die Piemontesin Léon zu.

„Sie wissen also nicht," fuhr der Kassierer fort, „daß der Minister heute früh beschlossen hat, Ihre Vereinigung unter Anklage zu stellen? Dem Staatsanwalt sind Ihre Namen mitgeteilt, Sie sind durch Verräter denunziert worden. In diesem Augenblick wird die Anklageschrift aufgesetzt."

„Hast du ihn verraten?" schrie Aquilina wie eine Löwin und stand auf, um Castanier zu zerreißen.

„Du kennst mich zu gut, um das anzunehmen", erwiderte Castanier mit einer Kaltblütigkeit, die seine Geliebte zu Stein erstarren ließ.

„Wie kannst du es denn wissen?"

„Ich wußte es nicht, bevor ich den Salon betrat; aber jetzt sehe ich alles, weiß alles, kann alles." Der junge Offizier war starr vor Staunen.

„So rette ihn doch, lieber Freund", rief das Mädchen und warf sich vor Castanier auf die Knie. „Rette ihn, wenn du alles kannst. Ich will dich lieben, ich will dich anbeten, ich will deine Sklavin sein, statt deiner Mätresse. Ich will deinen tollen Launen gehorchen... du kannst mit mir tun, was du willst... Ja, ich werde mehr als Liebe für dich hegen, ich werde anhänglich sein wie eine Tochter an ihren Vater, und daneben... aber... begreife doch, Rodolphe! Immer will ich nur dir gehören, so heftig meine Leidenschaften auch sein mögen. Was soll ich sagen, um dich zu rühren? Ich werde neue Freuden erfinden... ich ... Mein Gott! Ja, wenn du irgend etwas von mir verlangst, zum Beispiel, daß ich mich aus dem Fenster stürzen soll, brauchst du nur zu mir zu sagen: ‚Léon!'... und ich liefere mich der Hölle aus; alle Qualen, alle Krankheiten, alle Kümmernisse, die du mir auferlegst, will ich auf mich nehmen."

Castanier blieb kalt. Statt jeder Antwort deutete er auf Léon und sagte mit dämonischem Lachen: „Die Guillotine erwartet ihn."

„Nein, er wird nicht von hier weggehen, ich werde ihn retten", rief sie. „Ich töte jeden, der ihn anrührt! Warum willst du ihn nicht retten?" rief sie mit klingender Stimme, flammenden Augen und gelöstem Haar. „Kannst du es?"

„Ich kann alles."

„Warum rettest du ihn nicht?"

„Warum?" rief Castanier, vor dessen Stimme der Fußboden zitterte. „Ich räche mich! Es ist meine Aufgabe, Böses zu tun."

„Sterben!" rief Aquilina, „er, mein Geliebter, ist das möglich?"

Sie lief nach ihrer Kommode, ergriff einen Dolch, der in einem Korbe lag, und ging auf Castanier zu, der zu lachen anfing.

„Du weißt, daß kein Dolch mich treffen kann."
Aquilinas Arm sank herab wie eine plötzlich abgeschnittene Harfensaite.
„Gehen Sie, mein lieber Freund," sagte der Kassierer und wendete sich zu dem jungen Offizier, „gehen Sie an Ihre Arbeit!"
Er streckte die Hand aus, und der Offizier mußte der überlegenen Macht gehorchen, die von Castanier ausging.
„Ich wohne hier, ich könnte die Polizei rufen und ihr einen Mann ausliefern, der sich in meine Wohnung eingeschlichen hat. Ich ziehe es aber vor, Sie in Freiheit zu lassen. Ich bin ein Dämon, aber kein Spion!"
„Ich gehe mit ihm", sagte Aquilina.
„Geh mit ihm", sagte Castanier. „Jenny!"
Jenny erschien.
„Lassen Sie von dem Pförtner einen Wagen holen."
„Hier, Naqui," sagte Castanier, und zog ein Banknotenpäckchen aus der Tasche, „du sollst nicht wie eine Ausgestoßene einen Mann verlassen, der dich noch immer liebt."
Er reichte ihr dreihunderttausend Franken, Aquilina nahm sie, warf sie auf den Boden, trat mit den Füßen darauf in der Wut der Verzweiflung, und sagte: „Wir werden beide zu Fuß gehen und wollen keinen Pfennig von dir haben. Bleib hier, Jenny!"
„Guten Abend", erwiderte der Kassierer und hob sein Geld auf. — „Jenny," sagte er, indem er die Zofe ansah, „du scheinst mir ein braves Mädchen zu sein. Jetzt hast du keine Herrin mehr, komm heute abend her, dann wirst du einen Herrn haben."
Aquilina ging mit dem jungen Leutnant trotzig

zu einer ihrer Freundinnen. Aber Léon wurde von der Polizei beargwöhnt und überall verfolgt, wo er sich aufhielt. Kurze Zeit darauf wurde er, wie die Zeitungen meldeten, denn auch mit drei Freunden verhaftet.
Der Kassierer fühlte sich geistig und körperlich verändert. Der alte Castanier, diese Mischung aus Kind, Jüngling, Verliebtem, Offizier, Held, Betrogenem, Ehemann, Enttäuschtem, Kassierer, Verbrecher aus Liebe, existierte nicht mehr. Seine innere Form war zerbrochen. In einem Augenblick hatte sein Schädel sich erweitert, seine Sinne sich verschärft. Seine Gedanken umspannten die Welt, er sah alle Dinge, als stände er auf einem sehr hohen Gipfel. Bevor er in das Theater gegangen war, hatte er für Aquilina die wahnsinnigste Leidenschaft empfunden; er hätte lieber ihre Untreue übersehen als auf diese Frau verzichtet; dies blinde Gefühl hatte sich zerstreut, wie eine Wolke unter den Strahlen der Sonne zergeht. Jenny, die glücklich war, die Nachfolgerin ihrer Herrin zu werden und ihr ganzes Vermögen zu besitzen, tat alles, was der Kassierer wollte. Aber Castanier, der die Macht hatte, in den Seelen zu lesen, entdeckte das wahre Motiv dieser rein physischen Ergebenheit. Daher ergötzte er sich an diesem Mädchen mit der boshaften Gier eines Kindes, das, wenn es den Saft aus einer Kirsche ausgepreßt hat, den Stein wegwirft. Am nächsten Morgen beim Frühstück, als sie sich Herrin des Hauses glaubte, sagte Castanier ihr Wort für Wort, Gedanken für Gedanken alles, was sie beim Kaffeetrinken bei sich selber dachte.
„Weißt du, was du denkst, mein Kind?" sagte er

lächelnd. „Höre zu: Diese schönen Polisandermöbel, die ich so gern haben wollte, und die schönen Kleider gehören jetzt mir! Das hat mich nur ein paar Dummheiten gekostet, die Frau de la Garde ihm abschlug, warum, weiß ich nicht. Weiß Gott, um in einem Wagen fahren zu können, schöne Schmucksachen zu tragen, im Theater in einer Loge zu sitzen und eine Rente zu bekommen, würde ich ihm soviel Freuden bereiten, daß er daran krepiert, wenn er nicht stark ist wie ein Türke. Und so etwas gibt es nicht! Stimmt das?" fragte er mit einer Stimme, daß Jenny erblaßte. „Nun, mein Kind, das wird dir nicht gelingen, und zu deinem eigenen Besten will ich dich wegschicken, du würdest diese Mühe nicht ertragen können. Wir wollen also als gute Freunde scheiden."
Und er verabschiedete sie kühl, indem er ihr eine sehr kleine Summe gab.
Castanier hatte sich vorgenommen, die furchtbare Gewalt, die er sich um den Preis seines ewigen Seelenheils erkauft hatte, zunächst zu benutzen, um all seine Neigungen vollständig und bis zur letzten Möglichkeit zu befriedigen. Nachdem er seine geschäftlichen Angelegenheiten geordnet und Herrn von Nucingen, der einen guten Deutschen zu seinem Nachfolger ernannte, seine Bücher übergeben hatte, veranstaltete er ein Bacchanal, der schönen Tage des römischen Kaiserreiches würdig, und stürzte sich verzweifelt hinein wie Belsazar in sein letztes Festmahl. Aber gleich Belsazar sah er deutlich eine leuchtende Hand, die ihm inmitten seiner Freuden sein Urteil schrieb, nicht auf die engen Wände seines Saales, sondern auf

die ungeheuren Flächen, auf denen sich der Regenbogen ausspannt. Sein Fest war keine in den Grenzen eines Banketts bleibende Orgie, es war ein Taumel von Kraft und Genuß. Die Tafel war sozusagen die Erde selbst, die er unter seinen Füßen zittern fühlte. Es war das letzte Fest eines Verschwenders, der nichts mehr spart. Mit vollen Händen schöpfte er aus den Schätzen der menschlichen Wollust, zu denen der Dämon ihm den Schlüssel gegeben hatte, und gelangte wirklich bis auf den Grund. Diese ungeheure, in einem Augenblick gewonnene Kraft wurde auch in einem Augenblick ausgeübt, gebraucht, mißbraucht. Was alles war, wurde nichts. Es kommt oft vor, daß der Besitz die schönsten Dichtungen des Wunsches zerstört, dessen Träumen der errungene Gegenstand selten entspricht. Diese traurige Vernichtung einiger Leidenschaften war das, was hinter Melmoths Machtvollkommenheit sich verbarg. Die Eitelkeit der menschlichen Natur wurde plötzlich seinem Nachfolger enthüllt, dem die höchste Macht das Nichts zum Geschenk machte. Um die seltsame Lage, in der Castanier sich befand, richtig zu verstehen, müßte man in Gedanken ihre ungeheuer raschen Entwicklungen ermessen, müßte begreifen, wie geringe Dauer jede einzelne Phase hatte, aber es ist schwierig, davon denen eine Idee zu geben, die durch die Gesetze der Zeit, des Raums und des Ortes eingekerkert sind. Seine gesteigerten Fähigkeiten hatten die Beziehungen verändert, die ehemals zwischen der Welt und ihm bestanden. Gleich Melmoth konnte Castanier in wenigen Augenblicken die lachenden Täler Hindostans durchschweifen, konnte auf den Flügeln der Dämonen durch die Wüsten Afrikas eilen und über die Meere hinschweben. Wie seine Hellsichtigkeit ihm erlaubte, alles zu durchdringen in dem Moment, da sein Blick sich auf einen Gegenstand richtete, und die Gedanken anderer zu lesen, so kostete seine Zunge sozusagen alle Genüsse mit einem Schlage. Seine Freuden ähnelten den Axthieben des Despotismus, der den Baum fällen läßt, um seine Früchte zu gewinnen. Übergänge, Veränderungen, die Freude und Leid abstufen und alle menschlichen Genüsse abwandeln, waren für ihn nicht mehr vorhanden. Sein maßlos empfindlich gewordener Gaumen war plötzlich übersättigt, weil ihm alles zu Gebote stand. Frauen und leckere Speisen waren zwei so reichlich genossene Freuden von dem Augenblick an, da er sich ihnen schrankenlos hingeben konnte, daß er weder zum Essen noch zum Lieben mehr Lust hatte. Da er sich Herr aller Frauen wußte, die er nur wünschen konnte und sich mit einer Kraft ausgerüstet fühlte, die niemals versagte, wollte er keine Frauen mehr; da er im voraus wußte, daß sie seinen tollsten Launen sich unterwerfen würden, empfand er einen ungeheuren Durst nach Liebe und wünschte sie sich liebevoller, als sie sein konnten. Das einzige aber, was ihm die Welt versagte, waren Glaube und Gebet, diese beiden heiligen und tröstlichen Liebesformen. Man gehorchte ihm. Es war ein furchtbarer Zustand. Die Stürme des Schmerzes, der Freuden und der Gedanken, die seinen Körper und seine Seele schüttelten, hätten das stärkste menschliche Wesen zugrunde gerichtet; aber er hatte eine Lebenskraft in sich, die der Kraft der Empfindungen entsprach, die sich seiner bemächtigten. Er fühlte in sich etwas Ungeheures, was die Erde nicht mehr befriedigte. Er verbrachte den Tag damit, seine Flügel zu breiten, in dem Wunsch, die leuchtenden Sphären zu durchschweifen, von denen er eine unklare Vorstellung hatte. Er verzehrte sich innerlich, denn er hatte Hunger und Durst auf Dinge, die man nicht essen oder trinken konnte, die ihn aber unwiderstehlich anzogen. Seine Lippen brannten vor Verlangen wie die Lippen Melmoths, und er ächzte nach dem Unbekannten, denn er kannte alles. Da er die Prinzipien und den Mechanismus der Welt durchschaute, bewunderte er die Resultate nicht mehr und legte bald diese tiefe Verachtung an den Tag, die den Menschen erhaben macht, ähnlich einer Sphinx, die alles weiß, alles sieht und ein unerschütterliches Schweigen bewahrt. Er fühlte sich nicht im geringsten versucht, sein Wissen andern Menschen mitzuteilen. Im Besitz aller Schätze der Erde, imstande, die Welt mit einem Sprunge zu durchmessen, bedeuteten ihm Reichtum und Macht nichts mehr. Er empfand die furchtbare Melancholie der höchsten Macht, gegen die Satan und Gott nur ein Heilmittel in einer Tatenlust besitzen, deren Geheimnis ihnen allein gehört. Castanier hatte nicht wie sein Lehrmeister die unauslöschliche Kraft, zu hassen und Böses zu tun. Er fühlte sich als Dämon, aber als ein Dämon durch Zufall, während Satan ein Dämon für die Ewigkeit ist; nichts kann ihn freikaufen, das weiß er, und er ergötzt sich daran, mit seiner dreizinkigen Gabel die Menschen um und um zu kehren wie einen Düngerhaufen, und damit die Absichten Gottes zu durchkreuzen. Zu seinem Unglück hatte Castanier noch eine Hoffnung behalten. Von Pol zu Pol flatterte er, wie ein Vogel verzweifelt zwischen den Stäben seines Käfigs hin und her fliegt, aber wenn er wie der Vogel den Flug getan hatte, dann sah er ungeheure Weltenräume vor seinen Augen. Er hatte eine Vision von dem Unendlichen, die ihm nicht mehr erlaubte, die menschlichen Dinge so anzusehen, wie die andern Menschen sie sahen. Die Wahnsinnigen, die die Macht der Dämonen für sich ersehen, urteilen nach ihren menschlichen Ideen, ohne vorauszusehen, daß sie die Ideen des Dämons übernehmen, wenn sie seine Macht bekommen, daß sie Menschen bleiben und sich inmitten von Wesen befinden, die sie nicht mehr verstehen können. Der unbekannte Nero, der davon träumt, zu seiner Zerstreuung Paris zu verbrennen, wie man im Theater das Schauspiel einer Feuersbrunst vorführt, ahnt nicht, daß Paris für ihn das werden wird, was ein Ameisenhaufen auf seinem Wege ist. Die Wissenschaften wurden für Castanier, was ein Logogryph für einen Menschen ist, der die Lösung kennt. Die Könige, die Regierungen flößten ihm Mitleid ein. Seine Größe war also in gewisser Weise ein trauriger Abschied von seinen menschlichen Verhältnissen. Er fühlte sich eingeengt auf der Erde, denn seine höllische Macht erlaubte ihm, dem Schauspiel der Schöpfung beizuwohnen, deren Ursprünge und Ende er sah. Als er sich von den ausgeschlossen fand, was die Menschen in ihren verschiedenen Sprachen Himmel genannt haben, konnte er nur noch an den Himmel denken. Jetzt begriff er die innere Dürre, die auf dem Gesicht seines Vorgängers sich ausdrückte. Er erkannte die suchende Sehnsucht dieses Blickes, die eine stets getäuschte Hoffnung aufflammen ließ, er fühlte den Durst, der auf diesen roten Lippen brannte, und die Not eines ständigen Kampfes zwischen zwei größer gewordenen Veranlagungen. Er konnte noch ein Engel sein, war jedoch ein Dämon. Er glich jenem sanften Wesen, das durch den bösen Willen eines Zauberers in einen unförmigen Körper eingeschlossen war und unter dem Fluch eines geschlossenen Paktes eines fremden Willens bedurfte, um eine verächtliche und verachtete Hülle zu sprengen. Ebenso wie ein wirklich großer Mensch nach einer Enttäuschung nur um so heißer den Wunsch hat, die Unendlichkeit des Gefühls in dem Herzen einer Frau zu suchen, so fühlte sich auch Castanier auf einmal im Banne einer einzigen Idee, einer Idee, die vielleicht den Schlüssel zu der höheren Welt darstellte. Da er auf seine ewige Seligkeit verzichtet hatte, dachte er nur noch an die Zukunft derjenigen, die beten und glauben. Er spürte die Schmerzen, die die frommen Dichter, die Apostel und die großen Propheten des Glaubens uns in so ungeheuren Ausdrücken geschildert haben. Von dem Flammenschwerte getroffen, dessen Spitze er in seinen Adern fühlte, eilte er zu Melmoth, um zu sehen, was aus seinem Vorgänger geworden sei. Der Engländer wohnte in der Rue Ferou, in der Nähe von Saint-Sulpice, in einem düsteren, feuchten und kalten Hause. Diese nach Norden offene Straße ist eine der traurigsten Straßen von Paris, und ihr Charakter wirkt auf die sie begrenzenden Häuser zurück. Als Castanier auf der Schwelle der

Tür stand, sah er, daß sie schwarz ausgeschlagen war, ebenso die Decke der Halle. Es brannten Kerzen wie in einer Kapelle, und man hatte einen Katafalk aufgestellt, zu dessen Seiten zwei Priester standen.

„Man braucht Sie nicht zu fragen, weswegen Sie kommen," sagte eine alte Pförtnerin zu Castanier, „Sie haben zu große Ähnlichkeit mit dem teuren Entschlafenen. Wenn Sie sein Bruder sind, so kommen Sie zu spät, um ihm Lebewohl zu sagen. Der gute Herr ist vorgestern nacht gestorben."

„Wie ist er gestorben?" fragte Castanier einen der Priester.

„Sehr glücklich", erwiderte ihm ein alter Priester, indem er einen Zipfel der schwarzen Tücher hob, die die Kapelle bildeten.

Castanier sah eins von den Gesichtern, denen der Glaube etwas Erhabenes gibt, und durch deren Poren die Seele auszustrahlen scheint, um die andern Menschen durch die Gefühle einer ewigen Güte zu erwärmen. Dieser Mann war der Beichtvater John Melmoths.

„Ihr Herr Bruder", fuhr der Priester fort, „hat ein beneidenswertes Ende gehabt, über das sich die Engel freuen müssen. Sie wissen, welche Freude im Himmel über die Bekehrung einer sündigen Seele herrscht. Seine Reuetränen, die ihm durch die göttliche Gnade entlockt wurden, sind geflossen, ohne zu versiegen, der Tod allein hat ihnen Einhalt tun können. Der Heilige Geist war in ihm. Seine glühenden, lebendigen Worte sind des Königs der Propheten würdig. Wenn ich niemals im Laufe meines Lebens eine furchtbarere Beichte erlebt habe als die dieses irischen Edelmannes, so habe ich doch auch nie leidenschaftlichere Gebete gehört. Wie groß auch seine Fehler gewesen sein mögen..., seine Reue hat in einem Augenblick den Abgrund überbrückt. Die Hand Gottes hat sich sichtbarlich über ihn gebreitet, denn er glich sich selber nicht mehr, eine so heilige Schönheit umfloß ihn. Seine harten Augen milderten sich in Tränen, seine zitternde, beängstigende Stimme nahm die Weichheit und Milde an, die die Worte der Demütigen auszeichnet. Er erbaute die Zuhörer so durch seine Reden, daß alle, die von dem Schauspiel dieses christlichen Todes herbeigelockt waren, auf die Knie fielen, als sie diese Lobpreisungen Gottes vernahmen und ihn von des Schöpfers unendlicher Größe und vom Himmel sprechen hörten. Wenn er seiner Familie nichts hinterläßt, so hat er ihr doch das größte Gut gesichert, das die Familie besitzen kann: eine heilige Seele, die über sie alle wachen und sie auf den rechten Weg führen wird."

Diese Worte hatten eine so starke Wirkung auf Castanier, daß er sofort das Haus verließ und sich nach der Kirche Saint-Sulpice begab, einer Art Verhängnis gehorchend. Melmoths Reue hatte ihn niedergeschmettert. Zu jener Zeit predigte morgens an gewissen Tagen ein durch seine Beredsamkeit berühmter Mann über die Wahrheiten der katholischen Religion zu einer Jugend, die durch eine nicht weniger beredte Stimme zur Gleichgültigkeit in Glaubensdingen verleitet worden war. Die Predigt mußte um der Beisetzung des Irländers willen abgekürzt werden. Castanier kam gerade in dem Augenblick, als der Prediger mit weihevoller Milde die Beweise für unsere glückselige Zukunft zusammenfaßte. Der ehemalige Offizier, in dessen Haut der Dämon geschlüpft war, befand sich in der günstigsten Verfassung, um die Saat der von dem Priester ausgelegten göttlichen Worte in sich aufzunehmen. Wenn es überhaupt irgendein wirklich festgestelltes Phänomen gibt, so ist es das seelische Phänomen des unerschütterlichen Glaubens. Die Kraft des Glaubens steht in ursächlicher Beziehung zu dem größeren oder kleineren Gebrauch, den die Menschen von ihrem Verstand machen. Die einfachen Leute und die Soldaten gehören zu den Unerschütterlichen. Alle diejenigen, die unter der Fahne des Instinkts durch das Leben gehen, sind viel geeigneter, das Licht aufzunehmen, als diejenigen, deren Geist und Herz in den Spitzfindigkeiten der Welt müde geworden sind. Von seinem sechzehnten bis fast zu seinem vierzigsten Jahre war Castanier der französischen Fahne gefolgt. Als einfacher Reitersmann, der Tag und Nacht kämpfen mußte, hatte er, bevor er an sich selber dachte, an sein Pferd zu denken. Während seiner ersten Militärzeit hatte er daher wenig Muße, sich mit der Zukunft des Menschen zu befassen. Als er Offizier wurde, beschäftigte er sich mit seinen Soldaten und zog von einem Schlachtfelde zum andern, ohne jemals an das Jenseits zu denken. Das militärische Leben erfordert wenig Gedanken. Die Leute, die unfähig sind, sich zu den hohen Ideen nationaler Interessen, politischer wie strategischer Pläne zu erheben, leben in einem Zustande der Unwissenheit, ähnlich wie der ungeschliffenste Bauer in der zurückgebliebensten Provinz Frankreichs. Sie gehen vorwärts, gehorchen stumpf ihrem Befehlshaber, und töten die Männer, die ihnen gegenüberstehen, wie der Holzfäller in einem Walde die Bäume fällt. Sie gehen dauernd hin und her zwischen einem Zustande der Wildheit, der die Entfaltung aller physischen Kräfte fordert, und einem Zustand der Ruhe, in dem sie den Kraftverlust wieder einbringen. Sie kämpfen und trinken, sie kämpfen und essen, sie kämpfen und schlafen, um dann noch besser zu kämpfen. In diesem Wirbel nützen geistige Eigenschaften wenig. Der Geist bleibt in seiner natürlichen Einfachheit. Wenn diese Männer, die auf dem Schlachtfelde so energisch sind, in die Zivilisation zurückkehren, so sind die meisten ohne irgendwelche eigenen Gedanken, ohne Fähigkeiten, ohne Willenskraft. Daher kommt es, daß die junge Generation staunend diese Mitglieder unserer ruhmreichen und gefürchteten Armee ansieht, diese vollkommenen Nullen in bezug auf Intelligenz, wie nur ein Kommis sein kann, und einfältig wie Kinder. Ein Hauptmann der stolzesten kaiserlichen Garde ist kaum imstande, eine Quittung auszuschreiben. Wenn die alten Soldaten so sind, so gehorcht ihre Seele, die von Vernunftgründen nichts weiß, den großen Impulsen. Das Verbrechen, das Castanier begangen hatte, war von der Leidenschaft angeregt worden, durch eine jener grausam unwiderstehlichen Zauberinnen. Welcher Mensch kann sagen: Ich würde das nicht tun, sobald solch eine Sirene zum Kampf zugelassen wird und ihren Zauber ausüben darf? Das Wort des Lebens fiel also in ein Gewissen, das, noch unwissend, den religiösen Wahrheiten gegenüberstand, die über der französischen Revolution und dem militärischen Leben von Castanier vernachlässigt worden waren. Das furchtbare Wort: „Ihr werdet in Ewigkeit glücklich oder unglücklich sein!" packte ihn um so heftiger, da er der Erde überdrüssig war, die er geschüttelt hatte wie einen Baum ohne Früchte, und da es, in der Allgewalt seiner Wünsche, genügte, daß ein Punkt auf Erden oder im Himmel ihm untersagt wurde, um ihn zu veranlassen, sich gerade damit zu beschäftigen. Wenn man so große Dinge mit gesellschaftlichen Nichtigkeiten vergleichen darf, so ähnelte er den schwerreichen Bankiers, denen in der Gesellschaft nichts widersteht; da ihnen aber die Adelskreise verschlossen sind, so haben sie die fixe Idee, sich gerade dort einzunisten; alle gesellschaftlichen Vorrechte, die sie erlangt haben, sind ihnen nichts in dem Augenblick, da ihnen ein einziges verwehrt ist. Dieser Mann, der mächtiger war als alle Könige der Erde zusammengenommen, der wie Satan mit Gott selber kämpfen konnte, stand gegen einen Pfeiler der Kirche Saint-Sulpice gelehnt, niedergebeugt von der Last seines Gefühls, und vertiefte sich in den Gedanken an die Zukunft, wie auch Melmoth diesem Gedanken unterlegen war.

„Er ist glücklich!" rief Castanier, „er ist gestorben in der Gewißheit, in den Himmel zu kommen."

In einem Moment hatte sich in den Ideen des Kassierers die denkbar größte Veränderung vollzogen. Nachdem er einige Tage lang Dämon gewesen, war er jetzt nur noch ein Mensch, das Bild des primitiven Sündenfalles, der in allen Kosmogonien bestätigt wird. Aber indem er in der Form wieder klein wurde, hatte er eine gewisse Größe erlangt, er hatte sich mit dem Unendlichen getränkt. Die teuflische Macht hatte ihm die göttliche offenbart. Er hatte mehr Himmelsdurst als Hunger auf die so rasch erschöpfte irdische Wollust. Die Genüsse, die Satan verheißt, sind nur die Genüsse der größer gewordenen Erde, während die himmlische Wollust ohne Grenzen ist. Dieser Mann glaubte an Gott. Das Wort, das ihm die Schätze der Welt auslieferte, galt ihm nichts mehr, diese Schätze erschienen ihm so verächtlich wie ein Kieselstein demjenigen, der die Diamanten liebt; denn er sah sie als wertlosen Tand im Vergleich mit den ewigen Schönheiten des jenseitigen Lebens. Er war in einen Abgrund der Finsternis und unheimlicher Gedanken versunken, während er die Leichenfeier für Melmoth mit anhörte. Das Dies irae erschütterte ihn. Er erfaßte in seiner ganzen Größe diesen Schrei der reuigen Seele, die vor der göttlichen Majestät zittert. Er wurde plötzlich von dem Heiligen Geist verschlungen, wie Stroh von Feuer verzehrt wird. Tränen entströmten seinen Augen.

„Sie sind ein Verwandter des Toten?" fragte ihn der Küster.

„Sein Erbe", erwiderte Castanier.

„Für die Kosten der Leichenfeier", rief der Türhüter.

„Nein", sagte der Kassierer, der der Kirche nicht das Geld des Dämons geben wollte.

„Für die Armen!"

„Nein."

„Für die Ausbesserung der Kirche."

„Nein."

„Für die Kapelle der Heiligen Jungfrau."

„Nein."

„Für das Predigerseminar?"
„Nein."
Castanier entfernte sich, um nicht den gereizten Blicken der verschiedenen Kirchenbeamten ausgesetzt zu sein. Warum, fragte er sich, während er die Kirche betrachtete, haben die Menschen diese riesenhaften Kathedralen gebaut, die ich in allen Ländern gesehen habe? Dies Gefühl, das zu allen Zeiten von den Massen geteilt wurde, muß sich doch auf irgend etwas stützen.
Du nennst Gott irgend etwas? sagte sein Gewissen.
Gott! Gott! Gott!
Dies Wort, das eine innere Stimme wiederholte, zerschmetterte ihn, aber seine Angstgefühle wurden besänftigt durch die fernen Akkorde der köstlichen Musik, die er schon einmal undeutlich gehört hatte. Er schrieb diese Harmonien dem Kirchengesang zu und betrachtete das Portal. Aber er bemerkte, wenn er aufmerksam zuhörte, daß die Töne von allen Seiten kamen; er blickte auf dem Platz umher, sah aber keine Musiker. Wenn diese Melodie in poetischem Dunst das ferne Leuchten der Hoffnung ihm vorgaukelte, gab sie anderseits den Gewissensbissen mehr Kraft, von denen der Verdammte zerfleischt wurde, der nun wie ein kummergebeugter Mann durch Paris ging. Er betrachtete alles, ohne irgend etwas zu sehen, er ging auf gut Glück seines Weges, wie die müßigen Spaziergänger; er blieb ohne jeden Grund stehen, sprach mit sich selber und hätte sich nicht stören lassen, um einer herabstürzenden Planke oder einem Wagen auszuweichen. Die Reue lieferte ihn gefühllos der Gnade aus, die sanft und doch furchtbar das Herz zermalmt. Bald malten

sich in seinem Gesicht wie in dem Melmoths, eine
gewisse Größe, aber auch Zerstreutheit, ein kalter
Zug von Traurigkeit, wie ein Verzweifelter ihn
hat, und die keuchende Gier der Hoffnung. Daneben packte ihn Widerwille vor allen Gütern
dieser gemeinen Welt. Sein in seiner Klarheit erschreckender Blick barg die demütigsten Gebete.
Er litt um seiner Macht willen. Seine heftig bewegte Seele knickte seinen Körper, wie ein Sturm-
wind hohe Tannen umbricht. Wie sein Vorgänger
konnte er sich dem Leben nicht entziehen, denn
er wollte nicht unter dem Joch der Hölle sterben.
Seine Qual wurde ihm unerträglich. Endlich eines
Morgens fiel ihm ein, daß der glückliche Melmoth ihm vorgeschlagen hatte, mit ihm zu tau-
schen, und daß er auf diesen Vorschlag eingegangen war, daß zweifellos andere Menschen ebenso
handeln würden, und daß man in einer Zeit, deren
verhängnisvolle Gleichgültigkeit in Religionsdin-
gen von den Erben der Beredsamkeit der Kirchen-
väter festgestellt ist, leicht einen Menschen finden
mußte, der sich den Bedingungen dieses Paktes
unterwarf, um die Vorteile zu genießen.

Es gibt einen Ort, wo man notiert, was die Könige
wert sind, wo man die Völker abwägt, die Systeme
prüft, wo die Regierungen nach dem Talerwert
abgeschätzt, wo Ideen und Glaube in Zahlen ausgedrückt werden, wo alles berechnet wird, wo Gott
selber seine Seelengewinne als Garantie hergibt
und beleiht, denn der Papst hat dort sein Konto.
Wenn eine Seele zu kaufen ist, so muß es dort
sein. Castanier begab sich fröhlich auf die Börse in
der Hoffnung, dort eine Seele erhandeln zu können, wie man ein Papier kauft. Ein gewöhnlicher

Mensch hätte Angst gehabt, man werde sich über ihn lustig machen; aber Castanier wußte aus Erfahrung, daß für einen Verzweifelten alles ernst ist. Wie ein zum Tode Verurteilter einen Narren anhört, wenn er ihm mit absurden Worten sagt, daß er durch das Schlüsselloch entfliehen kann, so ist jeder, der leidet, leichtgläubig und gibt eine Idee erst auf, wenn sie fehlgeschlagen ist, wie der Ertrinkende den Ast erst losläßt, wenn er zerbricht. Gegen vier Uhr tauchte Castanier in den Gruppen auf, die sich nach Schluß der Kursnotierungen für die Staatspapiere bildeten, um dann die Privatpapiere umzusetzen. Er war mit einigen Börsenleuten bekannt und konnte, während er jemanden zu suchen schien, die Gerüchte hören, die über die in Zahlungsschwierigkeiten befindlichen Persönlichkeiten umliefen.

„Wie oft soll ich dich noch vor Claparon & Co. warnen, mein Junge!" sagte ein dicker Bankier in seiner nachlässigen Art. „Er hat heute eine große Zahlung zu leisten."

Dieser Claparon stand im Hof in lebhafter Unterhaltung mit einem Manne, der als Wucherer bekannt war. Sofort ging Castanier nach der Ecke hinüber, wo Claparon sich aufhielt, ein Mann, der dafür bekannt war, große Coups zu riskieren, die ihn ebensogut ruinieren wie noch reicher machen konnten.

Als Claparon von Castanier angesprochen wurde, entfernte sich der Wucherer und der Spekulant machte eine Gebärde der Verzweiflung.

„Nun, Claparon, wir haben hunderttausend Franken an die Bank zu zahlen, und es ist vier Uhr. Das ist bekannt, und wir haben nicht mehr Zeit, den kleinen Bankrott zu verhindern", sagte Castanier.

„Aber mein Herr!"

„Sprechen Sie leiser", sagte der Kassierer. „Wenn ich Ihnen nun ein Geschäft vorschlüge, wobei Sie soviel Gold zusammenraffen könnten wie Sie wollen..."

„Damit könnte ich meine Schulden nicht bezahlen, denn ich kenne kein Geschäft, das nicht einer Wartezeit bedarf."

„Ich weiß ein Geschäft, das Sie instand setzt, alles auf der Stelle zu bezahlen," erwiderte Castanier, „das Sie aber verpflichtet..."

„Wozu?"

„Ihren Anteil am Paradiese zu verkaufen. Ist das nicht ein Geschäft wie jedes andere? Wir sind alle Aktionäre in dem großen Unternehmen der Ewigkeit."

„Wissen Sie, daß ich Sie ohrfeigen möchte?" sagte Claparon gereizt. „Man darf einem Mann gegenüber, der im Unglück ist, keine dummen Witze machen."

„Ich spreche im Ernst", sagte Castanier und holte ein Banknotenpäckchen aus seiner Tasche.

„Zunächst," sagte Claparon, „würde ich um eines Mißgeschicks willen meine Seele nicht dem Teufel verkaufen. Ich brauche fünfhunderttausend Franken, um..."

„Wer spricht von solchen Bagatellen", erwiderte Castanier rasch. „Sie würden mehr Gold haben, als die Keller der Banken enthalten."

Er hielt ihm einen Haufen Banknoten hin, was den Spekulanten umstimmte.

„Abgemacht," sagte Claparon, „aber was habe ich zu tun?"

„Kommen Sie dorthin, dort ist niemand", sagte Castanier und deutete auf eine Ecke des Hofes. Claparon und sein Versucher tauschten einige Worte, beide mit dem Gesicht der Mauer zugewandt. Keiner von denen, die sie sahen, hätte die Ursache dieser Absonderung erraten, obwohl ihnen die sonderbaren Gesten der beiden auffielen. Als Castanier in den Saal zurückkehrte, entfuhr den Börsenleuten ein Ausruf des Erstaunens. Wie in den französischen Versammlungen, wo das kleinste Ereignis sofort ablenkt, wendeten sich alle Gesichter den beiden Männern zu, die diese Aufregung verursachten, und man sah nicht ohne Schrecken die mit ihnen vorgegangene Veränderung. Auf der Börse gehen alle plaudernd umher, einer kennt bald den andern und beachtet ihn, denn die Börse ist wie ein großer Spieltisch, an dem die geschickten Spieler das Spiel eines Mannes und den Bestand seines Vermögens an seinem Gesichtsausdruck zu erraten wissen. Jeder hatte also das Gesicht Claparons und das Castaniers betrachtet. Castanier war, gleich dem Irländer, stark und mächtig, seine Augen blitzten, seine Hautfarbe war kraftstrotzend. Jeder hatte sich über dies majestätisch schreckliche Gesicht gewundert und sich gefragt, wie der gute Castanier dazu gekommen sein mochte. Jetzt aber wirkte dieser, der seiner Macht beraubt war, welk, verrunzelt, alt, kraftlos; als er Claparon mit sich gezogen hatte, war er wie ein Fieberkranker oder wie ein Opiumsüchtiger in dem Augenblick des höchsten Rausches; als er jedoch zurückkam, befand er sich in dem Zustand der Niedergeschlagenheit, die dem Fieber folgt und in dem die Kranken ihren Geist

aushauchen, von einer Entkräftung befallen, wie
sie der übermäßige Genuß der Narkotika mit sich
bringt. Der teuflische Geist, der ihn befähigt hatte,
seine ungeheuren Ausschweifungen zu ertragen,
war verschwunden; der Körper war allein, erschöpft, ohne Hilfe, ohne Stütze gegen den An-
prall der Gewissensbisse und die Last einer wahren
Reue. Claparon dagegen, dessen Nöte alle erraten
hatten, erschien mit blitzenden Augen, Luzifers
Stolz auf dem Gesicht. Der Bankrott war von
einem Gesicht auf das andere übergegangen.

„Sterben Sie in Frieden, alter Freund", sagte Claparon zu Castanier.

„Haben Sie die Güte, mir einen Wagen und einen
Priester holen zu lassen, den Vikar von Saint-Sulpice", erwiderte ihm der ehemalige Dragoner und
setzte sich auf einen Eckstein.

Das Wort „Priester" wurde von mehreren Leuten
vernommen und rief ein wirres Gemurmel bei
den Börsenmännern hervor, die dem Glauben
leben, daß ein Fetzen Papier, Aktie genannt, ein
Königreich wert ist. Der Kurszettel ist ihre Bibel.

„Werde ich noch Zeit genug haben?" fragte Castanier mit kläglicher Stimme, die Claparon in Erstaunen setzte.

Ein Wagen führte den Sterbenden davon. Der
Spekulant bezahlte sofort seine Effekten bei der
Bank. Der Eindruck, den die plötzliche Veränderung der Gesichter dieser beiden Männer machte,
wirkte in der Menschenmenge wie ein Dampfer-
signal auf hohem Meer. Eine Nachricht von höchster Wichtigkeit erregte die Aufmerksamkeit der
Handelswelt. Zu dieser Zeit, da alle Interessen
auf dem Spiel stehen, würde Moses, wenn er mit

seinen beiden leuchtenden Hörnern erschiene, kaum die Ehren eines Spaßmachers einheimsen und von den Leuten, die gerade ihre Kurse festsetzen, geleugnet werden. Als Claporon seine Effekten bezahlt hatte, packte ihn die Angst. Er hatte sich von seiner Macht überzeugt, kehrte in die Börse zurück und bot seinen Pakt den verblüfften Leuten zum Kauf an. Die Eintragung in das große Buch der Hölle und die damit verknüpften Rechte wurde für siebenhunderttausend Franken gekauft. Der Makler verkaufte den Teufelsvertrag für fünfhunderttausend Franken an einen Bauunternehmer weiter, der sich seiner entledigte, indem er ihn für hunderttausend Taler einem Eisenhändler überließ; dieser aber trat ihn für zweihunderttausend Franken einem Zimmermeister ab. Um fünf Uhr endlich glaubte niemand mehr an diesen seltsamen Vertrag und die Käufer fehlten, weil der Glaube versagte.

Um halb sechs Uhr war Inhaber des Vertrages ein Stubenmaler, ein einfältiger Mann, der nicht wußte, was er in sich hatte. „Ich war heute alles", sagte er zu seiner Frau, als er nach Hause kam.

Die Rue Feydeau ist, wie die Bummler wissen, eine der von den jungen Leuten geschätzten Straßen, die mangels einer Geliebten sich mit dem ganzen Geschlecht vermählen. Im ersten Stock des bürgerlich anständigsten Hauses wohnte eins von diesen entzückenden Geschöpfen, die der Himmel mit den erlesensten Schönheiten überhäuft und die, da sie weder Herzoginnen noch Königinnen sein können, weil es mehr schöne Frauen gibt als Titel oder Throne, sich mit einem Makler oder Bankier begnügen, dem sie zu festen Preisen das Glück schenken. Dieses schöne, brave Mädchen, namens Euphrasie, war Gegenstand der heißen Wünsche eines Notariatsschreibers. Er war in diese Frau verliebt, wie ein junger Mann mit zweiundzwanzig Jahren verliebt ist. Er hätte den Papst und alle Kardinäle ermordet, um sich den elenden Betrag von hundert Louis zu verschaffen, den Euphrasie für einen Kopfschal brauchte, und für den ihre Zofe sie dem Schreiber versprochen hatte. Der Verliebte ging vor den Fenstern Euphrasiens auf und ab wie ein Eisbär in seinem Käfig. Die rechte Hand hatte er in die Weste gesteckt und wollte sich das Herz zerreißen, aber er zerriß vorläufig erst den Gummi seiner Hosenträger.

‚Was tut man, um zehntausend Franken zu bekommen?' fragte er sich. ‚Soll ich die Summe nehmen, die ich für den Verkaufsakt auf das Gericht tragen soll? Mein Gott! würde meine Unterschlagung den Käufer, einen siebenfachen Millionär, ruinieren? Morgen werfe ich mich ihm zu Füßen und sage: ‚Ich habe Ihnen zehntausend Franken genommen, ich bin zweiundzwanzig Jahre alt und ich liebe Euphrasie, das ist meine Geschichte. Mein Vater ist reich, er wird Ihnen das Geld zurückgeben, ruinieren Sie mich nicht. Sind Sie niemals zweiundzwanzig Jahre alt und wahnsinnig verliebt gewesen?' Aber diese erbärmlichen Hausbesitzer haben keine Seele. Der Mann ist imstande, mich erbarmungslos dem Staatsanwalt anzuzeigen. Donnerwetter, wenn man doch seine Seele dem Teufel verkaufen könnte! Aber es gibt weder Gott noch Teufel, das sind Dummheiten, das steht nur in den frommen Schriften oder bei alten Weibern. Was soll man tun?'

„Wenn Sie Ihre Seele dem Teufel verkaufen wollen," sagte der Stubenmaler, in dessen Nähe der Schreiber einige Worte hatte fallen lassen, „so besitzen Sie auf der Stelle zehntausend Franken."
„Dann besitze ich also Euphrasie", sagte der Schreiber und ging auf den Pakt ein, den der Teufel ihm in Gestalt eines Stubenmalers vorschlug.
Als der Vertrag unterzeichnet war, kaufte der verliebte Schreiber den Schal und ging zu Euphrasie. Und da er den Teufel im Leibe hatte, blieb er zwölf Tage bei ihr, ohne sie einen Augenblick zu verlassen, und verausgabte hier sein ganzes Paradies, weil er nur an die Liebe und ihre Orgien dachte, in denen jeder Gedanke an die Hölle und ihre Vorrechte ertrank.
So ging die ungeheure Macht, die durch die Entdeckung des Irländers, des Sohnes des Pfarrers Mathurin, gewonnen wurde, verloren.
Es war den Orientalisten, den Mystikern, den Archäologen, die sich mit diesen Dingen beschäftigen, unmöglich, historisch festzustellen, auf welche Weise der Teufel zu beschwören war. Die Ursache ist die folgende:
Am dreizehnten Tage lag der arme Schreiber auf seinem schlechten Bett bei seinem Chef in einer Dachkammer der Rue Saint-Honoré. Die Scham, diese dumme Göttin, die sich nicht zu betrachten wagt, bemächtigte sich des jungen Mannes, der krank wurde, sich selber behandeln wollte und sich in der Dosis vergriff, als er eine Arznei nahm, die dem Genie eines in Paris sehr bekannten Mannes zu verdanken war. Der Schreiber starb an einer Quecksilbervergiftung, und seine Leiche wurde schwarz wie ein Maulwurf. Ein Teufel

hatte sicherlich seine Hand im Spiel, aber welcher? War es Astaroth?

„Dieser achtbare junge Mann ist auf den Planeten Merkur entführt worden", sagte der erste Schreiber zu einem deutschen Dämonologen, der Auskunft über diese Sache einholte.

„Das glaube ich gern", erwiderte der Deutsche.

„So?"

„Jawohl," sagte der Deutsche, „diese Ansicht deckt sich mit den Worten Jacob Boehmes in seiner achtundvierzigsten Vorrede zu dem ‚Dreifachen Leben des Menschen', wo gesagt wird, daß, wenn Gott alle Dinge durch das ‚Werde' gemacht hat, dieses ‚Werde' die geheime Mutter ist, die die Natur, von dem aus Merkur und Gott geborenen Geist geschaffen, erfaßt und begreift."

„Wie meinen Sie das, mein Herr?"

Der Deutsche wiederholte seine Worte.

„Wir verstehen das nicht", sagten die Schreiber.

„Es werde!" sagte ein Schreiber, „es werde Licht!"

„Sie können sich von der Wahrheit dieses Zitats überzeugen", sagte der Deutsche, indem er den Satz aufschlug in der Abhandlung über das „Dreifache Leben des Menschen", S. 75, 1809 gedruckt, verlegt bei Migneret und übersetzt von einem Philosophen, einem großen Bewunderer des berühmten Schuhmachers.

„Ach, er war Schuhmacher", sagte der erste Schreiber. „Wie ist das möglich!"

„Preuße", sagte der Deutsche.

„War er Hoflieferant?" fragte ein Dummkopf von einem zweiten Schreiber.

„Er hätte zu seinen Worten Erklärungen geben müssen", sagte der dritte.

„Dieser Mann ist fabelhaft", rief der vierte und deutete auf den Deutschen.

Obwohl der Fremde ein Dämonologe ersten Ranges war, wußte er nicht, was für böse Teufel die Schreiber sind. Er entfernte sich und verstand ihre Späße nicht, überzeugt, daß die jungen Leute in Boehme ein fabelhaftes Genie sahen.

„In Frankreich findet man Bildung", dachte er bei sich.

☆

DER BERÜHMTE GAUDISSART

☆

IST NICHT DER GESCHÄFTSREISENDE, EINE unbekannte Persönlichkeit im Altertum, eine der seltsamsten Gestalten, die von den Sitten der gegenwärtigen Epoche geschaffen wurde? Ist er nicht in einer bestimmten Ordnung der Dinge ausersehen, den großen Übergang zu bezeichnen, der für den Beobachter die Zeit der materiellen Ausbeutung mit der Zeit der intellektuellen Ausbeutungen verbindet? Unser Jahrhundert wird die Herrschaft der vereinzelten Kraft, die so reich an originalen Schöpfungen war, mit der Herrschaft der gleichförmigen, aber nivellierenden Kraft verbinden, die alle Erzeugnisse gleichmacht, sie in Massen herstellt und einem einheitlichen Gedanken gehorcht, dem letzten Ausdruck der Gemeinschaft. Kommen nicht immer nach den Ausschweifungen des verallgemeinerten Geistes, nach den letzten Anstrengungen der Zivilisationen, die die Schätze der Erde auf einem Punkt aufhäufen, die Finsternisse der Barbarei? Ist der Geschäftsreisende nicht für die Ideen, was unsere Schnellposten für Dinge und Menschen sind? Er nimmt sie mit, setzt sie in Bewegung, läßt die einen sich an den andern reiben, nimmt aus dem leuchtenden Mittelpunkt seine Last von Strahlen und trägt sie durch die verschlafene Bevölkerung. Dieser menschliche Pyrophor ist ein gelehrter Nichtswisser, ein mystifizierter Mystifikateur, ein ungläubiger Priester, der am liebsten von seinen Mysterien und Dogmen spricht. Seltsame Gestalt! Dieser Mann hat alles gesehen, er weiß alles, er kennt die ganze Welt. Gesättigt mit den Lastern von Paris, kann er die Biederkeit der Provinz heucheln. Ist er nicht der Ring, der das Dorf mit der Hauptstadt verbindet, obwohl er im wesentlichen weder Pariser noch Provinzler ist? denn er ist Reisender. Er sieht nichts gründlich; Menschen und Orte kennt er dem Namen nach; die Dinge wertet er nach der Oberfläche; er hat seinen besondern Maßstab, um alles nach seiner Elle zu messen; sein Blick gleitet über die Dinge hin und durchdringt sie nicht. Er interessiert sich für alles, und nichts interessiert ihn. Spötter und Versemacher ist er, liebt anscheinend alle Parteien und ist gewöhnlich im Grunde der Seele Patriot. Er ist ein ausgezeichneter Schauspieler und kann abwechselnd das Lächeln der Zuneigung, der Zufriedenheit, der Dankbarkeit aufsetzen und es fallen lassen, um wieder zu seinem wahren Charakter, zu einem Normalzustand zurückzukehren, in dem er sich ausruht. Ist er nicht unaufhörlich gezwungen, die Menschen mit einem einzigen Blick zu durchdringen, ihre Handlungen, ihre Sitten, vor allem ihre Zahlungsfähigkeit abzuschätzen und, um seine Zeit nicht zu verlieren, auch mit einem Schlage die Erfolgsaussichten zu berechnen? Die Gewohnheit, sich in jeder Angelegenheit rasch zu entscheiden, macht ihn zum Richter: er fällt Urteile, er spricht als

Sachverständiger von den Pariser Theatern, von ihren Schauspielern und von denen der Provinz. Außerdem kennt er die guten und die schlechten Plätze Frankreichs, de actu et visu. Er würde Sie nötigenfalls mit der gleichen Sicherheit dem Laster oder der Tugend zuführen. Mit der Beredsamkeit eines Warmwasserhahns, den man nach Belieben öffnet, begabt, kann er, ohne jemals fehlzugreifen, seine Kollektion vorbereiteter Phrasen schließen und wieder zur Hand nehmen, die ununterbrochen strömen und auf sein Opfer wie eine seelische Dusche wirken. Ein ausgelassener Erzähler ist er, raucht und trinkt. Er trägt Anhänger an der Uhrkette, imponiert den kleinen Leuten, gilt in den Dörfern für einen Mylord, läßt sich niemals dumm machen und versteht zu rechter Zeit auf seine Tasche zu schlagen und sein Geld klimpern zu lassen, um von den ungeheuer mißtrauischen Dienstmädchen der Bürgerhäuser, in die er eindringt, nicht für einen Dieb gehalten zu werden. Und ist sein Tätigkeitstrieb nicht die geringste Eigenschaft dieser menschlichen Maschine? Weder der Habicht, der sich auf seine Beute stürzt, noch der Hirsch, der neue Abwege findet, um den Hunden zu entgehen und die Jäger irrezuführen, noch die Hunde, die dem Wild nachspüren, sind der Schnelligkeit seines Flugs zu vergleichen, wenn er eine Bestellung wittert, der Geschicklichkeit, wenn er seinem Rivalen ein Bein stellt, um ihn zu überholen, und der Kunst, mit der er eine Möglichkeit des Warenabsatzes fühlt, wittert und aufspürt. Was für überlegene Eigenschaften muß nicht ein solcher Mensch besitzen? Ob man in einem Lande viele von diesen Diplomaten findet, von diesen tiefsinnigen Unterhändlern, die oft geschickter als die Gesandten, die meistens nur Formen haben, für ihre Stoffe, ihre Schmucksachen, ihre Weine sprechen? Kein Mensch in Frankreich ahnt diese unglaubliche Macht, die unausgesetzt von den Reisenden entfaltet wird, diesen unerschrockenen Angreifern, die in dem kleinsten Nest den Geist der Zivilisation und die Pariser Erfindungen im Kampf mit dem gesunden Menschenverstand, der Unwissenheit oder der Routine der Provinz verkörpern. Wie kann man je die bewundernswerten Manöver vergessen, die die Intelligenz der Bevölkerung in Fesseln schlagen, indem sie durch das Wort die widerspenstigsten Massen zügeln, den unermüdlichen Polierern gleich, deren Feile auch den härtesten Porphyr bezwingt. Wollen Sie die Macht der Sprache und die Anziehungskraft kennenlernen, den das Wort auf die rebellischsten Taler ausübt, auf die Taler des Besitzers, der in seinem ländlichen Nest vergraben ist? ... dann hören Sie die Rede eines der großen Würdenträger der Pariser Industrie, zu dessen Vorteil diese intelligenten Kolben der Dampfmaschine Spekulation arbeiten und stampfen.

„Mein Herr," sagte zu einem gelehrten Nationalökonomen der Direktor—Kassierer—Generalsekretär und Leiter einer der berühmten Feuerversicherungsgesellschaften; „mein Herr, in der Provinz werden von fünfhunderttausend Franken Prämie nicht mehr als fünfzigtausend Franken freiwillig gezahlt; die verbleibenden vierhundertfünfzigtausend werden uns durch den Eifer unserer Agenten zugeführt, die zu den säumigen

Versicherten gehen, um sie dumm zu machen, bis sie ihre Versicherungsverträge von neuem unterzeichnen, weil die Agenten sie mit furchtbaren Berichten über Feuersbrünste und dergleichen eingeschüchtert und erregt haben. So bildet die Beredsamkeit, der Redefluß neun Zehntel unserer Geschäftspraxis."

Sprechen! Sich Gehör verschaffen ... heißt das nicht verführen? Eine Nation, die ihre zwei Kammern hat, eine Frau, die ihre beiden Ohren leiht, sind gleichermaßen verloren. Eva und ihre Schlange bilden die ewige Mythe einer täglich wiederkehrenden Wirklichkeit, die mit der Welt begann und vielleicht mit der Welt enden wird.

„Nach einer zweistündigen Unterhaltung muß ein Mensch Ihnen gehören", sagte ein Advokat, der sich von seinen Geschäften zurückgezogen hatte.

Kehren wir zu dem Geschäftsreisenden zurück! Man sehe sich diese Erscheinung einmal an! Man darf den olivengrünen Gehrock, den Mantel, den Saffiankragen, die Pfeife, das Schirtinghemd mit den blauen Streifen nicht übersehen. Wie viele verschiedene Naturen kann man nicht in dieser Gestalt, die so originell ist, daß sie jeder Reibung standhält, entdecken? Man sehe diesen Athleten an: die Welt ist seine Arena, die Sprache seine Waffe. Ein unerschrockener Seemann ist er, er schifft sich, mit etlichen Phrasen ausgerüstet, ein, um fünf- bis sechshunderttausend Franken im Eismeer, im Lande der Irokesen, in Frankreich zu fischen! Handelt es sich nicht darum, durch rein intellektuelle Operationen das in den Verstecken der Provinz vergrabene Gold herauszuziehen, schmerzlos herauszuholen? Der Provinzfisch duldet weder Harpune noch Fackel und geht nur in die feinsten Netze und Fallen. Können Sie jetzt ohne zu beben an die Flut von Phrasen denken, die in Frankreich bei Tagesanbruch stets von neuem entfesselt wird? Sie kennen das Genre, jetzt sollen Sie das Individuum sehen.

Es gibt in Paris einen unvergleichlichen Reisenden, ein Muster seiner Art, einen Mann, der im höchsten Grade alle Anlagen besitzt, die für die Natur seiner Erfolge nötig sind. In seinen Worten findet sich Gift und Vogelleim zugleich: Vogelleim, um das Opfer einzufangen, zu umstricken und festzuhalten, Gift, um damit die schwierigsten Rechnungen zu lösen. Er reiste in Hüten, aber sein Talent und die Geschicklichkeit, mit der er die Leute auf den Leim lockte, hatten ihm eine so große kommerzielle Berühmtheit verschafft, daß die Fabrikanten der „Artikel Paris" ihm alle den Hof machten, um ihn zu bestimmen, sich ihrer Waren anzunehmen. Wenn er daher bei der Rückkehr von seinen Triumphzügen sich in Paris aufhielt, war er ständig der Mittelpunkt von Feiern und Festen; in der Provinz verhätschelten ihn die Geschäftsfreunde, in Paris umwarben ihn die großen Handelsfirmen. Er war überall willkommen, gefeiert und bewirtet. Für ihn war ein Frühstück oder ein Mittagessen, das er allein einnahm, eine Ausschweifung, ein Vergnügen. Er führte das Leben eines Herrschers, oder besser eines Journalisten. Aber war er nicht auch das wandelnde Feuilleton des Pariser Handels? Er hieß Gaudissart, und sein Renommee, sein Ansehen, die Schmeicheleien, mit denen man ihn überhäufte, hatten ihm den Beinamen „der berühmte" verschafft. Wo dieser Mann auch hinkam, in ein Bureau, oder in ein Wirtshaus, in einen Salon oder in eine Postkutsche, in eine Dachkammer oder zu einem Bankier, jeder sagte, wenn er ihn sah: „Ah, da ist der berühmte Gaudissart!" Niemals hat ein Name mehr mit der Haltung, den Manieren, der Physiognomie, der Stimme, der Sprache eines Menschen in Einklang gestanden. Jeder lächelte dem Reisenden zu, und der Reisende lächelte allem zu. Similia similibus, er war für die Homöopathie. Er war ein Witzbold mit schallendem Lachen, sah aus wie ein Mönch, die äußere Form im Stil Rabelais'; Kleidung, Körper, Geist, Gesicht taten sich zu einem spaßhaften Eindruck zusammen, seine ganze Person wirkte wie ein Witz. Geschäftstüchtig, ein gutmütiger Mensch, ein Spaßvogel war er, der liebenswürdige Freund der kleinen Putzmacherin, der mit Eleganz auf das Trittbrett eines Wagens klettert, der verlegenen Dame beim Absteigen hilft, einen Witz macht, wenn er das Halstuch des Postillons sieht und ihm einen Hut verkauft, dem Dienstmädchen zulächelt, sie entweder um die Taille oder beim Gefühl packt, bei Tisch das Glucksen einer Flasche imitiert, indem er mit dem Finger auf die aufgeblasene Wange trommelt, heftig mit dem Messer gegen Sektgläser schlägt, ohne sie zu zerbrechen, und zu den andern sagt: „Macht es mir nach!", der die schüchternen Reisenden verspottet, die gebildeten Leute widerlegt, bei Tische das große Wort führt und die besten Bissen schluckt. Bisweilen ließ er alle Späße und wirkte sehr tiefsinnig, wenn er, seinen Zigarrenstummel wegwerfend, auf eine Stadt hinblickte und sagte: Jetzt will ich sehen, was mit diesen Leuten los ist! Dann wurde Gaudissart der klügste, der geschickteste der Gesandten. Er konnte als Administrator bei dem Unterpräfekten, als Kapitalist bei dem Bankier, als frommer, monarchistischer Mann bei dem Royalisten, als Bürger bei dem Bürger auftreten, kurz, er war überall das, was er sein mußte, ließ Gaudissart vor der Tür stehen und nahm ihn beim Weggehen wieder mit. Bis zum Jahre 1830 blieb der berühmte Gaudissart dem „Artikel Paris" treu. Da die verschiedenen Zweige dieses Handelsgebietes sich an den größeren Teil der menschlichen Wünsche wendeten, war ihm die Möglichkeit gegeben, alle Falten des Herzens zu studieren, er hatte die Geheimnisse seiner anziehenden Beredsamkeit kennengelernt, wußte, wie man die verschlossensten Taschen öffnen, wie man die Einfälle der Frauen, der Männer, der Kinder, der Dienstboten anregen und sie veranlassen konnte, ihre Wünsche zu befriedigen. Niemand kannte besser als er die Kunst, die Interessenten durch die Vorteile eines Geschäfts zu ködern und in dem Augenblick wegzugehen, wo der Wunsch seine höchste Steigerung erfuhr. Voll Dankbarkeit gegen das Hutmachergewerbe sagte er, daß er, indem er sich mit dem Äußern des Kopfes beschäftigte, das Innere begriffen habe, er hätte die Gewohnheit, viele Leute unter einen Hut zu bringen, sie gut zu behüten und so weiter. Seine Witze über die Hüte waren unerschöpflich. Dennoch wurde er nach August und Oktober des Jahres 1830 dem Hutmacher-

gewerbe und dem „Artikel Paris" untreu und
gab die Vertretung des Handels mit mechanischen und sichtbaren Dingen auf, um sich in die
höchsten Sphären der Pariser Spekulation zu stürzen. Er vertauschte, wie er sagte, die Materie mit
dem Gedanken, die künstlich hergestellten Erzeugnisse mit den unendlich viel reineren Gebilden der Intelligenz. Das erfordert eine Erklärung.
Die Umwälzung von 1830 förderte, wie jedermann weiß, viele alte Ideen zutage, die geschickte
Spekulanten zu verjüngen versuchten. Mit 1830
wurden die Ideen zu Werten, und wie ein Schriftsteller sagte, der geistreich genug war, um nichts
zu veröffentlichen: Man stiehlt heute mehr Ideen
als Taschentücher. Vielleicht werden wir eines
Tages eine Börse für die Ideen haben, aber schon
heute haben die Ideen, gleichviel ob sie gut oder
schlecht sind, ihren Kurs, ihre Bedeutung, finden
Abnehmer, verwirklichen sich und tragen Frucht.
Wenn es keine Ideen zu verkaufen gibt, versucht
die Spekulation Worte zu Ansehen zu bringen,
gibt ihnen die Dauerhaftigkeit einer Idee, und
lebt von ihren Worten wie der Vogel von seinen
Hirsekörnern. Lachen Sie nicht! Ein Wort wiegt
eine Idee auf in einem Lande, wo man sich durch
die Etikette eines Gefäßes mehr verlocken läßt als
durch den Inhalt. Haben wir nicht erlebt, wie der
Buchhandel das Wort „pittoresk" ausbeutete, als
die Literatur das Wort „phantastisch" getötet
hatte? Als die Intelligenz und ihre Produkte ein
Gewerbe wurden, mußten sie natürlich den Sitten
der industriellen Erwerbszweige gehorchen. Folglich wurden die Ideen, die nach einem guten Glase

in dem Gehirn eines dieser anscheinend müßigen
Pariser, die aber geistige Schlachten liefern, während sie eine Flasche leeren oder ein Fasanenbeinchen abnagen, auftauchten, am Tage nach ihrer
Gehirngeburt Geschäftsreisenden übergeben, die
beauftragt waren, mit Geschicklichkeit, urbi et
orbi, in Paris und in der Provinz den gebratenen
Speck der Annoncen und Prospekte anzubieten,
mit dessen Hilfe man in der Mausefalle des Unternehmens die Provinzmaus fängt, die man bald
Abonnent, bald Aktionär, bald korrespondierendes Mitglied, Subskribent oder Mäzen nennt, die
aber immer ein Dummkopf ist.
„Ich bin ein Dummkopf," hat mehr als ein armer
Grundbesitzer gesagt, der sich durch die Aussicht,
der Gründer von irgend etwas zu sein, anlocken läßt und schließlich bemerkt, daß er tausend oder zwölfhundert Franken verpulvert hat.
„Die Abonnenten sind Dummköpfe, die nicht begreifen wollen, daß man, um im Reich des Geistes voranzuschreiten, mehr Geld haben muß als
um in Europa zu reisen", sagt der Spekulant.
Es besteht also ein dauernder Kampf zwischen
dem zurückhaltenden Publikum, das sich weigert,
die Pariser Beiträge zu zahlen, und den Erhebern
der Abgaben, die, da sie von ihren Einnahmen leben, das Publikum mit neuen Ideen spicken, es in
Unternehmungen einwickeln, es mit Prospekten
braten, es mit Schmeicheleien aufspießen und es
schließlich in irgendeiner neuen Soße verspeisen,
in der es herumschwimmt und sich berauscht wie
die Fliege im Spiritus. Was hat man nicht seit
1830 alles getan, um in Frankreich den Eifer
und die Eigenliebe der intelligenten und fort-

schrittlichen Massen anzuregen? Titel, Orden, Diplome, eine Art Ehrenlegion, die für die Gemeinde der Märtyrer erfunden wurde, folgten rasch aufeinander. Endlich haben alle Fabriken intellektueller Erzeugnisse ein Piment, ein besonderes Gewürz entdeckt. Daher kommen die Prämien, daher die vorausgenommenen Gewinnanteile, daher diese Ausnutzung berühmter Namen, die ohne Wissen der unglücklichen Künstler, die sie tragen, vor sich geht — die auf diese Weise tätig an mehr Unternehmungen beteiligt sind, als das Jahr Tage hat, denn das Gesetz hat den Diebstahl von Namen nicht in Betracht gezogen. Daher auch rührt dieser Raub der Ideen, die die Unternehmer, ähnlich den Sklavenhändlern in Asien, kaum entsprossen dem väterlichen Hirn entreißen, entkleiden und den Augen ihres stumpfsinnigen Sultans, ihres Sahabaham, preisgeben, dieses furchtbaren Publikums, das, wenn es sich nicht amüsiert, ihnen den goldenen Hafer entzieht und den Kopf abhackt.

Diese Narrheit unserer Zeit gewann also Einfluß auf den berühmten Gaudissart und zwar auf folgende Weise. Eine Lebens- und Kapitalversicherung hörte von seiner unwiderstehlichen Beredsamkeit und bot ihm unerhörte Vorteile, auf die er einging. Als der Vertrag geschlossen und unterzeichnet war, wurde der Reisende bei dem Generalsekretär in Pflege gegeben, der Gaudissarts Geist von seinen Windeln befreite, ihn in die Geheimnisse des Geschäfts einweihte, ihn die Schlagworte lehrte, ihm Stück für Stück den Mechanismus zeigte, ihm das besondere Publikum erklärte, das er zu bearbeiten habe, ihn mit Phrasen vollstopfte, ihm Stegreifantworten beibrachte, ihn mit entscheidenden Argumenten versah, und, um alles zu sagen, das Messer der Sprache wetzte, das das Leben in Frankreich behandeln sollte. Das Pflegekind machte der Sorgfalt des Generalsekretärs alle Ehre. Die Direktoren der Lebens- und Kapitalversicherung lobten den berühmten Gaudissart so herzlich, hatten für ihn so viel Aufmerksamkeit, stellten in den Kreisen der Hochfinanz und der intellektuellen Diplomatie die Talente dieser lebenden Reklame in ein so helles Licht, daß die Direktoren von zwei damals berühmten Zeitungen, die später eingingen, den Gedanken faßten, ihn als Abonnentensammler zu verwenden. Der „Globus", das Organ der Saint-Simonisten, und der „Marsch", eine republikanische Zeitung, bestellten den berühmten Gaudissart in ihr Bureau und boten ihm zehn Franken für jeden Abonnenten, wenn er tausend anwerben könnte, aber nur fünf Franken, wenn er nur fünfhundert heranzöge. Da der Artikel „politische Zeitung" dem Artikel „Kapitalversicherung" nicht schadete, wurde der Vertrag geschlossen. Aber Gaudissart verlangte eine Entschädigung von fünfhundert Franken für die acht Tage, in denen er sich in die Lehre Saint-Simons einarbeiten mußte, indem er die riesige Gedächtnisarbeit und Intelligenz ins Treffen führte, die notwendig war, um diesen Artikel gründlich zu studieren und angemessen darüber sprechen zu können, „so," sagte er, „daß ich mich nicht hineinlege". Von den Republikanern verlangte er nichts. Einesteils neigte er zu republikanischen Ideen, den einzigen, die nach seiner Philosophie eine vernünftige Gleichheit

herbeiführen konnten, außerdem hatte er ehedem
an den Verschwörungen der französischen ‚Carbonari' teilgenommen; er wurde verhaftet, aber
wegen mangelnder Beweise freigelassen; er gab
also den Geldmännern der Zeitung zu verstehen,
daß er seit dem Juli seinen Schnurrbart habe
wachsen lassen und ihm nur eine bestimmte
Mütze fehle, um die Republik zu repräsentieren.
Eine Woche lang ließ er sich also morgens im
,,Globus" saint-simonisieren und lernte abends im
Versicherungsbureau die Feinheiten der finanziellen Sprache. Seine Geschicklichkeit und sein Gedächtnis waren so glänzend, daß er am 15. April
seine Reise antreten konnte, zu welcher Zeit er
alljährlich seinen ersten Feldzug unternahm.
Zwei große Handelshäuser, die durch den schlechten Gang der Geschäfte beunruhigt waren, überredeten, wie man erzählt, den ehrgeizigen Gaudissart, auch noch ihre Vertretung zu übernehmen. Der König der Reisenden zeigte sich gnädig
in Hinblick auf seine alten Freunde und auch wegen der ungeheuren Belohnung, die ihm zugesagt
wurde.
,,Höre zu, meine kleine Jenny", sagte er im Wagen zu einer hübschen Blumenarbeiterin.
Alle wahrhaft großen Menschen lieben es, sich von
einem schwachen Wesen tyrannisieren zu lassen,
und Gaudissart hatte in Jenny seinen Tyrannen
gefunden, er begleitete sie um elf Uhr vom Théâtre
Gymnase nach Hause, wo sie in großem Staat in
einer Fremdenloge gesessen hatte.
,,Wenn ich zurückkomme, Jenny, richte ich dir
dein Zimmer ein, und zwar glänzend. Die große
Mathilde, die dir immer in den Ohren liegt mit

ihren Vergleichen, ihren echt indischen Schals, die von russischen Botschaftskurieren hereingebracht werden, ihrer Schminke und ihrem russischen Fürsten, den ich für einen aufgeblasenen Schwindler halte, wird nichts auszusetzen finden. Ich weihe der Ausschmückung deines Zimmers alle Kinder, die ich in der Provinz bekommen werde."

„Das ist ja reizend," rief die Blumenarbeiterin, „du Ungeheuer, du sprichst ganz ruhig davon, daß du Kinder bekommen wirst, und du glaubst, daß ich so etwas dulde?"

„Aber bist du denn närrisch, liebste Jenny? — So spricht man doch in unserm Geschäft."

„Ein nettes Geschäft ist das!"

„Aber so höre doch zu; wenn du immer redest, hast du schließlich noch recht."

„Ich will immer recht haben! Ich will dich auch gar nicht mehr hindern."

„Willst du mich nicht ausreden lassen? Ich habe eine ausgezeichnete Idee unter meine Flügel genommen, eine Zeitung, die man für die Kinder machen will. In diesem Artikel sagen die Reisenden, wenn sie in einer Stadt zehn Abonnements auf die Kinderzeitung abgeschlossen haben: Ich habe zehn Kinder gemacht, wie ich, wenn ich zehn Abonnements auf die Zeitung ‚Marsch' abgeschlossen hätte, sagen würde: Ich habe heute abend zehn Märsche gemacht... Verstehst du jetzt?"

„Das ist eigentümlich! Du mischt dich also in die Politik? Ich sehe dich schon im Gefängnis von Sainte-Pélagie, wo ich alle Tage vorbeikomme. Ja, wenn man wüßte, worauf man sich einläßt,

wenn man einen Mann liebt, — mein Ehrenwort —
man ließe euch Männer alles ganz allein machen.
Aber du reist morgen ab, wir wollen keine Grillen
fangen, das sind Dummheiten."

Der Wagen hielt vor einem hübschen, neuerbauten Hause in der Rue d'Artois, und Gaudissart
und Jenny stiegen in den vierten Stock hinauf.
Dort wohnte Fräulein Jenny Courand, die allgemein als heimlich mit Gaudissart verheiratet galt,
ein Gerücht, das der Reisende nicht in Abrede
stellte. Aus Despotismus zwang Jenny Courand
den berühmten Gaudissart zu tausend kleinen Obliegenheiten und drohte immer, ihn sitzen zu
lassen, wenn er im kleinsten versagte. Gaudissart
mußte ihr aus jeder Stadt schreiben, wo er sich
aufhielt, und ihr Bericht über seine kleinsten Unternehmungen erstatten.

„Und wieviel ‚Kinder' mußt du haben, um mein
Zimmer zu möblieren?" sagte sie, indem sie ihren
Schal abwarf und sich an das flackernde Feuer
setzte.

„Ich bekomme fünf Sous für jeden Abonnenten."

„Reizend! Und mit fünf Sous willst du mich
reich machen!"

„Aber Jenny, ich werde Tausende von Kindern
machen. Denke doch: die Kinder haben noch nie
eine Zeitung gehabt. Übrigens ist es ja töricht von
mir, dir das Wesen der Geschäfte zu erklären, du
verstehst ja doch nichts davon."

„Ah so! Aber willst du mir nicht sagen, Gaudissart,
warum du mich liebst, wenn ich so dumm bin?"

„Weil du ein entzückendes kleines Schaf bist!
Höre zu, Jenny! Siehst du, wenn ich „Globus",
„Marsch", die Versicherungen und meine „Artikel

Paris" übernehme, statt elende acht- bis zehntausend Franken jährlich durch mühselige Arbeit zu verdienen, dann kann ich jetzt mit jeder Reise zwanzig bis dreißigtausend Franken einheimsen."
„Schnüre mir die Taille auf, Gaudissart, aber sei nicht so ungeschickt dabei!"
„Dann", sagte der Reisende, während er den glatten Rücken der kleinen Blumenarbeiterin betrachtete, „werde ich Aktionär der Zeitungen, wie Finot, einer meiner Freunde, der Sohn eines Hutmachers, der jetzt dreißigtausend Livres Rente hat und Pair von Frankreich werden wird. Wenn man denkt, daß der kleine Popinot ... O mein Gott, aber ich habe dir ja noch gar nicht gesagt, daß Popinot gestern zum Handelsminister ernannt worden ist ... Warum sollte ich nicht auch Ehrgeiz haben! He? Ich könnte ganz sicher den Beifall der Galerien gewinnen und Minister werden, und was für einer! Höre nur zu:
Meine Herren," sagte er, indem er sich hinter einen Sessel stellte, „die Presse ist weder ein Instrument, noch ein Handel. In politischer Hinsicht ist die Presse eine Institution. Da wir nun in hohem Maße gezwungen sind, die Dinge politisch anzusehen, so ... (er schöpfte Atem) ... so haben wir zu prüfen, ob sie nützlich oder schädlich ist, ob man sie ermutigen oder unterdrücken muß, ob sie mit Abgaben belastet oder frei sein soll; das sind ernste Fragen! Ich glaube nicht, die immer kostbaren Augenblicke der Kammer zu vergeuden, wenn ich diesen Gegenstand prüfe und Sie auf die Lage aufmerksam mache. Wir gehen einem Abgrund entgegen. Die Gesetze haben nicht die Form, die sie haben müßten ..."

„Nun?" sagte er und sah Jenny an. „Alle Redner lassen Frankreich auf einen Abgrund zugehen: sie sagen das oder sprechen vom Staatskarren, von Stürmen und politischem Horizont. Kenne ich nicht alle Nuancen? Ich kenne die Kniffe jeder Branche. Weißt du warum? Ich bin ein Sonntagskind. Also ich werde bald zur Macht kommen!"
„Du!"
„Warum sollte ich nicht Baron Gaudissart und Pair von Frankreich werden? Ist Popinot nicht schon zweimal zum Abgeordneten des vierten Bezirks ernannt worden und wird er nicht bei Louis Philippe zur Tafel geladen? Finot wird Staatsrat werden, erzählt man. Ja, wenn man mich als Gesandten nach London schickte, dann sollten die Engländer etwas erleben. Noch hat kein Mensch Gaudissart, den berühmten Gaudissart, übervorteilt. Ja, noch nie hat mich ein Mensch einschüchtern können, in welcher Branche es auch sei, politisch oder unpolitisch, hier oder irgendwo anders. Aber für den Augenblick muß ich mich ganz dem Kapital, dem ‚Globus', dem ‚Marsch', den Kindern und dem ‚Artikel Paris' widmen."
„Du wirst dich mit deinen Zeitungen anführen lassen. Ich wette, daß du schon genug hast, wenn du bloß bis Poitiers gekommen bist."
„Wetten wir, mein Liebling!"
„Einen Schal!"
„Gut, wenn ich den Schal verliere, kehre ich zu meinem ‚Artikel Paris' und zum Hutmachergewerbe zurück. Aber eine Niederlage gibt es für Gaudissart nicht!"
Und der berühmte Reisende stellte sich vor Jenny in Positur, sah sie stolz an, die Hand in die Weste

geschoben, den Kopf in Dreiviertelprofil, in napoleonischer Haltung.

„Oh, wie komisch du bist! Was hast du denn heute abend gegessen?"

Gaudissart war ein Mann von achtunddreißig Jahren, mittelgroß, stark und wohlbeleibt wie ein Mensch, der im Wagen zu fahren gewohnt ist, mit einem Gesicht so rund wie ein Kürbis, mit lebhaftem Teint, von regelmäßigem Schnitt, ähnlich den klassischen Gesichtern, die die Bildhauer aller Länder für die Statuen der Fruchtbarkeit, des Gesetzes, der Kraft, des Handels und so weiter verwenden. Sein vorstehender Bauch war birnenförmig; er hatte kurze Beine, aber er war beweglich und nervig. Er packte die halb entkleidete Jenny und trug sie auf ihr Bett.

„Schweig, du emanzipiertes Weib!" sagte er. „Du weißt nicht, was das emanzipierte Weib ist, weißt nicht, was Saint-Simonismus, Antagonismus, Fouriers Lehre, Kritizismus und Spekulation ist — das alles ist ... nun, das sind zehn Franken für jeden Abonnenten, verehrte Frau Gaudissart!"

„Du bist wirklich närrisch, Gaudissart!"

„Mit jedem Tage närrischer nach dir", sagte er und warf seinen Hut auf den Diwan der Blumenarbeiterin.

Nachdem Gaudissart am nächsten Morgen mit Jenny Courand gut gefrühstückt hatte, trat er seine Reise an, um sich in die Hauptorte des Bezirks zu begeben, dessen Bearbeitung ihm von den verschiedenen Unternehmungen, denen er seine Talente widmete, besonders empfohlen worden war. Nachdem er fünfundvierzig Tage daran gewendet hatte, die Gegend zwischen Paris und Blois zu erobern, blieb er zwei Wochen in Blois, um seine Korrespondenzen zu erledigen und die Marktflecken des Departements zu besuchen. Am Abend vor seiner Abreise nach Tours schrieb er an Fräulein Jenny Courand den folgenden Brief, dessen Ausführlichkeit und Anmut durch keine Erzählung wiedergegeben werden könnte und der im übrigen die besondere Legitimität der Bande beweist, durch die diese beiden Menschen vereinigt waren.

Gaudissart an Jenny Courand.

„Meine liebe Jenny, ich glaube, Du wirst die Wette verlieren. Gleich Napoleon hat Gaudissart seinen Stern und wird kein Waterloo erleben. Ich habe überall Triumphe gefeiert. Die Kapitalversicherung geht sehr gut. Ich habe von Paris bis Blois über fast zwei Millionen abgeschlossen; aber im Herzen Frankreichs werden die Köpfe härter und infolgedessen die Millionen erheblich seltener. Der ‚Artikel Paris' geht seinen Gang. Das ist eine verbriefte Sache. Mit meiner alten Angel fange ich die guten Kaufleute alle. Ich habe hundertzweiundsechzig Kaschmirschals in Orleans verkauft. Ich weiß bei meiner Ehre nicht, was sie damit machen werden, wenn sie sie nicht ihren Hämmeln umhängen wollen. Was die Zeitungen betrifft, so ist das eine verteufelte Sache! Großer Gott, wie lange muß man sich mit diesen Leuten abgeben, ehe sie eine neue Melodie lernen! Ich habe erst zweiundsechzig „Märsche" gemacht. Das sind auf der ganzen Tour hundert weniger als Kaschmirschals in einer einzigen Stadt. Diese possenhaften Republikaner abonnieren auf nichts: man plaudert mit ihnen, sie plaudern, sie stimmen bei und man ist bald darin einig, daß alles

Bestehende umgestürzt werden muß. Meinst Du, daß der Mann abonniert? Ja, Essig! Wenn er nur drei Handbreit Grund und Boden hat, wo er ein Dutzend Kohlköpfe ziehen, oder soviel Holz, daß er sich einen Zahnstocher daraus machen kann, spricht er von Stützung des Grundeigentums, von Steuern, Ernte, Schadenersatz, von allerhand Dummheiten, und ich verschwende Zeit und Zungenschlag an Patriotismus. Schlechtes Geschäft! Gewöhnlich ist der ‚Marsch' schlapp. Ich schreibe das den Herren. Das ist mir schmerzlich in Hinblick auf meine Ansichten. Bei dem ‚Globus' ist es wieder ganz anders. Wenn man von neuen Lehren zu Leuten spricht, die man für solchen Schwindel empfänglich glaubt, ist es, als wolle man ihnen die Häuser über dem Kopfe anstecken. Ich kann ihnen noch so oft sagen, daß das die Zukunft ist, das wohlverstandene Allgemeininteresse, die Wirtschaftsform, bei der nichts verloren geht ... daß lange genug ein Mensch den andern ausgebeutet hat, daß die Frau eine Sklavin war, daß man dahin gelangen muß, den großen von der göttlichen Vorsehung gewollten Gedanken zur Herrschaft zu bringen und eine vernünftigere Einrichtung der gesellschaftlichen Ordnung herbeizuführen, kurz, kann ihnen alle meine Phrasen vorleiern... sobald ich mit diesen Ideen komme, schließen die Leute in der Provinz ihre Geldschränke zu, als wollte ich ihnen etwas wegnehmen, und ersuchen mich, mich zu entfernen! Sind das dumme Puten! Der ‚Globus' ist an die Wand gedrückt. Immerhin habe ich hundert ‚Globus' gemacht, und bei der Dickköpfigkeit dieser Landbewohner ist das ein Wunder. Aber ich verspreche ihnen so viele schöne Dinge, daß ich auf Ehrenwort nicht weiß, wie die Globusser, Globisten, Globarden oder Globiens es machen sollen, sie zu verwirklichen; aber da sie mir gesagt haben, daß sie die Welt unendlich viel besser ordnen möchten als sie ist, gehe ich voran und prophezeie, wegen der zehn Franken für jeden Abonnenten. Ein Landmann glaubte, es handele sich um Ackerwirtschaft, wegen des Namens, und ich habe ihm den ‚Globus' aufgeschwatzt. Bah, er wird sich hineinfinden, er hat eine gewölbte Stirn und alle gewölbten Stirnen sind Ideologen. Aber jetzt wollen wir von den Kindern sprechen! Ich habe von Paris bis Blois zweitausend Kinder gemacht. Ein nettes kleines Geschäft! Dabei sind nicht viele Worte zu verlieren. Man zeigt der Mutter das kleine Titelbild heimlich, damit das Kind den Wunsch hat, es auch zu sehen; natürlich sieht das Kind das Bild, es zupft die Mutter am Rocke, bis es seine Zeitung bekommt, weil der Papa doch auch seine Zeitung hat. Die Mama hat ein Kleid zu zwanzig Franken an und will nicht, daß der Sprößling es ihr zerreißt; die Zeitung kostet nur sechs Franken, das Abonnement wird abgeschlossen. Ausgezeichnete Sache, es ist ein wirkliches Bedürfnis, es steht zwischen Süßigkeiten und Bilderbüchern, zwei ewigen Erfordernissen der Kindheit. Die begeisterten Kinder lesen schon! Hier habe ich an der Table-d'hôte einen Streit über Zeitungen und meine Ansichten gehabt. Ich saß ruhig essend neben einem Herrn mit grauem Hut, der die ‚Débats' las. Ich sagte mir: ‚Ich muß doch meine Beredsamkeit erproben. Hier ist ein Mann, der für die Dynastie ist, ich will ihn mir vornehmen. Dieser Triumph würde eine glänzende Bestätigung meiner Ministerbegabung sein. Und ich mache mich ans Werk, indem ich anfange, seine Zeitung zu loben. Das zieht sich in die Länge. Nach und nach beginne ich den Mann zu beherrschen, indem ich vierspännige Phrasen, Vernunftgründe und die ganze verdammte Maschinerie loslasse. Jeder hörte mir zu, und ich sah einen Mann, dem man den Juli 1830 am Schnurrbart ansah, schon bereit, auf den ‚Marsch' anzubeißen. Aber unglücklicherweise lasse ich mir das Wort ‚Einfaltspinsel' entschlüpfen. Jetzt geht mein ‚dynastischer Hut', mein grauer Hut... übrigens ein schlechter Hut, Lyoner Fabrikat, halb Seide, halb Baumwolle... in die Luft und empört sich. Ich nahm meine vornehme Miene an, Du weißt ja, und sagte zu ihm: ‚Sie sind ein sonderbarer Kauz, mein Herr. Wenn Sie nicht zufrieden sind, werde ich Ihnen Genugtuung geben. Ich habe mich im Juli auch geschlagen...' ‚Obwohl ich Familienvater bin,' sagte er, ‚bin ich bereit...' ‚.... Sie sind Familienvater, Verehrtester?' sagte ich. ‚Sollten Sie etwa Kinder haben?' ‚Allerdings.' ‚Elfjährige?' ‚Ungefähr!' — ‚Ja dann hören Sie zu: es wird eine Kinderzeitung erscheinen, sechs Franken jährlich, eine Nummer monatlich, zwei Spalten, von literarischen Größen redigiert, eine sehr gute Zeitung, solides Papier, mit farbigen Illustrationen unserer besten Künstler, deren Farben nicht verblassen. Dann lasse ich meine Geschützsalve los. Ein Vater wird erobert. Der Streit endet mit einem Abonnement. ‚So einen Streich kann nur Gaudissart machen', sagte der kleine Lamard zu dem großen Dummkopf Bulot, als er ihm die Szene aus dem Wirtshause erzählte.

Morgen fahre ich nach Amboise. Ich werde Amboise in zwei Tagen erledigen und Dir dann aus Tours schreiben, wo ich versuchen will, es mit den in Hinblick auf Intelligenz und Spekulation farblosesten Landschaften aufzunehmen. Aber bei Gaudissart! ich werde sie in Bewegung bringen! Sie sollen in Bewegung kommen! Lebe wohl, mein Kind, liebe mich immer, und sei treu. Die Treue trotz allem ist eine der Eigenschaften der emanzipierten Frau. Wer küßt Dich auf die Augen?
                              Immer Dein Felix."

Fünf Tage später verließ Gaudissart eines Morgens das Hotel zum Fasanen, wo er in Tours wohnte, und begab sich nach Vouvray, einem reichen und stark bevölkerten Distrikt, wo die geistige Verfassung der Bevölkerung ihm aufnahmefähig zu sein schien. Er saß zu Pferde und trottete die Landstraße entlang, wobei er nicht mehr an seine Phrasen dachte als ein Schauspieler an die Rolle denkt, die er hundertmal gespielt hat. Der berühmte Gaudissart ritt dahin, ganz sorglos, und bewunderte die Landschaft, ohne zu ahnen, daß in den heiteren Tälern von Vouvray seine geschäftliche Unfehlbarkeit ihren Todesstoß bekommen sollte.

Hier sind einige Angaben über den Geist der Bevölkerung der Touraine notwendig. Der erfindungsreiche, schlaue, spöttelnde, epigrammatische Geist, der Rabelais' Werk sein Gepräge gibt, ist ein genaues Abbild des Geistes der Touraine, dieses klugen, höflichen Geistes eines Landes, wo die Könige Frankreichs lange Hof gehalten haben; es ist ein feuriger, künstlerischer, dichterischer, wollüstiger Geist, dessen ursprüngliche Veranlagung aber im Abnehmen ist. Die Weichheit der Luft, die Schönheit des Klimas, eine gewisse Leichtigkeit der Existenz und die Biederkeit der Sitten ersticken dort das Gefühl für die Künste, engen das weiteste Herz ein und zerstören den hartnäckigsten Willen. Wenn man den Tourainer verpflanzt, so entwickeln sich seine Fähigkeiten und erzeugen große Dinge, wie es Rabelais und Semblançay, Plantin, der Drucker, und Descartes, Boucicault, der Napoleon seiner Zeit, und Pinaigrier, der die Fenster der Kathedralen gemalt hat, außerdem Verville und Courier auf den verschiedensten Gebieten bewiesen haben. Der Tourainer, fern von der Heimat so bemerkenswert, ist daheim wie der Inder auf seiner Matte, wie der Türke auf seinem Diwan. Er verwendet seinen Geist, um sich über seinen Nachbarn lustig zu machen, sich seines Lebens zu freuen, und langt glücklich am Ende seiner Tage an. Die Touraine ist die wirkliche Abtei von Thelema, die in dem Buche Gargantua so gepriesen wird. Die Trägheit wird glänzend charakterisiert durch die volkstümliche Redensart: „Tourainer, willst du Suppe haben?" „Ja –" „Bringe deinen Teller her!" – „Ich habe keinen Hunger mehr." Ist diese schlaffe Nachlässigkeit solcher leichten und freundlichen Sitten zurückzuführen auf die Freuden des Weines, auf die harmonische Sanftheit der schönsten Landschaft Frankreichs oder auf die Ruhe eines Landes, in das niemals feindliche Heere eindrangen? Auf diese Fragen gibt es keine Antwort. Wer in diese Türkei Frankreichs

geht, wird träge, müßig und glücklich werden.
Wäre man auch ehrgeizig wie Napoleon oder ein
Dichter wie Byron, man wäre doch gezwungen,
seine Dichtungen für sich zu behalten und alle
ehrgeizigen Pläne in Träume zu verwandeln.
Der berühmte Gaudissart sollte in Vouvray einen
dieser eingeborenen Spötter treffen, deren Witze
nur durch die Vollendung des Spottes beleidigend
sind, und mit dem er einen grausamen Kampf
auszufechten hatte. Die Touraner haben, ob mit
Recht oder mit Unrecht, eine große Vorliebe dafür, ihre Eltern zu beerben. Daher war die Lehre
Saint-Simons dort besonders verhaßt und verachtet, aber so wie man in der Touraine haßt und
verachtet, mit einer Geringschätzung und spöttischen Überlegenheit, die des Landes der guten
Märchen und der lustigen Streiche würdig ist,
eines Geistes, der sich von Tag zu Tag fortpflanzt,
das vorwegnehmend, was Byron den englischen
Cant genannt hat.
Nachdem er in der ‚Goldenen Sonne' abgestiegen
war, einem Wirtshause, das Mitouflet gehörte,
einem alten Grenadier der kaiserlichen Garde, der
eine reiche Weinbäuerin geheiratet hatte, und dem
er feierlich sein Pferd anvertraute, begab Gaudissart sich zu seinem Unglück zu dem Witzbold
von Vouvray, dem Spaßmacher des Fleckens, dem
Possenreißer, der durch seine Rolle und seine
Natur verpflichtet war, sein Dorf bei guter Laune
zu erhalten. Dieser ländliche Figaro, ein ehemaliger Färber, hatte sieben- bis achttausend Livres
Rente, ein hübsches Haus auf dem Hügel, eine
kleine, rundliche Frau, und eine robuste Gesundheit. Seit zehn Jahren hatte er sich nur noch um

seinen Garten und seine Frau zu kümmern, seine
Tochter zu verheiraten, am Abend seine Partie zu
spielen, allen Klatsch zu wissen, der in seinem
Bezirk verbreitet wurde, mit den Großgrundbesitzern Krieg zu führen und gute Diners zu veranstalten, die Landstraße entlangzutrotten, zu sehen,
was in Tours vorging, und den Pfarrer zu ärgern,
und endlich auf den Verkauf eines Grundstücks
zu warten, das von seinen Weinbergen eingeschlossen lag. Kurz, er führte das Leben der Touraine,
das Leben der kleinen Landstadt. Er war im übrigen die wichtigste Persönlichkeit der Bürgerschaft,
das Haupt der eifersüchtigen, neidischen Kleinbesitzer, die gegen die Aristokratie mit Erfolg
Verleumdungen und Lästerungen verbreiteten und
aufbrachten, indem sie alles auf ihr Niveau herabzogen, Feinde aller Überlegenheit, die sie mit der
bewundernswerten Ruhe der Unwissenheit verachteten. Vernier, hieß dieser kleine große Mann
des Marktfleckens, hatte soeben mit Frau und
Tochter gefrühstückt, als Gaudissart in das Zimmer trat, durch dessen Fenster man die Loire
und den Cher sah, eins der heitersten Eßzimmer
des Landes.

„Habe ich die Ehre mit Herrn Vernier selber?"
sagte der Reisende und knickte so anmutig seine
Wirbelsäule zusammen, daß er wie ein Gummimann wirkte.

„Jawohl, mein Herr," unterbrach ihn der boshafte Färber und warf ihm einen forschenden
Blick zu, durch den er sofort feststellte, mit was
für einer Art Mensch er zu tun hatte.

„Ich komme, mein Herr," nahm Gaudissart wieder das Wort, „um Ihre geistvolle Unterstützung

zu erbitten in diesem Bezirk, in dem Sie nach
Mitouflets Aussage den größten Einfluß haben.
Ich bin in die Provinz gesandt worden von einem
Unternehmen von höchster Bedeutung, das von
Bankiers gegründet ist, die..."

„Die uns das Fell über die Ohren ziehen wollen",
sagte Vernier lachend, der es von früher her gewöhnt war, mit Geschäftsreisenden zu verhandeln.

„Allerdings," erwiderte der berühmte Gaudissart
keck. „Aber da Sie ein so gutes Taktgefühl haben,
mein Herr, werden Sie wissen, daß man den Leuten nur dann das Fell über die Ohren ziehen
kann, wenn sie ein Interesse daran haben, es sich
abziehen zu lassen. Ich bitte Sie also, mich nicht
mit den gewöhnlichen Reisenden zu verwechseln,
die ihren Erfolg auf Kniffe oder Zudringlichkeit
gründen. Ich bin nicht mehr Reisender, mein
Herr, ich war es, und ich rühme mich dessen.
Aber heute habe ich eine Mission von höchster
Wichtigkeit, die mich überlegenen Geistern als
einen Mann erscheinen lassen muß, der sich der
Aufklärung seines Landes widmet. Geruhen Sie
mich anzuhören, mein Herr, und Sie werden
sehen, daß Sie von der halben Stunde, für die
ich Ihr Gehör erbitte, viel profitieren werden.
Die berühmtesten Bankiers von Paris haben sich
nicht nur scheinbar mit dieser Sache befaßt, wie
es bei einigen der schändlichen Spekulationen,
die ich Rattenfallen nenne, der Fall war, nein, so
liegt die Sache nicht mehr, ich würde mich nicht
damit befassen, solchen Schwindel weiterzutragen.
Nein, mein Herr, die besten und angesehensten
Firmen von Paris sind an dem Unternehmen beteiligt, und als Garantie..."

Jetzt entfaltete Gaudissart das Banner seiner Phrasen und Vernier ließ ihn reden, indem er ihm mit scheinbarem Interesse zuhörte, das Gaudissart täuschte. Aber als das Wort Garantie kam, schenkte Vernier der Beredsamkeit des Reisenden keine Aufmerksamkeit mehr, sondern sann darauf, ihm einen Streich zu spielen, um ein Land, das von den Spekulanten mit Recht barbarisch genannt wird, weil sie dort nicht eindringen können, von diesem Pariser Ungeziefer zu befreien.
In einem herrlichen Tal, das ‚das kokette Tal' hieß wegen seiner Windungen und Krümmungen, die mit jedem Schritt das Bild verändern und immer neue Schönheiten offenbaren, wohnte in einem kleinen, von Weinbergen umgebenen Hause ein Mann, namens Margaritis, der geistesgestört war. Margaritis, von Geburt Italiener, war verheiratet, hatte keine Kinder, und seine Frau pflegte ihn mit allgemein anerkanntem Mut, denn Frau Margaritis war zweifellos gefährdet bei einem Manne, der unter andern fixen Ideen sich nicht davon abbringen ließ, zwei lange Dolchmesser immer bei sich zu tragen, mit denen er sie bisweilen bedrohte. Aber wer kennt nicht die bewundernswerte Hingabe, mit der die Leute in der Provinz sich den Kranken widmen, vielleicht um der Schande willen, die eine Bürgersfrau erwartet, wenn sie Kind oder Mann dem Krankenhaus überläßt? Wer kennt aber nicht auch den Widerwillen der Leute aus der Provinz dagegen, die Pension von hundert Louis oder tausend Taler zu zahlen, die in Charenton oder in den Irrenhäusern verlangt wird? Wenn man zu Frau Margaritis von den Ärzten Dubuisson, Esquirol, Blanche oder andern sprach,

zog sie es mit edler Entrüstung vor, ihre dreitausend Franken und damit ihren Mann zu behalten. Von den unbegreiflichen Grillen, die der Wahnsinn diesem Manne eingab, sollen hier die hauptsächlichsten aufgeführt werden. Sobald es regnete, verließ Margaritis das Haus und ging barhäuptig in seinen Weinbergen spazieren. Im Hause verlangte er fortwährend eine Zeitung. Um ihn zufriedenzustellen, gaben seine Frau oder das Dienstmädchen ihm eine alte Loire-Zeitung, und seit sieben Jahren hatte er noch nicht bemerkt, daß er noch immer dieselbe Nummer las. Vielleicht hätte ein Arzt nicht ohne Interesse die Beziehung zwischen der Heftigkeit seiner Zeitungswünsche und den athmosphärischen Veränderungen festgestellt. Die dauerndste Beschäftigung des Narren bestand darin, den Zustand des Himmels zu beobachten und die Wirkungen auf die Reben zu berechnen. Gewöhnlich, wenn seine Frau Besuch hatte, was fast jeden Abend der Fall war, da die Nachbarn, die Mitleid mit ihrer Lage hatten, zu einer Partie Boston zu ihr kamen, saß Margaritis stumm in einer Ecke und rührte sich nicht, aber wenn die große Wanduhr zehn schlug, stand er mit dem letzten Glockenschlage auf, mit der mechanischen Unveränderlichkeit der Figuren auf den deutschen Spielsachen, die durch eine Feder in Bewegung gesetzt werden, ging langsam auf die Spieler zu, warf ihnen einen Blick zu, ähnlich dem automatischen Blick der Griechen und Türken, die auf dem Boulevard du Temple in Paris ausgestellt sind, und sagte zu ihnen. „Gehen Sie jetzt!" Zu gewissen Zeiten erlangte der Mann seinen Verstand so weit wieder, daß er seiner Frau ausgezeichnete Ratschläge für den Verkauf ihrer Weine geben konnte; aber dann wurde er besonders lästig, er stahl allerlei Leckerbissen aus den Schränken und verschlang sie heimlich. Wenn die Freunde des Hauses kamen, antwortete er bisweilen höflich auf ihre Fragen, aber meistens redete er ganz unzusammenhängendes Zeug. So sagte er zum Beispiel zu einer Dame, die ihn fragte: Wie fühlen Sie sich heute, Herr Margaritis? „Ich habe mir den Bart schneiden lassen, und Sie?" ... „Geht es Ihnen besser, Herr Margaritis?" fragte ihn ein anderer. „Jerusalem! Jerusalem!" antwortete er, aber meistens sah er seine Gäste stupid an, ohne ein Wort zu sagen, und seine Frau sagte dann zu ihnen: „Mein Mann hört heute nichts." Zwei- oder dreimal war es im Laufe von fünf Jahren vorgekommen, immer um die Tag- und Nachtgleiche, daß er über diese Bemerkung in Wut geriet, sein Messer zog und schrie: „Die Dirne bringt Schande über mich!" Im übrigen trank und aß er und ging spazieren wie ein vollkommen gesunder Mensch. So kam es, daß schließlich keiner auf ihn mehr achtete als auf ein Möbelstück. Unter all seinen Grillen war eine, deren Sinn niemand hatte ergründen können, denn mit der Zeit hatten die klugen Köpfe des Landes die unvernünftigsten Handlungen des Narren erläutert und erklärt. Er wollte immer einen Sack Mehl in seiner Wohnung haben und zwei Fässer Wein von seiner Ernte behalten und erlaubte nicht, daß man das Mehl oder den Wein anrührte. Aber wenn der Juni herankam, dann bekümmerte er sich mit aller Hartnäckigkeit eines Narren um den Verkauf des Mehls und der beiden Fässer. Fast immer sagte ihm dann Frau Margaritis, sie habe die beiden Fässer zu ungeheurem Preise verkauft, und gab ihm das Geld, das er verwahrte, ohne daß weder seine Frau noch sein Dienstmädchen entdecken konnten, wo er sein Versteck habe.

Am Vorabend des Tages, als Gaudissart nach Vouvray kam, hatte Frau Margaritis mehr Mühe als je, ihren Gatten, der wieder bei Verstand zu sein schien, zu täuschen. „Ich weiß wirklich nicht, wie für mich der morgige Tag ablaufen wird", hatte sie zu Frau Vernier gesagt. „Stellen Sie sich vor, der Mann will seine beiden Fässer Wein sehen. Er hat mir den ganzen Tag so zugesetzt, daß ich ihm zwei volle Fässer habe zeigen müssen. Glücklicherweise hatte unser Nachbar Pierre Champlain zwei Stück, die er nicht hat verkaufen können, und auf meine Bitte hat er sie in unsern Keller gerollt. Und setzt sich der Mann jetzt, da er sie gesehen hat, nicht in den Kopf, sie selber zu verkaufen?"

Frau Vernier hatte ihrem Gatten von der Verlegenheit erzählt, in der sich Frau Margaritis befand, kurz vor der Ankunft Gaudissarts. Bei dem ersten Wort des Reisenden nahm Vernier sich vor, ihn mit Margaritis zusammenzubringen.

„Mein Herr," erwiderte der ehemalige Färber, als der berühmte Gaudissart seine erste Salve losgelassen hatte, „ich will Ihnen nicht verhehlen, auf was für Schwierigkeiten Ihr Unternehmen hier stoßen wird. Unser Land hat seinen eigenen Modus, es ist ein Land, in dem niemals eine neue Idee durchdringt. Wir leben so, wie unsere Väter gelebt haben, wir halten unsere vier Mahlzeiten täglich, und beschäftigen uns damit, unsern Wein

zu bauen und gut zu verkaufen. In diesem alten
Gleise bleiben wir, und kein Gott und kein Teufel
kann uns davon abbringen. Aber ich will Ihnen
einen guten Rat geben, und ein guter Rat ist Goldes wert. Wir haben hier in unserm Ort einen ehemaligen Bankier, zu dessen geistigen Fähigkeiten
ich das größte Vertrauen habe; wenn Sie seinen
Beifall erlangen, dann will auch ich mich anschließen. Wenn Ihre Vorschläge wirkliche Vorteile bieten, wenn wir davon überzeugt sind und
Herr Margaritis seine Stimme dafür gibt, was
Ihnen auch die meine sichert, so sind in Vouvray
zwanzig reiche Häuser, deren Börsen sich auftun
und Ihre Segnungen hinnehmen werden."
Als Frau Vernier den Namen des Verrückten hörte,
hob sie den Kopf und sah ihren Mann an.
„Ich glaube, meine Frau wollte jetzt eben Frau
Margaritis mit einer Nachbarin einen Besuch machen. Warten Sie einen Augenblick, die Damen
werden Sie begleiten." — „Du wirst Frau Fontanieu mitnehmen," sagte der alte Färber und
blinzelte seiner Frau zu.
Wenn er die spottlustigste, die beredteste, die witzigste Frau der ganzen Gegend nannte, so bat er
damit Frau Vernier, Zeugen mitzunehmen, um
die Szene zu beobachten, die sich zwischen dem
Geschäftsreisenden und dem Narren abspielen und
einen Monat lang den Ort belustigen würde. Herr
und Frau Vernier spielten ihre Rolle so gut, daß
Gaudissart keinen Verdacht schöpfte und wirklich
in die Falle ging, er bot Frau Vernier ritterlich
den Arm und glaubte unterwegs, die beiden Damen erobert zu haben, die er mit Geistesblitzen
und unverstandenen Wortspielen überschüttete.

Das Haus des angeblichen Bankiers lag an der Grenze des ‚koketten Tals' und war sonst nicht weiter bemerkenswert. Im Erdgeschoß befand sich ein großer getäfelter Salon, zu jeder Seite davon ein Schlafzimmer, das des Mannes und das seiner Frau. Man gelangte in den Salon durch eine Diele, die als Eßzimmer diente und an die Küche stieß. Dieses Erdgeschoß, das aller äußeren Eleganz beraubt war, die sonst die bescheidensten Häuser der Touraine auszeichnet, war überbaut von Mansarden, zu denen außerhalb des Hauses eine Treppe hinaufführte. Ein kleiner Garten voller Ringelblumen, Jasmin und Holunder trennte das Haus von den Weinbergen. Der Hof war von Gebäuden umstanden, die zur Gewinnung des Weines erforderlich sind.

Margaritis saß in seinem Salon am Fenster auf einem Sessel aus gelbem Utrechter Samt, und hob kaum den Blick, als er die beiden Damen und Gaudissart eintreten sah. Er dachte nur daran, seine beiden Fässer Wein zu verkaufen. Er war ein hagerer Mann, dessen vorn kahler und hinten mit wenigen Haaren bestandener Schädel birnenförmige Gestalt hatte. Seine Augen waren eingesunken unter dicken schwarzen Brauen, und von dunklen Ringen umgeben, seine scharfgeschnittene Nase, die vorspringenden Kiefer und die hohlen Wangen, der längliche Gesichtsschnitt, kurz, alles bis zu dem außerordentlich langen und flachen Kinn, trug dazu bei, ihm ein seltsames Aussehen zu geben, er wirkte wie ein alter Professor der Rhetorik.

„Herr Margaritis," sagte Frau Vernier zu ihm, „kommen Sie doch her! Ich bringe Ihnen einen

Herrn, den mein Mann Ihnen schickt und dem
Sie aufmerksam zuhören müssen. Lassen Sie Ihre
mathematischen Berechnungen und plaudern Sie
mit ihm."

Als der Narr diese Worte hörte, stand er auf, betrachtete Gaudissart, nötigte ihn zum Sitzen und
sagte: „Also plaudern wir, mein Herr!"

Die drei Frauen gingen in das Zimmer von Frau
Margaritis und ließen die Tür offen, um alles zu
hören und im Notfalle eingreifen zu können.
Kaum hatten sie sich niedergelassen, als Herr Vernier leise über den Hof schlich, sich das Fenster
öffnen ließ und geräuschlos hereinkletterte.

„Sie haben sich mit Geschäften befaßt, mein
Herr," sagte Gaudissart.

„Mit öffentlichen", unterbrach ihn Margaritis. „Ich
habe in Kalabrien Frieden gestiftet unter der Regierung König Murats."

„Ah, jetzt ist er schon in Kalabrien", sagte Vernier leise.

„Ah so," erwiderte Gaudissart, „wir werden uns
vortrefflich verstehen."

„Ich höre", erwiderte Margaritis, indem er die
Haltung eines Mannes annahm, der einem Maler
für ein Porträt sitzt.

„Mein Herr," sagte Gaudissart und drehte den
Schlüssel seiner Taschenuhr, den er aus Zerstreutheit unaufhörlich in drehende Bewegung setzte,
wodurch er den Verrückten ablenkte und wahrscheinlich ruhig hielt, „mein Herr, wenn Sie nicht
ein überlegener Mann wären (hier verneigte sich
der Verrückte)... so würde ich mich damit begnügen, Ihnen ziffernmäßig die Vorteile des Geschäftes auseinanderzusetzen, dessen psychologische

Motive die Mühe lohnen, Ihnen erläutert zu werden. Hören Sie zu! Ist von allen sozialen Reichtümern die Zeit nicht der kostbarste? Heißt Zeit sparen nicht reicher werden? Gibt es nun aber irgend etwas, was mehr Zeit im Leben aufzehrt als die Sorge um das, was ich den Suppentopf nenne? Und gibt es etwas, was mehr Zeit kostet als das Fehlen einer Garantie, die man denjenigen bietet, von denen man Geld verlangt, wenn man, obzwar im Augenblick arm, doch reich an Hoffnungen ist?"

„Geld. Jetzt kommen wir zur Sache", sagte Margaritis.

„Jawohl, mein Herr, ich bin in die Provinz geschickt von einer Gesellschaft von Bankiers und Kapitalisten, die den ungeheuren Verlust bemerkt haben, den auf diese Weise die Menschen der Zukunft an Zeit und folglich auch an Intelligenz und produktiver Aktivität erleiden. Nun haben wir den Gedanken gefaßt, diesen Leuten eben diese Zukunft zu kapitalisieren, ihnen Vorschuß auf ihre Talente zu geben, ihnen auch die Zeit zu diskontieren und den Wert ihren Erben zu sichern. Es handelt sich hier nicht mehr darum, Zeit zu sparen, sondern ihr einen Wert zu geben, sie zahlenmäßig zu bewerten, pekuniär die Ergebnisse auszurechnen, die ein Mensch in diesem intellektuellen Zeitraum zu erlangen glaubt, indem man die moralischen Eigenschaften in Rechnung stellt, mit denen er begabt ist, und die lebendige Kräfte sind wie ein Wasserfall, wie eine Dampfmaschine mit drei, zehn, zwanzig, fünfzig Pferdekräften. Das ist ein Fortschritt zu einer besseren Ordnung der Dinge, ein Schritt, der der im wesentlichen fortschrittlichen Tätigkeit unserer Epoche zu danken ist, was ich Ihnen auch beweisen werde, wenn wir zu den Ideen einer logischeren Verknüpfung der sozialen Interessen kommen. Ich will mich durch deutliche Beispiele erklären. Ich lasse die rein abstrakten Auseinandersetzungen fallen, das, was wir als Mathematik der Ideen bezeichnen. Statt ein Grundbesitzer zu sein, der von seinen Renten lebt, sind Sie ein Maler, ein Musiker, ein Künstler, ein Dichter..."

„Ich bin Maler", warf der Verrückte hin.

„Da Sie mich so gut verstehen, nehmen wir also an, daß Sie Maler sind. Sie haben eine schöne Zukunft, eine reiche Zukunft. Aber ich gehe weiter..."

Als der Verrückte diese Worte hörte, sah er Gaudissart unruhig prüfend an, um zu sehen, ob er hinausgehen wolle, und beruhigte sich erst wieder, als er ihn noch immer sitzen sah.

„Sie sind selber nichts von allem," fuhr Gaudissart fort, „aber Sie fühlen sich..."

„Ich fühle mich," sagte der Narr.

„Sie sagen sich: ich werde Minister sein. Gut! Sie als Maler, Künstler, Schriftsteller, zukünftiger Minister rechnen Ihre Hoffnungen in Zahlen um, Sie schätzen sie ab, Sie bewerten sich vermutlich auf hunderttausend Taler..."

„Sie bringen mir also hunderttausend Taler", sagte der Narr.

„Jawohl, mein Herr, Sie werden gleich sehen. Entweder werden Ihre Erben diese Summe bekommen, wenn Sie sterben, da das Unternehmen sich verpflichtet, sie ihnen auszuzahlen, oder Sie werden sie selber bekommen zu Ihren Lebzeiten durch

Ihre künstlerischen Arbeiten, durch Ihre glücklichen Spekulationen. Wenn Sie sich getäuscht haben, können Sie sogar von neuem anfangen. Aber Sie werden endlich den Wert Ihres intellektuellen Kapitals feststellen, denn es handelt sich um ein intellektuelles Kapital, verstehen Sie wohl, um ein intellektuelles."

„Ich verstehe", sagte der Narr.

„Sie unterzeichnen einen Versicherungsvertrag mit der Direktion, die Ihnen als Maler einen Wert von hunderttausend Talern gutschreibt..."

„Ich bin Maler", sagte der Verrückte.

„Nein," entgegnete Gaudissart, „Ihnen als Musiker, Ihnen als Minister, und sich verpflichtet, diese Summe Ihrer Familie, Ihren Erben auszuzahlen, wenn durch Ihren Tod die Hoffnungen, das spanische Luftschloß, das auf das intellektuelle Kapital gegründet war, einstürzen sollte. Die Zahlung der Prämie genügt für die Sicherung auch Ihrer..."

„Ihrer Kasse", unterbrach ihn der Verrückte.

„Natürlich, mein Herr. Ich sehe, Sie haben sich mit Geschäften befaßt."

„Jawohl," sagte der Narr, „ich habe 1798 die Territorialbank in der Rue des Fossés-Montmartre in Paris gegründet."

„Denn", fuhr Gaudissart fort, „wenn die intellektuellen Kapitalien gezahlt werden sollen, die jeder sich zuschreibt, muß die Allgemeinheit der Versicherten eine gewisse Prämie bezahlen, drei Prozent, jährlich drei Prozent. Durch die Zahlung einer unbedeutenden Summe schützen Sie also Ihre Familie vor den schlimmen Folgen Ihres Todes."

„Aber ich lebe", sagte der Narr.

„Ja, wenn Sie lange leben! Das ist der am häufigsten gemachte Einwand, der allgemeine Widerspruch, und Sie werden begreifen, daß, wenn wir den nicht vorausgesehen hätten, wir nicht wert wären, ... was zu sein? Ja, was sind wir eigentlich? Die Rechnungsführer der großen Vereinigung der Intelligenzen. Mein Herr, ich sage das nicht für Sie, aber ich treffe überall Leute, die sich anmaßen, Weisheiten zu verzapfen... Mein Ehrenwort, das flößt Mitleid ein. Aber so ist die Welt nun einmal, ich habe nicht den Ehrgeiz, sie zu reformieren. Ihr Einwand, mein Herr, ist ein Unsinn..."

„Quésaco?" sagte Margaritis.

„Ich will Ihnen sagen, warum. Wenn Sie leben und durch Ihren Versicherungsvertrag gegen die Zufälle des Todes geschützt sind... hören Sie gut zu..."

„Ich höre."

„Ja also, wenn Sie bei Ihren Unternehmungen Glück haben, haben Sie Glück auf Grund des erwähnten Versicherungsvertrages; denn Sie haben Ihre Erfolgschancen verdoppelt, indem Sie sich von aller Unruhe befreien, die auf einem lastet, wenn man für Frau und Kinder zu sorgen hat, die unser Tod in das entsetzlichste Elend stürzen kann. Wenn Sie Erfolg haben, erlangen Sie das intellektuelle Kapital, im Vergleich mit dem die Versicherung eine Bagatelle war, eine wahre, eine reine Bagatelle."

„Ausgezeichnete Idee!"

„Nicht wahr, mein Herr?" erwiderte Gaudissart.

„Ich nenne diese Wohltätigkeitskasse die gegensei-

tige Versicherung gegen das Elend! ... oder, wenn
Sie so wollen, die Gutschrift des Talents. Denn das
Talent, mein Herr, das Talent ist ein Wechsel,
den die Natur dem genialen Menschen ausstellt,
der oft auf sehr lange Frist lautet..."
„Oh, dieser Wucher!" rief Margaritis.
‚Schlau ist der gute Mann doch. Ich habe mich
getäuscht', dachte Gaudissart. ‚Ich muß den Mann
durch höhere Betrachtungen übertölpeln.' „Übri-
gens, mein Herr," rief Gaudissart mit lauter Stim-
me, „für Sie, der ..."
„Darf ich Ihnen ein Glas Wein anbieten?" fragte
Margaritis.
„Gern!" erwiderte Gaudissart.
„Liebe Frau, gib uns eine Flasche von dem Wein,
von dem wir noch zwei Fässer haben. Selbstge-
bauten Wein."
Das Mädchen brachte Gläser und eine Flasche
Wein vom Jahre 1819. Margaritis füllte feierlich ein Glas und reichte es Gaudissart, der es
austrank.
„Aber Sie wollen mich hinters Licht führen, mein
Herr," sagte der Reisende, „das ist Madeira, wirklicher Madeira."
„Das will ich meinen", sagte der Narr. „Der Nach-
teil des Weines von Vouvray, mein Herr, ist, nicht
als gewöhnlicher Wein und nicht als Tafelwein
dienen zu können, er ist zu voll, zu stark; daher
verkauft man ihn auch in Paris als Madeira, indem man ihn mit Branntwein färbt. Unser Wein
ist so würzig, daß viele Pariser Kaufleute, wenn
unsere Ernte für Holland und Belgien nicht gut
genug ist, uns unsere Weine abkaufen; sie mischen
sie dann mit Weinen aus der Umgebung von Paris

und machen Bordeauxweine daraus. Aber was Sie in diesem Augenblick trinken, mein Verehrter, das ist ein Königswein, Berg Vouvray. Ich habe zwei Fässer davon, nur noch zwei Fässer. Die Leute, die edle Weine lieben und die bei Tisch Weine kredenzen wollen, die nicht im Handel käuflich sind, wie mehrere Pariser Häuser, die stolz sind auf ihre Weine, lassen sich direkt von uns beliefern. Kennen Sie Leute, die..."

„Wir wollen wieder zu unsern Geschäften kommen", sagte Gaudissart.

„Wir sprechen ja davon", erwiderte der Narr. „Mein Wein ist ein Kapitalwein, also auch Kapital."

„Also," sagte Gaudissart, „wenn Sie Ihr intellektuelles Kapital realisiert haben..."

„Ich habe es realisiert, mein Herr. Möchten Sie meine beiden Fässer Wein haben? Ich würde Ihnen bei der Zahlung entgegenkommen."

„Nein," sagte der berühmte Gaudissart, „ich spreche ja von der Versicherung des intellektuellen Kapitals und von Lebensversicherungen. Ich will Ihnen meine Gründe weiter darlegen."

Der Narr beruhigte sich und nahm seine Pose wieder an, den Blick auf Gaudissart geheftet.

„Ich sage also, daß, wenn Sie sterben, das Kapital Ihrer Familie ohne Schwierigkeit ausgezahlt wird."

„Ohne Schwierigkeit."

„Ja, vorausgesetzt, daß es sich nicht um einen Selbstmord handelt."

„Das ist eine Schikane."

„Nein, mein Herr. Sie wissen, der Selbstmord ist eine von den Handlungen, die immer leicht festzustellen sind..."

„In Frankreich," sagte der Narr, „aber..."
„Aber im Auslande," sagte Gaudissart, „nun ja, mein Herr, um in diesem Punkt zur Klarheit zu kommen, will ich Ihnen sagen, daß der einfache Tod im Auslande und der Tod auf dem Schlachtfelde außerhalb der..."
„Was versichern Sie denn also? Nichts!" schrie Margaritis. „Ich, meine Territorialbank, beruhte auf..."
„Nichts, mein Herr?" unterbrach Gaudissart den Alten. „Nichts!... Und Krankheiten, Kummer, Elend und Leidenschaften? Aber wir wollen uns nicht auf die Ausnahmefälle einlassen..."
„Nein, diese Fälle wollen wir beiseite lassen", sagte der Narr.
„Was ergibt sich aus dieser Sache?" rief Gaudissart. „Ihnen als Bankier will ich kurz das Verfahren auseinandersetzen. Ein Mensch lebt, hat eine Zukunft, er ist gut gekleidet, er lebt von seiner Kunst, er braucht Geld, er erbittet es... umsonst. Die ganze Zivilisation verweigert diesem Manne Geld, der in Gedanken die Zivilisation beherrscht und sie eines Tages beherrschen wird durch den Pinsel, den Meißel, das Wort, durch eine Idee, ein System. Schreckliche Zivilisation! Sie hat kein Brot für ihre großen Männer, die ihr ihren Luxus geben, sie füttert sie nur mit Schmähungen und Spott, dies goldprunkende Weibsbild!... Das ist ein starker Ausdruck, aber ich widerrufe ihn nicht. Dieser große unverstandene Mann kommt also zu uns, wir achten ihn als großen Mann, wir begrüßen ihn mit Respekt, wir hören ihn an, und er sagt uns: ,Meine Herren Kapitalversicherer, mein Leben ist soundso viel wert; von meinen Erzeug-

nissen werde ich Ihnen soundso viele Prozente geben.' Nun, was tun wir? Zunächst lassen wir ihn als mächtigen Festgenossen zum prächtigen Mahle der Zivilisation zu..."

„Man muß also Wein haben", sagte der Narr.

„Als mächtigen Festgenossen. Er unterzeichnet seine Versicherungspolice, er nimmt unsere Papierfetzen, unsere elenden Fetzen, die dennoch mehr Macht haben als sein Genie hatte. Wenn er Geld braucht, leiht jedermann ihm auf seinen Vertrag hin Geld. Auf der Börse, bei den Bankiers, überall, und sogar bei den Wucherern bekommt er Geld, weil er Garantien bieten kann. Heißt das nicht wirklich in dem sozialen System eine Lücke ausfüllen? Aber das ist nur ein Teil des Tätigkeitsfeldes der Gesellschaft. Wir versichern auch die Schuldner durch ein anderes Prämiensystem. Wir bieten lebenslängliche Rente zu einem nach dem Alter abgestuften Zinsfuß, mit einer viel vorteilhafteren Abstufung als sie heute die Leibrentengesellschaften haben, die auf anerkannt falschen Sterblichkeitsstatistiken basieren. Da unsere Gesellschaft mit den Massen arbeitet, brauchen die Leibrentner nicht die Gedanken zu fürchten, die ihre alten Tage trüben, die schon an und für sich so traurig sind, Gedanken, die unfehlbar ihrer warten, wenn ein Privatmann von ihnen Geld gegen lebenslängliche Zinsen geliehen hat. Sie sehen, mein Herr, bei uns ist das Leben in jedem Sinne zahlenmäßig ausgedrückt worden..."

„An allen Enden ausgesogen," sagte der Alte; „aber trinken Sie ein Glas Wein, Sie verdienen es. Sie müssen sich Samt auf den Magen legen, wenn Sie Ihre Stimme erhalten wollen. Und dieser Vouvray-Wein, mein Herr, ist wie Samt, wenn er gut aufbewahrt wird."

„Wie denken Sie darüber?" sagte Gaudissart, indem er sein Glas leerte.

„Das ist sehr schön, sehr neu, sehr nützlich; aber mir sind die Beleihungen von Grundwerten lieber, wie sie in meiner Bank in der Rue des Fossés-Montmartre vorgenommen wurden."

„Sie haben vollkommen recht, mein Herr," erwiderte Gaudissart, „aber das ist alt, das ist schon längst dagewesen. Wir haben jetzt die Hypothekenkasse, die die Grundbesitzungen beleiht und im großen das Wiederkaufsrecht ausübt. Aber ist das nicht eine kleine Idee im Vergleich mit dem Gedanken, die Hoffnungen zu bewerten und, finanzmäßig gesprochen, die Glückssehnsucht eines jeden einzufangen und ihr Verwirklichung zu sichern? Dazu war unsere Zeit nötig, mein Herr, die Zeit des Übergangs, des Übergangs und des Fortschritts zugleich."

„Ja, des Fortschritts", sagte der Narr. „Ich beobachte so gern den Fortschritt, den bei guter Zeit die Reben machen."

„Die Zeit," rief Gaudissart, ohne auf Margaritis Worte zu hören, „die Zeit ist eine schlechte Zeitung. Wenn Sie sie lesen, tun Sie mir leid..."

„Zeitung," sagte Margaritis, „oh, Zeitungen liebe ich leidenschaftlich. Frau! Frau! Wo ist die Zeitung?" rief er, indem er sich nach dem andern Zimmer umwandte.

„Ja, mein Herr, wenn Sie sich für Zeitungen interessieren, werden wir uns schon verständigen."

„Ja, aber bevor wir von der Zeitung sprechen, geben Sie zu, daß Sie diesen Wein..."

„Köstlich ist er!" sagte Gaudissart.

„Gut, trinken wir erst die Flasche aus!"

Der Narr schenkte sich einen Schluck Wein ein und füllte Gaudissarts Glas bis zum Rande.

„Also ich habe zwei Fässer von diesem Wein. Wenn Sie ihn gut finden und wenn Sie ihn übernehmen wollen..."

„Sehr gut," sagte Gaudissart, „die Väter der Lehre Saint-Simons haben mich gebeten, ihnen Waren zu schicken, die ich... Aber wollen wir nicht von ihrer großen und schönen Zeitung sprechen? Sie verstehen so gut die Kapitalsangelegenheit und werden mich unterstützen, um sie in diesem Bezirk durchzuführen..."

„Gern," sagte Margaritis, „wenn..."

„Ich verstehe, wenn ich Ihren Wein nehme. Ihr Wein ist aber wirklich sehr gut, er hat Kraft."

„Man hat hier Sekt hergestellt, ein Pariser Herr macht ihn in Tours."

„Das glaube ich schon. Der ‚Globus', von dem Sie wohl schon gehört haben..."

„Ich habe ihn oft studiert...", sagte Margaritis.

„Davon war ich überzeugt", sagte Gaudissart. „Sie haben einen mächtigen Kopf, mein Herr, einen Schädel, den diese Männer einen Pferdeschädel nennen. Es ist etwas vom Pferde in dem Kopf aller großen Männer. Man kann wohl ein Genie sein und ganz unerkannt leben. Das ist eine Posse, die ziemlich häufig denen zustößt, die, trotz ihrer Mittel, im Dunkeln bleiben, wie es fast auch bei dem großen Saint-Simon und bei Vico der Fall gewesen wäre, einem starken Menschen, der sich durchzusetzen beginnt. Jetzt kommen wir zu der Neugestaltung der Menschheit. Passen Sie auf, mein Herr!"

„Ich passe auf", sagte der Narr.
„Die Ausbeutung des Menschen durch den Menschen hätte an dem Tage aufhören müssen, als Christus ... ich sage nicht Jesus-Christus, ich sage Christus ... die Gleichheit der Menschen vor Gott proklamierte. Aber ist diese Gleichheit nicht bis auf den heutigen Tag das kläglichste Hirngespinst geblieben? Saint-Simon nun ist die Vervollkommnung Christi. Christus hat seine Zeit hinter sich ..."
„Er ist also freigelassen?" sagte Margaritis.
„Er hat seine Zeit gehabt wie der Liberalismus. Jetzt haben wir etwas Stärkeres vor uns, nämlich den neuen Glauben, die freie, individuelle Produktion, eine soziale Ordnung, bei der jeder gerecht nach seinem Wirken seinen sozialen Lohn empfängt und nicht mehr durch Einzelwesen ausgebeutet wird, die ohne eigene Fähigkeiten alle zum Nutzen eines einzelnen arbeiten lassen; daraus kommt die Lehre ..."
„Was machen Sie mit den Dienstboten?" fragte Margaritis.
„Sie bleiben Dienstboten, mein Herr, wenn sie lediglich die Fähigkeit haben, Dienstboten zu sein."
„Ja, aber was soll dann die ganze Lehre?"
„Um darüber zu urteilen, mein Herr, müssen Sie sich auf einen sehr hohen Standpunkt stellen, von wo Sie einen klaren Blick über die Menschheit haben. Und damit kommen wir zu Panche. Kennen Sie Panche?"
„Wir tun nichts anderes," sagte der Narr, der Pantschen verstand.
„Gut," erwiderte Gaudissart, „wenn das Schau-

spiel der allmählichen Wiedergeburt des vergeistigten Globus Sie rührt, Sie hinreißt, Sie bewegt, so will ich Ihnen sagen, daß die Zeitung mit dem guten Namen ‚Globus', der so klar ihre Bestimmung ausdrückt, der Führer ist, der Ihnen jeden Morgen die neuen Verhältnisse erklären wird, unter denen sich in kurzer Zeit die politische und moralische Veränderung der Welt vollziehen wird."

„Quesaco?" sagte der Alte.

„Ich werde Ihnen das durch ein Bild erklären", nahm Gaudissart wieder das Wort. „Wenn als Kinder unsere Mädchen uns in das Kasperletheater geführt haben, brauchen dann wir Greise nicht Zukunftsbilder? Diese Männer ..."

„Trinken Sie Wein?"

„Jawohl. Ihr Haus wird, das kann ich wohl sagen, in sehr gutem Stil geführt, auf prophetischem Fuß: da sind schöne Salons, große Empfänge und so weiter."

„Nun," sagte der Narr, „die Arbeiter, die zerstören, haben den Wein wohl ebenso nötig wie diejenigen, die bauen."

„Um so mehr, wenn man mit einer Hand zerstört und mit der andern wieder aufbaut, wie es die Apostel des ‚Globus' tun."

„Dann müssen Sie Wein haben, Vouvray-Wein, die beiden Fässer, die ich noch habe, dreihundert Flaschen für hundert Franken, eine Bagatelle."

„Wieviel macht das für die Flasche", sagte Gaudissart und rechnete nach. ‚Da wäre die Fracht, der Zoll, das würde keine sieben Sous ausmachen; das wäre wirklich ein gutes Geschäft. Man bezahlt alle andern Weine teurer.' (Halt, den Mann kaufe

ich mir, dachte Gaudissart, du willst mir Wein verkaufen, den ich brauche, ich werde dich beherrschen.) Nun, mein Herr," begann er wieder, „Menschen, die streiten, sind nahe daran, sich zu einigen. Wir wollen offen miteinander sprechen. Sie haben großen Einfluß in diesem Bezirk?"
„Ich glaube", sagte der Narr.
„Sie haben also das Unternehmen des intellektuellen Kapitals vollständig verstanden?"
„Vollkommen."
„Sie haben die ganze Tragweite des ‚Globus' erfaßt?"
„Zweimal ... mit einer Hand."
Gaudissart hörte nicht, weil er in seine Gedanken vertieft war und sich selber zuhörte, seines Triumphes sicher.
„Mit Rücksicht auf Ihre eigene Situation verstehe ich, daß Sie in Ihrem Alter nichts zu versichern haben. Aber Sie können die Personen versichern lassen, die, sei es durch ihren persönlichen Wert, sei es durch die Stellung ihrer Familie, ihr Glück machen möchten. Wenn Sie also auf den ‚Globus' abonnieren und mich mit Ihrer Autorität in dem Bezirk unterstützen hinsichtlich der Abschlüsse für die Leibrenten- und Kapitalversicherung, so können wir uns wohl auch über die beiden Fässer Wein verständigen. Wollen Sie den ‚Globus'?"
„Ich halte mich an den ‚Globus'!"
„Werden Sie mich bei einflußreichen Persönlichkeiten des Bezirks unterstützen?"
„Ich unterstütze ..."
„Und ..."
„Und ..."
„Und ich ... Aber Sie nehmen ein Abonnement auf den ‚Globus'?"

„‚Globus', gute Zeitung," sagte der Narr, „eine Lebenszeitung."

„Lebenszeitung, mein Herr? Nun ja, Sie haben recht, sie ist voll Leben, voll Kraft, voll Wissen, sie ist vollgestopft mit Wissen, ist gut gemacht, gut gedruckt, sieht gut aus. Es ist kein Pfuschwerk, kein Flitterkram, kein Schund, keine Seide, die zerreißt, wenn man sie ansieht, sie ist tiefsinnig, sie gibt Darlegungen, über die man mit Muße nachdenken kann und die auf dem Lande einem sehr angenehm die Zeit vertreiben."

„Das gefällt mir", erwiderte der Narr.

„Der ‚Globus' kostet eine Bagatelle, achtzig Franken."

„Das gefällt mir nicht mehr", sagte der Alte.

„Nein, Herr," sagte Gaudissart, „Sie haben doch sicher Enkelkinder?"

„Sehr", erwiderte Margaritis, der „lieben" statt „haben" verstand.

„Gut, dann nehmen Sie die Kinderzeitung für sieben Franken jährlich."

„Nehmen Sie meine beiden Fässer Wein, ich nehme dafür ein Abonnement auf die Kinderzeitung, das gefällt mir, das ist ein guter Gedanke. Intellektuelle Ausbeutung, das Kind ... nicht wahr, der Mensch durch den Menschen, wie?"

„Sie sind im Bilde, mein Herr", sagte Gaudissart.

„Das bin ich!"

„Sie willigen also ein, mich durch den Bezirk zu geleiten?"

„Durch den Bezirk."

„Ich habe Ihre Zustimmung?"

„Durchaus."

„Gut! Ich nehme also Ihre beiden Fässer Wein zu hundert Franken..."

„Nein, nein, für einhundertzehn..."

„Gut, für einhundertzehn Franken, aber hundertzehn für die gelehrten Herrn und zehn Franken für mich. Ich will den Verkauf vermitteln, Sie schulden mir eine Provision."

„Geben Sie ihnen den Wein für hundertzwanzig."

„Sie sind sehr klug."

„So bin ich nun einmal", sagte der Narr. „Wollen Sie meinen Weinberg besichtigen?"

„Gern," sagte Gaudissart, „dieser Wein steigt eigentümlich zu Kopf."

Und der berühmte Gaudissart ging mit Herrn Margaritis hinaus, der ihn von Weinstock zu Weinstock führte. Jetzt konnten die drei Damen und Herr Vernier lachen, soviel sie wollten, als sie von fern den Reisenden mit dem Verrückten sahen, wie sie heftig gestikulierten und aufeinander einsprachen, bald stehen blieben, bald weitergingen und kurz diskutierten.

„Warum hat der gute Mann ihn uns entführt?" sagte Vernier.

Endlich kam Margaritis mit dem Reisenden zurück, beide in beschleunigtem Schritt, wie Leute, die es eilig haben, ein Geschäft abzuschließen.

„Der Alte hat den Pariser tüchtig reingelegt", sagte Vernier.

Und wirklich schrieb der berühmte Gaudissart auf einem Spieltisch zur großen Freude des Alten eine Bestellung auf Lieferung von zwei Fässern Wein. Und nachdem Margaritis die Kaufverpflichtung des Reisenden gelesen hatte, gab er ihm sieben Franken für ein Abonnement auf die Kinderzeitung.

„Also auf morgen," sagte der berühmte Gaudissart und drehte den Schlüssel seiner Taschenuhr, „ich werde mir erlauben, Sie morgen abzuholen. Sie können den Wein direkt nach Paris schicken, an die angegebene Adresse, unter Nachnahme."

Gaudissart war Normanne, und es gab für ihn nie eine Verpflichtung, die nicht wechselseitig war: er wollte eine Verpflichtung von Herrn Margaritis, der, befriedigt, wie ein Verrückter es ist, wenn er seinen Lieblingsgedanken verwirklicht hat, ein Schreiben unterzeichnete, daß er zwei Fässer Wein aus dem Weinberg Margaritis zu liefern habe. Und der berühmte Gaudissart ging hüpfend und vor sich hinsummend davon und begab sich nach dem Wirtshaus „Zur Goldenen Sonne", wo er bis zum Essen zwanglos mit dem Wirt plauderte.

„Sie haben hier sehr tüchtige Leute", sagte Gaudissart, indem er sich gegen den Türpfosten lehnte und seine Zigarre an Mitouflets Pfeife anzündete.

„Wie meinen Sie das?" fragte Mitouflet.

„Leute, die in politischen und finanziellen Ideen mächtig beschlagen sind."

„Von wem kommen Sie denn, wenn das keine Indiskretion ist?" fragte naiv der Gastwirt, indem er geschickt von Zeit zu Zeit den Speichel ausspuckte.

„Von einem famosen Kerl, Margaritis heißt er."

Mitouflet warf seinem Gast zwei kühl ironische Blicke zu.

„Das stimmt, der gute Mann weiß eine Menge. Er weiß zuviel für die andern, die ihn nicht immer verstehen können..."

„Das glaube ich, er versteht sich auf Finanzfragen gründlich."

„Ja," sagte der Wirt, „deshalb habe ich für mein Teil auch immer bedauert, daß er verrückt ist."

„Wieso verrückt?"

„Verrückt, wie man verrückt ist, wenn man verrückt ist," wiederholte Mitouflet; „aber er ist nicht gefährlich, und seine Frau bewacht ihn. Sie haben sich also gut verstanden?" sagte der unbarmherzige Mitouflet mit größter Kaltblütigkeit. „Ist das drollig!"

„Drollig!", rief Gaudissart, „drollig? Hat dieser Vernier sich denn über mich lustig gemacht?"

„Hat er Sie dorthin geschickt?" fragte Mitouflet.

„Ja."

„Liebe Frau," rief der Wirt, „höre doch! da hat doch Vernier den Gedanken gehabt, diesen Herrn zu Margaritis zu schicken!"

„Und was haben Sie beide sich denn erzählen können, verehrter Herr," fragte die Frau, „da er doch verrückt ist?"

„Er hat mir zwei Fässer Wein verkauft."

„Und Sie haben sie gekauft?"

„Ja."

„Aber das ist seine fixe Idee, Wein verkaufen zu wollen. Er hat keinen."

„Gut," sagte der Reisende, „ich werde mich zunächst bei Herrn Vernier bedanken."

Und Gaudissart begab sich kochend vor Zorn zu dem ehemaligen Färber, den er in seinem Speisezimmer fand, wo er lachend seinen Nachbarn die Geschichte erzählte.

„Mein Herr," sagte der Fürst der Reisenden, indem er ihm einen flammenden Blick zuwarf, „Sie sind ein Hanswurst und ein Schelm, und wenn Sie nicht der letzte der Henkersknechte

sein wollen, müssen Sie mir Genugtuung geben für die Beleidigung, die Sie mir zugefügt haben, indem Sie mich mit einem Manne in Verbindung brachten, von dem Sie wußten, daß er verrückt ist. Verstehen Sie mich, Herr Färber Vernier?"
Das war die Rede, die Gaudissart vorbereitet hatte, wie ein Tragöde seinen Auftritt vorbereitet.
„Wie!", sagte Vernier, den die Anwesenheit der Nachbarn belebte, „glauben Sie, daß wir nicht das Recht haben, uns über einen Herrn lustig zu machen, der mit vier Schiffen nach Vouvray fährt, um unser Kapital von uns zu holen, unter dem Vorwand, daß wir große Männer, Maler, Dichter seien und der uns damit ganz einfach Leuten ohne einen Pfennig, ohne Haus und Heim gleichstellt? Wie kommen wir Familienväter dazu? Ein komischer Kauz, der uns ein Abonnement auf den ‚Globus' vorschlagen will, eine Zeitung, die eine Religion predigt, deren erstes Gebot befiehlt, Vater und Mutter nicht zu folgen. Mein heiliges Ehrenwort, der alte Margaritis hat viel vernünftigere Dinge geredet. Übrigens, worüber beklagen Sie sich? Sie haben sich doch beide sehr gut verständigt! Diese Herren werden es bestätigen, daß Sie, wenn Sie mit allen Leuten des Bezirks gesprochen hätten, von keinem so gut verstanden worden wären."
„Das alles klingt sehr schön, aber ich halte mich für beleidigt, und Sie werden mir Genugtuung geben."
„Gut, ich sehe Sie also als beleidigt an, wenn das Ihnen angenehm ist, eine weitere Genugtuung kann ich Ihnen nicht geben. Sie sind ein zu komischer Kerl!"

Als Vernier das sagte, ging Gaudissart auf den Färber zu, um ihm eine Ohrfeige zu geben, aber die aufmerksamen Bürger von Vouvray warfen sich dazwischen und der berühmte Gaudissart ohrfeigte nur die Perücke des Färbers, die Fräulein Claire Vernier auf den Kopf flog.

„Wenn Sie nicht zufrieden sind, mein Herr," sagte er, „... ich bleibe bis morgen früh im Hotel ‚Zur Goldenen Sonne', dort finden Sie mich bereit, Ihnen zu erklären, was ich unter Genugtuung verstehe. Ich habe mich im Juli auch geschlagen, mein Herr."

„Gut, Sie werden sich auch in Vouvray schlagen," erwiderte der Färber, „und Sie werden länger hier bleiben als Sie denken."

Gaudissart entfernte sich und dachte über diese Antwort nach, die ihm Übles zu verheißen schien. Zum erstenmal in seinem Leben speiste der Reisende nicht fröhlichen Herzens. Der Ort Vouvray wurde durch Gaudissarts und Verniers Abenteuer in Bewegung gesetzt. Noch nie war in diesem freundlichen Lande von einem Duell die Rede gewesen.

„Herr Mitouflet, ich muß mich morgen mit Herrn Vernier schlagen, ich kenne niemanden hier, wollen Sie mein Zeuge sein?" sagte Gaudissart zu seinem Wirt.

„Gern", erwiderte der Wirt.

Kaum hatte Gaudissart sich vom Tisch erhoben, als Frau Fontanieu und der Adjunkt von Vouvray in die „Goldene Sonne" kamen, Mitouflet beiseite nahmen und ihm vorstellten, wie betrüblich es für den Bezirk wäre, wenn es einen gewaltsamen Todesfall gäbe; sie schilderten ihm die schreckliche Lage der guten Frau Vernier, und beschworen ihn, diese Angelegenheit zu regeln, so daß die Ehre des Landes gerettet werde.

„Das will ich übernehmen", sagte der schalkhafte Wirt.

Am Abend stieg Mitouflet zu dem Reisenden hinauf, mit Feder, Tinte und Papier bewaffnet.

„Was bringen Sie mir da?" fragte Gaudissart.

„Sie schlagen sich doch morgen," sagte Mitouflet, „da dachte ich, es wäre Ihnen vielleicht lieb, ein paar kleine Dispositionen zu treffen, oder ein paar Briefe zu schreiben, denn man hat doch Menschen, die einem teuer sind. Davon stirbt man ja nicht. Können Sie mit Waffen gut umgehen? Wollen Sie etwas üben? Ich habe Florette."

„Ja, bitte."

Mitouflet kam wieder mit Floretten und zwei Masken.

„Also versuchen wir!"

Der Wirt und der Reisende stellten sich beide in Positur: Mitouflet, in seiner Eigenschaft als alter Fechtmeister der Grenadiere, versetzte Gaudissart achtundsechzig Stöße und drückte ihn gegen die Wand.

„Teufel, sind Sie aber stark!" sagte Gaudissart außer Atem.

„Teufel, Teufel, dann müssen wir Pistolen nehmen."

„Ich möchte es Ihnen raten, denn sehen Sie, wenn man große Sattelpistolen nimmt und sie bis an Mündung lädt, dann riskiert man nichts, die Schüsse schlagen zur Seite und jeder zieht sich als Ehrenmann zurück. Lassen Sie mich das nur machen. Weiß der Teufel, zwei brave Leute werden doch nicht so dumm sein, sich um eine solche Kleinigkeit zu töten.

„Sind Sie sicher, daß die Schüsse zur Seite gehen? Es sollte mir schließlich leid tun, diesen Mann zu töten", sagte Gaudissart.

„Schlafen Sie in Frieden."

Am andern Morgen trafen sich die beiden Gegner etwas verlegen an der Flußbrücke. Der tapfere Vernier hätte fast eine Kuh totgeschossen, die zehn Schritt von ihm am Wegrand stand.

„Sie haben in die Luft geschossen", rief Gaudissart.

Nach diesen Worten umarmten sich die beiden Feinde.

„Mein Herr," sagte der Reisende, „Ihr Scherz war etwas stark, aber er war lustig. Es tut mir leid, Sie gekränkt zu haben, ich war außer mir, ich halte Sie für einen Ehrenmann."

„Mein Herr, wir werden zwanzig Abonnements für die Kinderzeitung nehmen", erwiderte der Färber, der noch sehr bleich war.

„Wenn dem so ist," sagte Gaudissart, „warum sollten wir dann nicht zusammen frühstücken? Sind nicht Männer, die sich schlagen, immer rasch bereit, sich zu vertragen?"

„Herr Mitouflet," sagte Gaudissart, als er wieder in das Wirtshaus kam, „haben Sie wohl einen Hausknecht?"

„Warum?"

„Ich möchte dem guten Herrn Margaritis ausrichten lassen, daß er mir zwei Faß von seinem Wein zu liefern hat."

„Aber er hat keinen", sagte Vernier.

„So wird er zwanzig Franken Entschädigung zah-

len müssen. Ich will nicht, daß man sagen kann, Ihr Ort habe den berühmten Gaudissart gerupft."
Frau Margaritis, die sich vor einem Prozeß fürchtete, bei dem der Kläger recht haben würde, brachte die zwanzig Franken dem gütigen Reisenden, dem man übrigens die Mühe ersparte, sich in einem der fröhlichsten, aber neuen Ideen unzugänglichsten Bezirke Frankreichs zu betätigen.
Bei der Rückkehr von seiner Reise in diese südliche Gegend saß Gaudissart in der Postkutsche neben einem jungen Manne, dem er seit Angoulème die Geheimnisse seines Lebens zu erzählen geruhte, da er ihn wohl für ein Kind hielt.
Als sie in Vouvray ankamen, rief der junge Mann: „Das ist aber eine schöne Lage!"
„Jawohl, mein Herr," sagte Gaudissart, „aber das Land ist unmöglich wegen seiner Bewohner. Man hätte dort täglich ein Duell. Jetzt vor drei Monaten habe ich mich dort geschlagen," sagte er und zeigte auf die bekannte Brücke, „auf Pistolen, mit einem verwünschten Färber, aber... dem habe ich es besorgt!"

☆

SKIZZE EINES GESCHÄFTSMANNES

nach der Natur

☆

LORETTE IST EIN ANSTÄNDIGES WORT, DAS erfunden wurde, um den Stand eines Mädchens auszudrücken oder das Mädchen eines Stands, der schwer zu bezeichnen ist und den die französische Akademie in ihrer Schamhaftigkeit näher zu bestimmen abgelehnt hat, in Anbetracht des Alters ihrer vierzig Mitglieder. Wenn ein neuer Name einem sozialen Fall entspricht, den man nicht ohne Umschreibungen bezeichnen kann, so ist das Glück dieses Wortes gemacht. So kam das Wort „Lorette" in alle Klassen der Gesellschaft, selbst in die, wo eine Lorette niemals zugelassen würde. Das Wort entstand erst 1840, zweifellos auf Grund der Ansammlung von Schwalbennestern um die Lorettokirche in Paris. Dies ist nur für die Ethymologen geschrieben. Diese Herren würden nicht so in Verlegenheit sein, wenn die Schriftsteller des Mittelalters sich die Mühe gemacht hätten, die Gebräuche und Sitten so genau zu schildern, wie wir es in der Epoche der Analyse und der Beschreibung tun. Fräulein Turquet, oder Malaga, denn sie ist viel bekannter unter ihrem falschen Namen, ist eins der ersten Pfarrkinder dieser entzückenden Kirche. Dies fröhliche, geistvolle Mädchen, dessen einziges Vermögen die Schönheit ist, war zu der Zeit, da diese Geschichte spielt, das Glück eines Notars, der in seiner Notarin eine etwas zu fromme, etwas zu steife, etwas zu trockne Frau hatte, um daheim das Glück zu finden. An einem Abend im Karneval nun hatte Herr Cardot bei Fräulein Turquet den Advokaten Desroches, den Karikaturisten Bixiou, den Feuilletonisten Lousteau, und Nathan bewirtet, deren aus der ‚Menschlichen Komödie' berühmte Namen jede Schilderung überflüssig machen, sowie den jungen La Palférine, dessen Grafentitel, leider ohne jeden metallischen Klang, das ungesetzliche Domizil des Notars mit seiner Anwesenheit beehrt hatte. Wie man nicht bei einer Lorette speist, um hier das patriarchalische Rindfleisch, das magere Huhn des ehelichen Tisches und den Familiensalat zu essen, so führt man dort auch nicht die heuchlerischen Reden, die in einem mit tugendhaften Bürgerinnen möblierten Salon Brauch sind. Oh, wann werden die guten Sitten anziehend sein? Wann werden die Frauen der großen Welt etwas weniger ihre Schultern und etwas mehr Witz und Geist zeigen? Marguerite Turquet, die Aspasia des Cirque-Olympique, ist eines von den offenen, lebhaften Geschöpfen, denen man alles verzeiht wegen ihrer Ursprünglichkeit in ihren Fehlern und ihres Geistes in der Reue, zu der man sagt, (wie Cardot sagte, der, obwohl Notar, geistreich genug war, diese Bemerkung zu machen): „Betrüge mich gut!" Man darf aber dennoch nicht an Ungeheuerlichkeiten glauben! Desroches und Cardot waren zwei zu gute Kinder und in ihrem

Handwerk zu erfahren, um nicht mit Bixiou, Lousteau, Nathan und dem jungen Grafen auf gleichem Boden zu stehen. Die Unterhaltung, mit dem Duft von sieben Zigarren durchzogen, zuerst drollig wie ein losgelassenes Ziegenböckchen, wandte sich der Strategie zu, die in Paris durch die unaufhörlich zwischen Gläubigern und Schuldnern tobende Schlacht nötig wurde. Wenn Sie geruhen, sich des Lebens und der Verhältnisse der Festgenossen zu erinnern, könnten Sie schwerlich in Paris Leute finden, die besser über diese Sache unterrichtet wären. Eine Reihe von Zeichnungen, die Bixiou von Clichy gemacht hatte, waren schuld an der Wendung, die das Gespräch nahm. Es war Mitternacht. Diese Menschen, die im Salon um einen Tisch und am Kamin gruppiert saßen, beschäftigten sich mit diesen Karikaturen, die nicht nur bloß in Paris verständlich und möglich sind, sondern die auch bloß in der Zone verstanden werden können, die zwischen dem Faubourg Montmartre und der Rue de la Chaussee d'Antin liegt. In zehn Minuten waren die tiefen Überlegungen, die große und die kleine Moral, alle Anzüglichkeiten über dies Thema erschöpft, das schon um 1500 von Rabelais erschöpft wurde. Es ist kein kleines Verdienst, auf dies Kunstfeuerwerk zu verzichten, das durch die letzte von Malaga ausgehende Rakete beendet wurde.

„Den Vorteil von allem haben nur die Schuhmacher", sagte sie. „Ich habe eine Putzmacherin im Stich gelassen, die mir zwei Hüte verdorben hatte. Wütend ist sie siebenundzwanzigmal zu mir gekommen, um zwanzig Franken von mir zu verlangen. Sie wußte nicht, daß wir niemals zwanzig Franken haben. Man hat tausend Franken, man läßt fünfhundert Franken von seinem Notar holen, aber zwanzig Franken habe ich nie gehabt. Vielleicht hat meine Köchin oder meine Zofe zwanzig Franken. Ich für mein Teil habe nur Kredit, und den würde ich verlieren, wenn ich mir zwanzig Franken pumpte. Wenn ich zwanzig Franken haben wollte, würde mich nichts mehr von meinen Kolleginnen unterscheiden, die auf dem Boulevard spazierengehen."

„Ist die Putzmacherin denn bezahlt worden?" fragte La Palférine.

„Ja, bist du denn närrisch," sagte sie augenzwinkernd zu La Palférine, „sie ist heute früh zum siebenundzwanzigstenmal gekommen, deshalb spreche ich ja darüber."

„Was hast du denn gemacht?" sagte Desroches.

„Ich hatte Mitleid mit ihr... und... ich habe bei ihr den kleinen Hut bestellt, den ich endlich erfunden habe, um einmal von den bekannten Formen loszukommen. Wenn Fräulein Amanda dieser Hut gelingt, wird sie nichts mehr von mir verlangen: dann ist ihr Glück gemacht."

„Was ich in dieser Art gesehen habe," sagte Desroches, „zeichnet nach meiner Ansicht Paris für alle Leute, die sich darauf verstehen, viel besser als alle Bilder, auf denen man immer ein phantastisches Paris malt. Ihr glaubt sehr tüchtig zu sein," sagte er mit einem Blick auf Nathan und Lousteau, Bixiou und La Palférine, „aber König auf diesem Gebiet ist ein gewisser Graf, der sich jetzt bemüht, ein Ende zu machen, und der seinerzeit als der geschickteste, gewandteste, listigste, orientierteste, scharfsinnigste aller Seeräuber mit gelben Handschuhen galt, die jemals auf dem stürmischen Meere von Paris ihr Schifflein steuerten oder steuern werden. Ohne Glauben und Gesetz ist seine private Politik von den Prinzipien dirigiert worden, die im englischen Kabinett maßgebend sind. Bis zu seiner Heirat war sein Leben ein ständiger Kampf wie das ... Lousteaus," sagte er. „Ich war sein Anwalt und bin es noch heute."

„Und der erste Buchstabe seines Namens ist Maxime de Trailles", sagte La Palférine.

„Er hat übrigens alles bezahlt, hat niemandem Schaden zugefügt," nahm Desroches wieder das Wort, „aber, wie unser Freund Bixiou vorhin sagte, im März bezahlen sollen, was man erst im Oktober bezahlen will, ist ein Attentat auf die individuelle Freiheit. Kraft eines Artikels seines eigenen Gesetzbuches hielt Maxime die List, die einer seiner Gläubiger anwandte, um sich sofortige Bezahlung zu verschaffen, für eine Schurkerei. Seine Kenntnis der kommerziellen Rechtswissenschaft war so vollständig, daß ein Jurist ihn nichts hätte lehren können. Ihr wißt, daß er damals gar nichts besaß, Wagen und Pferde waren gemietet, er wohnte bei seinem Kammerdiener, für den er, sagt man, immer ein großer Mann sein wird, auch nach der Heirat, die er schließen will! Als Mitglied von drei Klubs speiste er dort, wenn er nicht eingeladen war. Meistens hielt er sich wenig in seiner Wohnung auf."

„Er sagte mir," unterbrach La Palférine, „‚es ist meine einzige Geckenhaftigkeit, zu behaupten, daß ich in der Rue Pigale wohne'."

„Das wäre einer von den beiden Kombattanten,"

entgegnete Desroches, „jetzt kommt der andere: Ihr habt doch alle von einem gewissen Claparon gehört?"

„Er hatte solche Haare!" rief Bixiou und zerzauste sein Haar.

Und mit dem gleichen Nachahmungstalent, das der Pianist Chopin in so hohem Grade besitzt, stellte er die Persönlichkeit sofort mit erschreckender Wahrheitstreue dar.

„So rollt er seinen Kopf beim Sprechen, er ist Geschäftsreisender gewesen, er hat alle Handwerke betrieben."

„Er ist zum Reisen geboren, denn er ist jetzt unterwegs nach Amerika," sagte Desroches. „Nur dort ist noch Aussicht für ihn, denn er wird wahrscheinlich in der nächsten Sitzungsperiode wegen betrügerischen Bankrotts verurteilt werden."

„Mann über Bord!" rief Malaga.

„Dieser Claparon," nahm Desroches wieder das Wort, „war sechs bis sieben Jahre der Strohmann, der Sündenbock für zwei unserer Freunde, für Du Tillet und Nucingen, aber 1829 wurde seine Rolle so bekannt, daß..."

„unsere Freunde ihn fallen ließen", sagte Bixiou.

„Sie überließen ihn seinem Schicksal, und", begann Desroches wieder, „er fiel in den Schmutz. 1833 hatte er sich mit einem gewissen Cérizet zusammengetan, um Geschäfte zu machen..."

„Was, mit diesem Mann, der ein so kompliziertes Unternehmen ins Leben rief, daß die sechste Kammer ihn für zwei Jahre ins Gefängnis schickte?" fragte die Lorette.

„Mit diesem Mann," erwiderte Desroches. „Zur

Zeit der Restauration bestand das Gewerbe dieses Cérizet darin, von 1823 bis 1827 beharrlich Artikel zu unterzeichnen, die von dem Ministerium erbittert verfolgt wurden, und im Gefängnis zu sitzen. Ein Mann wurde damals auf billige Art berühmt. Die liberale Partei nannte ihn den mutigen Cérizet. Dieser Eifer wurde 1828 durch das Allgemeininteresse belohnt. Das Allgemeininteresse war eine Art Bürgerkrone, die von den Zeitungen verliehen wurde. Cérizet wollte diese Auszeichnung in Bargeld umsetzen. Er kam nach Paris, wo er, gestützt von den Bankiers der Linken, zunächst eine Agentur aufmachte, die sich auch mit Bankgeschäften befaßte, mit Hilfe eines Mannes, der sich selber geächtet hatte, eines zu geschickten Spielers, dessen Papiere im Juli 1830 zusammen mit dem Staatsschiff untergingen..."

„Ach, das ist der Mann, den wir den Kartenhelden nannten", rief Bixiou.

„Sagt nichts Schlechtes von dem armen Jungen!" rief Malaga. „D'Estourny war ein gutes Kind."

„Ihr werdet begreifen, was für eine Rolle 1830 ein ruinierter Mann spielen mußte, der in der Politik den Namen ‚der mutige Cérizet' trug. Er wurde in eine schöne Unterpräfektur gesteckt", nahm Desroches wieder das Wort. „Zum Unglück für Cérizet ist die Macht nicht so harmlos wie die Parteien, die während des Kampfes aus allem Wurfgeschosse machen. Cérizet war genötigt, nach dreimonatigem Dienst seine Entlassung nachzusuchen. Hatte er sich nicht in den Kopf gesetzt, populär zu werden? Da er noch nichts getan hatte, um seinen Adelstitel (der mutige Cérizet) einzubüßen, schlug die Regierung ihm als Entschädigung vor, Geschäftsführer eines Oppositionsblattes zu werden, das in Zukunft ministeriell sein würde. Die Regierung selber hat also diesen schönen Charakter entstellt. Cérizet, der sich bei seiner Geschäftsführung etwas zu sehr als Vogel auf morschem Ast fühlte, stürzte sich in die Aktienunternehmung, die dem Unglücklichen, wie ihr schon sagtet, zwei Jahre Gefängnis eintrug, während Geschicktere die Öffentlichkeit eingefangen haben."

„Wir kennen die Geschicktesten," sagte Bixiou, „wir wollen den armen Jungen nicht verlästern, er ist hintergangen worden! Sich von Couture die Kasse stehlen zu lassen, wer hätte das je gedacht!"

„Wir wollen auf das versprochene Duell zurückkommen", fuhr Desroches fort. „Es haben sich also niemals zwei Industrielle schlechterer Art, schlechterer Sitten, unedleren Verhaltens zusammengetan, um einen schmutzigeren Handel zu machen. Als Kapital brachten sie den Dialekt ein, den die genaue Kenntnis von Paris vermittelt, dazu die Kühnheit, die das Unglück verleiht, das Wissen, das die Orientierung über die Pariser Vermögen, ihren Ursprung, die Kenntnis der Verwandten, der Bekannten und der inneren Werte eines jeden erzeugt. Die Verbindung dieser beiden Schieber war von kurzer Dauer. Wie zwei ausgehungerte Hunde schlugen sie sich um jeden Knochen. Die ersten Spekulationen des Hauses Cérizet & Claparon waren indessen ganz vernünftig. Die beiden Käuze taten sich mit Barbet, Chaboisseau, Samanon und anderen Wucherern zusammen, denen sie hoffnungslos erscheinende

Außenstände abkauften. Die Agentur Claparon
befand sich damals in der Rue Chabannais, bestand
aus fünf Zimmern, für die die Miete nicht
mehr als siebenhundert Franken betrug. Jeder
Teilhaber schlief in einer kleinen Kammer, die
aus Vorsicht so sorgfältig verschlossen war, daß
mein Bureauvorsteher nie hineingelangen konnte.
Die Bureaus bestanden aus einem Vorzimmer,
einem Salon und einem Kabinett, und bei einer
Auktion hätten die ganzen Möbel keine dreihundert
Franken gebracht. Sie kennen Paris genugsam,
um sich die beiden Räume vorstellen zu können:
dunkle Polsterstühle, ein Tisch mit grüner
Decke, eine Standuhr unter Glas, die sich vor
einem kleinen Spiegel mit Goldrahmen langweilte,
auf einem Kamin, dessen Holzscheite, wie
mein Bureauvorsteher sagte, zwei Winter alt waren!
Im Kabinett ein einfacher Schreibtisch für
jeden Teilhaber, dann in der Mitte das Zylinderbureau,
leer wie die Kasse! Zwei Arbeitssessel zu
jeder Seite eines Kamins mit Steinkohlenfeuer.
Und dazu all die Mahagonimöbel, die in unsern
Bureaus seit fünfzig Jahren immer vom Vorgänger
an den Nachfolger verkauft werden. Jetzt
kennt ihr die beiden Gegner. In den drei ersten
Monaten ihrer Geschäftsverbindung, die sich nach
sieben Monaten durch Faustschläge auflöste, kauften
Cérizet und Claparon für zweitausend Franken
Wechsel, die alle von Maxime unterzeichnet
waren und durch die darauf liegenden Kosten
dreitausendzweihundert Franken ausmachten. In
dieser Zeit hatte Maxime, damals schon ein reifer
Mann, eine seiner Launen, die den Fünfzigern
besonders eigen sind..."

„Antonia!" rief La Palférine. „Diese Antonia, die ihr Glück durch einen Brief gemacht hat, in dem ich von ihr eine Zahnbürste verlangte."
„Sie heißt in Wirklichkeit Chocardelle", sagte Malaga, die dieser anmaßende Name ärgerte.
„Das stimmt", entgegnete Desroches.
„Maxime hat in seinem ganzen Leben nur diesen Fehler begangen; aber was wollt ihr, ... das Laster ist nicht vollkommen!" sagte Bixiou.
„Maxime kannte das Leben noch nicht, das man mit einem kleinen Mädchen von achtzehn Jahren führt, das sich aus seiner ehrbaren Dachstube auf die Straße stürzen will, um in eine luxuriöse Equipage zu fallen," begann Desroches wieder, „und die Staatsmänner müssen alles wissen. Zu dieser Zeit beschäftigte de Marsay seinen, unsern Freund, in der hohen Komödie der Politik. Da Maxime ein Mann der großen Eroberungen war, hatte er nur die vornehmen Damen gekannt, und mit fünfzig Jahren hatte er wohl das Recht, in einen sogenannten sauren Apfel zu beißen, wie ein Jäger, der auf dem Felde unter dem Apfelbaum eines Bauern halt macht. Der Graf mietete für Fräulein Chocardelle ein recht elegantes Bücherkabinett..."
„Sie ist ja nur sechs Monate dageblieben," sagte Nathan, „sie war zu schön, um ein Bücherkabinett zu haben."
„Solltest du der Vater ihres Kindes sein?" fragte die Lorette Nathan.
„Eines Morgens", fuhr Desroches fort, „wurde Cérizet nach sieben vergeblichen Versuchen bei dem Grafen eingeführt. Suzon, der alte Kammerdiener, hatte ihn für einen Bittsteller gehalten,

der Maxime tausend Taler dafür anbieten wollte, einer jungen Dame zu einer Geschäftskonzession zu verhelfen, und veranlaßte seinen Herrn, ihn zu empfangen. Nun müßt ihr euch diesen Geschäftsmann vorstellen, mit den spärlichen Haaren, der kahlen Stirn, seinem engen schwarzen Rock, den beschmutzten Stiefeln..."

„Die Schuldforderung in Person!" rief Lousteau.

„Ihm gegenüber der Graf," fuhr Desroches fort, „das Bild der unverschämten Schuld mit blauem Schlafrock, in Pantoffeln, die ihm irgendeine Marquise gestickt hatte, mit blendend weißer Wäsche..."

„Das ist ein Genrebild", sagte Nathan, „für jeden, der den hübschen kleinen Empfangssalon kennt, in dem Maxime frühstückt, mit wertvollen Gemälden an den mit Seide bespannten Wänden, wo man auf Smyrnateppichen geht und die Ständer voller Kuriositäten und Sehenswürdigkeiten bewundert, die einen König von Sachsen neidisch machen könnten..."

„Jetzt will ich euch die Szene schildern", sagte Desroches, und nun herrschte tiefstes Schweigen.

‚Herr Graf', sagte Cérizet, ‚ich komme im Auftrage von Herrn Charles Claparon, dem ehemaligen Bankier...' ‚Nun, was will der arme Teufel von mir?' ‚Er ist Ihr Gläubiger geworden für eine Summe von dreitausendzweihundert Franken fünfundsiebzig Centimes an Kapital, Zinsen und Kosten...' ‚Die Außenstände Coutelier', sagte Maxime, der seine Geschäfte so gut kannte wie ein Steuermann sein Fahrwasser. ‚Jawohl, Herr Graf', erwiderte Cérizet mit einer Verneigung. ‚Ich möchte anfragen, welches Ihre Absichten sind?' — ‚Ich werde diese Schuld bezahlen, wann es mir paßt', erwiderte Maxime und klingelte nach Suzon. ‚Es ist sehr gewagt von Claparon, Schuldforderungen an mich zu kaufen, ohne mich um Rat zu fragen. Es tut mir leid um seinetwillen, da er doch so lange als Strohmann meiner Freunde sich so gut verhalten hat. Ich habe immer von ihm gesagt: Er muß doch sehr dumm sein, daß er sich dazu hergibt, gegen so geringen Lohn und mit soviel Treue Leuten Dienste zu leisten, die Millionen an sich reißen. Und jetzt habe ich einen neuen Beweis seiner Dummheit... Ja, die Menschen verdienen ihr Schicksal! Man erlangt eine Krone oder eine Kugel, man ist Millionär oder Portier, und alles geht gerecht zu. Was wollen Sie, lieber Freund? Ich bin kein König, ich halte an meinen Prinzipien fest. Ich habe kein Mitleid mit denen, die mir Kosten verursachen oder die ihr Gläubigerhandwerk nicht verstehen. Suzon, meinen Tee! Du siehst diesen Herrn", sagte er zu dem Kammerdiener. „Du hast dich hinters Licht führen lassen, mein Alter. Dieser Herr ist ein Gläubiger, du hättest das an seinen Stiefeln sehen müssen. Weder meine Freunde, noch gleichgültige Menschen, die etwas von mir wollen, noch meine Feinde kommen zu Fuß zu mir. Mein lieber Herr Cérizet, Sie verstehen. Sie werden sich nicht wieder Ihre Stiefel an meinem Teppich abwischen', sagte er und blickte auf den Schmutz, der die Stiefel seines Gegners mit weißlicher Kruste überzog... ‚Sie werden dem armen Boniface de Claparon meine Teilnahme ausdrücken, denn für mich ist diese Affäre erledigt.' (Das alles sagte er in einem gutmütigen Ton, der tugendsame Bürger rasend hätte machen können). — ‚Sie haben unrecht, Herr Graf,‘ erwiderte Cérizet und schlug einen gebieterischen Ton an, ‚... wir werden bis auf den letzten Pfennig bezahlt werden und zwar in einer Art, die Ihnen nicht angenehm sein dürfte. Deshalb bin ich freundschaftlich zu Ihnen gekommen, wie sich das unter gebildeten Menschen gehört ...‘ ‚Ah, so fassen Sie es auf,‘ erwiderte Maxime, den diese letzte Behauptung Cérizets in Zorn versetzte. — In dieser Unverschämtheit lag etwas von Talleyrands Geist, wenn ihr den Gegensatz der beiden Kostüme und der beiden Menschen gut erfaßt habt. Maxime runzelte die Brauen und heftete den Blick auf Cérizet, der nicht nur diesen kalten Strahl der Wut ertrug, sondern ihn sogar erwiderte durch die eisige Bosheit, die die starren Augen einer Katze ausstrahlten. ‚Also bitte verlassen Sie das Zimmer!‘... ‚Jawohl. Leben Sie wohl, Herr Graf. Ehe sechs Monate um sind, werden wir quitt sein.‘ — ‚Wenn Sie mir den Betrag Ihrer Forderung, die, wie ich zugebe, rechtmäßig ist, stehlen können, werde ich Ihnen sehr verbunden sein, mein Herr‘, erwiderte Maxime, ‚Sie haben mir gezeigt, welche neue Vorsichtsmaßregel ich ergreifen muß. Ihr Diener...‘ ‚Herr Graf,‘ sagte Cérizet, ‚ich bin der Ihre.‘ Das wurde kurz, kraftvoll und sicher von beiden Parteien gesagt. Zwei Tiger, die sich messen, bevor sie um eine Beute kämpfen, könnten nicht schöner, nicht klüger sein als diese beiden Geschöpfe, die beide gleich durchtrieben waren, das eine in seiner impertinenten Eleganz, das andere unter seinem Panzer von Schmutz. ‚Auf wen wettet ihr?‘ schloß

Desroches, der zu seiner Überraschung seine Zuhörer äußerst interessiert sah.

„Das ist eine Geschichte", sagte Malaga. „O bitte, erzähle doch weiter, es ist so spannend!"

„Zwischen zwei Hunden von dieser Kraft kann nichts Gewöhnliches geschehen", sagte La Palférine.

„Nun, ich wette bei dem Andenken meines Tischlers, der mich zersägen möge, daß er die kleine Kröte Maxime untergekriegt hat", rief Malaga.

„Ich wette auf Maxime," sagte Cardot, „den hat noch keiner gefaßt."

Desroches machte eine Pause und trank ein Glas aus, das die Lorette ihm reichte.

„Das Bücherkabinett Fräulein Chocardelles", begann er dann, „lag in der Rue Coquenard, zwei Schritt von der Rue Pigale, wo Maxime wohnte. Besagtes Fräulein Chocardelle bewohnte ein kleines Zimmer nach dem Garten, das durch einen großen dunklen Raum, in dem sich Bücher befanden, von dem Laden getrennt war. Antonia ließ das Kabinett von ihrer Tante verwalten..."

„Sie hatte damals schon ihre Tante?" rief Malaga. „Teufel auch! Maxime hat die Sache gut gemacht."

„Es war leider ihre wirkliche Tante", entgegnete Desroches. „Sie hieß... wartet einmal..."

„Ida Bonamy", sagte Bixiou.

„Da also Antonia von vielen Obliegenheiten durch diese Tante befreit war, stand sie spät auf, ging spät zu Bett und war nur zwei bis vier Stunden in ihrem Bureau", fuhr Desroches fort. „Gleich in den ersten Tagen hatte ihre Anwesenheit genügt, um Kunden in ihr Lesekabinett zu locken; es verkehrten mehrere alte Herren aus dem Viertel bei ihr, unter anderm ein ehemaliger Wagenfabrikant namens Croizeau. Nachdem er dies Wunder weiblicher Schönheit durch die Scheiben gesehen hatte, ließ der ehemalige Wagenfabrikant es sich angelegen sein, alle Tage die Zeitungen in diesem Salon zu lesen, und ganz ebenso machte es ein ehemaliger Zolldirektor, ein gewisser Denisart, ein Mann, der viele Auszeichnungen bekommen hatte und in dem Croizeau zunächst einen Rivalen zu sehen glaubte.

Dieser Croizeau sagte: ‚Hier, schönste Dame!', indem er mit vornehmer Bewegung Antonia seine zwei Sous zuschob. Frau Ida Bonamy, die Tante Fräulein Chocardelles, erfuhr bald durch die Köchin, daß der ehemalige Wagenfabrikant, ein außerordentlich knauseriger Mann, auf vierzigtausend Franken Rente geschätzt wurde. Acht Tage nach der Eröffnung der Leihbibliothek durch das schöne Mädchen, fand er das galante Wortspiel: ‚Sie geben mir Ihre eigenen Bücher, ich möchte Ihnen sehr viele Franken zu eigen geben.' Wenige Tage später nahm er eine verständnisvolle Miene an und sagte: ‚Ich weiß, Sie sind beschäftigt, aber mein Tag wird kommen. Ich bin Witwer.' Croizeau trug immer tadellose Wäsche, einen kornblumenblauen Rock, eine buntseidene Weste, schwarze Beinkleider, Schuhe mit schwarzseidenen Schleifen und Doppelsohlen, die wie die eines Abtes knarrten. Er hielt immer seinen Seidenhut zu vierzehn Franken in der Hand. ‚Ich bin alt und kinderlos', sagte er zu dem jungen Mädchen, einige Tage nach Cérizets Besuch bei Maxime. ‚Meine entfernten Verwandten sind mir ein Greuel. Es sind alles Bauern, die dazu geschaffen sind, die Erde zu bebauen! Stellen Sie sich vor, daß ich mit sechs Franken von meinem Dorf hierhergekommen bin und hier mein Vermögen gemacht habe. Ich bin nicht stolz... Eine hübsche Frau ist immer meinesgleichen. Ist es nicht besser, für einige Zeit Frau Croizeau zu sein, als für ein Jahr die Dienerin eines Grafen? Eines schönen Tages wird er Sie verlassen. Und dann werden Sie an mich denken. Ihr Diener, schönes Fräulein!' Das alles wurde sehr vorsichtig eingeleitet. Auch die kleinste Schmeichelei wurde im Flüsterton gesagt. Kein Mensch wußte, daß der kleine alte Herr Antonia liebte, denn das beherrschte Gesicht dieses Liebhabers in dem Bücherkabinett hätte einem Rivalen keinen Aufschluß gegeben. Croizeau hegte zwei Monate lang Mißtrauen gegen den Zolldirektor. Aber in der Mitte des dritten Monats hatte er Gelegenheit, zu sehen, daß seine Vermutungen schlecht begründet waren. Croizeau nahm sich vor, mit Denisart zusammen wegzugehen und ihn auszufragen und sagte zu ihm: ‚Schönes Wetter heute, mein Herr!' Worauf der ehemalige Beamte antwortete: ‚Das Wetter von Austerlitz, ich war dort... ich bin dort sogar verwundet worden, mein Kreuz bekam ich für mein Verhalten an diesem Tage...' So kam eine Verbindung zwischen den beiden Trümmern des Kaiserreichs zustande. Der kleine Croizeau war begeistert für das Kaiserreich wegen seiner Beziehungen zu den Schwestern Napoleons. Er war ihr Wagenfabrikant gewesen, er hatte sie oft mit seinen Rechnungen belästigt. Er gab sich also dafür aus, Beziehungen zu der kaiserlichen Familie gehabt zu haben. Maxime, der durch Antonia von den Anträgen wußte, die der ‚angenehme alte Herr', diesen Beinamen hatte die Tante dem Rentier gegeben, sich erlaubte, wollte ihn sehen. Die Kriegserklärung Cérizets hatte den eleganten Mann veranlaßt, seine Lage genau zu studieren. Dieser angenehme alte Herr nun wirkte auf ihn wie ein Glockenschlag, der ein Unheil ankündigte. Eines Abends begab sich Maxime in das dunkle Lesezimmer, in dem die Regale standen. Nachdem er durch eine Spalte in den grünen Vorhängen die sieben oder acht Stammgäste des Salons betrachtet hatte, durchschaute er mit einem Blick die Seele des kleinen Wagenfabrikanten; er schätzte seine Leidenschaft ab und war sehr befriedigt, zu wissen, daß in dem Augenblick, da seine Neigung verflogen wäre, eine recht üppige Zukunft Antonia auf Wunsch die Türen auftun würde. ‚Und wer ist das?' sagte er und deutete auf den großen, stattlichen alten Herrn mit dem Kreuz der Ehrenlegion. ‚Ein ehemaliger Zolldirektor.' ‚Er hat eine beunruhigende Figur', sagte Maxime, die Haltung Denisarts bewundernd. Wirklich hielt sich der ehemalige Militär gerade wie ein Kirchturm, sein Kopf zog die Aufmerksamkeit auf sich durch das gepuderte und pomadisierte Haar, das wie die Postillonsperücke der Maskenbälle wirkte. Unter dieser Art von anliegendem Hut auf länglichem Kopf sah man ein altes Gesicht, ein Beamten- und Soldatengesicht zugleich. Denisart liebte die blaue Farbe; sein Beinkleid und der alte Gehrock, beide sehr weit, waren aus blauem Stoff. ‚Seit wann kommt dieser Alte hierher?' fragte Maxime, dem die Brille verdächtig erschien. ‚Von Anfang an,' erwiderte Antonia, ‚das sind jetzt bald zwei Monate.' ‚Cérizet ist erst vor einem Monat zu mir gekommen', dachte Maxime bei sich. ‚Veranlasse ihn doch, etwas zu sagen,' flüsterte er Antonia zu, ‚ich möchte seine Stimme hören.' ‚Das wird schwierig sein,' erwiderte sie, ‚er hat nie ein Wort zu mir gesagt.' ‚Warum kommt er denn her?' fragte Maxime. ‚Aus einem drolligen Grunde', erwiderte die schöne Antonia. ‚Zunächst hat er trotz seinen neunundsechzig Jahren eine Passion; aber auf Grund seiner neunundsechzig Jahre ist er pünktlich wie eine Uhr. Er geht jeden Tag um fünf Uhr zu seiner Passion in der Rue de la Victoire, um bei ihr zu essen, ... diese unglückselige Frau ... um sechs Uhr geht er von ihr fort und kommt hierher, um vier Stunden lang alle Zeitungen zu lesen, und geht um zehn Uhr wieder zu ihr. Papa Croizeau sagt, er kenne die Gründe von Denisarts Verhalten und er heiße sie gut. Er an seiner Stelle würde ebenso handeln. Ich kenne also meine Zukunft! Wenn ich jemals Frau Croizeau werde, bin ich von sechs bis zehn Uhr frei.' Maxime sah das Adreßbuch durch und fand die beruhigende Zeile: Denisart, ehemaliger Zolldirektor, Rue de la Victoire.

Er war nicht mehr beunruhigt. Seltsamerweise kam zwischen Denisart und Croizeau eine gewisse Vertraulichkeit zustande. Nichts bindet die Menschen mehr aneinander als eine gewisse Gleichförmigkeit der Ansichten in bezug auf Frauen. Papa Croizeau speiste bei der Frau, die er Denisarts schöne Frau nannte. Hier will ich eine wichtige Bemerkung einschieben. Das Bücherkabinett war von dem Grafen halb in bar, halb mit von Fräulein Chocardelle unterzeichneten Wechseln bezahlt worden. Als die Stunde der Einlösung kam, hatte der Graf kein Geld. Da wurde der erste der drei Tausendfrankenwechsel ritterlich von dem angenehmen Wagenfabrikanten bezahlt, dem der alte Schuft Denisart den Rat gab, sein Darlehn durch eine Eintragung auf das Bücherkabinett sichern zu lassen. ‚Ich habe zu schlimme Sachen mit den schönen Frauen erlebt‘, sagte Denisart. ‚Daher bin ich auf jeden Fall, selbst wenn ich den Kopf verloren habe, vorsichtig mit den Frauen. Dies Wesen, in das ich so sehr verliebt bin, lebt nicht in ihren Möbeln, sie lebt in meinen. Der Wohnungskontrakt ist auf meinen Namen ausgestellt...‘ Ihr kennt Maxime, er fand den Wagenfabrikanten kindisch. Croizeau konnte die dreitausend Franken bezahlen, ohne für lange Zeit etwas anrühren zu dürfen, denn Maxime war verliebter in Antonia als je. Croizeau sprach mit der Bewunderung des Wagenfabrikanten von der prächtigen Ausstattung, die der verliebte Denisart seiner Schönen als Rahmen gegeben hatte, und beschrieb sie mit satanischem Behagen der ehrgeizigen Antonia", fuhr Desroches fort. „Da waren Ebenholztruhen, mit Elfenbein und Gold eingelegt, belgische Teppiche, eine Bouleuhr, dann im Eßzimmer Wandleuchter, chinaseidene Vorhänge, auf denen die chinesische Geduld Vögel gemalt hatte. ‚Das müßten Sie auch haben, schönes Fräulein, und das möchte ich Ihnen bieten‘, schloß er. ‚Ich weiß wohl, daß Sie mich lieben könnten, aber in meinem Alter ist man vernünftig. Beurteilen Sie, wie sehr ich Sie liebe, da ich Ihnen tausend Franken geliehen habe: in meinem ganzen Leben habe ich eine solche Summe nicht ausgeliehen.' Und er schob ihr seine zwei Sous für die Lektüre hin, so feierlich, wie ein Gelehrter seine Ausführungen darlegt. Abends sagte Antonia zu dem Grafen: ‚So ein Bücherkabinett ist doch sehr langweilig. Mir gefällt dieser ganze Zustand nicht, und ich sehe keine Aussichten dabei. Es ist ganz gut für eine Witwe, die ihr Leben fristen will, oder für ein grausig häßliches Mädchen, das durch etwas Toilettenaufwand einen Mann fesseln zu können glaubt.' — ‚Du hattest das von mir erbeten', erwiderte der Graf. In diesem Augenblick trat Nucingen, dem der Salonlöwe am Abend vorher tausend Taler abgewonnen hatte, ein, um sie ihm zu geben, und als er Maximes Erstaunen sah, sagte er zu ihm: ‚Ich habe eine Zahlungsaufforderung auf Veranlassung des verteufelten Claparon bekommen ...'

‚Ah, das sind ihre Mittel,' rief Maxime, ‚sehr wirksam sind sie nicht.' — ‚Das ist einerlei,' erwiderte der Bankier, ‚bezahlen Sie die Leute, denn sie könnten sich an andere als mich wenden und Unheil anrichten ... Ich nehme diese schöne Frau zum Zeugen, daß ich schon heute früh bezahlt habe, bevor ich die Aufforderung bekam ..."

„Königin," sagte La Palférine lächelnd, „du wirst verlieren."

„Vor einiger Zeit hatte man," erwiderte Desroches, „in einem ähnlichen Falle, wo aber der zu ehrenhafte Schuldner, erschreckt durch die Klageandrohung, Maxime die ausstehende Schuld nicht bezahlen wollte, den opponierenden Gläubiger schlecht behandelt, indem man viele solcher Beschlagnahmungen zusammenfaßte."

„Was ist das?" rief Malaga, „das sind Worte, die wie Gaunerdialekt an mein Ohr schlagen. Da dir der Stör so gut geschmeckt hat, kannst du mir den Wert der Soße durch Unterrichtsstunden in Kniffen bezahlen."

„Ja," sagte Desroches, „die Summe, die einer der klagenden Gläubiger bei einem der Schuldner beschlagnahmt, kann Gegenstand einer ähnlichen Beschlagnahme seitens aller andern Gläubiger werden. Was tut das Gericht, bei dem alle Gläubiger Befriedigung ihrer Ansprüche verlangen? Es teilt die beschlagnahmte Summe gleichmäßig zwischen ihnen. Diese Teilung, die unter den Augen des Gesetzes vorgenommen wird, nennt man eine Kontribution. Wenn du zehntausend Franken schuldest und deine Gläubiger gelegentlich tausend Franken beschlagnahmen, so bekommen sie alle einen bestimmten Prozentsatz von ihrer Forderung, nachdem die Gerichtskosten vorher in Abzug gebracht sind. Ahnen Sie, was für eine Arbeit Richter und Advokat zu leisten haben? Man beginnt die Kosten abzuziehen. Diese Kosten nun sind die gleichen bei einer Summe von tausend Franken wie von einer Million, so daß es zum Beispiel nicht schwierig ist, tausend Taler als Unkosten in Abzug zu bringen, besonders wenn es gelingt, noch Einsprüche des Schuldners herbeizuführen."

„Das gelingt einem Advokaten immer", sagte Cardot. „Wie oft hat mich nicht einer von euren Leuten gefragt: Was gibt es dabei zu schlucken?"

„Es gelingt einem immer," erwiderte Desroches, „wenn der Schuldner uns herausfordert, die Summe als Unkosten zu schlucken. Wenn man einen so mächtigen Schuldner wie den Grafen veranlassen will, zu zahlen, muß ein Gläubiger sich eine gesetzliche Situation schaffen, die außerordentlich schwierig herbeizuführen ist. Er muß Schuldner und Gläubiger zugleich sein, denn dann hat er nach den Bedingungen des Gesetzes das Recht, die Verwirrung zu beseitigen."

„Die Verwirrung des Schuldners?" fragte die Lorette, die aufmerksam dieser Unterhaltung zuhörte.

„Nein, der beiden Eigenschaften als Gläubiger und Schuldner, und sich selber bezahlt zu machen", entgegnete Desroches. „Die Naivität Claparons, der nur Beschlagnahmen ersann, wirkte also beruhigend auf den Grafen. Als er Antonia aus dem Varieté nach Hause begleitete, verrannte er sich um so mehr in den Gedanken, das Bücherkabinett zu verkaufen, um die letzten zweitausend Franken bezahlen zu können, als er die Lächerlichkeit der Vorstellung fürchtete, der stille Gesellschafter eines solchen Unternehmens gewesen zu sein. Er genehmigte also Antonias Plan, die in die höhere Sphäre ihres Berufs emporsteigen und eine prächtige Wohnung, eine Kammerfrau, einen Wagen haben und mit unserer Gastgeberin rivalisieren wollte..."

„Dazu ist sie denn doch nicht geschaffen," rief die berühmte Schönheit; „aber sie hat den kleinen d'Esgrignon doch gut an der Nase herumgeführt."

„Zehn Tage später hielt der kleine Croizeau," fuhr Desroches fort, „der schönen Antonia etwa die folgende Rede: ‚Mein Kind, Ihr Bücherkabinett ist eine Höhle, Sie werden ganz gelb darin, das Gaslicht wird Ihnen die Augen verderben, Sie müssen fort von hier... wir wollen doch die Gelegenheit benutzen. Ich habe eine junge Dame gefunden, die nichts Besseres wünscht, als Ihnen Ihr Bücherkabinett abzukaufen. Das ist ein ganz ruiniertes Geschöpf, dem nichts übrigbleibt, als ins Wasser zu gehen. Aber sie besitzt viertausend Franken bar und muß sie gut anlegen, um zwei Kinder erziehen zu können.' ‚Sie sind aber reizend, Papa Croizeau', sagte Antonia. ‚Ich werde gleich noch viel reizender sein', erwiderte der alte Wagenfabrikant. ‚Stellen Sie sich vor, daß der arme Denisart vor Kummer bald die Gelbsucht bekommt... Es ist bei ihm auf die Leber geschlagen, wie bei allen gefühlvollen alten Leuten. Es ist falsch von ihm, gefühlvoll zu sein. Ich habe ihm schon gesagt: Seien Sie leidenschaftlich, gut! aber gefühlvoll... nein, damit bringt man sich um... Ich hätte wirklich so einen Kummer bei einem Manne nicht erwartet, der so kraftvoll und gebildet ist, daß er sich während seiner Verdauung entfernt von...'

‚Aber, was ist denn?' fragte Fräulein Chocardelle. ‚Das kleine Geschöpf, bei dem ich auch einmal gespeist habe, hat ihn versetzt... kurzerhand... sie hat ihn ohne jede Ankündigung einfach durch einen unorthographischen Brief verabschiedet.' — ‚Das kommt davon, Papa Croizeau, wenn man die Frauen langweilt.' ‚Es ist eine Lehre, schöne Frau,' erwiderte der freundliche Croizeau. ‚Jedenfalls habe ich niemals einen Mann in einer solchen Verzweiflung gesehen', sagte er. ‚Unser Freund Denisart kann seine rechte Hand nicht mehr von seiner linken unter-

scheiden, er will den Schauplatz seines Glückes nicht mehr sehen ... Er hat den Kopf so gänzlich verloren, daß er mir angeboten hat, mir die ganze Einrichtung Hortenses für viertausend Franken zu verkaufen ... Sie heißt Hortense!'
‚Ein schöner Name', sagte Antonia. ‚Ja, es ist der Name der Schwiegertochter Napoleons; ich habe ihr ihre Equipagen geliefert, wie Sie wissen.' — ‚Gut,' sagte die kluge Antonia, ‚ich werde sehen. Schicken Sie mir zunächst die junge Frau her.' Antonia besichtigte die Einrichtung, kam ganz bezaubert wieder heim und bezauberte Maxime durch ihre kunstverständige Begeisterung. Am selben Abend willigte der Graf in den Verkauf des Bücherkabinetts. Das Unternehmen ging, müßt ihr wissen, unter Fräulein Chocardelles Namen. Maxime mußte über den kleinen Croizeau lachen, der ihm einen Käufer verschaffte. Die Gesellschaft Maxime-Chocardelle verlor allerdings zweitausend Franken, aber was bedeutet dieser Verlust gegenüber vier schönen Tausendfrankenscheinen? Wie der Graf sagte: Viertausend Franken lebendiges Geld! Es gibt Augenblicke, wo man Wechsel über achttausend Franken unterschreibt, um viertausend zu bekommen. Der Graf ging am andern Morgen selber hin, um das Mobiliar zu besichtigen, und hatte die viertausend Franken bei sich. Der Verkauf war auf Betreiben des kleinen Croizeau verwirklicht worden. Maxime kümmerte sich wenig um den angenehmen alten Herrn, der seine tausend Franken verlieren würde, und wollte das Mobiliar sofort in eine Wohnung schaffen lassen, die auf Ida Bonamys Namen in der Rue Tronchet in einem neuen Hause

gemietet worden war. Von der Schönheit der Möbel entzückt, die für einen Fachmann sechstausend Franken wert waren, bestellte Maxime mehrere große Möbelwagen und suchte den unglücklichen Greis auf, der, gelb von der Gelbsucht, in der Ofenecke saß, mit verbundenem Kopf, niedergeschlagen, ohne sprechen zu können und so elend, daß der Graf gezwungen war, mit einem Kammerdiener zu verhandeln. Nachdem er diesem die viertausend Franken übergeben und der Kammerdiener sie seinem Herrn eingehändigt hatte, damit er ihm eine Quittung darüber gebe, wollte Maxime eben den Befehl geben lassen, die Wagen anfahren zu lassen, als er eine Stimme hörte, die wie eine Klapper an sein Ohr schlug und ihm zurief: ‚Das ist unnötig, Herr Graf. Wir sind quitt. Ich muß Ihnen noch sechshundertdreißig Franken, fünfzehn Centimes wiedergeben'. Und er war ganz erschrocken, als er Cérizet sich wie einen Schmetterling aus der Larve aus seinen Hüllen herausschälen und ihm die verwünschten Aktenstücke hinstrecken sah, während er hinzufügte: ‚In meinem Unglück habe ich Komödie spielen gelernt und alte Herren spiele ich so gut wie Bouffé'. ‚Ich bin unter die Räuber gefallen!' rief Maxime.

‚Nein, Herr Graf, Sie sind bei Fräulein Hortense, der Freundin des alten Lord Dudley, der sie vor aller Blicken verbirgt; aber sie hat den schlechten Geschmack, Ihren ergebenen Diener zu lieben. — Wenn ich jemals', sagte mir der Graf, ‚Lust gehabt habe, einen Menschen zu töten, war es in diesem Augenblick, aber was sollte ich machen? Hortense zeigte ihren schönen Kopf, ich

323

mußte lachen, und um meine Überlegenheit zu wahren, warf ich ihr die sechshundert Franken zu: Für das Mädchen!'" —

„Ganz Maxime!" rief La Palférine.

„Um so mehr, als es das Geld des kleinen Croizeau war", sagte der tiefsinnige Cardot.

„Maxime erlebte einen Triumph," fuhr Desroches fort, „denn Hortense rief: ‚Ja, wenn ich gewußt hätte, daß du es bist!'"

„Das ist aber eine Verwirrung!" rief die Lorette.

„Du hast verloren, Mylord", sagte sie zu dem Notar.

Und auf diese Weise wurde der Tischler bezahlt, dem Malaga hundert Taler schuldete.

☆